卷2 鬼魂的情書

黑色火種——著

主要人物介紹

李　隱：男主角。網路寫手，一個善良熱情的青年，因離家出走而誤入地獄公寓，又因屢屢通過高難度的血字指示而被公寓的住戶推舉為樓長。他一度懷有要拯救所有住戶的理想，本身有著敏銳的洞察力和推理能力，在每次要執行血字中抽絲剝繭、尋找生路。後來他愛上了嬴子夜，決定只為守護她而努力活下去。

嬴子夜：女主角。大學物理老師，早逝的父母都是教授學者。她性格堅韌，冷靜睿智，外表冷漠卻內心善良。在她進入地獄公寓後，發揮其過人才智，連續通過幾次血字，對李隱日久生情。多年來一直暗中調查小時候母親離奇死亡的真相，最後發現，這個事件和公寓有著千絲萬縷的連繫……

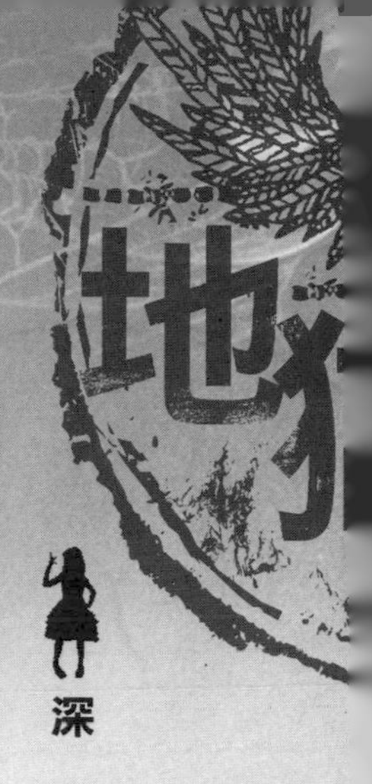

深　雨：詭異孕育的「鬼胎」，因為怪異悲慘的人生經歷，被人們所厭憎和歧視，故而悲憤厭世、思想極端，擁有著可以提前畫出與公寓血字有關的場景的預知能力。她利用預知畫來誘惑、操縱公寓住戶，被稱為「惡魔之子」。

柯銀夜：智商不遜於李隱、嬴子夜的住戶，一直深愛著與自己沒有血緣關係的妹妹銀羽，在得知妹妹受地獄公寓控制後，毅然跟隨她主動進入公寓。他對愛情極其忠誠，即使知道銀羽並不愛自己，卻依然義無反顧、不求回報地守護她。

柯銀羽：被柯銀夜一家收養的女孩，與哥哥銀夜手足情深。在一次和男友阿慎約會的途中進入了地獄公寓，她在公寓裏一直受到銀夜的悉心保護，但心裏仍然掛念著已死去的男友。她智商很高，感情細膩。後來得知她的親生父母以前也是公寓的住戶。

主要人物介紹

夏小美：美術學院的學生，性格單純、樂觀，後暗戀柯銀夜。

華連城：原是一名婚禮策劃師，因為愛上了富家千金伊莣，帶她出逃私奔，後來進入公寓。

伊　莣：原本是富家千金，在父親包辦的婚禮會場上，認識了連城而放棄一切與他私奔，逃離父親之後進入公寓。夫妻倆和李隱的關係非常要好。

卞星辰：跟隨著哥哥卞星炎從美國來到中國生活，但一直生活在優秀哥哥的陰影下。他在一次車禍中受傷導致一隻眼睛失明，因而開始自暴自棄，在進入公寓後，無意間救下了輕生自殺的敏。後來他得知了預知畫的事，卻受到深雨的操縱，犯下殺戮的罪行。

上官眠：外表為十六歲可愛女孩，實為西方「黑色禁地」組織的頭號殺手。因得罪勢力龐大的埃利克森家族而逃亡到中國，意外進入公寓。由於從小就活在生死之間，死亡對她來說反而是最親近的事物。

慕容蜃：一名瘋狂熱愛鮮血、屍體和鬼魂的法醫。認為人類本身為了切身利益所犯下的罪惡，才是被偽裝在人類假面具下最美麗的真實。與深雨在網路上結識，而讓人避之唯恐不及的「公寓」對他而言，猶如「天堂」。

皇甫壑：靈異研究者，組織了「靈祈會」的團體，專門針對靈異現象進行研究。進入公寓是為了想證明這個世界上有鬼魂，而這是其母親臨死前的願望。

卷2

目錄
CONTENTS

第二幕 鬼差

六顆人頭

PART ONE

第一幕

時間：2011年4月1日 ～ 2011年4月15日

地點：天南市

人物：柯銀夜、柯銀羽、華連城、伊莣
皇甫壑、夏小美

規則：找到今年1月至3月在天南市發生的六起斷頭殺人案的死者——藤飛雨、林迅、張波凌、厲馨、王振天、白靜的人頭，持有任何一顆，可回到公寓。未持有上述任何一個人頭而進入公寓者，死！

地獄公寓

1 連環殺人案

幽影山谷裏，忽然騰起一群驚飛的鳥。

卞星辰猛然驚醒，嚇了一跳。他的手上，還拿著滴血的刀，敏大睜著眼睛，倒在他身旁的地上。

他殺人了。他真的殺人了！

星辰手裏的刀掉落下來，他的手在不斷顫抖。強烈的恐懼和罪惡感席捲而來，他開始厭惡自己。

「別看著我……」他看著敏空洞的雙眼，哆嗦著伸出手去，合上了她的眼皮。

殺死敏，是星辰苦思冥想後，所知道的唯一活路了。無論哥哥有多麼聰明，能夠幫得了自己幾次呢？和深雨合作，是他不得不做的必然選擇。

即使知道這是一條萬劫不復的不歸路，卻還是要走下去。成為這個公寓的住戶後，世俗的道德觀，早就毫無意義了。面對生死抉擇，人顯露出了最真實的醜惡。

這就是深雨想看到的嗎？

星辰忽然想到，會不會……敏進入公寓，也是深雨的安排？敏說過，她是在早晨慢跑的時候進入這個社區，才誤入了公寓。如果，那時是深雨對她說，不如到這個社區來跑步呢？和敏在一起的深雨可以有很多的辦法和機會讓敏成為公寓的住戶。

星辰越想越覺得有這種可能。對，一定就是這樣的！

但是，深想下去，星辰又感到很奇怪。如果是這樣，為什麼深雨要把那幅畫送給敏呢？而如果她想救敏，那為什麼現在又要自己殺死她呢？

當初那張Ａ４紙如果真是敏放的，那麼，那幅畫很可能就是自己上次執行的血字場景。為什麼把一幅不是敏執行血字的畫給敏呢？目的恐怕是為了讓敏知道，深雨擁有可以畫出血字場景的能力。深雨是想利用這個能力來操縱敏嗎？

恐怕是這樣的。

但是，現在深雨卻又讓自己殺死敏……

星辰想得頭都大了。

他哆哆嗦嗦地伸出手去，拉開敏的上衣拉鏈，去摸裏面的口袋。果然，找到了一張羊皮紙碎片。

「這……就是地獄契約碎片？這碎片上的文字是什麼啊？看都看不懂。」

碎片上的文字，李隱和銀夜都做過調查，比較過古埃及文字、古巴比倫文字、瑪雅人的文字等等……可全都不對，就像是另外一個世界的文字。

星辰把地獄契約碎片藏在身上。事情都做了，後悔也沒用了。

「我沒有錯，我不殺她，死的人就是我！沒人有資格指責我，換了誰在我的立場上，都會這麼做的！成為這個公寓的住戶，根本就是生不如死！」

夜幕降臨了。

星辰在山上的一個洞裏，把身上染血的衣服全部燒掉了。殺敏時他穿的是自己帶的衣服，不是公寓衣櫃裏自動變出的衣服，因為那種衣服根本無法燒毀。他事先在記事貼上寫下現在穿的衣服的品牌和尺寸，貼在衣櫃門上，衣櫃立即就變出了完全相同的衣服。現在，他就換上了衣櫃變出的衣服，看起來和出門前一模一樣。然後他把凶刀丟進了宛天河。

「冷靜……冷靜……」處理完後，他仔細地回想每一個動作，看有沒有什麼細節還沒做處理。

「敏死後，立刻會引起住戶們的注意。大家會猜測，敏的死肯定和地獄契約碎片有關。」

無論如何，不能夠讓住戶們查出是自己殺了敏。敏的死沒人會在意，但住戶們最關心的是地獄契約碎片！

對星辰來說，地獄契約碎片是一個雙保險，絕對不能放棄。誰知道哪天深雨會不會像拋棄夏淵一樣也拋棄他？

而且，星辰知道，自己必須對深雨有更多的利用價值，她才會更進一步地幫助自己。

深雨需要的是什麼呢？人性的惡的展露？她只需要這些嗎？

對星辰來說，最重要的是……自己知道她是深雨。這一點，可以說是自己最大的籌碼。

「什麼意思？」

星辰把一個信封遞給哥哥卞星炎，說：「哥哥，這個信封給你。如果將來哪一天你聯繫不上我的話，就請你把這封信交給以下這四個人中的任何一個。」接著他又遞過去一張紙，上面寫著李隱、嬴子夜、柯銀夜和柯銀羽四個人的名字和手機號碼。

這四個人，深雨不會不忌憚吧？

星辰預計，將來這四個人，也許有一到兩個人會死，但是應該不會全部都死了。只要這四個人中有人活著，就有希望。

信封裏的紙上，只寫著一句話。

「放那張提醒紙條的人是敏，敏的妹妹深雨，其實是敏的女兒。深雨有著可以畫出未來血字執行場景的預測能力。」

而星辰打算和深雨這麼說：「如果將來你拋棄我，那麼你是深雨的這個秘密，就會被李隱或柯銀夜知道。」

「不過，哥哥，不出意外的話，」星辰指著李隱的名字說，「你最好交給這個人。」

「這是怎麼回事？」星炎皺著眉問，「星辰，你有什麼麻煩了嗎？」

「沒有。」星辰搖搖頭說，「以後我可能會去外省市打工。我不想再靠家族的經濟支持生活了。這信封裏的信，是我想和這四個人說的真心話，將來我離開後，希望能夠讓他們知道。他們都是我在那個俱樂部裏的好朋友。」

「你想自己打拚？那也不必去外省市吧？算了，你自己決定吧。」星炎把信和記著手機號碼的紙放進抽屜裏，「還有什麼事情嗎？」

「還有就是，哥哥，如果哪一天，有一個雙腿癱瘓、拄著拐杖的、大概十八九歲的女孩子來我們家拜訪，你絕對不能讓她進來。這個人性格很惡劣，而且對人很不友善。她如果說是我的朋友，你絕對不要相信。」

佈局完成了。

星辰總算暫時放心了。今天晚上，他不想回公寓去。

不想……回那個地方去。

星辰躺在床上，一閉上眼，敏那死不瞑目的臉龐就會浮現出來，似乎要來向自己索取性命一般。

「別怪我……我沒有辦法……」

「我只能選擇殺了你……」

「我必須殺了你……」

第二天中午。公寓四〇四室，李隱的房間。

因為新住戶不斷增加，為了便於管理，新住戶推舉了五位代表，前來和李隱商討關於公寓和執行血字的許多具體事項。

客廳裏有一張大桌子，五個新住戶代表端正地坐在桌子前，每個人面前都放著一本筆記本。

李隱在和他們談話後，就明白為什麼這五個人會被推選出來了。

這五個人，都有一個共通點。那就是……對於進入公寓，幾乎沒有流露出任何恐懼，而且也不像是在強撐。

最誇張的一個住戶，是一個穿著一身筆挺的西裝、雙眼充滿邪氣的男人。這個男人雙手撐著下巴，非常興奮地說：「能夠進入這個公寓，實在太有趣了。我平生最喜歡屍體、血腥、幽冥之事。呵呵，只要一想到執行血字的時候，能夠和那些腐爛的屍體、鮮血淋漓的惡鬼接觸，我全身的血脈都要沸騰了……這裏真是天堂啊！」

此話一出，所有人都下意識地想離這個人遠一點。

他的名字叫慕容蜃，住在一八〇四室，他說話的時候，眼珠不斷朝不同方向轉動，提到鬼就兩眼放光。那神態，不禁讓李隱回憶起昔日的變態色狼阿蘇，這兩個人的執著程度還真是不相上下，讓李隱感歎，這年頭怎麼變態那麼多？

而在慕容蜃身旁坐著的，就是以前金德利的鄰居、長相俊美得妖異、住在一一〇四室的皇甫壑，這個房間以前的住戶是梁冰。皇甫壑說話的時候，表情沉靜如水，眸子猶如兩彎深沉的湖水，女孩見了很容易動心。他發言很積極，不時提到一些風水、陰陽、道教的名詞用語。不過李隱反覆跟他聲明，任何能學習到的這些靈異知識，在這個公寓裏都毫無用處。只有找到生路，才可能逃避鬼魂。

坐在李隱正對面的，是個穿著大紅色洋裝、梳著一個馬尾辮、大概十六歲左右的年輕女孩。那女孩眼神極為空洞，彷彿沒有任何感情，不過面貌卻極為可愛，看起來似乎是一個非常溫柔的小女生。她叫上官眠，住在七〇九室，和華連城、伊莣夫婦是鄰居。據連城說，她極為神秘，走路的時候幾乎不發出聲音，如同幽靈一般出現在人身後，要不是公寓內絕對不會有鬼，他甚至懷疑她是鬼。

這五個人中，居然有三個人是複姓。

還有兩個人，一個叫張紅娜，一個叫封煜顯。張紅娜是一個二十六七歲左右的女子，化妝比較妖豔，戴著一對水晶耳環，穿著一身素白衣服。而封煜顯則是個滿臉鬍渣的大叔，不修邊幅，不過容貌還算端正，剃掉鬍子的話應該挺帥。

「簡單地說，『生路』就是關鍵。」這時候張紅娜提到，「我大致上明白了。不過，我倒是認為，這個公寓是一個洗禮和試煉，是對不信神明的人的懲罰。」這句沒頭沒腦的話，令人甚為不解。

「懲罰？」李隱問，「我們犯下什麼罪過，要受到懲罰？」

「你們對神明不夠虔誠吧。」張紅娜說，「算了，和你們這些凡夫俗子說這個，你們也不懂。」

這句話頓時令李隱極為不快，但他壓住了火，和她理論根本沒有意義。

「我想問一句，」封煜顯說，「你們接觸過死人變成的鬼魂嗎？也就是說，確定這個鬼曾經是人？」

「有過。」李隱點點頭，「你們看這張表。這是目前記錄下來的歷年血字指示的記錄，各種規律、生路解析，都寫在上面。我複印了幾十張，你們拿回去分給新住戶們看吧。」

這張表格的內容非常簡明清晰，血字的時間地點、鬼魂的情況和形象、死亡人數、生路，都寫得很清楚。

傳看了表格之後，李隱問：「那麼……大家還有什麼疑問嗎？」

「我有問題。」皇甫壑說話了。

「嗯，你說吧，皇甫先生。」

「叫我壑就可以了，」皇甫壑指著表格問，「李隱樓長，我發現有些鬼在血字執行的好幾年以前就有活動的跡象。那麼，公寓和這些鬼魂是什麼關係？公寓控制著鬼魂嗎？還是說，公寓恰好把鬧鬼的地點指示出來？再用生路克制住鬼魂呢？」

「這個問題……」李隱回想起，昔日夏淵也多次研究過這個問題。不過，這個問題至今還沒有一個明確的答案。

「很難判斷。雖然公寓顯然可以限制鬼的行動，鬼也無法進入公寓，但是鬼也經常會無故殺害根本不是住戶的人。目前還很難斷定公寓和這些鬼是什麼關係。目前為止，可以完全肯定的是，鬼是無法進入公寓的。而血字指示的地點，即使沒有鬼，也肯定會有詭異的靈異現象發生。」

皇甫壑點了點頭，他又看向那張表格。李隱發現，他的手指微微顫動著，似乎很激動。難不成他和慕容蜃一樣，都是對鬼感興趣的變態？

接著，這五個人，都提到了一個問題。

「關於地獄契約碎片和魔王血字……」

李隱點點頭，說：「魔王血字我會重點說明。目前執行該血字的住戶只有一名，是以前住在一〇六室的唐蘭炫醫生，當時我也在現場。魔王級血字……」

回憶起當時在那個異度空間內，身體被徹底的黑暗覆蓋，彷彿被帶入地獄最深處的窒息感，李隱依舊感覺心悸。太可怕了！

「對魔王級血字，我不鼓勵住戶去執行。畢竟相關線索實在是太少了。而且，不能確定魔王級血字指示是否存在生路。」

「我倒是對『魔王』很感興趣。」慕容蜃怪笑道，「不過，那樣也許會失去更多樂趣啊……算了，我還是先執行普通的血字吧。」

「嗯……這個，總之，」李隱說，「今天的會議就到此為止了。還有不明白的問題可以隨時來問我。反正公寓一般每週都會舉行一次會議，商討執行血字的各種問題。還有，我建議你們都去附近找一家健身房，經常進行體能鍛煉，增強體力耐力對於今後執行血字非常重要……」

就在這時，忽然響起急促的敲門聲。李隱連忙走到門前，打開門一看，是銀夜。

「出事了，李隱……」銀夜非常緊張地說，「剛才我看了午間新聞……敏，她死了！」

「事態很嚴重。」李隱看著電視新聞，在飛雲區幽影山谷發現了一具女屍，根據身分證確認屍體是敏。當敏的照片被電視播放出來後，已經確定無疑了。

「是誰殺了她？」銀夜皺著眉頭說，「敏的死訊估計不久後所有住戶就都會知道了。所以……」

「如果契約碎片在她身上的話，那就很麻煩了。」

如果敏持有著碎片的話，那麼她這一死，就沒有人知道碎片在哪裏了。即使在她身上，他們這些人也無法去接收死者的遺物。

深雨，敏唯一的親人，也不知所蹤了。

「如果碎片在警方手裏，要拿回來必定要費一番波折。不過……」李隱沉吟著說，「更大的可能是，碎片被某個住戶拿走了。」

「對，我也考慮過這個可能性。」

四〇四室內，李隱、子夜、銀夜和銀羽四個人集中在一起，商討關於敏的死。

「她不可能是被鬼殺害的，」銀羽說，「那天她的確回了公寓一次。一旦回歸了公寓，即使江楓製衣廠的那個鬼脫離衣架的封印再次現身，也不會再來殺害她了。」

的確，進入公寓後，再一次出去，鬼魂便不會再追殺。否則公寓的所有住戶早就死絕了，這一點絕對不會有問題。

「那麼，殺害敏的，很可能是人。第一種可能性，是劫殺。」銀夜分析道，「警方也在往這個方向調查。不過一般住戶因為長期住在公寓，不和社會接觸，身上不攜帶財物是很正常的。而我認為，敏昨天剛從那麼可怕的地方回來，怎麼還敢離開公寓？這個可能性極小。」

「第二個可能性，是仇殺。和敏有仇的某個人，把她叫出去，然後殺害了她。這種可能性要高得多，這要考慮調查敏周圍的人際關係。如果是仇殺的話，那麼碎片就可能作為遺物落在警方手裏。」

「第三……就是住戶，為了奪取契約碎片而殺害她。」

這個可能性，其實李隱認為是最高的，但有很多地方說不通。確實，當時敏先一步回來，並且是她幫子夜叫的救護車。認為她從子夜身上奪走了碎片，也是有可能的。

但是多數住戶都還相信「契約碎片在嫁衣裏」這一想法。當時敏還不確定鬼是不是已經被封住了，她敢去拿碎片嗎？

因此銀夜也認為，碎片不太可能在敏身上。他認為，可能是敏離開後，子夜又醒過來，拿走了碎片。而如果碎片還在嫁衣裏的話，也沒人敢去拿。誰能保證衣架能一直完全克制住鬼？

不過，銀夜也想到，當時子夜打來電話的時候，李隱並沒有按下免提讓所有人都聽到。他很可能隱瞞了一部分事實。如果子夜最初就奪走了碎片呢？那麼，敏就有可能……

假如，某個住戶抱著這個想法，把敏叫出去，殺死她奪走了碎片呢？

雖然住戶們應該不會在只發佈了三張碎片下落的情況下，就輕易殺人。但是，李隱一想起慕容蜃那種變態人物，就覺得人的想法是很難完全預料到的，所以這種可能性也不小。

「召集住戶，立即展開詢問。」

對李隱來說，地獄契約碎片的下落，一定要查出來！碎片被一個不知道身分的住戶掌握在手裏，對李隱和銀夜都不是好事。而且，有一個那麼快就為了碎片而殺人的住戶，李隱也感覺不寒而慄。那麼危險的人物，一定要儘快查出來！

「其實我認為仇殺的可能性也不比第三個可能性低。」銀羽說，「仔細想想，當時敏如果真的拿著碎片，肯定會非常謹慎。即便不是如此，剛逃回公寓，她一個進入公寓還不到半年的新住戶，哪裏敢輕易離開公寓？她和任何住戶都不算特別親近，沒有重大理由，應該不會跟著對方出去。」

「我也那麼認為。」子夜也說，「而且我認為幽影山谷的確是第一案發現場。如果在公寓裏殺死敏，再把屍體運到幽影山谷去，太危險了，被發現的可能性很大。剛才我們去敏的房間看過，找不到任何搏鬥的痕跡。」

「總之……」李隱做出了決定，「召集住戶，進行不在場證明的調查，並詢問目擊證詞。而且，我隱約感覺到，這件事可能和那個放置Ａ４紙的神秘住戶有關。也許，殺死敏的兇手，和那個住戶是同一個人。」

李隱對那張紙始終很在意。目前無法證明那張紙條上的資訊是否是真的，如果說是某個住戶自暴自棄，決定拉一群人一起死，也是可能的。但是，李隱總感覺不是這樣。

「其實還有一件事情，我非常在意。」李隱說，「那幅畫。敏的妹妹深雨送給敏的那幅畫。敏既然很重視這個妹妹，為什麼不掛出這幅畫呢？會不會是她那天去執行血字後，那幅畫被哪個住戶強行進入她的家裏盜走了？」

銀夜問：「為什麼要盜走那幅畫？又不是什麼名家名作。」

「就算是名家名作，進入了這個公寓，誰都只想著如何活下去，哪裏還有那個心思？如果盜走了這幅畫，說明什麼呢？這幅畫有特殊的價值嗎？」李隱對這一點很在意。

那幅畫被盜走了，而畫的作者又失蹤了。接著，敏被人殺害了。

「我總感覺，這背後隱藏著很可怕的黑幕。」李隱對銀夜說，「總之，必須查出殺害敏的兇手。還有那幅畫，我認為隱情很不簡單。」

其實李隱有著更進一步的猜測。這會不會和那張提示「不要回頭」的紙條有關？

「說起來，敏在卞星辰他們去執行血字的那天晚上，又去孤兒院找她的妹妹了。」李隱說，「難道說，這其中有某種聯繫嗎？」

「也許吧。」銀夜想了想，「總之，敏的妹妹是個很重要的關係人。她如果在電視上看到姐姐的死，也許會回來操辦喪事吧？就算兩個人之間真有什麼誤會，現在也該……」

說到這裏，李隱和銀夜都渾身一個激靈。

「誤會？」

「說是誤會，也許是很嚴重的爭執。」

李隱和銀夜相互看著對方，兩個人都默契地有了同樣的想法。

「走！」李隱站起身，對子夜和銀羽說：「召集住戶詢問證詞的事情，麻煩你們兩個了。我和銀夜出去一下。」

下樓時，李隱對銀夜說：「敏的妹妹，如果和敏有什麼很大的爭執，那麼也許就會想殺死她。」

「對。」銀夜也同意這個觀點，「如果當時敏的妹妹打來電話，和她約在幽影山谷見面的話，她很可能立即出門赴約。雖說她妹妹雙腿癱瘓，但是，如果讓她走近，出其不意地用刀子殺害她，也不是不可能的。」

「不過……」李隱仔細想了想說，「從新聞報導來看，敏是手掌先被刺了一刀，然後心臟被刀子深深扎入。深雨今年才十九歲，她能夠殺得了她姐姐嗎？」

銀夜一聽，也覺得有道理。難道是他們想得太多了？

這時候，李隱忽然抓住了銀夜的肩膀，說：「等等，銀夜！」他正在用手機流覽網站，這時發現了一條新聞。

敏的屍體被發現後，有網友挖出一件往事來。敏，是曾經被報導出來的一名身懷「鬼胎」的女子。她曾經在六歲的時候，生下一名女嬰。而那女嬰，就是深雨！

「六歲？」銀夜驚愕得合不攏嘴，「真的假的？不會是網友瞎編的吧？」

「未必。」李隱說，「事實上，世界上最年輕的母親，只有五歲。一九三九年的時候，在秘魯有一家醫院，曾經收治過一名年僅五歲的女孩，當時懷有八個月的身孕。之後，在醫生進行剖腹產手術，成功生下一名男嬰。不過這是非常極端的個例……」

「敏，她……真的在六歲的時候成為了一個孩子的母親？可是怎麼會生下那個孩子來？真是太不可思議了……」

接下來，兩個人開始核實此事。他們充分地調查了敏和深雨所有的過往。事實上，直到幾個月前，敏對深雨的態度還是處於矛盾和糾結的狀態中。但是，在她進入公寓後的一段時間裏，卻對深雨的態度發生了很大的轉變，甚至希望能夠好好照顧深雨。是因為成為了公寓住戶，不得不如此嗎？

「既然如此，深雨對敏，應該不再抱有恨意了吧？既然敏已經不再對她……」

「也難說。」李隱整理著調查的資料，「深雨始終不願意再和她說話、見面，對她一直都很排斥。不過，那恨意是否形成了實質的殺意，就難說了。」

如果是深雨殺害了敏的話，那麼就是仇殺了。

然而，對李隱而言，仇殺是相當麻煩的。因為，子夜告訴他，地獄契約碎片當時她扔在了工廠。那碎片很可能被敏拿到了，但也有可能還留在江楓製衣廠裏了。如果碎片的確在敏的身上，那麼必定是作為死者的遺物保管在員警手裏。

要怎麼拿回來？就算對員警說自己是敏的朋友也沒有任何根據。敏的真正血親只有深雨。而接下來的日子裏，深雨始終沒有現身。

地獄契約碎片，究竟在哪裏？

而子夜和銀羽詢問了公寓全體住戶，有明確不在場證明的住戶非常多，但還有幾名住戶不在公寓裏。敏的死讓住戶人心惶惶，畢竟一個殺人兇手很可能就住在公寓裏，一想到這一點，大家就心驚膽戰。但是，又還查不出是誰。

李隱也多次去打聽過敏的遺物問題，最後是孤兒院院長去領回了遺物。但是，遺物裏根本沒有地獄契約碎片。

地獄契約碎片，會不會真的還在江楓製衣廠裏？

可是誰敢再回去拿呢？誰都不敢，何況也只有百分之五十的可能性而已。

李隱他們進一步搜查了敏的房間，還是找不到深雨的那幅畫，而且也沒有找到任何線索。

對深雨這個人，李隱越來越在意了。她再怎麼憎恨敏，畢竟也是骨肉相連，難道真的會絕情到連敏死了都不來送行？

日子一天一天地過去。漸漸地，很多住戶都暫時忘卻了這件事。畢竟，面對下一次血字，才是最重要的。和敏有交情的住戶也沒有幾個，大家都只管自己的事。

不久，新的血字指示發佈了。

三月廿二日，公寓一四〇四室。

「敏的死還是查不出真相呢。警方已經往搶劫殺人的方向去調查了。」銀羽看著電視上播放的新聞，對坐在身旁的銀夜說：「哥哥，如果碎片真的是在敏身上，就麻煩了……」

「是啊。」銀夜緊皺著眉頭說，「雖然也可能在嬴子夜手上，不過在敏手上的可能性也不低，事情越來越麻煩了。」

如果真的失去契約碎片這個捷徑，那麼，就只有再用五次血字的代價，來讓銀羽離開公寓了！

五次血字，想想都知道有多艱辛。上次在午夜巴士，銀夜是在死神的手裏拚命地掙扎，才勉強逃得一命。將來……銀羽還能活多久？

自己進入這個公寓，就是為了能夠讓她活下去啊！

「哥哥，」銀羽說，「你最近幾天晚上都在熬夜吧？真是辛苦你了。」

「你不也一樣。」銀夜說，「我最近根本睡不著。你下一次就是第六次血字了，而我也將面臨相當於分水嶺的第五次血字。本來以為，可以靠地獄契約碎片來通過魔王血字，離開這個公寓。但是現在看來，這個希望極為微渺啊。」這對銀夜而言是個很大的打擊。

「只有看下次血字，是否會發佈新的地獄契約碎片了……」

銀夜現在倒是希望，地獄契約碎片真的在殺死敏的住戶手上，或者在嬴子夜手上。

「現在播送下一則新聞。」電視機上播送完敏的新聞後，又播送了一條新的新聞：「昨日，在天南市白林區，又發生了一起殺人案件。該案件的死者，被人砍去了頭顱。這是本市今年第六起斷頭殺人案件。警方……」

銀夜關掉了電視，他轉過頭，看著銀羽說：「總之，銀羽，契約碎片的事情，你還是先別想太多。第六次血字，你就可以直接回到公寓了，要充分利用這個優勢。」

這時候，銀羽卻沉默不語了。她抬起頭，迎著銀夜的目光，說道：「哥哥，你……也為你自己多考慮吧。我希望看到你幸福……」

「銀羽……」

「我……」銀羽的眼眶開始湧出淚水，「進入公寓後，阿慎死後，一直是你在守護我，照顧我……如果沒有哥哥你，我絕對撐不到今天……」

雖然對阿慎曾經如此深情，但是，銀夜對銀羽所做的一切，要說對她沒有絲毫觸動，那是不可能的。尤其是直永鎮那一次，銀夜不顧危險，拚盡全力把她帶回公寓。銀羽在那之後就覺得，如果她再拒絕哥哥，對他實在太殘忍了。

「哥哥……你喜歡我吧？作為男人而喜歡著我吧？」銀羽下了決心似的說，「我……知道哥哥你的心意。即使是現在，哥哥，你還是對我抱著這份感情嗎？」

「銀羽？你……」

「如果對哥哥你而言，我真的那麼重要的話……那麼……」

就在銀羽即將說出下一句話時，忽然，她的心頭猶如被一團烈焰覆蓋，劇烈的灼燒感襲來！而銀夜也在這時有了同樣感覺，心臟猶如被扔入火堆一般，血字發佈了！

看到銀羽的表情，銀夜知道，這一次，他要和銀羽一起執行血字了！

他看向牆壁，上面已經開始滲出血跡來，血跡不斷接合，形成清晰的血字。

「本次血字共六個人參加，不指定地點，但在血字執行期間不允許待在公寓內。限定在二〇一一年四月一日至十五日期間，六名住戶每人必須要找到今年一至三月在天南市發生的六起斷頭殺人案的死者——藤飛雨、林迅、張波凌、厲馨、王振天、白靜的人頭，持有任何一顆，可回到公寓。未持有上述任何一個人頭而進入公寓的住戶，將會被自己的影子操縱自殺身亡。本次血字不發佈地獄契約碎片下落。」

一一〇七室，皇甫壑正在書桌前，研究著那張表格。他不時抬起頭，看著面前相框裏的照片。照片上是一個美麗端莊的少婦，她正蹲下身子，滿臉笑容地抱著一個八歲左右的男孩。

「快了，媽媽……」皇甫壑看著那張照片說，「就快要實現我們的願望了……」

就在這時，一陣劇烈的心臟灼燒感襲來，皇甫壑捂住胸口，他立即意識到，這就是李隱提及的血字發佈的徵兆！

心臟的灼燒感沒有持續多久就消失了。皇甫璽離開書桌，衝到了客廳。果然，在雪白的牆壁上，出現了一行血字。內容和銀夜看到的一模一樣。

「帶一顆人頭回公寓？」皇甫璽看著那段血字，很意外：「沒有指定地點？」

根據公寓的規矩，接到血字指示的住戶，要馬上聚集到一樓大廳。

皇甫璽坐電梯來到一樓，門打開後，他一眼看見，一樓已經聚集了四個人，分別是住在十四樓的柯銀夜、柯銀羽，以及住在七樓的華連城、伊蕊夫婦。

銀夜一眼看見了皇甫璽，走過去說：「是你啊，皇甫先生。」

「柯先生，」皇甫璽看著他問，「我記得你是執行了四次血字的住戶吧？我剛進入公寓，就要和你一起執行血字？」

「事實上從去年開始就有過這種先例了。住戶執行血字的順序，完全混亂了。這種異變現象，我們猜測可能和今年的『魔王降臨』現象有關。」

皇甫璽點了點頭。

「也就是說……是不是新住戶不重要了，要通過血字的恐怖，迫使住戶，抱著賭博的心態，去選擇執行魔王級血字對吧？」皇甫璽說，「如果公寓還是和以前一樣，按照難易順序來發佈血字，那麼會去執行魔王級血字的住戶就會減少了。」

「嗯，不錯。」銀夜略微有些吃驚，這個男人，居然如此冷靜，一眼就看出了這個他和李隱才想到的推斷。

這也可以解釋，住戶執行血字難易順序完全被打亂的原因。讓第一次執行血字的住戶，也要經歷六七次血字的難度，任誰都會恐懼到想把一切賭到魔王級血字指示上。

「還差一個人吧。」皇甫壑說，「血字上說，這次一共有六個人執行血字。」

「是啊。」銀夜說，「估計那個人也快下來了吧。」

這時候，又一部電梯門打開，走出來的是夏小美。

她剛一看到銀夜，先是一喜，但隨即又意識到……這將是第五次血字的難度！

這讓夏小美達到了恐懼的巔峰。自己……能活下來嗎？

「人到齊了吧。」銀夜見夏小美也下來了，便說道：「那麼……大家都到我房間裏來吧。就這次血字，我們有很多細節要討論。」

以往，只是單純地前往某個地方執行血字，這一次，卻是給出了重大的線索，也就是今年發生的連環斷頭殺人案。

這一系列案件影響極大，引起了天南市政府的高度重視。但是無論怎麼追查，還是毫無頭緒。雖然鎖定了一些嫌疑人，但都沒有辦法確認誰是兇手。現在，第六個被害人也出現了。

「這是網路和平面媒體的所有關於連環斷頭殺人案件的報導。」

桌子上堆積著一大堆報紙，還有網路上列印下來的資料。

「這一系列殺人案，我當時也很關注呢。」連城拿起一張報紙說，「沒想到，這些案子裏居然還有靈異現象存在……」

「那麼，兇手莫非是鬼魂嗎？」伊蕊問道，「對，一定是這樣，那樣的話……」

「不要急於下結論。」銀夜說，「距離血字執行還有一段時間。目前我們先就案件本身進行調查，但不要去接近案件的相關當事人。這幾起殺人案，在網路上已經炒得熱火朝天，也在天南市引起很大的恐慌，某些論壇上以訛傳訛的說法，不能過於輕信。」

網友給這些殺人案的兇手，起名為「斷頭魔」，因此在網路上被稱為「斷頭魔殺人案」。

「暫且我們也用『斷頭魔』來稱呼兇手吧。」銀夜說，「再提醒你們一點，血字執行時間開始前不要去接近案件的當事人，也不要去案發現場。案件本身，也可能有被警方隱瞞、沒有公佈的部分。無論如何，都必須查出來。首先，先系統歸納一下這些案件。」

銀羽拿起一張紙來：「那麼我先讀一下。第一起案件，發生在二〇一一年一月四日，天南市東彬區的仁月街。案發地點在仁月街東面的一個垃圾場內。發現屍體的是收垃圾的拾荒者。死者名叫藤飛雨，男性，廿六歲，股票經紀人，家住在東彬區的一個公寓內。死者被發現的時候，頭部被完全『砍』斷，從頸部的傷痕看，是強行將頭部用蠻力拔下的。」

這一點，被公佈後引起了很大恐慌。能夠用蠻力將頭部拔下，簡直就是非人類。而且又是臨近春節，市政府派出了大批警力在市內各處巡邏。

「第二起案件，在一月廿八日發生。第二名被害者在白巖區的青田公園內被發現。屍體倒在公園的一座山上，同樣也是沒有了頭，頭部一樣是被強行拔下。該名死者也是男性，名叫林迅，年齡廿四歲，是一名小學教師。他的住址就在白巖區，經過反覆調查，查不出他和藤飛雨有任何關聯。那時候，媒體開始宣傳，『斷頭魔』可能是無差別地殺人。」

也就是在那時候，「斷頭魔」一詞鋪天蓋地的在媒體上出現，甚至一度進入網路搜索排行榜前列。人們因此開始減少外出，甚至成群結伴才敢走夜路。雖然警方不斷加大警力巡邏，但是，第三起殺人案還是發生了。

「第三名被害者在春節期間出現了。二月十六日，一名IT公司的白領被殺害了，他名叫張波凌，廿七歲，案發現場是他所在公司大樓的地下停車場。發現屍體的是一名保安。」

聽到這裏，伊蕓的手已經開始顫抖起來。連城則緊緊抓住她的手，安慰道：「別，別怕……」

誰都沒想到，這個轟動天南市的「斷頭魔」，竟然是公寓發佈血字的鬼魂！也難怪員警無論怎麼查也破不了案了。

「說到這裏……」夏小美打斷了銀羽的話，「屍體的身分可以確定嗎？三個人都是頭部不見了，那麼，他們的身分可以確定嗎？推理小說不是經常有嗎，斷頭的屍體往往是被用來調包的……」

「身分是沒有問題的。」銀夜說，「每個人的指紋都經過了檢測，而且身上也都帶有身分證件。最重要的是，血字指示上也明確提及了每個人的名字。」

皇甫壑卻說：「我研究過你們給我的表格。那些斷頭的屍體完全可信嗎？公寓完全可以安排一具假的屍體出來。鬼魂能輕鬆變化為人類的形象，那麼製造一具假屍體根本不費吹灰之力吧。至於名字，以血字指示一向喜歡玩弄文字遊戲的風格，也可能是同名同姓的人物。這一點，不能不注意。」

銀夜聽了這話，想了想，說：「一般不會有這種情況。如果是這樣的話，那麼那個同名同姓的人，在哪裏死去都不知道，怎麼去找到人頭？公寓這麼做和直接虐殺我們沒有區別。血字指示不會給出無解的狀況，這一點已經被證實了。你多慮了，皇甫先生。」

「但願如此吧……」

「那，我繼續念了。」銀羽念道，「剛才提及的張波淩，經過警方調查，和藤飛雨、林迅二人毫無關係。這也增加了斷頭魔是無差別殺人這個說法的可能性。之後，第四名死者出現了。第四名死者名叫厲馨，屍體在她自己家裏被發現。」讀到這裏，銀羽也感覺到一陣無形的壓力。

銀夜從她手裏拿過紙來，說：「接下來的我來讀吧。厲馨年齡廿二歲，是一家建材公司的會計主管。她的屍體在二月十四日被發現，當天她請假。同樣，也沒有調查出她和之前被害的三個人的關聯。值得一提的是，這一次，終於有人目擊了可能是兇手的人，大樓的管理員幫助警方畫出了嫌疑人的模擬圖。管理員稱，當時看見有一個男人進入大樓，那個人並非是大樓住戶。」

這是六起殺人案的調查中唯一實質性的線索。但警方排查了四名死者周圍認識的人，都沒有發現和這個人長相相似的人。

「我想這個人不會是兇手吧。」連城指著報紙上登出的嫌疑人模擬圖說，「公寓不可能留下那麼明顯的線索。生路是非常難找的，這樣的線索……」

「第五名死者，是在三月六日被發現的。第五名死者名叫王振天，他的屍體，是在第一個死者被害的東彬區被發現的。屍體所在地點，是一個天橋下。警方不斷調查，卻還是沒有查出，藤飛雨和王振天之間的關聯。」

銀夜接著又說：「下面就是最新的一個受害者的報導了。昨天發生在白林區的殺人案件，死者名叫白靜，年僅十七歲，也是六名被害者中最小的一名。她是一名高中生，屍體被發現在學校的理科實驗室裏。法醫推定的死亡時間，是在昨天晚上六點到七點之間。」

一時間大家都沉默了，房間裏陷入沉寂。

2 斷頭魔

那個恐怖的斷頭殺人魔，光是想想，就令人雙腳發軟了。

六個人的人頭，一直都沒有被找到。關於白靜的調查剛開始，還不確定她是否和前面五個人有什麼關聯。不過想來，大概也是查不出什麼來的。

「還有其他嫌疑人吧？」夏小美問，「我想……」

「有是有，但沒有證據。而且，說是嫌疑人，也比較牽強。因為查不出很明顯的殺人動機。白靜還不清楚，但前面五個人的死，並不存在任何受益者，也查不出和他們有仇的人。無差別殺人的說法也因此越來越被採納。」

夏小美看著報紙上登出的白靜的照片，不禁一陣心酸。這個女孩長得很可愛，年紀和她差不多，如今卻命喪黃泉，連自己的頭顱都不知所蹤。

白靜的死，在晚間新聞中再一次被播出。因為這次的死者年齡很小，所以也引起了更大轟動。警方在白靜就讀的金楓高中不斷取證，目前還沒有對外公開調查結果。

「沒有發佈地獄契約碎片下落嗎？」李隱聽銀夜說後，點點頭道：「至少還有希望，沒有說契約碎片不再發佈了。這一次的血字……真的很特殊啊，和以往完全不同。」

不限定地點，只要取回一顆人頭就能夠回到公寓。這樣古怪的條件下，背後必定隱藏著一個巨大的陷阱。但就算知道是陷阱，也必須跳下去。

「那六顆人頭，一定放在我們可以取得的地方。」銀夜說，「但是，如果要拿走人頭，我想大概就會遭到鬼魂追殺。」

「嗯。不過，對人類嫌疑犯的調查也不能放鬆。兇手也未必就是鬼魂。畢竟當初我們也沒少吃武斷下結論的虧！」

這時候，銀夜想起，血字指示發佈之前，銀羽對他欲言又止的樣子。她想說的是什麼？

銀夜進入這個公寓，從來都沒有抱著想得到什麼的心態，成為這個公寓的住戶，用九死一生來形容也不為過。如果出於私心，絕對是做不到的。

他完全是為了銀羽，完全是為了讓她活下去，才會進入這個公寓的。

他根本沒想過讓銀羽接受自己，就算要考慮這一點，也得等他和銀羽都離開了公寓再考慮。

「另外，」李隱拿著那張模擬的嫌疑犯畫像說，「這是目前嫌疑最大的人的畫像。查不出身分，只有目擊證詞而已。」

這一次，實在是很棘手。而且，更令人擔憂的是……

「可能會出現住戶間的自相殘殺。這和地獄契約碎片不同，沒有矛盾的優先問題。雖然有六顆人頭均分，但是，如果出現了能夠先取得的人頭，住戶間必然開始自相殘殺。」銀夜對這點最為憂心。

「那六個人，完全查不出任何共通點嗎？」李隱繼續追問。

「沒有。本來前面五個人年齡比較接近，但是，如今最新的死者白靜，才僅僅十七歲而已。這把原來的推論完全推翻了。」

大家討論了很久，還是沒有任何結論。

要取得人頭，必須要去接近案發現場以及與案件相關的人。在這個過程中，很可能會碰上鬼魂。

「我比較擔心的問題還有一個。」銀夜指著報紙，「死去的這六個人，會不會存在著某個人是鬼魂的可能性呢？人頭如果可以帶入公寓，必定不存在鬼的附體。但如果是死去的人的靈體呢？甚至可能這六個人全部都是。」

「嗯，那你有沒有什麼推論？」

「比如說……第一名死者，藤飛雨。他的確是被人類殺害的。但是，他死後變成了鬼魂，因為被斷頭的緣故，殺害了另外五個人，取走了他們的人頭。」

「嗯，你這麼說的話……」

「這樣一來，就代表著，藤飛雨的人頭，其實是保管在人類的手上。從人類手中奪取人頭，就容易多了。也就是說，藤飛雨的人頭是最有可能……」

「如果這個推論是真的話……」李隱進一步指出，「那麼後來死去的五個人，也許是合謀殺害了藤飛雨的人。也就是說，藤飛雨的人頭，可能就在那五個人中的某個人手裏。而這就有可能構成『生路』。公寓將『生路』隱晦地隱藏在這裏，而不讓我們特別注意藤飛雨，對吧？」

「這一點，有些說不過去。」銀夜搖搖頭說，「調查結果是，之後被殺的五個人……白靜也已經初步查明，和前面五個人毫無關聯。互相不認識的六個人，怎麼會聚集在一起，然後還殺人？將人頭硬生生地拔下，這是多大的痛苦？經過警方調查，這是六個人共同的死因。」

「的確呢，說不過去。」

「如果這個推論不成立的話。那麼殺害六個人的兇手又是誰呢？兇手是人類還是鬼魂這一點很重要。將人頭硬生生拔下，這的確不像人類所為，但也不能因此倉促下結論。」

實在有太多未知因素了，因此生路尤其難找。

「而且，要進一步調查的話，也許還需要很多警方未公開的資料。但我們如何取得這些資料？」

「這個嘛……」李隱也知道這是個問題。情報是這次血字的關鍵。如果無法取得某些關鍵情報的話，也許就難以查出真相，更不用說找到六顆人頭了。

「員警的問題，交給我就行了。」

門口不知何時出現了一個人。李隱和銀夜定睛看去，卻是慕容蜃！

「我大概沒告訴二位吧……」慕容蜃邪笑了一下，「我，是一名法醫。」

「這一點，警方還沒有對外公佈。」慕容蜃取出幾張照片，放到桌面上說，「注意到了吧？這是斷開的脖子照片。包括白靜在內，六具屍體斷開的脖子斷面是完全相同的。幾乎沒有絲毫偏差。這一點令警方難以置信，完全用蠻力強行將脖子弄斷的，卻又如此精確地將斷面弄得幾乎完全相同。」

李隱仔細比對著照片，發現斷面無論是角度還是範圍，都幾乎完全相同。

「真是不可思議。」銀夜看完後，放下照片說：「不過，你就這麼簡單把情報給我們？沒有任何條件嗎？」

「呵呵，哪裏。」慕容蜃詭異地笑著說，「能夠接觸真實的鬼魂，實在太有趣了。對我來說，再也沒有比這更刺激的事情了，太爽了……」

銀夜點了點頭，說：「很謝謝你的幫助，還希望你繼續幫助我們調查下去。作為回報，下次你執行血字的時候，我會竭盡全力幫助你思考生路的。」

「呵呵，不用。」慕容蜃卻搖搖頭說，「對我來講，生路還是自己想更刺激。哈哈哈……」

這個變態！

盯著那些脖子斷面的照片，銀夜隱隱有著不安的預感。這些人頭，莫非有著特殊的用途嗎？究竟是要做什麼？

第二天，第六名犧牲者出現的新聞，已經是盡人皆知，幾乎成為所有人茶餘飯後的話題。而死者白靜生前所在的金楓高中，也被大量媒體蜂擁而至，圍得水泄不通。學校不得不放假幾天以應付記者。同時，校方已經明令禁止任何學生和記者接觸，不能說不該說的話，一旦發現將給予處分。

午間的時候，記者來到白靜家進行採訪。白靜的父母已經哭成淚人，她母親的精神狀態已經無法再接受採訪，而父親則是老淚縱橫地在鏡頭前，控訴兇手的殘忍。

「真是可憐。」銀羽看著鏡頭前白靜的父親，「白髮人送黑髮人的痛苦，實在難以承受。」

「記者也真是不懂得體諒人的心情，」銀夜說，「人家剛剛承受喪女之痛，還跑去採訪，誰能有那個心情？」

白靜的父親，名叫白曄山。他在電視機鏡頭前，雙眼紅腫地說：「那個殺害我女兒的惡魔，我絕對不會放過他！上蒼有眼，一定會收了他的！」

銀夜苦笑了一聲。沒有什麼「上蒼」，這個世界，只有人才有能力去制裁人。

白曄山越說越激動，最後甚至對著鏡頭咆哮道：「為什麼過了那麼長時間，員警還抓不到兇手？兇手究竟在哪裏？難道只能任由他犯下那麼多罪行嗎？我……」

「說起來，這些死者家屬，」銀羽問一旁的銀夜，「我們到時候以什麼身分去接觸呢？我們沒有任何理由去……」

「沒關係，我有辦法。你不用操心這些，銀羽。」

「哥哥……」

「還有，銀羽，我們這次執行血字，要盡可能地保護夏小美。她知道地獄契約碎片在我身上，如果棄她不顧，她很可能會說出來。那樣就麻煩了。」

銀羽表示會意，不過，她看起來也很不安。

「這一次的情況非常棘手呢。過去，只要能夠在血字終結的時候逃回公寓就可以了，但是這一次，如果不將人頭帶入公寓，就算活著逃回來了也沒有用。」

「的確如此。那六顆人頭，也不知是分散在各個地方，還是集中在一起。即使能夠找到，也免不了會有一番爭奪。而且，如果面臨人頭數少於住戶數的情況，住戶絕對會為了人頭而自相殘殺。」

銀羽也知道這一點。到時候，哥哥會主動把人頭讓給自己吧？那他自己呢？

「皇甫壑那個人，我總感覺他不太對勁。」銀夜對這個人最不放心，他一直在觀察他：「他對於進入公寓，不但並不怎麼恐懼，反而好像是如魚得水一般。但他又和慕容蜃那個人不一樣，他似乎是想通過這個公寓得到什麼『東西』。」

「得到什麼?」

「這只是我的感覺而已，希望不是真的……」

華連城和伊蕓在七〇六室裏，倆人都是愁眉不展。

「怎麼查啊?」伊蕓非常焦急，「這次太詭異了吧?要找回六顆人頭?警方下那麼大力氣都查不出來，我們怎麼查得出啊?而且，也許那些人頭就在鬼的手上，去拿人頭不是找死嗎?」

「我也這麼覺得。」連城重重歎了口氣，「我去見過李隱了。還好，當初李隱剛進入公寓的那段日子，我們都很照顧他。李隱是個很重情義的人，他承諾到時候一定幫助我們，考慮生路和如何找到人頭。」

「找不到人頭，就算知道生路又有什麼用啊!柯銀夜和柯銀羽，我們和他們交情不算很深啊。雖然我們和夏小美關係還算不錯，可是她也只過了一次血字，還是在柯銀夜的幫助下……」

連城看向妻子，猶豫了一會兒後，說:「小蕓，如果，只找到少數人頭的話，那麼，就只有拚了!另外四個人，就是我們的敵人。真到那個時候……」接著，連城做了個抹脖子的動作。

「你……」伊蕓嚇了一跳，「你說真的?」

「沒有人頭，回公寓也是死。其他人也知道這一點。誰知道我們是不是正好能拿到六顆人頭?或者，我們還可以來個漁翁得利。等柯銀夜取得人頭的時候，我們去搶!」

他從臥室內取出一個箱子，打開來，裏面放著數目驚人的大量刀具。

「這次，我們多帶把刀子。」連城說，「小蕓，人不為己，天誅地滅。無論如何，我們……」

「可是，」伊蕓還是有些猶豫，「我……」

「如果找到六顆人頭，自然皆大歡喜，也不需要那麼做了。可是如果找不全呢？那麼，為了搶人頭，我們什麼事情都要做！其實不一定要殺死對方，只要打傷了，搶來人頭，也是一樣的。」

其實，這和殺人有何區別？沒有人頭，就等於是殺死了對方。

「連城……」

「嗯？」

「如果我們兩個人面前，只有一顆人頭的話……你會怎麼選？」

一時間，兩個人都陷入了沉默。

事實上，這是連城最害怕發生的事情。

當年，連城邂逅伊蕓，被她的柔弱無助所吸引，愛上了她，不惜帶著她逃婚來到這個城市，卻進入了這個公寓。夫妻倆一直互相扶持著，走到今天，誰也沒有埋怨過誰。

可是，上一次在銀月島上，伊蕓對連城說的話，成為了兩個人之間的一道裂痕。雖然後來和解了，但裂縫卻不是那麼容易彌補的。

連城很清楚，在他內心的深處，已經開始後悔了。如果當初他沒有選擇和伊蕓逃走，而是安心地幫她策劃婚禮，他們就不會來天南市，也不會發生後面的事情了。

雖然他的確深愛著伊蕓，但是，在這地獄一般的公寓裏，最深沉的愛也會逐漸變質。當然，像銀夜這樣為了愛可以親身赴死的絕對情癡，就是另外一回事了。

而他們兩個人，還沒有相愛到這種刻骨銘心、海枯石爛的地步。瓊瑤小說裏那種把愛情看得高於生命、高於一切的信念，根本只是對愛情的理想憧憬罷了。能夠做到為愛犧牲的人不是沒有，銀夜就是，但這樣的人，畢竟是少之又少。連城和伊莣就不是。

如果，真的只有一顆人頭，那麼，在生存的誘惑下，他們會怎麼做呢？

「你會殺了我嗎？」伊莣冷冷地問道。

連城抬起頭，迎著她的目光。她在等待答案。雖然，她也不知道自己希望聽到什麼答案。

「不會的。」連城搖頭說，「我想不會的。」

「連城……」伊莣蹲下身子，把箱子推給連城：「刀子你自己收好吧。不要交給我。反正我也是個手無縛雞之力的弱女子。如果，你真的……拿刀來刺入我的胸膛，我也可以接受。」

「不！小莣！這幾年來我們一起走到今天，難道我們的感情如此脆弱嗎？」連城拚命地搖頭，「不會的！我們，我們可以一起活下去的！一定可以的！」

愛一個人，能夠為他（她）犧牲到什麼地步？

如今，這個問題就擺在了公寓住戶們的面前。

夏小美也同樣在思考著這個問題。她躺在床上，雙眼空洞地望著天花板。

「銀夜……」她喃喃地說，「為什麼是你，為什麼是你呢？」

銀夜肯定會為了他的妹妹拚死爭奪人頭。到時候能找到幾顆人頭？萬一出現了人頭數少於住戶數的情況，後果自然是喋血的爭奪。那個時候，為了能夠完成血字，六個人必將展開殺戮。

「他也許會選擇殺了我……」

敏的死，給了住戶一個很深刻的印象。為了活下去，殺人對住戶而言並不是多難的事！只要可以離開這個公寓，做什麼都可以！道德觀，隨著一次次血字的執行、一個個住戶的死去，不斷崩潰瓦解。

敏的死，讓住戶們的潘朵拉盒子完全打開了。

殺！阻擋自己活下去的人，必殺！

小美不禁打了個寒戰，她明明是那麼愛著銀夜的啊，可是，她也在想，如果她和銀夜只有一個人能夠獲得人頭的話，自己會怎麼做？

「我……會殺了銀夜嗎？」

日子一天天地過去，距離四月越來越近了。

這段日子大家也沒有閑著。儘管他們沒有直接去接觸案件相關人員，但也從側面不斷瞭解案件。這個案件，被警方懷疑過的嫌疑人一共有三個。不過雖然說是嫌疑人，其實嚴格來說只是「比較可疑的人」而已。

第一名嫌疑人，是死者藤飛雨的大學同學，名叫康晉，他被懷疑的原因，僅僅是因為有人目擊到，在藤飛雨遇害的一周前，他和死者就投資理念的問題起過爭執。當然，要說為了這點事情去殺人，沒人會相信。但警方實在找不到其他可以懷疑的人，所以就此詢問過康晉。藤飛雨遇害的時候是晚上，康晉一個人在家裏，所以沒有不在場證明。警方還搜查過他的家，但是沒有找到人頭。

第二名嫌疑人，是張波凌的弟弟，張波瑞。張波瑞因為投資股票，向張波凌借過七萬元。但是張波瑞買的股票大跌，血本無歸，根本拿不出錢來還。這不是一筆小錢，不過，張波凌因為弟弟是自家人，借錢時也沒有要他寫欠條，知道他的困難後，也說可以讓他以後慢慢再還。按理，張波瑞沒理由為了這點錢，就非殺了親哥哥不可，又不是地下錢莊的高利貸。但張波瑞也沒有不在場證明。

第三名嫌疑人，是厲馨所在建材公司的一名副經理，也是目前嫌疑最大的人。因為公司內有不少人都相信，厲馨是這個副經理的情人。主要是因為兩個人平時比較親密，而厲馨又由一名普通會計員在短短一年內就被提升為會計主管的緣故。那名經理名叫劉子盛，目前員警正在調查他。不過，厲馨是否是他的情人，還未能確定。同樣，他也沒有不在場證明。

這三個人是勉強可以說有殺人動機的人。但是，雖然和他們有關的死者被害時，他們沒有不在場證明，但其他死者被害時，他們都有兩到三起案子有不在場證明。

警方最初曾考慮過是否可能是模仿殺人，也就是說兇手不止一個人。但是這種駭人的作案手法沒那麼容易模仿不說，屍體脖子的斷面，也不是一般人能夠如此精確地弄成完全一樣的。

六個人最後決定，在血字執行的半個月期限裏，一起住在銀夜家中。銀夜的父母在國外定居，所以住在他家很方便，何況他的家也比較大，住六個人不成問題。

四月一日，終於來臨了。

「嗯，好的，哥哥。榮慕他也很想你呢。我知道……」

掛上電話後，柳欣眼裏再一次湧出了淚水。

穿著一身黑色喪服的她，走到臥室裏，看著在床上安睡的兒子，潸然淚下。丈夫詭異離奇地死去，對柳欣而言是個晴天霹靂。但是，她又必須強撐下去，沒有別的選擇。到底是誰殺了丈夫？是誰那麼殘忍歹毒？柳欣心裏沒底。

那個罪犯……最近又殺了一個人，而且還是個女高中生。居然如此喪盡天良！

就在這個時候，門鈴聲忽然響起。她連忙走到大門前，將門打開。外面站著三個人，兩男一女。

「你好。」為首的是一個長相邪氣的男子，他說：「我是公安局刑警一隊的法醫，慕容蜃。這兩位是我們局裏的偵查員，我們來這裏，是有些事情想要調查。」

在慕容蜃出示了證件後，柳欣打開了防盜門，說：「幾位警官請進！是不是我丈夫的案件有了新進展？」

「不，還沒有。」慕容蜃身旁的一個男子說話了，「對藤先生的死，我們還想問一些問題。」

「還要問？」柳欣不耐煩地說，「都過去三個多月了，死了六個人，可你們員警還是沒有查出兇手！」

「稍安毋躁，藤太太。」那個男子說，「我理解你的心情。我們也希望儘早把殺害你丈夫的罪犯繩之以法。目前線索確實還不夠，我們……」

「我知道了。」柳欣歎了口氣，「你們進來吧。」

那個男子是銀夜，女子自然就是銀羽。慕容蜃願意幫助他們實在讓銀夜大感意外，他竟然毫不在意有可能被牽連進去。他還說，如果被鬼魂殺死，也是件頗有樂趣的事情，比起幾十年後老態龍鍾地平淡死去，要刺激得多。銀夜也懶得去理會變態的思維邏輯。

原本他們是打算所有人一起來的。畢竟，情報是這次血字最關鍵的一環，如果銀夜和銀羽隱藏情報，那會對其他人不利。不過後來又考慮到，即使銀夜現在可以找到情報、拿到人頭，也不可能立即就回公寓去，必須要等到四月十六日的凌晨零點，才能回公寓。人頭必須是本人親自帶回公寓的，既然如此還怕什麼？到時候六個人聚集在一起回去，如果銀夜私藏人頭，奪過來就是了，人頭能夠藏到哪裏去？光是其腐爛發臭的味道就無法瞞過任何人了。

「抱歉，不能招待你們了。」柳欣把兒子臥房的門關上，坐下來說：「好了，你們說吧。」

「藤太太，」銀夜攤開一本筆記本，擰開鋼筆的筆帽：「那麼，我先詢問了。你的丈夫藤飛雨，他的屍體是在一月五日早上八點半，被一名拾荒者在仁月街的垃圾場內發現的。而遇害時間，是在一月四日夜間七點到八點這段時間內。」

「那天晚上，他遲遲沒有回來，我也擔心得要死。後來，我打了電話去問他們公司領導，說他早就下班了。我兒子八點的時候睡了，我就去找我哥哥，也打電話問了我丈夫所有的親朋好友，可是都查不到線索。那天晚上是我嫂子來家裏陪我睡的。」

「當時沒有報警，是什麼原因？」

「最初是想報警的，但是哥哥建議我先不要自己嚇自己，也可能是我丈夫臨時有什麼事情，沒能聯繫我。如果第二天早上還不回來，哥哥就陪我一起去報警。結果，第二天我們到了派出所後不久，就接到了他的屍體被發現的消息。我……我當時，就暈過去了……」說著，柳欣掩面而泣。

銀羽取出一塊手帕，遞給柳欣，說：「藤太太……我們理解你的心情，請節哀。」

「謝謝。」接過手帕的柳欣，哽咽著說：「我們結婚六年了……他，他就這麼拋下我走了。撇下我和兒子，今後我們怎麼活啊……」

「康晉這個人，你瞭解嗎？」銀羽問道，「目前我們對他有一定程度的懷疑。」

「是說投資理念不合吵架的事情吧？」柳欣抹著眼淚，「怎麼至於呢？康晉和我丈夫的關係一直很好，也來我們家吃過幾次飯，是一個戴著眼鏡、很文弱的年輕人。他怎麼可能會是殺人魔呢？我丈夫的確介紹他投資了一支股票，但是康晉認為那支股票賺不了錢，結果和我丈夫有些意見不合。為了這麼一點小事，怎麼至於殺人呢？」

「你……」銀夜問，「你確定康晉沒有按照藤先生的指示，去買下那支股票嗎？」

「應該沒有吧。如果有，他會告訴我們的啊。你們應該查得出吧？」

「他在藤先生死後來慰問過你吧？」

「嗯，來過，和其他幾個我丈夫的好朋友一起來的。他也哭得很傷心，一直勸慰我。我是在飛雨的父母和我哥哥的幫助下，操辦葬禮的。」

銀夜點點頭，在本子上記錄著，又問：「你完全沒有懷疑的對象嗎？」

「我真的不知道兇手會是誰。不是還有五個人也死了嗎？那些人和我丈夫根本不認識啊，很明顯這個殺人犯是個變態，隨便找個人就殺。我丈夫的頭，現在都不知道在哪裏……」說著，柳欣哭得更加傷心。

銀夜觀察著她的神態，實在不像是裝出來的。

「我問個問題。」銀羽忽然問，「請問……你在藤先生在世的時候，有沒有聽他提起過一些怪力亂神的事情？」

「怪力亂神？你是說迷信嗎？」

「差不多吧。就是鬼魂啊、惡靈什麼的。你丈夫和你提起過嗎？就算是開玩笑和你提起的也行，有沒有過？」

「沒有吧。我不記得。我丈夫不是個迷信的人，他平時也從來不看恐怖電影，膽子算是很大的。倒是我經常會去看一些恐怖電影，不過我也不相信這個世界上有鬼。你們為什麼這麼問？」

看來這方面沒有什麼有用的線索。

銀夜繼續問：「那在藤先生去世之前，有沒有發生什麼比較奇怪的事情？不管是多麼微小的事情都可以，請務必回憶一下。」

「奇怪的事情？你是指什麼？」

「嗯，就是和平時不太一樣，比較反常的事情。一點都沒有嗎？」

「沒有。如果有我早就說了，你們員警和我多次提過這個問題。我丈夫沒有債務問題，沒有拈花惹草，也沒有得罪過什麼人。當然，他是股票經紀人，和一些客戶會有些經濟往來，但是不會有人恨他恨到非殺了他才能解恨的地步啊，真沒有那樣的人。」

銀夜的手緊緊抓著筆。公寓給他們的時間只有半個月。人頭的唯一線索，就是殺害這六個人的真凶，和這六個人身邊的關係人。但目前看來，實在不容易查。

「你剛才提起你哥哥，是柳彬先生吧？」銀夜問，「平時你哥哥和藤先生相處得如何？」

柳欣父母早亡，是柳彬把她帶大的。柳彬早早就輟學打工，好不容易供妹妹讀完了大學，柳欣畢業後不久，就和藤飛雨結婚了。

「嗯？為什麼問到我哥哥？」

「慣例而已。請你配合。」

「關係……還是可以的吧。不過，我丈夫平時和哥哥家往來得不多，主要是工作忙，倒是哥哥和嫂子經常到我家裏來。我丈夫比較內向，所以就算和哥哥說話，也不會談得太多。哥哥有時候抱怨我丈夫只顧忙工作，有些冷落我，僅此而已。這不可能構成殺人動機吧？」

誰知道呢，人心是最捉摸不定的。

銀夜把這一點記錄了下來，決定等會兒就去柳彬家看一看。

「我們可以看看藤先生生前的房間嗎？」

「啊，可以。你們進去隨便看吧。」

他們進入藤飛雨的書房，寫字台前放著一排書，都是有關經濟和投資學的，也有不少國外投資大師的傳記。房間整理得很整齊乾淨，看得出是個心思細密的人。

沒有任何收穫。

「那我們先告辭了。等有了結果，一定馬上告訴你，藤太太。」

走出藤飛雨家後，銀夜和銀羽內心都籠罩著一層陰霾。如果調查一直這樣不順利的話，那該怎麼辦呢？員警費盡心思也查不出的事情，他們如何查得到？

公寓一定會在某些地方給予他們生路的提示。那些提示，員警是肯定無法得到的。這就是他們唯一的優勢。銀夜決定去所有的相關地點都看一遍，一定可以在某個地方找到公寓留下的生路提示。

但是，那提示必定非常隱晦，他無論如何都必須親自去確認。當然，他也不打算隱瞞自己得到的任何情報，因為一旦隱瞞情報而被另外四個人發現，那麼對方也有可能同樣隱瞞重要的情報。情報是這次血字的關鍵點，欠缺任何一個情報，就有可能陷入絕境！銀夜很清楚這一點。

事實上，另外四個人在很大程度上都把希望寄託在銀夜和銀羽身上。畢竟就算有公寓的生路提示，最有可能找到那六顆人頭的依舊是銀夜和銀羽，或是在公寓幫助他們出謀劃策的李隱和嬴子夜。

就在這個時候，銀夜拐過一個路口，他忽然看到，一個年輕女子正抬起頭，看著藤飛雨家的窗戶，似乎很出神的樣子。

「你是誰？」

聽到銀夜的問話，那個女子立即看向銀夜。銀夜仔細看去，她是一個長相很普通的女子。她看到銀夜一行三人，先是一愣，隨即轉過頭就走。

銀夜立即三步並作兩步衝過去，拉住她的手臂，說：「站住！你是誰？為什麼看著那戶人家？」

「關你什麼事！」女子拚命要掙脫，可是銀夜哪裏肯放。難保這個女子和藤飛雨有什麼關係！

「我們是員警。」銀夜只有把戲演到底了，「是來這戶人家調查命案的。你為什麼那麼注意那戶人家？」

那個女子見實在無法掙脫，只好說：「好，我不跑，你放開吧。」

銀羽和慕容蜃也走了過來。

「藤先生和我是偶然認識的，我和他也不算很熟。」女子答道，「我叫唐楓，以前有一次，事實上，就在……藤先生遇害的當晚，我和他坐過同一輛計程車。」

「什麼？」銀夜立即追問，「這是什麼意思？」

「一月四日那天晚上，我當時要回家，招了一輛計程車。上車的時候，藤先生也一起進來了。他的意思是想和我併車，車錢由他出，因為他有急事。既然如此，我也沒反對，因為他要去的地方離我的目的地也蠻近的。」

「目的地？」

「嗯，就是仁月街。」

「什麼？」銀夜連忙問，「你確定？」

「完全確定。當時到了仁月街後，他就匆忙下車去了。結果，他把一塊手錶落在了車上。我看那塊手錶應該挺貴的，所以想還給他。可沒想到，第二天我就看到新聞播出藤先生被殺害的消息。」

「你確定嗎？那天晚上和你一起坐計程車的是他？」

「當然確定。我第二天看到新聞時嚇了一跳。」

「你是在什麼地方上車的？」

「在東遙路。」

東遙路？距離藤飛雨的所在公司的確很近。不過，藤飛雨為什麼要特意坐計程車去仁月街？

「這件事情，你為什麼不告訴員警？」銀羽追問道，「這可是很重要的線索。」

「我想多一事不如少一事，反正我和藤先生一點關係也沒有，何必找這個晦氣呢，萬一兇手因為我的證詞被懷疑，但是沒有被逮捕，對我懷恨在心怎麼辦？不過，那塊手錶我想還是還給家屬比較好。我正在考慮是直接放到門口，還是……」

「藤飛雨的住址你是怎麼查出來的？報紙上沒有登出來。」

「那天，藤先生的車錢恰好不夠，所以他給我寫了地址，說拿著收據去他家找他就可以了。他說既然說好了車錢由他付，他就肯定會全出。」

「那收據還在嗎？」

「早就扔掉了。我為什麼還留著？」

銀夜感覺這個女人很可疑。就為了一塊手錶，特意跑來還？

「那張紙呢？寫著地址的紙。」

「我，我也扔掉了……」

銀夜越來越懷疑眼前的女子。她肯定隱瞞了什麼！

「你的家庭住址和手機號碼告訴我一下，」銀夜攤開筆記本，「我們也許以後會針對這起案件繼續詢問你。還有，那塊手錶交給我吧，我轉交給藤太太。」

「不，不關我事啊，為什麼要……」

唐楓說著，取出了那塊手錶，遞給銀夜。忽然她一個轉身，飛奔起來！

「別逃！」銀夜見狀，立即追了上去！

唐楓跑到一條馬路旁，穿過馬路，衝入了人群。銀夜急爭地追過去，但是大街上的人實在太多，沒過一會兒，就根本看不到她的身影了。

好不容易找到這麼一條線索啊！

不過，握著手上那塊手錶，銀夜感覺，也不算毫無收穫。

如果這手錶真的是藤飛雨的，那麼這個叫唐楓的神秘女人，她雖然未必就是殺人兇手，肯定和藤飛雨有什麼關係。

這個時候，在某座高級公寓裏，連城、伊蕊二人站在一扇房門前，又按了一次電鈴，可是，依舊沒有人來開門。

忽然，他們聽到一個聲音說：「你們是誰？」

他們回過頭去，只見走廊對面，走過來一個戴著眼鏡的青年。

「我是這裏的房主。你們是誰？記者嗎？」

「你是康晉先生？」伊蕊仔細打量著這個青年，他看起來面容很儒雅，雖然不算英俊，但也是個很秀氣的青年。實在很難想像他會是那麼殘忍的兇手。

「如果你們是記者，那我無可奉告。」康晉取出鑰匙，「請你們離開。」

「不是的，我們不是記者。」伊蕊忙說，「實際上，我們是張波凌的好友。你知道張波凌吧？」

「嗯？」康晉看了二人一眼，「這個名字好像有點耳熟啊，哦……對了，也是斷頭殺人案的死者之一吧。可是這與我無關，飛雨的死，我也是非常難過的。」

「我們理解。」連城繼續說道，「張波凌也是我們的摯友，所以我們決定無論如何都要查出他的死因來。」

他的言辭很懇切，這是當然的。只要拿到兩顆人頭，就能夠回歸公寓了，連城不可能不懇切。對連城而言，伊蕊是他的摯愛，所以他無論如何都希望能取得兩顆人頭。

但是，如果只能取得一顆人頭呢？那該怎麼辦？連城暫時的打算是，先和伊蕊保管好那顆人頭，再想辦法取得另一顆。如果到了十五日，依舊無法取得第二顆人頭的話……那就到時候再說吧。

「回去吧。」康晉打開房門，「無論你們是誰，我和這件案子毫無關係。我什麼都沒有做，信不信由你們。」

連城急了，連忙要頂住門，迫切地說：「康晉先生，就稍微聊兩句吧，就一會兒……」

「你們怎麼這麼糾纏不清！」看得出康晉是被記者給纏得惱火了，「誰知道你們是不是記者，就因為新聞上不斷報導我是嫌疑人，這幾天我家裏的電話都被打爆了，我出門都怕被人認出來。以前認識的大學同學，都不敢再和我說話了。你們還嫌不夠啊！」他重重地關上了門。

連城和伊芸被關在門外，十分尷尬。

「算了，去調查別的人吧。」伊芸說，「反正還有很多人可能提供線索。」

與此同時，柳欣端詳著那塊手錶，對銀夜說：「這的確是我丈夫的錶，是瑞士歐米茄錶。」

銀夜問：「那個叫唐楓的女子，你不認識嗎？」

「從來沒聽說過。」柳欣搖搖頭說，「她為什麼不去告訴員警呢？還有，我丈夫當時是特意去仁月街的？去那裏做什麼呢？」

仁月街是東彬區的一條很普通的街道，附近沒有飯店、百貨商場，都是些普通民房。警方也查不出為什麼藤飛雨要到那裏去。

唐楓的證詞很關鍵。但她似乎出於什麼原因，隱瞞了一部分的事實。但從手錶這一點可以判斷出，她的確和藤飛雨有過接觸。

再次離開藤飛雨家後，銀夜對慕容蛋說：「慕容先生，感謝你的幫助，接下來你先回公寓去吧，繼續和我們在一起太危險了。」

「呵呵，這個無所謂。我很期待真正鬼魂的出現啊……」

和這個變態道別後，銀夜打開筆記本，從裏面取出了一張借書卡，對銀羽說：「接下來我們去這裏，普月圖書館。」

「這是……」

「剛才從藤飛雨的書裏找到的借書卡。反正現在是死馬當活馬醫了。時間太緊迫了，所有可能的線索都要去嘗試。而且，也不排除這張借書卡是公寓留下的生路提示的可能性。」

中午十二點多，銀夜和銀羽趕到了普月圖書館。

這家圖書館一共有三層樓，位於一條商業街的中心地帶，裝修得非常不錯，藏書量也很大。

「嗯，這張借書卡……已經超時兩個月沒有還書了。沒想到就是那個斷頭殺人案的第一個被害者啊。」在圖書館二樓的借書區，一個年輕小夥子看著借書卡說：「這張借書卡的主人，經常來借書，所以我印象還蠻深的。」

「能夠調閱借書記錄看看嗎？」

「嗯，好的。」小夥子在電腦前操作了一會兒，「借書卡是在二〇〇四年辦理的，至今借書次數一共有二十六次，借的書一共有五十七本。絕大多數都是經濟學方面的書籍。」

銀夜和銀羽仔細看著電腦螢幕，藤飛雨借的書都是西方經濟著作，還有一些和股票相關的書籍。

和靈異怎麼也扯不上關係。銀夜感到很失望，難道這個線索不是生路提示嗎？

「你還記不記得他上次來借書的情形？」銀夜又問了一句，「他有沒有什麼特別的地方？」

「這個啊……」小夥子回憶了一下，「不記得有什麼特別的。不好意思。」

這個時候，正好有一個青年走過來還書，看到電腦螢幕上的借書記錄，忽然說：「你們說的那個人，是不是一個股票經紀人？」

「是。」銀夜忙看向那個青年，問道：「你是……」

「我一月份的時候，也在這裏看過書，和他見過一次。因為聽他說他是股票經紀人，而我當時正好想投資炒股，就問了他一些問題……」

三個人在圖書館裏找了位置坐定，銀夜取出一張報紙來，指著上面藤飛雨的照片，說：「是這個人吧？」

「啊，對。我和他聊了一個多小時，所以我記得很清楚。」那青年看到報紙上的標題，大驚失色道：「啊？他就是斷頭殺人案的死者？」

「嗯。是的。你當時和他都聊了些什麼？」

「他當時正好在經濟類的書架前，取出一本關於股票和證券的書。我看他似乎很懂行的樣子，就和他隨便搭了幾句話。他說他是個股票經紀人，最近正在考慮新的投資方向。不過，他說投資者對他介紹的股票缺乏信心。」

「什麼股票？」

「嗯，就是『頌萬銀生』這支股票。」

頌萬銀生？今年年初的時候，這家公司有不少負面傳聞，投資者對頌萬銀生普遍沒有信心。不過，現在頌萬銀生的股價正不斷上揚，完全擺脫了昔日的頹勢。

「你們只談了股票的問題嗎？」

「嗯，因為談股票，還談到了國內經濟的問題，比如物價上漲。他給我分析了不少股票的情況，讓我很信服。沒想到，他就這麼死了……」

「那……」銀夜試探著問，「你們有沒有聊到和靈異有關的話題？」

「啊？靈異？」那青年一副莫名其妙的樣子，「沒有，絕對沒有。我們談的都是很現實的話題，和靈異根本不沾邊，而且我是個無神論者。」

「那說一下你們都談了些什麼吧。任何事情都行。」

雖然不知道是否有關聯，但公寓的生路提示哪一次不是極為隱晦的？

成為公寓的住戶後，聽到「無神論」這三個字，就跟以前聽到「迷信」兩個字的感覺一樣。

「嗯，最初是提及發行這支股票的『頌萬科技公司』。他說，這家公司目前……」

銀夜把青年回想起的事情全部記錄下來後，又問了一句：「順便問一句，你後來有沒有購買『頌萬銀生』的股票？」

「嗯，買進了一些。但是因為還是感覺有風險，所以只是稍微投入了一點。後來我才後悔，當初怎麼沒有投入更多啊。現在這支股票可是漲得很厲害呢，所以我很佩服藤先生。」

股票……頌萬銀生……有關係嗎？銀夜感覺太牽強了。不過，藤飛雨的投資眼光，卻是很毒辣的，這一點，是不爭的事實。

3 靈異照片

忽然，銀夜的心猛然觸動了一下。

毒辣？這不就是不自然嗎？

執行血字時，不可以放過一絲一毫的不自然。這一點非常重要！而這一點，是極度不自然的。

為什麼藤飛雨在當時就清楚地洞悉了頌萬銀生的股價能夠上漲呢？

當時，和眼前這個青年見面的藤飛雨……真的是一個「人」嗎？雖然藤飛雨在一月四日死亡，但這種表相在血字指示中根本就不可靠。藤飛雨真實的死亡時間是在什麼時候？真的是一月四日嗎？

如果藤飛雨死後變成了鬼魂，那麼具備預知的能力，也就不奇怪了。其他五個人也的確都是在那之後死去的嗎？

另外，銀夜還想到了一點。那就是另外一個嫌疑人，張波凌的弟弟張波瑞。他當時因為投資炒股，而向張波凌借錢。他當時是投資什麼股票？他入市的時間，是在頌萬銀生股價逐步上漲的時期，所以他投資的絕對不是這支股票。

股票，這是否算是一個藤飛雨和張波凌之間的共通點呢？

不過，警方已經證實，藤飛雨並不認識張波凌。

「你們談話的時候……」銀夜抱著試一試的心態問道，「有沒有提到『榮達金星』？」

榮達金星是一支去年剛上市的新股，勁頭很足，當時被不少投資者看好，也就是張波瑞投資的那支股票。但沒想到的是，這支股票在今年二月股價就開始不斷下跌，績優股的表現全然沒有了。

「嗯，提過。」

銀夜頓時精神振奮，連忙問道：「那他是怎麼說的？」

「榮達金星是當時很被看好的績優股，也是我當時考慮投資買入的股票之一。不過考慮到這支股票上市的時間還不長，所以還有些猶豫。因此我和藤先生討論過。」

「他怎麼說的？」

「他說榮達金星雖然目前顯得漲勢很好，但只是一個虛像，所以……」

銀夜拿著筆的手已經有些顫抖了。

這一點，必須重視！

此時，在某座公寓內。

「你說你是哥哥以前的好友？」張波瑞遞給眼前的俊美青年一杯茶，依舊目不轉睛地看著這個男子。俊美到這等地步，如果去拍偶像劇絕對是收視率暴漲啊。

「敝姓皇甫。」青年接過茶說，「這位小姐姓夏，也是波凌生前好友。他的死很令人惋惜啊。」

「是啊。」張波瑞歎了口氣，「不過，為什麼辦喪事的時候，沒見到二位？皇甫先生，你如果來過，我絕對不會記不住的啊。」

張波瑞這個人長得很普通，和張波凌一點也不像。

老實說夏小美並不怎麼喜歡皇甫壑，他雖然的確俊美得顛倒眾生，但夏小美就是感覺這個人鬼氣森森的，讓人很不舒服。

不過，分組的時候，她還是選擇了和皇甫壑在一起。畢竟，看見銀夜和銀羽在一起，她心裏也實在是不舒服。

「本來的確想來送他最後一程的，不過，我想親自為他查出真凶，再去告慰他的亡靈。」

接著，皇甫壑攤開一本筆記本，說：「其實我一直在調查殺害波凌的真凶。不過，實在沒有太多頭緒。」

「唉，」張波瑞重重歎了一口氣，「那次投資炒股的確是我的疏忽，但是……哥哥的死和我真的無關啊！請你務必相信我！」

夏小美發問了：「聽說當時你向波凌借錢的時候，連借條也沒寫？」

「是的，哥哥說是自家兄弟，何必打欠條那麼見外。我當然肯定會還錢的，最初『榮達金星』真的很被看好，我以為鐵定能賺一筆的。唉，都怪我，要是見好就收，就不會……」

「你和波凌最後一次見面是什麼時候？」

「是大年初一。因為我們父母早就去世了，我們兄弟倆就去了外婆家拜年，那時候，還開心地吃飯……沒想到，年初四的時候，他就……」

「那時候他有什麼奇怪的地方嗎？」

「沒有啊，他看起來很開心的樣子，還給我敬酒，說希望我早日走出股票大跌的陰影，我很感激哥哥。可是……」

「他和你見面的時候……」皇甫壑頓了一頓，「有沒有提到什麼和靈異有關的事情？」

「靈異？」

「嗯，或者是和靈異相關的傳聞也可以。完全沒有嗎？」

「沒有啊，他看起來很正常。我真不明白為什麼會……等等……」忽然他疑惑地問，「靈異？什麼意思？難道你們找到了什麼線索嗎？難道哥哥他對靈異現象感興趣？不會吧，他是搞ＩＴ的，怎麼會去信那些怪力亂神的東西？」

夏小美此刻不斷把身體朝後挪。她總覺得，這個男人會突然變成一個面目猙獰的邪惡鬼魂，撲上來殺掉自己。

皇甫壑臉上沉靜如水，毫不變色。

「嗯，那你認識一個叫唐楓的女人嗎？」

銀夜已經把這個情報告訴了另外四個執行血字的住戶。

「唐楓？不認識，聽都沒有聽說過。」

「這樣啊……」

「這個人是誰？難道是有可能殺我哥哥的人？你們查到了什麼？」

「我們也不確定。」皇甫壑說，「總之，如果有新線索，請你一定要聯繫我們。」

「好，好的，一定。」

四〇四室裏，李隱和子夜正在秘密地談論一件事情。

「雖然對方刻意改變了聲調，而且好像用什麼捂住了嘴巴，但還是隱約可以知道是一個男人，不過我也不能夠完全確定。」子夜回想著自己上一次執行血字的經過。

「他當時居然告訴你，金德利才是穿上嫁衣變為惡鬼的人？」

李隱對於這個發現，可以說是陷入狂喜。上一次那張Ａ４紙，無從判斷真假，但也令他極為在意。如今，幾乎可以斷定……有一個能夠洞悉血字現象的人存在著！

「那個人，和放那張紙條的人，很可能是同一個人。」李隱強壓住心頭的欣喜說，「這個人似乎用某個方法，獲得了這樣的能力。雖然不知道是什麼辦法，但如果可以對血字指示進一步瞭解，找出生路的機率就會比原先增加許多倍！」

子夜也很認同李隱的意見：「的確，不可能那麼巧，有一個人能夠洞悉血字現象，同時還有一個人也在這時候寫下那張Ａ４紙。不過，即便如此，這個人是否是住戶，還是很難確定。雖然只有住戶才能夠進入公寓，但只是帶進一張紙，未必非要這個人親力親為。不過，打給我的那個電話，從對方需要掩蓋自己的聲音來判斷，是我們認識的人的可能性很高。」

接下來的問題就是……這個人是誰？

「男人……嗎？」李隱其實已經對深雨有了一定程度的懷疑。難道不是她嗎？這種事情，一般不會拜託其他人去做的。

「電話已經查明是從電話亭打來的。」子夜說，「那個電話亭距離公寓還是比較遠的，不過和公寓處在同一個區。從這點來說，這個人也許的確是住戶。」

李隱托著下巴想了想，說：「這件事情必須絕對保密。在為了地獄契約碎片爭奪得你死我活的現在，住戶之間的猜忌和爭鬥本來就已經暗流湧動，這個人的存在絕對會成為引發公寓巨大混亂的導火線。誰都希望徹底獨佔這個人的能力。」

「之前，我們以調查敏的死為由，調查了住戶們當天的行動，發現在打電話給我的時間段內，公寓中沒有不在場證明的人，一共有十四個人。」

所謂不在場證明，倒不如說是「待在公寓的證明」。無法被證實當時的確在公寓內的，就算作沒有不在場證明。

李隱看著這十四個人的名單，其中有幾個新住戶是A４紙事件後進入公寓的，嫌疑相對小很多，但李隱也沒有把他們從名單中劃去。考慮到對方也可能用了變聲器，所以也沒有把女人排除出去。而星辰，自然就在這十四個人當中。在敏死去的時間段內，他也沒有不在場證明。

李隱沒有特別注意他，但也把他劃入了「重要嫌疑人」的範圍。他對著這幾張表格思索著，說：「不過，如果是在公寓外的話，那麼就還有一個可能性了。」

「你是說……」

「對。打電話給你的，也許，不是『人』。事實上，那張A４紙也可能是某個非人的存在，利用住戶帶入了公寓的。鬼是無法進入公寓的，但偽裝成人的姿態欺騙住戶是完全可以做到的。並非只有血字執行期間，才會有鬼出現。」

李隱對子夜說：「接下來這段時間，必須重點關注這十四個人的動向。尤其是沒有敏死去時不在場證明的住戶！」

「不過，我們只有兩個人而已，這樣的事情，也不能夠告訴別人。」

「這點的確很頭痛。而且如果我特意監視他們，也會引起他們的懷疑。所以，與其守株待兔，不如主動出擊。這一次血字，不知道這個人會不會有所行動。」

「即便如此，活下來的住戶也不會告訴我們這件事情。」

「不……重點是，這十四個人目前的動向。如果要告知他們的話，肯定需要接觸。公寓的電話雖然可以往外面打，但一定會顯示出『未知來電』的字樣，等同於承認住戶身分，用自己的手機打更是自掘墳墓。上次既然用的是公用電話亭，那麼估計這次也會用類似手段。我估計這個人也不會借用別人的手機，畢竟那樣就會留下線索，被我們查到是很不利的。」

李隱已經下定了決心，一定要找出這個人來！只要利用這個人的能力，自己和子夜逃出公寓的可能性將高出很多倍！地獄契約碎片，顯然是公寓設計的陷阱，太過危險了。

天南市白林區的金楓高中。放學鈴聲響起後，大家都開始整理書包，準備回家。

「那麼，」班主任推了推鼻樑上的眼鏡說，「今天大家把這些內容都復習一下，高考已經越來越近了，千萬不能鬆懈！」

吳真真背起書包後，卻發現她的同桌藍奇苦著臉，似乎在發呆。

「你怎麼了？藍奇？」

吳真真想，大概是因為白靜的死吧。藍奇和白靜以前是非常要好的朋友。結果白靜被斷頭魔殘忍地殺害了，現在連頭都找不到。

想到自己生活的地方附近有一個如此恐怖的殺人惡魔，吳真真也感覺不寒而慄。

「藍奇！」吳真真說，「該走了。」

「哦，好，好的。」藍奇背起書包，歎了一口氣，和吳真真一起走了出去。

班主任是一個中年男子，他收拾好教案，也準備離開的時候，卻看見教室外站著一男一女兩個年輕人。

「你們是學生家長？」班主任感到疑惑，這兩個人看起來也就二十幾歲的樣子，莫非是學生的其他親戚？

男子走上前來，說道：「您是楊彬老師吧？是白靜的班主任吧？」

聽到這話，班主任一愣，問道：「你……你們是……」

「慕容警官給你打過電話了吧？我們是警方的協查人員。關於白靜，我們還有一些事想問問。」

「哦，那，去我辦公室……」

「不，在學校選個安靜點的地方說吧。操場旁的那片綠地有幾張石凳，我覺得那裏不錯。」

這名男子正是銀夜，而女子就是銀羽，他們自然希望儘量避免封閉的空間。

走到教學樓下，藍奇還是一臉凝神思索的樣子。吳真真在一旁勸解道：「算了，白靜的死也是沒辦法啊。你……」

「她……」藍奇又走了幾步，忽然扶住一旁的一棵松樹，眼睛睜得大大的：「真真，我問你一個問題……」

「嗯？」

「你……相信這個世界上有鬼嗎？」

與此同時，銀夜和銀羽，隨同班主任楊老師一起來到了操場旁，坐在石凳上。銀夜認為，白靜是最近的一個受害者，或許還留有什麼線索。

「白靜這孩子，死得真是可惜。」楊老師重重地歎了一口氣，「她成績優異，和別人相處得又好，在班級裏擔任學習委員，我很喜歡這個學生呢。怎麼就……就會碰上這種事情呢。」

「白靜被害前，校園附近沒有出現什麼可疑人物嗎？」

「這一點你們員警問過很多次了，當然沒有，有的話早就追查了。」

「白靜被害前的一段時間，她有沒有什麼變化？任何不自然都可以……」

「不自然？沒有啊，和平時一樣，很活潑好動，沒有缺課曠課，學習成績也沒有下降。」

「和她關係比較好的學生是誰？」

「嗯，很多啊，比如我們班級的藍奇、吳真真、孫玄、李……」

「請把這些人的電話和地址告訴我，我們要去詢問一下。」銀夜認為，在學校詢問的話，他們可能會迫於校方壓力而不敢開口。

「這……」

「請楊老師配合一下，這是破案的需要。」

「嗯，記錄表放在我的辦公室，你們跟我去取嗎？」

「好的。」

「有沒有鬼？」吳真真看著眼前的藍奇，確定他沒有開玩笑：「你是恐怖片看多了？怎麼會有鬼呢……」

「你果然不相信！」藍奇扭過頭說，「算了，不說也罷。我早就知道，不會有人相信我的。」接著他跑出了校門。

吳真真感覺很疑惑，他到底想說什麼？

跑出三條街後，藍奇不斷喘著氣，看到前面的一家照相館，他走了進去，站在櫃檯前。

「我……」藍奇問道，「我之前送來的照片，印好了吧？」

「嗯，那三張照片印好了。」櫃檯前的一個小夥子把照片袋遞給了他，「我說，這照片是電腦合成的吧？不過蠻逼真的，挺嚇人的……」

「如果我說這是真的，你信嗎？」

「怎，怎麼會……」

藍奇拿著那個照片袋，跑了出去。

沒過多久，吳真真也走進了照相館，問道：「嗯，請問……」

小夥子問：「要印照片嗎？」

「剛才那個人，他是來取照片的吧？我是他的朋友。他最近怪怪的……」

「哦，是嗎，我也那麼覺得。他來印照片的時候，也是一副怪裏怪氣的樣子。」

「他來拿什麼照片？」

「啊，這個不能說，你去問他吧。」

藍奇飛奔回家，剛一進門，在廚房做飯的母親就立刻跑出來，問道：「回來啦？今天學習得怎麼樣？啊，我還沒說完，你別跑！」

藍奇衝進房間，把門鎖上，整個人呈「大」字形躺在了床上。

他把照片從袋子裏慢慢抽出來。

恐怖的場景，出現在了眼前。這種事情……

這時候門外傳來母親的聲音：「我出去一下，你快做作業，知道了嗎？」

藍奇把照片扔進了抽屜裏。這些照片就算拿給員警看，他們也絕對不會相信的。

就在這時候，電話鈴響了。藍奇拿起電話，聽到了一個男人的聲音：「請問是藍奇家嗎？」

「對，我就是藍奇，你是誰？」

「我是警方協查人員，要到你家拜訪，詢問關於你班上的白靜死亡一案……」

「警方？」藍奇問道，「可是一周前已經有員警問過我了啊。還有什麼事情？」

「總之還需要確認一些問題。」

「那，好吧，你們過來吧。」

掛斷電話，藍奇重重歎了一口氣。要不要告訴他們照片的事？有用嗎？他們絕對不會相信的。

但是……藍奇和白靜從高一開始就是關係非常好的同學。開朗活潑的白靜，很討人喜歡。她聰明伶俐，善解人意，組織能力也強，所以一直都擔任班幹部。

她就這麼死了……

「別想了，別想了。」藍奇晃晃頭，「照片還是燒掉吧，看著嚇人。」

掛斷電話，銀夜就打算立即過趕去。他從楊老師那裏拿到地址，從學校趕到藍奇家，也就十五分鐘不到的路程。

「哥哥，」銀羽忽然說，「我認為我們還是應該討論一下，這一次公寓對鬼下了怎樣的限制。以我們目前執行的血字次數，如果這個鬼具備分身，也不是不可能的。」

具備分身的鬼，是極其可怕的。想像一下，某個鬼鋪天蓋地的，不管走到哪裏鬼都會出現，讓人根本無法逃走。即使不具備感知能力，但分身無限的話，那樣的鬼幾乎就是無解的代名詞了。

「是呢，而且……」

「而且我們還要防備，我們身邊任何一個人，都有可能是鬼的化身。哥哥，從現在起，你不要相信任何人，就算是我，你也不要相信。」

銀夜看向銀羽的雙眸，她堅定地說：「如哥哥你的心意一樣，我也會拚盡一切讓哥哥活下去的。絕對不會讓哥哥被這個公寓殺死。」

「銀羽，我……」

「阿慎已經死了，我不能再失去哥哥了。如果連哥哥你也……那我就活不下去了。真的無法活下去了。」

走出校門，銀夜的內心無法平靜。

他知道，銀羽至今還是忘不了阿慎。那段對她而言無比重要的初戀，就那樣夭折了。這個公寓毀了銀羽的一切。

銀夜進入公寓，雖然是為了救銀羽，但他內心也很清楚，自己和銀羽一起被這個公寓殺死的可能性更高。他希望為了銀羽而死。

因為……銀羽至今為止的不幸，完全是他一手造成的。這是他必須對銀羽做出的補償。他是罪有應得的。

當然，銀羽並不知道這件事，銀夜也永遠不打算讓她知道那個殘酷的真相。

「那個鬼，」銀夜繼續說，「的確可能偽裝成任何一個人。所以，銀羽，你也不要相信我。在執行血字期間無法回歸公寓的情況下，沒有任何辦法可以證明是人還是鬼。甚至有可能上一刻我還是人，下一刻我就被鬼附體了。所以，不要相信我說的任何話，如果找到了人頭，我說由我來保管，你絕對不要相信，一定要把人頭拿在你自己的手上。」

他其實很清楚，身邊的人肯定是銀羽。和銀羽一起朝夕相處了二十多年，他絕對不可能認不出銀羽。哪怕是她身上的氣息，他都能夠分辨出來。

但是，這個公寓擁有超越一般人想像的力量。人的精神、記憶都可以被輕易控制，甚至連生死都無法真正地感知。公寓會用各種方法欺騙他們，引誘他們踏進一個又一個陷阱。在逃回公寓前的一刻，都不能有絲毫的放鬆和懈怠。只要稍有不慎，就可能萬劫不復。

「哥哥。」銀羽翻開筆記本說，「從目前的情況判斷，我們能夠得出幾個結論。首先，六名死者幾乎找不到任何關聯，即使是『股票』這一點，也有點牽強。而林迅、厲馨、王振天和白靜四個人毫無關係。所以……」

「還有一點，藤飛雨和王振天被發現屍體的地點，都在東彬區。」

王振天的情況，目前正由皇甫壑和夏小美進行調查。

王振天是被殺害的人中年齡最大的，他廿九歲，是一名大學講師。他的被害讓他的父母受到巨大打擊，近乎精神崩潰。

皇甫壑此刻正在王振天工作的地方，東彬區的葉真大學。

王振天是該校中文系的講師，而他的未婚妻也是這個學校的老師，名叫葉佳佳。兩個人本來定好今年八月結婚的，如今王振天這一死，葉佳佳悲痛欲絕。

此刻，在一個空蕩蕩的階梯教室裏，葉佳佳面對著皇甫壑和夏小美，說：「你們是那名受害者張波凌的好友？」

「對。」皇甫壑打算一直用這個謊言，張波凌這個人善於交際，所以朋友比較多，這個身分最容易用於偽裝。

「我沒什麼好說的，該說的都告訴員警了。」

「葉小姐，」皇甫壑說，「張波凌是我的摯友，我無論如何都想查出是誰殺了他。不久前還有一個女高中生遇害了。王先生的死，你……」

「我不知道。」她搖了搖頭，「我真不知道是誰殺了他……振天他，他怎麼就會……」她掩面啜泣起來。

「聽著，」皇甫壑湊過去問，「能不能告訴我，他和你提過藤飛雨這個人嗎？」

「藤飛雨？」

「對，就是第一名死者。」

「嗯，我記得，因為他們都是在東彬區死的。但是不會的，如果振天認識他，振天一定會告訴我，而且振天對投資炒股一點興趣都沒有，怎麼會去找股票經紀人呢？」

「那，王先生被害以前，有沒有表現出什麼特別奇怪的樣子？無論什麼都可以，請告訴我。」

「奇怪的樣子？」

「他和你提過什麼……有關『靈異』的事情嗎？」

「什麼？」葉佳佳懷疑自己是不是聽錯了，又問了一次：「你說什麼『靈異』？」

「對。就是類似鬼魂啊、陰陽啊、詛咒之類的。」

「不，沒有。沒和我提過。」

「這樣嗎……」

「不過，我和警方提過，」葉佳佳抹了抹眼淚，「他去過白嚴區。就是第二個死者，叫林什麼的死去的地方。」

「白嚴區？」皇甫壑立即來了精神，把這記到了筆記本上，又問道：「他去白嚴區做什麼？是什麼時候去的？」

「去年十二月的時候。他的一個大學同學喬遷之喜，他前去祝賀。警方也去調查過了。」

「具體是什麼時候？」

「耶誕節前夕吧。對了，是十二月廿三日。因為我們並沒有住在一起，我也不知他多晚回家。」

又多了一個共通點。林迅，王振天，藤飛雨。林迅是在白嚴區青田公園被發現的。

那麼……這意味著什麼呢？

「那個朋友住在哪裏？」夏小美在一旁問，「能告訴我們嗎？」

「但，這真的有關係嗎？會不會比較牽強？」

同一時間，在白嚴區青田公園，華連城和伊蒄也正在進行調查。

「就是這兒吧。林迅的屍體被發現的地點。」

那是一棵松樹下，大量的血跡依舊清晰可見，可以想像得出當時是何等殘忍的場景。

「林迅的家人都離開天南市了，」連城搔著頭說，「查不到新地址。」

「沒有辦法啊。他的家人多數就不住在天南市，離開的也只有他的妻子和女兒。」伊蒄低頭仔細凝視著血跡，「可惜慕容蜃獲取的情報也有限，他是法醫，要是警官就好了。」

「別提那個變態，一提我就頭皮發麻。一個人居然能變態到那種地步，我也無語了。他是不是有戀屍癖啊……」

伊蒄站起身，歎了口氣，說：「但是，也只有請他幫忙了，想辦法查出林迅家人的聯繫方式。接下來，我們要不去見見那個劉子盛？厲馨一案的嫌疑人？」

「多半沒用，你想，康晉那時候連見也不想見我們，這就說明一切了。」

「提到厲馨，」連城從口袋中取出那張報紙，指著報紙上登出的模擬嫌疑人畫像：「這個人不知道會不會是兇手呢。就算不是兇手，也可能是公寓給我們的生路提示啊。」

伊蕓也湊過來，仔細看著那張畫像。

「說起來，」伊蕓看著那個男人的模擬畫像，忽然說：「我總感覺這個男人有點熟悉……」

「嗯？」連城一驚，忙問：「真的，小蕓？你見過他？在哪裏？」

「嗯……」伊蕓又仔細看了看，「不過仔細一看，又感覺好像是我記錯了。」

「什麼啊，別讓人空歡喜一場。我剛才心跳都快了好幾下啊。」

「喂，你們兩個！」

忽然一個聲音傳來，連城和伊蕓扭頭看去，只見一個戴著帽子的男人，拿著一把掃帚，走過來說：「你們在這裏做什麼？」

那個男人看起來應該是清潔工，連城忙陪著笑臉說：「啊，我們只是……」

「走吧走吧，死人的地方有什麼好看的。真是的。」

連城看著那片滿是血跡的地面，問那個清潔工：「請問，這張紙上的男人，你見過沒有？在這個公園裏？」

「嗯？」那個清潔工放下掃帚，拿過那張報紙，看了看說：「哦，這個人就是斷頭魔？不會吧，看起來不像那麼變態的人啊。」

「你見過沒有？也許在這個公園殺人的就是這個人啊。」

「嗯……好像，嗯？」

「怎，怎麼樣？」

「這個人，該不會是……那個人吧。」

連城頓時激動起來，他抓住那個清潔工，說：「請告訴我，你……真的見過他？」

「你，你別那麼激動啊！嗯，我仔細看看，我也不確定啊。」那個清潔工又細細看了看報紙：「嗯，真的很像啊。」

「真的？」伊芸也湊過來，無比欣喜地問道：「在哪裏見過？」

「就在這個公園，是……一月份的時候吧，對，一月二十幾號的時候。當時快過年了，是晚上七點多吧，公園在那個人工湖旁舉辦一個迎新年活動，請了人來表演話劇、唱歌。嗯，我當時就在旁邊負責掃垃圾，我記得那時候，這個人就站在那個人工湖旁邊。不知怎麼的，他也不去看演出，就站在湖旁一動不動的，我還以為他要尋短見呢。」

「那個人，你確定是他嗎？」

「我的視力很好，應該不會錯的。雖然當時有點暗，不過我看得很清楚，就是這個人。他盯著湖，一點表情也沒有，站了一個多小時。我當時就一邊在看表演，一邊注意那個人。我就怕他是想不開呢。不過很奇怪……」

「奇怪？」

「我記得，當時我就稍微把眼神移開了一會兒，再看向湖邊的時候，那個人就不見了！」

「不見了？」

「我當時嚇了一跳，還以為他真的跳下去了，可是又沒有聽見水聲。」

「具體是幾號？」

「反正肯定是二十八號以前。發現有個斷頭屍體後，公園就全亂了。」

這時候，連城的手機響了，是皇甫鋆打來的。

接通電話後，連城立即說：「皇甫，我有重要的情報……」

隱瞞情報沒有意義，反正最後都要帶著人頭回公寓，還不如共用情報，說不定可以找出人頭的所在地。

「重要情報？等會兒再說。你們在白嚴區吧？」

「是啊，就在青田公園。」

「我現在在地鐵上，很快也要到你那附近了。到時候我們會合，我已經確定，第五名死者王振天，在去年耶誕節前夕的時候，去過白嚴區！而且距離青田公園很近！警方目前也正在針對這一點進行調查，只不過沒有透露給媒體而已。」

「真的？我的情報也很重要，你聽我說，我找到了目擊者，他說厲馨一案目擊到的那個男人，一月份的時候在青田公園出現過！」

身在家中的藍奇又從抽屜裏取出了照片。

他決定還是給員警看一看照片。就算他們不信，至少自己也算為白靜的案子做過努力了。

這時候，門鈴響了。

他把照片放在桌子上，三步並作兩步向門口跑去。

轉過這個路口，就要到達藍奇家了。銀夜和銀羽此刻都不斷環顧四周，小心戒備。

來到藍奇家門口，銀夜伸出手，按下了電鈴。可是，過了很久，也沒人來開門。

「怎麼回事？沒人？」銀羽也有些疑惑。

忽然，銀夜感覺到不妙，他連忙跑到房子外牆的另外一面，通過窗戶，看到了藍奇家的客廳。

他看見的是……一具躺倒在地面，沒有了頭部的屍體……

「這……」銀羽的眼睛掠過一絲驚恐，銀夜也是一驚。

銀夜毫不猶豫地抓緊銀羽的手，飛速往後逃走！

跑出了三條街，銀夜又回頭看了看，沒有任何鬼魂追蹤的跡象。此刻他們已經跑到了馬路旁，行人已經很多了。不過即便如此，銀夜還是緊抓著銀羽的手。

剛才死的那個人，是誰？

屍體也是頭部斷開，難道是斷頭魔嗎？這也代表著，斷頭魔很可能就在附近！銀夜很清楚，直接面對那個很可能是非人類的斷頭魔，危險至極！

他取出了手機，撥通了一個電話，接電話的人是慕容蜃。

「慕容先生！麻煩你，讓警方立即封鎖白林區葉華路附近的地段！在葉華路十三號的一棟房子裏，我看到一具無頭屍體！很可能是斷頭魔……」

「明白了。」慕容蜃嘻嘻笑道，「太期待了，斷頭魔啊……」

「麻煩你了！」

斷頭魔是人類的可能性也是有的。讓警方封鎖這段路，立即取證和查找目擊者，也許能找到什麼蛛絲馬跡！一旦有了線索，那就有可能找到人頭所在！

此時，連城和伊蕓來到青田公園門口，看到皇甫壑和夏小美已經等在那裏。四個人會合後，連城問道：「剛才你在電話裏提到，第五名死者王振天，來過這個公園附近？」

皇甫壑點點頭說：「是他的未婚妻葉佳佳親口告訴我的。那個地方，距離青田公園很近，我估計警方可能也發現這個線索了，但是沒有對媒體公佈。」

「太好了！」連城興奮地說，「第一天就發現了那麼重大的線索啊！」

「事不宜遲，我們快走吧。」皇甫壑說到這裏，忽然又問：「對了，你們剛才提到的情報……」

「啊，對了。」伊蕓忙說，「厲馨死的時候，不是有人目擊過一個人疑似是兇手嗎？而我剛才把嫌疑人的模擬畫像給公園的一個清潔工看過了，他說，他見過這個人，就在一月二十八號以前！」

也就是說，這個人兩次在斷頭案案發現場出現，這絕對不會是巧合！

「這個人肯定就是兇手！」伊蕓指著報紙上的畫像說，「這個人……絕對是斷頭魔！」

目前，還不會有人隱藏或者捏造情報，所以皇甫壑點了點頭。夏小美則很興奮，說：「真的？太好了。不過……這個人也不知道是人還是鬼啊。」

「嗯，也算是條不錯的線索。」皇甫壑忽然說道，「不過，你們的情報我也只能參考。畢竟，我不能排除……你們倆是鬼魂變化而成的可能性。」

「你……」連城頓時愕然，隨即說：「皇甫先生！那你不也是一樣，你也可能是鬼變的啊。現在沒人能進公寓，無法驗證誰是人誰是鬼！」

「當然，我也一樣。」皇甫壑淡然地說，「所以，雙方的情報都只能作為參考，但絕對不能完全相信。其實，就算是站在身邊的人，也可能被鬼魂殺害而掉包，事後抹掉我們的記憶。這樣的例子，過去公寓的血字中出現過很多次。」

夏小美在一旁心想：這個男人，還真是對公寓研究得很透徹啊。不過，還是覺得他很討厭，老是冷著一張臉，以為長得帥就了不起了嗎……

「記住，不能相信任何人。」皇甫壑說，「有時候，就連自己都不要相信。」

這時候，忽然皇甫壑和連城的手機同時響起。

皇甫壑拿出手機一看，來電的人是銀夜。而連城的手機則是銀羽來電。

「喂，柯先生。」皇甫壑問，「有什麼事？」

「第七名死者出現了。」銀夜有些憂心忡忡地說，「死者被確定是白靜的同班同學藍奇。他的頭也是被硬生生地『拔下』的。警方已經封鎖了他家周邊一帶，進行排查。交通完全封鎖了。如果犯人是人類，很可能會被抓到，如果是鬼的話，也許也能找到蛛絲馬跡。」

連城的電話裏，銀羽也是告訴了他同樣的情況。

四個人面面相覷。這是第一次發生這樣的情況。出現了……互相認識的被害者。

4 第七名死者

這時，在藍奇家中。

「死者的身分確定無疑。」鑒證科的警員說，「這是首次出現互相認識的被害者。終於找到突破口了。」

「嗯。」法醫慕容蜃蹲在地面，察看著屍體斷開的脖子，面容上的笑意越來越濃。面對這個變態法醫，周圍的警員都不禁自覺退開。

「死亡時間應該不超過半個小時。」慕容蜃說，「脖子的斷面和前六名死者相同。」

「沒有發現房門被破壞的痕跡。」另一名警員說，「屋子裏也沒有打鬥的痕跡，是熟人作案的可能性較高。我們目前正在採集指紋。」

慕容蜃過來的時候，根據銀夜指示，把門鈴上銀夜的指紋抹掉了。否則銀夜就說不清楚了。另外關於銀夜和銀羽去學校調查過的事情，估計也會被查出來，但那也沒有辦法了。

不過，如果公寓住戶的確不會在任何刑事案件中被公安機關注意的話，那也就沒有太大關係了。

夜幕降臨了。銀夜家裏，六個人聚在一起。

銀夜的家是一套複合式結構的房子，分為上下兩層，房間很多，裝修也很奢華。銀夜父親做生意賺了不少錢。

寬敞的客廳內，六個人都坐在沙發上，看著桌面上那張報紙，上面登著那名嫌疑犯的模擬畫像。

「警方排查過，」銀夜指著說，「沒查到這個人。」

皇甫壑問：「有查到可疑人物嗎？」

「還沒有。」銀夜繼續說，「按理說，對方的身上應該會被沾染大量血跡，但是沒有人目擊到這樣的人。當然兇手如果是鬼魂，自然上天入地無所不能，就是將自身化為無形也很正常。但是，公寓既然讓我們去尋找人頭，自然不會不留下絲毫線索。如果斷頭魔真的如此縹緲無蹤，那這次血字我們只能等死。所以，線索肯定會存在。」

他們現在唯有等慕容蜃的聯絡了。

「接下來就綜合一下我們得到的情報吧。」

今天的確發生了不少事情，值得注意的情報有以下幾個：

第一，第一名死者藤飛雨，有一名叫唐楓的女子來他家附近，聲稱要歸還手錶。根據她的證詞，藤飛雨在被害的一月四日晚上，和這名女子搭乘計程車，前往仁月街。而下車的時候，他遺忘了手錶，所以唐楓才來歸還。只是，這個叫唐楓的女子形跡可疑，證詞也有頗多不合理之處，所以不能全信，但這個人絕對需要注意。

第二，在圖書館裏從一名青年的口中獲悉，藤飛雨具有準確洞悉股票走勢的驚人眼光。當然，這也可能是他身為股票經紀人的才能，但凡是不自然的事都不能放過，因為這可能是公寓的提示。

第三，王振天的未婚妻葉佳佳，證實王振天曾經在被害前前往白嚴區青田公園附近。

第四，根據青田公園裏的一名清潔工目擊證明，在一月二十八號前，厲馨被殺案件中出現過的嫌疑人，曾經在公園裏出現過。

第五，也就是最重要的一點，白靜的同學藍奇，今天被殺害。

「謎團真多啊。十五天能夠全部核查完線索嗎？」連城將其他人筆記的內容摘抄下來後說，「那麼，接下來，我們就去見見王振天來白嚴區見的那個同學吧。」

銀夜說：「不過我和銀羽不方便再出現了，因為警方有可能會注意到我們。皇甫壑，不如你出面吧。現在天色晚了，你和連城一起去吧。」

夏小美鬆了一口氣，還好，她不用再跟這個冰霜面孔繼續待在一起了。

「不……」皇甫壑卻搖搖頭說，「還是不要在夜間出去的好，危險性太大了。那個人也不可能逃走，公寓給我們十五天時間，必定有其意義。」

確實，黑夜中出去，誰心裏都很抗拒。以前是血字硬性規定沒辦法，但現在還是可以選擇的。還有十四天的時間，現在那麼晚出去，恐怕……

「也有道理。」銀夜採納了皇甫壑的意見，「是我欠考慮了。的確，夜間更加危險。」

但是，待在這個家裏，也不能說是完全安全，肯定還是要有人輪值守夜。

跑了一整天，其實大家都累了，但誰也沒有任何倦意。

不過，休息是必要的，否則身體肯定要垮掉。接下來的日子，體力非常重要。

事實上，就算睡覺，也沒人能睡得香甜。進入公寓的住戶，誰都做過數不清的噩夢。

「今晚就由我和皇甫螯來守夜吧。」銀夜說，「大家睡在我家的客廳，我會把燈打開，我家的前門和後門都可以出入，一旦鬼出現，就朝另外一扇門逃走。還有，逃走的交通路線……」

佈置好了以後，他拿起了桌子上的電話，打給李隱。

這時候，李隱正在公寓四〇四室內。他接通手機，問道：「怎麼樣？銀夜？」

「你看新聞了吧？」

「嗯，那個叫藍奇的死者，對吧？」

「我想聽聽你的看法。你應該也希望我活下去吧，因為地獄契約碎片也可能在我身上。」

「怎麼說得好像我很盼著你死一樣，我從沒那麼想過。」李隱把電話夾在肩膀和臉頰之間，拿起一支鋼筆：「跟我說一下你們今天的調查結果吧。」

「嗯。首先是，去拜訪第一名死者藤飛雨的妻子的時候……」

藤飛雨的妻子柳欣正在看電視新聞。

「怎麼……又有一個人死了……」柳欣心如刀絞。

「媽媽。」這時候，一個男孩打開房門走出來：「我睡不著……」

這個男孩，是藤飛雨和柳欣的兒子，藤榮慕。

「榮慕啊。」柳欣的哥哥柳彬走過來，蹲下身子：「榮慕，乖，別煩你媽媽了，舅舅陪你吧。」

「舅舅……」榮慕問，「爸爸呢，爸爸他去哪裏了？爸爸……」

如此殘忍的消息，柳欣怎麼可能告訴兒子。柳欣立即關掉電視，抹去眼中的淚水，走過來說：「榮慕，你爸爸去國外出差，要很久才會回來，所以暫時見不到他了……」

但是只有五歲的孩子怎麼能忍受父親離開的寂寞，他馬上鬧起來：「我要見爸爸嘛，爸爸為什麼要去國外，為什麼要去……」

「榮慕，」柳彬連忙走了過去，「哎呀，你就別煩你媽媽了。舅舅買了《喜羊羊和灰太狼》，我們一起看好不好？」

「《喜羊羊和灰太狼》？」榮慕一聽立即來了興趣，「好啊好啊。」

安頓孩子睡下後，客廳裏，柳彬和柳欣商量著。

「我和你嫂子商量過了，不如你搬來和我們一起住吧。你一個人住著，肯定有不少不方便的地方。」柳彬抽著煙說，「而且，那個斷頭魔，既然開始殺害與死者相關的人，難保不會對你們也下手啊，還是小心為好。我家那一帶治安很好，比這裏安全得多。大家住在一起，也有個照應。」

「這……這怎麼行，你們家房子也不大啊，你、嫂子和瑩瑩住就滿了吧。」

「我睡書房就行，我的床留給你和榮慕。你最近沒讓榮慕去幼稚園吧？」

「不能讓他去啊，這起案子弄得滿城風雨，他到外面去肯定就沒辦法瞞住他了。我真害怕他知道真相後會……我們到底造了什麼孽，會遇到這樣的事情……」

柳彬也歎了一口氣。他走過來，抱住痛哭的妹妹，拍著她的後背說：「別想那麼多了，日子總是要繼續過下去的。你明天就帶榮慕搬過來吧。」

「哥……」柳欣抹了抹眼淚問道，「你認不認識一個叫唐楓的女人？」

「唐楓？」柳彬愣了一愣，「她是誰？」

柳欣把那塊歐米茄手錶拿給柳彬看，說：「當時屍體上沒有看到手錶，還以為是兇手拿走了。可是，一個叫唐楓的女人卻送回來了。她說……」

「真是奇怪啊。」聽完妹妹的敘述，柳彬越想越感覺奇怪：「這個叫唐楓的女人，太奇怪了。如果她說的是真的，她為什麼不早點站出來說出這段證詞呢？又為什麼要逃走呢？」

逃走，就意味著她心裏有鬼。

「你說……她會不會是兇手？」柳彬問，「你認為會是她殺了飛雨嗎？」

「不，那怎麼會，如果她真是兇手，怎麼可能來還手錶。」柳欣完全否定了這個推測，「不過，真的很奇怪。我之前給康晉打了電話，他也說根本不認識這個叫唐楓的人。」

柳彬想了想，說：「算了，你也別想那麼多了。調查兇手的事情，交給員警去做吧。那個斷頭魔，總會遭到報應的！」

「那個惡魔。」提到斷頭魔，柳欣就恨得咬牙切齒：「我絕對不會放過他！絕對不會！」柳欣的雙眼充滿了仇恨，似乎能夠噴出火來。

就在這個時候，睡在床上的榮慕，忽然睜開了雙眼。

他慢慢地直起了身子，接著，他看向窗外……這座被黑暗覆蓋的城市。

銀夜又從煙盒中取出了一根香煙。他看了一眼睡在身旁的銀羽，把煙叼在嘴上，剛要去取打火機，皇甫玺已經把打火機遞過來，打著了火。

「謝謝。」銀夜湊了過去，點燃了煙，深吸了一口。

「你要不要也來一根？」銀夜取出一根煙說，「既然帶著打火機，你應該也抽煙的吧？」

「也好。」皇甫玺接過煙，摸了摸：「這是公寓裏帶出來的？」

「嗯，對。」

「有趣呢。」

「有趣？什麼意思？」

皇甫玺說：「公寓的任何物件都無法破壞掉，但食物卻可以吃掉並消化。不覺得很有趣嗎？」

「食物的話，自然會另外處理。而且也並非公寓原本就有的東西。」

「嗯，或許吧。香煙也一樣，無法破壞的話，就連點燃都無法做到。」皇甫玺把打火機湊到香煙下，點燃了煙。

在這漫漫長夜，不抽煙或者喝咖啡的話，熬夜也會變得很辛苦。

「你怎麼看？」銀夜指著桌子上的嫌疑人模擬畫像，「你認為這個人是兇手嗎？」

「誰知道呢。公寓很可能會給我們擾亂了的情報，說起來人頭也未必就在所謂斷頭魔身上。不，所謂斷頭魔，是否真的存在也是個問題。那個公寓，既然連完全唯心的現象都可以製造，那麼對這六個人憑空施加詛咒斷掉他們的頭，也沒什麼奇怪的。」

「無形的詛咒？」銀夜點點頭，確實，住戶一直以來都將鬼魂先入為主地考慮進去，但是真的如此嗎？誰也不知道。

皇甫壑輕輕吐出一口煙，說：「但是，我認為，有一點是可以肯定的。公寓在給予我們生路提示的同時，也混入了陷阱。引誘我們踏入錯誤思路的陷阱。」

「我也有類似的感覺。但是，到底什麼是陷阱呢？」

「我比較在意的，是藍奇的死。」皇甫壑說，「一直以來，每個死者之間，都毫無關聯，或者說至少沒明確關聯。那六個人不僅互相不認識，而且身邊的人也毫無交集。那麼，為什麼在這一情況下，讓白靜的同班同學，而且還是她要好的朋友藍奇死去呢？」

「嗯。」銀夜也認為這一點很蹊蹺，「根據我的推斷，藍奇的死，絕對有問題。也許是要讓我們把目光重點放在白靜的身上。或者說，藍奇有著非死不可的理由。」

「我的推斷有兩個。」皇甫壑說到這裏，伸出了兩根手指：「第一個是，本來該死的人就是藍奇，但因為某個原因而變成了白靜。現在，必須讓藍奇死去。第二個是，藍奇如果不死，會令我們的調查進度加快。」

「什麼？」銀夜一愣，「你是說……」

「比如，白靜當初是為了救藍奇而被鬼魂殺害的，現在鬼魂重新找上了藍奇，將其殺死，這種可能性也是有的。也可能是鬼魂出於某些原因必須殺死藍奇。目前不清楚公寓和鬼的關聯，我想斷頭魔恐怕也不是為了讓我們去找到人頭，才去一一殺人的。公寓很可能只是在第六個人死去的時候，對我們發佈血字，去找到人頭。」

「第二個可能性我倒比較容易理解。你說如果藍奇不死，我們的調查進度會加快，那麼，就是說藍奇有著關於斷頭魔的重要線索？」

「對，這個可能性也很高。雖然公寓一般不會安排比較明顯的線索，但是，也可以反過來想，藍奇的死，是公寓刻意安排的一個生路提示。總之，藍奇的死證明，他身上存在著斷頭魔的突破口。但他這一死，可能線索就斷了。」

「其實還有第三個可能性。」

忽然一個聲音傳來，銀夜回過頭一看，銀羽直坐了身子，她根本沒有睡熟。

「銀羽，你起來了？」銀夜問道，「你說第三個可能性是指……」

「藍奇的死是為了擾亂我們的調查，轉移我們的視線。」銀羽說，「白靜最要好的朋友，並非只有藍奇而已，而藍奇恰好在我們想去調查白靜身邊的人時被殺害。這麼一來，我們就很可能把重點放在藍奇身上，而忽視白靜其他的好友。也就是說……線索可能其實在白靜其他的某個好友身上。而那個線索，就會構成『生路』！」

「有趣的想法。」皇甫壑看向銀羽，「聽李樓長說，柯先生和柯小姐都是智慧超群的人物，果然名不虛傳。」

「哪裏。」銀羽搖搖頭說，「我也只是胡亂推測罷了。公寓給我們的線索實在不多。」

那麼，哪一個可能性是事實？又或者每一個都不是事實？

「不過，單單調查白靜也是不行的，即使取得了白靜的人頭，但是我們一共有六個人呢。只有一個人頭，勢必引起血腥廝殺。對其他人的調查，也不能放鬆。」

「說起來，」銀夜忽然提起了一句題外話，「皇甫先生，你……」

「叫我壑就可以了。」

「那好吧，壑。你似乎對於鬼魂什麼的，很有研究？」

皇甫壑說：「是李樓長告訴你的吧？對。我是一個靈異學者。在進入公寓以前，我調查過這個城市許多有鬧鬼傳說的地方，也查到過不少蛛絲馬跡。而在匯總了我查到的所有資料之後，我開始在公寓所在地帶搜尋。最後，終於進入了這個公寓。」

「終於？」

「我一直都想做到一件事。我要證明，這個世界上的確是有鬼的。」

「就為了這個？」銀夜不解地問，「你不會就是為了這個，所以進了公寓也沒有感到絕望吧？」

「也可以那麼說吧。為了證明這一點，我已經努力了十幾年，但始終沒有取得鬼魂存在於世界上的決定性證據。但如今，我終於取得了這一證據。」

難道又是一個變態？就算再怎麼樣，進入這個公寓，哪有不恐懼絕望的？不過這個男人說話也算有條有理，不像是一個頭腦不正常的人啊。

「不過你們不要誤會。」皇甫壑又補了一句，「我不是慕容蜃那種對鬼魂幽靈有異常執著的人。我想要證明這個世界上有鬼魂，是為了我母親。」

「你母親？」

皇甫壑說：「我母親已經死了。她臨死前的願望，就是這個。儘管沒有任何人相信，但她告訴我，這個世界上的確有鬼魂存在。我為了實現她的願望，所以才一直那麼努力的。不，說是她的願望，但其實還不如說是我的願望。」

「那，你的願望可以說是實現了。這個公寓是鬼魂存在的鐵證啊。」

「不，」皇甫壑卻搖了搖頭，「還沒有。我的願望，只能說是實現了一半。」說到這裏，皇甫壑的雙手緊緊握拳。

「只是一半而已……」

第二天，才早上六點，每個人都醒了。

「哥哥，你補一會兒覺吧。」銀羽說，「那邊由我負責去吧。嗯，小美，你和我去吧。」

「啊？」夏小美一聽，立即擺著手說：「為什麼是我？我不要……」

「是嗎？隨便你吧。那麼，皇甫先生，你陪我去吧。其實我一個人去也可以，不過兩個人在一起的話，就不容易捏造情報。」

「算了，」夏小美想了想說，「我和你一起去吧。」

王振天要去見的那個同學，名叫谷帆。谷帆住在雪冰路廿三號，從那裏穿過三條街就可以到達青田公園門口。

「銀羽，我不累，我陪你一起去吧。」銀夜實在不放心，他想了想還是決定陪妹妹一起去。哪怕銀羽只離開他的視線一刻，他也沒辦法安心。

「可是，哥哥你一夜沒睡……」

「不礙事的。」銀夜搖搖頭，他無論如何都不能讓銀羽出事。否則，自己進入這個公寓就沒有意義了。

夏小美看著銀夜對銀羽的這番關懷，心裏實在不是滋味。

她一心喜歡著銀夜，無奈卻是單戀。當然，在這個公寓裏，首要考慮的是活下去，戀愛當然是其次了。但是，她看到這一幕，還是沒辦法不心生嫉妒。

「銀夜……」夏小美看著這個自己傾心的男子，想說什麼，嘴唇動了動，卻說不出來。

「什麼事情？夏小姐？」銀夜疑惑地看向夏小美，「你想到什麼了嗎？」

「算了，沒什麼。」夏小美走到皇甫壑面前，「那我們走吧，出去調查。反正你也睡不著吧？就去調查藍奇的死吧。」

「不，」皇甫壑卻說，「藍奇的案子，目前由警方接手，我們貿然去調查不太好。我決定先去調查厲馨身邊的人，尤其是當初作證並畫出那張嫌疑犯模擬畫像的人，結合青田公園清潔工的證詞，很可能是重要線索。」

「啊？可是藍奇那邊也很重要啊。他的死……」

「哪邊都很重要。反正有情報慕容蜃會告訴我們的。我倒是很在意厲馨那邊。」

第四名死者厲馨，她是唯一一個在自己家中被殺害的死者。厲馨廿二歲，是羽楊建材公司的會計部門主管。她一個人在天南市租住公寓，被發現也是因為她屍體的腐臭引起鄰居注意而報警。厲馨的父母家人目前都來到了天南市，他們都有不在場證明。

而談得上可疑的人，就是羽楊建材公司的副經理劉子盛，公司裏盛傳，劉子盛和厲馨有曖昧關係，所以劉子盛才會提拔厲馨。而劉子盛早有家室，他本人對此自然是堅決否認。不過，從現場勘查的情況看來，大門沒有被破壞的痕跡，屋裏也沒有打鬥的痕跡，所以很可能是熟人作案。也正因為如此，劉子盛的嫌疑加大了許多倍。

不過，更可疑的是，大樓管理員看到的那個男人。那個人不是大樓住戶，以前也從未出現過。加上青田公園清潔工的證詞，自然顯得更加可疑。但是這個人很明顯不是劉子盛。

銀夜和銀羽正前往雪冰路，谷帆的住所。

這一次，他們不打算再用警方的身分了。銀夜認為，這個身分雖然容易和對方交談，但一旦被拆穿也會很麻煩。仔細考慮下來，只有在萬不得已的時候才用。而目前，藍奇死了，警方肯定會調查，說不定就會查到自己和銀羽。所以最好還是別再冒用警方身分了。

谷帆家是一棟非常不錯的西式洋房。

他們來到門口，按下了門鈴。沒過多久，傳出一個年輕女子的聲音：「請問是誰？」

「你好。我姓柯，是葉佳佳小姐的朋友。」

只有賭一把了。王振天和葉佳佳訂婚是最近幾個月的事，他的朋友，恐怕還不至於認識葉佳佳的每個朋友。而這個谷帆既然是王振天的朋友，那麼冒用王振天朋友的身分很可能就會被拆穿了。

「葉佳佳？是振天的未婚妻？」

「對。佳佳是我和我妹妹的摯友，王先生的死，我們也很難過。所以……」

「我知道了，你們進來吧。」

接著，洋房的鐵門緩緩打開了。

就在他們即將踏進門口的時候，忽然，銀羽注意到旁邊的一條小路拐角處，站著一個黑衣女子！

正是昨天他們見過的唐楓！

銀羽立即叫住前面的銀夜：「哥哥！」

「什麼？」銀夜回頭一看，接著銀羽就指向唐楓的方向，銀夜立即看去，也見到了那個黑衣女子！這時候，唐楓似乎也認出了銀夜和銀羽，她馬上轉身逃走。

銀夜毫不猶豫地對銀羽說：「走！」

唐楓這個女人，非常關鍵！銀夜和銀羽一前一後，向唐楓追去！

穿過一條街道，只見唐楓拐進了另外一條巷子。銀夜大喊道：「唐小姐！不要跑！我們沒有惡意，只想問你一些事情！如果你有不方便出面的理由，我一定不勉強！」

銀羽也喊道：「求求你，唐小姐！只要你告訴我們真相，我們任何條件都可以答應！」

他們又跑了幾條巷子，只見眼前有兩條岔路，卻不知道唐楓跑進了哪條路。

「我們分頭跑吧，哥哥！」銀羽選擇了一條岔路說，「找不到人頭的線索，我們都得死！放心吧，我能保護自己！」

銀夜咬咬牙，左右看了看，說：「那……你一定小心！」

錯失線索，找不到人頭，銀羽一樣會死。還不如搏上一搏！何況自己在她身邊，也未必能保護得了她。

於是，二人分開往兩條路跑。

銀羽加快速度，又跑了幾條岔道，赫然看見了唐楓的背影！只見她又拐進一條巷子！

雪冰路周邊的道路非常曲折，不熟悉附近路線的銀羽很是吃虧。但她知道絕不能跟丟這個女人！

「給我站住！」銀羽眼見和唐楓的距離開始拉大，內心焦急如焚，忽然她注意到路邊有一根木棍，立即把棍子抓起，朝著唐楓的背後狠狠扔了過去！

木棍筆直地飛向唐楓，砸中了她的肩膀！唐楓大叫一聲，身體一個趔趄差點跌倒。而利用這一機會，銀羽再一次提速衝了過去！

唐楓連忙撿起那根木棍，橫向銀羽，說：「你，你別過來！別過來！」

「你到底是誰？」銀羽不斷逼近她。別說是一根木棍，就是她拿著手槍指著自己也無所謂。沒有人頭的話，絕對就是死！

必須要有拚死一搏的覺悟！銀羽不希望再讓哥哥為自己犧牲了。

「我說過，我不會傷害到你。其實我們不是警方人員。」銀羽說，「你有什麼難言之隱，我絕對會保密。我只是想知道，藤飛雨的死有什麼內幕，還有，他的人頭在什麼地方！」

唐楓的雙眼死死盯著銀羽，她說：「我，我不是把手錶給你們了嗎？還要我做什麼？你別再過來，別過來！」

銀羽一個箭步衝上去，想抓住木棍，而唐楓立即一棍子打來，狠狠砸在銀羽的右手手臂上！

銀羽毫不畏懼，她還要去抓那根棍子，卻被那根棍子又砸中了額頭！

這一下砸得非常厲害，銀羽的身體踉蹌著差點跌倒，血不斷從額頭處流下。

「別，別再讓我看到你……」唐楓說著扔掉棍子，就要逃走。

銀羽哪裏肯放過她？她不顧頭部的疼痛，立即又追了上去，並拿起了棍子。

儘管頭越來越痛，可是銀羽知道，這個女人很可能是公寓的生路提示！

她一把抓住唐楓背後的衣服，狠狠將她壓在牆壁上，接著，飛快地從口袋裏掏出一把彈簧刀來，橫在了她的脖子上！

「你……」唐楓立即現出驚恐的神色來。

「說！」銀羽死死握著手上的彈簧刀，「你和藤飛雨，到底是什麼關係？」

「你，你別這樣……」

「別以為我不敢殺你，」銀羽儘量讓臉上露出惡毒的神色，「快告訴我！你是什麼人！」

「好，我，我說……」唐楓看起來完全相信銀羽不是員警了，立即說道：「我那天的話不完全是撒謊。只是，我和藤飛雨的確是認識的。」

「的確認識？」銀羽感覺這是一條重要線索，又問道：「那好，回答我，你和他是什麼關係？」

銀羽曾經猜測，這個女人也許是藤飛雨的情婦。男人和女人之間不可告人的關係，一般都會聯想到這一層。不過，柳欣的容貌遠遠勝過這個女人，而且她的身材也不是這個女人可比的。所以銀羽對於情婦這一推斷，不是很有信心。

「說，你們到底……」

「那個孩子……」

「什麼？」

「藤飛雨的兒子藤榮慕。你如果想查出藤飛雨的死，就得注意那個孩子。我把手錶還回來，倒不如說，我必須還回來……」

「必須還回來？」

「對，否則的話，我會……」說到這裏，唐楓的眼睛猛然睜大，露出驚恐至極的表情，看向銀羽的背後。

銀羽趕緊回過頭，後面卻什麼也沒有，她只感覺手被唐楓一抓，身體就重重地摔到了地上。唐楓看著她，說：「去調查那個孩子吧，跟我沒有關係！」接著，她再一次逃走！

銀羽摔倒在地，再一次站起身，又要拿起木棍，這時候頭痛不斷來襲，她終於力不能支，倒在地上，昏迷了過去。

銀夜沒有追到唐楓，便又沿著另外一條岔路找過來，卻一眼看見了倒在地上的銀羽！

「銀羽！」銀夜嚇得魂飛魄散，立即衝過來，把手探到銀羽的鼻子下。

還好，她還活著。銀夜大大地鬆了一口氣。

是唐楓幹的？她到底為什麼要這樣逃避他們？

此刻，在藤飛雨家中。

「還麻煩哥哥你請假來接我們，真是不好意思。」柳欣將換洗衣物裝上車子，對身後的兒子說：「榮慕，我們走吧。」

「嗯。」榮慕放下手中把玩的玩具，跟著母親走向眼前的一輛藍色轎車。

柳彬坐在駕駛座上，見妹妹和榮慕都上了車，於是便發動了車子。

榮慕坐在後排，拿著一本書在看。那本書是《死神BLEACH》的中文簡體版。柳彬略微看了看後面，向柳欣問道：「這本漫畫是你買給他的？」

「嗯，對，他很喜歡日本的動漫。」

「其實我也看《死神》的，」柳彬笑道，「很好看呢。」

後座的榮慕一聽，立即問道：「真的，舅舅？你看到哪裏了？藍染被打敗了嗎？」

「啊，當然了，現在他在地獄待著呢。」

「地獄啊……」榮慕念叨著，又繼續把目光看向那本漫畫。

「別有什麼血腥暴力的內容吧。」柳欣說，「我聽說日本的動漫都是這樣的，動不動就打打殺殺，教壞小孩子怎麼辦？」

「哈哈，不會的，你想太多了。」

車子開到一個十字路口，停下了。而這個時候，榮慕居然已經睡著了，那本漫畫攤放在一邊。見榮慕睡了，柳彬對身旁的妹妹說：「今天早上康晉來見我了。」

康晉作為藤飛雨的好友，和柳彬也見過面。

「他說，最近被記者煩擾得受不了了，但也沒辦法。他問我，案子到底追查得怎麼樣了。昨天，還有兩個人自稱是另外一個死者張波凌的好友，去找過他。」

「張波凌？」柳欣對這個名字有印象，「好像也是被殺害的人吧。」

「嗯，不過也不知道是不是記者假扮的。天南市的治安越來越差了，這個斷頭魔殺了七個人了，居然還沒被抓住。」

「是啊。」柳欣也重重歎了一口氣，「我現在晚上都要靠安眠藥才睡得著。這樣下去，我遲早都會精神崩潰。」

「算了，別想了，這個惡魔遲早會伏法的。」柳彬說。

到了柳彬家，那是一個高級公寓區。

剛打開門，就看到一個梳著馬尾的可愛女孩，她見到榮慕就立即跑過來，高興地說：「榮慕，你來啦。」

這個女孩是柳彬的女兒柳瑩瑩，她比榮慕大七個月，是他的表姐，姐弟倆關係一直不錯。而事先柳彬已經再三關照她，無論如何都不可以把姑父的死訊告訴弟弟。

柳彬讓兩個孩子去玩，他和柳欣來到房間裏，把換洗衣物裝入衣櫃。柳彬對妹妹說：「你現在不去上班了吧？」

「我打算下周回去上班。」柳欣說，「不上班總會胡思亂想。不如找點事做，反而好受些。」

「好吧，隨便你。」柳彬說，「我出去一趟，馬上就回來。」

「好的，哥哥。」

柳彬來到客廳，對女兒和榮慕說，「瑩瑩，和弟弟好好玩，爸爸出去一下。」

「好，」柳瑩瑩奶聲奶氣地說，「我一定和弟弟好好地玩。」

走出家門，柳彬的面色就開始變得凝重起來。他快步走向電梯口。

「榮慕，你想玩什麼？」柳瑩瑩問，「你玩過偷菜嗎？」

「偷菜？什麼意思？」

「真土啊，你沒上過開心網嗎？我來教你，很有趣的。」

隨著電腦打開，螢幕上的ＱＱ自動登錄，隨即……彈出了一個視窗，是騰訊新聞。

新聞上的標題是：「昨日又出現一名斷頭魔受害者。」

在自己家裏，柳欣一直不讓榮慕上網，連報紙都收著不讓他看，看電視的時候也都只讓他看電視劇和兒童節目，不敢讓他看到新聞。

而瑩瑩一下也沒注意，榮慕就立即點開了那條新聞。

柳彬來到樓下，走了幾步路，來到附近的一家咖啡館。一走進去，就看見了不遠處一張餐桌前的康晉。

他三步並作兩步地向康晉走去，然後坐下。

「怎麼樣了？柳彬？」康晉問，「柳欣她……」

「嗯，暫時住在我家了。」

「那就好，我還真擔心斷頭魔的事……我和他們夫婦倆關係都不錯，飛雨的死，真的是……」

「你找我出來，不會只是問這個吧？電話裏也一樣可以說的。」

「嗯，其實我還想問問你，有沒有什麼關於斷頭魔的更進一步的線索。我這幾天很焦急啊。」

「你別想太多了……」

「我能不想嗎？全市都在關注這起案件，我現在被當成了嫌疑犯啊！你知道嗎？現在我們老總雖然嘴上沒說，可是他的意思明擺著，是想讓我主動辭職！他就是找不到理由開除我，否則他……不提了，太過分了！」

「清者自清，」柳彬說，「你別太在意。你的確沒什麼動機，投資理念不合也不至於要殺人。」

「你能夠相信我就好。」

接下來又聊了幾句後，康晉感覺肚子不舒服，去上廁所。他走進洗手間後，立即跑進大號間，解下褲子。過了一會兒，他感覺輕鬆了，於是將手伸向捲筒紙，卻發現紙沒有了。

他敲了敲隔開的門板，向隔壁問道：「請問……有沒有紙？」

於是，一隻手拿著一團卷紙，從隔板下伸了過來。

「謝謝啊。」康晉接過這團紙的時候，無意中觸碰到了那隻手，他感覺那隻手非常僵硬冰冷。怎麼會那麼冷？現在都四月份了啊！簡直就像是沒有體溫的……

康晉也沒多想，沖完水後，他提起褲子。他無意中朝上一看……

只見隔板上面，露出了半張臉來！

而這半張臉上的一雙眼睛，仔細看去，赫然就是藤飛雨的眼睛！

「鬼，鬼……」康晉嚇得大喊，「有鬼啊！」

這時，榮慕正看著網上關於斷頭魔的新聞。

「爸爸……死了？」

他呆呆地看著螢幕上一條條報導藤飛雨死訊的新聞……

白林區的金楓高中，今天停課了。

吳真真一個人待在家中，身體縮在被窩裏。昨天還好好的藍奇，怎麼說死就死了？想到恐怖的斷頭魔連續把班裏的兩個同學殺害了，她就嚇得不知道該怎麼辦了。

她的記憶回到了白靜出事的那一天，三月廿一日。那天是星期一。

「白靜，你將來想考什麼大學？」那天放學的時候，吳真真和白靜走出校門：「還是打算報考鷹真大學嗎？那可是天南市最高等的理科學院啊，你會不會目標定得太高了？」

「沒關係啦，」白靜笑著說，「要訂目標就要訂最高的嘛，高考的機會，人生僅此一次，當然要拚全力一搏了。」

「嗯……我父母也要我考理科，但我真的很頭痛啊。不過去年理科的本科線確實比較低，但是題目太難了啊。我想最多只能進真林學院吧。」

真林學院是天南市二本的理科學院，即便如此，對吳真真來說，也是望塵莫及了。

而那時候的吳真真，根本沒想到，那是自己和白靜最後的一次見面。

「真真！」母親打開門，「就算學校放假，你也不能鬆懈啊，還是快點看書吧。」

「好，好的……」吳真真歎了一口氣，把被子掀開，坐了起來。

她坐到書桌前，把書包裏的教科書取出，先翻開語文課本。這是吳真真的復習方式，因為語文是復習起來最不費力的。不過，背誦文言文也是件苦差事。她翻到《出師表》，開始背誦起來。

「先帝不以臣卑鄙，三顧臣於草廬之中……是草廬還是茅廬啊？」

她把手拿開去看課文，卻用力太大，課本掉在了地上。這時，從書頁中掉出了一張紙來。

「這，這是……」

接著，吳真真赫然發現，這本語文課本上，寫著的名字居然是「白靜」！

這本語文課本是白靜的！

5 異國戀人

吳真真立即將語文課本撿起來，仔細一翻，發現這果然不是自己的課本。白靜死後的這段時間，因為語文課上一直都在做往年的模擬試卷以及寫命題作文，所以根本沒用到課本，而這幾天的復習，也都是以數學、英語為主，以致於吳真真現在才發現課本弄錯了。

也就是說，白靜和自己在某個時候，拿錯了對方的課本？吳真真和白靜經常拿著語文課本，互相檢驗對方背誦文言文，拿錯完全是有可能的。

「白靜……」吳真真心裏很難過。她把那張夾在白靜課本上的紙拿了起來，看上面寫的是什麼。

原來，這是白靜寫的一篇作文，是〇九年天南市高考語文試卷上的題目。

「白靜，她是怎麼寫的呢……她既然打算考鷹真大學，語文不會太用心吧，首先應該是看數學和物理的成績吧。」

吳真真仔細地看著白靜寫的作文。只見白靜這樣寫道：「三天前，我曾經去過一次白嚴區……」

白嚴區？頓時吳真真心頭一跳。她赫然想起，第二名死者林迅，就是死在白嚴區的！

她看到作文的最後，白靜在上面寫上了日期，是三月九日。那麼，她是三天前、也就是三月六日去白嚴區的？

她去翻了翻日曆，三月六日是周日。

她很瞭解白靜，她的目標是鷹真大學，如此艱難的目標，她的壓力之大可以想像。所以，如非必要她不會跑到白嚴區去。當然作文的內容也可能是虛構的，但是吳真真感覺白靜不是杜撰出來的。

那麼，她為什麼要去白嚴區？這和她被斷頭魔殺害有關係嗎？

吳真真越想越有些不安。她猶豫了一下，拿起桌上的電話，撥通了白靜家的電話。

許久，電話接通了。一個顯得很蒼老的聲音傳來：「喂……」

「你好，是伯父嗎？我是吳真真。」

「哦，吳真真啊。」接電話的正是白靜的父親白曄山。

「是這樣的。伯父，白靜的事……請節哀順變。我想問一下，上個月六號的時候，白靜她是不是去過白嚴區？」

「上個月？」回憶起慘死的愛女，白曄山的聲音又哽咽起來。此刻的他肯定非常痛苦，讓他去回憶上個月前還活得好好的白靜，實在是讓他再次心如刀絞。吳真真都不知道，這麼問是不是太殘酷了。

「對……」他說，「我想起來了。那個時候，她是去白嚴區聽一個講座。那個講座是鷹真大學的一個教授講的，針對高考的問題開設的。講座的地點，就在木遙路上。」

「是嗎？」

「對。」

吳真真上網查了一下，找到了鷹真大學的教授在白嚴區開設講座的通知，地點是位於白嚴區木遙路的真彬高中。

「找到了。主講人是……鷹真大學教授卞星炎。嗯，這是教授的照片，好年輕啊，看起來還不到三十歲吧？」

那麼年輕就成為學校的教授，真是年輕有為啊。

吳真真又搜索地圖查看了一下，木遙路和林迅死去被發現的青田公園，距離還是比較遠的。但是，她隨即又查到了一件事……

一件非常重要的事情！

三七五路公車，同時經過青田路和木遙路！

也就是說，乘坐三七五路公車，只要經過三站，就能夠到木遙路！而青田路是三七五路公車的始發站！只要乘坐地鐵，就可以從白林區到達白嚴區！

「難道說……」雖然也有其他路線，但是吳真真有了一個推斷。

白靜為了聽卞星炎教授的講座，從家裏乘坐地鐵到了白嚴區青田路，然後乘坐公車，前往木遙路的真彬高中！

青田公園，就在青田路上！

吳真真的手開始沁出汗珠來。難道……難道真的有關聯嗎？

這個線索，警方注意到了嗎？

她立即從書包中取出交通卡來，她決定現在就到那裏去看看！

白靜對自己昔日說過的那句鼓勵的話，成為自己在這高考重壓之下的希望。所以就算要冒著一定的危險，吳真真也決定去調查一下。

絕對不能原諒……這個濫殺無辜的惡魔！一定要讓這個惡魔受到法律的制裁！

吳真真走到外面，正好遇到父母。父親一愣，問道：「你要出去？去哪裏？」

「我很快就回來，爸爸媽媽，我……」

「不許出去。」父親搖搖頭說，「你們班裏已經有兩個人被斷頭魔殺死了。你現在一個人單獨出去，太危險了！不行，你還是留在家好好復習吧。期末考試快到了吧？」

「可是……爸爸……」

「我說過了，不行！」

「你爸爸說得對。」母親也說道，「想到那個斷頭魔，我心裏就直打鼓，沒有特別重要的事情，還是別出去了，真真。」

吳真真見父母如此堅持，只好回到了房間。

吳真真在床上躺著。那一天，和白靜最後分別的時候，她是……和藍奇一起離開的。和藍奇……

吳真真忽然又坐直起了身子。

「對了，昨天，藍奇他問我……相不相信這個世界上有鬼？」

最初她以為，藍奇只是隨便問一問。難道……這和白靜的死有關係嗎？

藍奇知道什麼線索嗎？仔細想想，當時警方來例行一一詢問班裏的同學時，她就注意到，藍奇的神情很不自然。

吳真真開始思索，為什麼斷頭魔要把藍奇也殺死呢？前五個死者，都是互相不認識的啊。

這其中，莫非有著什麼玄機嗎？

銀羽睜開了眼睛。

「銀羽！」銀夜驚喜地看著她睜開眼睛，立即抓緊了她的手：「你沒事吧？我真是嚇死了。」

這裏是正天醫院，上次銀夜和李隱一起來過。經過檢查，銀羽沒什麼大礙。

銀羽的額頭包著繃帶，她看清了眼前的銀夜，只感覺腦子昏沉迷糊。

「去找那個孩子……」忽然，這句話在她的腦海中甦醒過來！

「孩子……」銀羽對銀夜說，「哥哥，藤飛雨的兒子！唐楓對我說，那個孩子是關鍵！」

「孩子？」

「對……」銀羽繼續說，「那個孩子，也許有藤飛雨人頭的線索！」

此時，已經是正午時分。

羽揚建材公司的副經理劉子盛，走出了公司門口。就在他走到停車場的時候，忽然注意到，一個長相秀氣的青年正在他的車子前等候著他。

劉子盛微微一愣，只見那個青年三步並作兩步地走上前來。

劉子盛是個較為消瘦的男子，個子也略微矮一些，而這個青年比他高出了半個頭。劉子盛心中微微打鼓，下意識地後退了一步。

「是劉經理嗎？」那個青年走到劉子盛面前說，「能不能和你談一談？」

「你是誰？」劉子盛充滿戒備地問。

「我叫尹俊賢，是貴公司去世的會計主管厲馨小姐的男朋友。」

尹俊賢？韓國人？劉子盛立即意識到，他是對厲馨的死感到有疑問，立即說道：「厲小姐是在自己家中被害的，和我們羽揚公司毫無關係。你要找，該去找員警，尹先生，我還有事，恕不奉陪。」

「劉經理！」尹俊賢立即攔住他，「厲馨的死，我希望能從你這裏聽到一些實情。」

「你這個人怎麼糾纏不清！」劉子盛看著這個青年，「我已經說過了，厲小姐的死和公司無關。警方也來問過我，但是我和厲小姐之間沒有什麼不可告人的關係！」

隨即劉子盛就向著車子走去。而那個尹俊賢也只能看著他開車離去。

車子開走後，尹俊賢剛回過頭，卻看見身後站著一男一女。男子的五官極為俊美，身材挺拔，任何女孩見到只怕都會心動不已。而女孩看起來二十歲左右，像是個大學生。

「剛才，我聽到你說你是厲馨小姐的男朋友？」那個俊美男子走了過來，「你好，我叫皇甫壑，和厲馨小姐也算有些淵源。」

「淵源？」尹俊賢不解地問道，「什麼意思？」

「先找個地方，我們坐下來談一談吧。」

皇甫壑本來是想來找劉子盛的。第四名死者厲馨，是六名死者中受到矚目的一位，她是首位女性受害者，也是首個在自己家中遇害的人，更是首次有人目擊到有嫌疑人在現場。

員警也排查過厲馨的男女關係，因為現場似乎顯示厲馨和兇手是熟識的。而她在公司裏的同事都調查過了，在男女關係方面，從未聽說她有男朋友。如今，卻突兀地冒出了一個男朋友來？

「你們和阿馨是什麼關係？」尹俊賢似乎有些戒備，「我從來沒有見過你們。」

「關於這一點，其實是這樣的。」皇甫壑非常鎮靜地回答，「厲馨小姐曾經和我聯繫過。她說，她被一些事情纏身。」

「纏身？」尹俊賢有些不解，隨即，皇甫壑的話就解答了他的疑惑。

「我是一個靈異研究者。這是我的名片，我組織了一個名為『靈祈會』的團體。是一個針對靈異現象進行研究，為無法解釋自身疑惑的人給予解答和幫助的組織。」

一旁的夏小美聽到這句話吃了一驚，自己聽都沒聽說過這個組織。

「『靈祈會』？那是什麼？」尹俊賢接過名片，看了看，上面寫著：「靈祈會組織幹事皇甫壑」。名片下方還寫著一行字：「你遭遇過靈異現象嗎？你曾經接觸過鬼魂嗎？靈祈會將給予你最周到的服務。」

「厲小姐可能是無意中看到我們發的宣傳單，所以來找我們。她說，她感覺她似乎被什麼『髒東西』糾纏上了。」

夏小美湊近皇甫壑的耳朵，問道：「靈祈會？你怎麼想出來的？」

「這是真的。」皇甫壑低聲對她說，「我的確是這個組織的幹事。不過我們這個組織和宗教無關，是民間組織，也不從事商業活動，是公益性的。」

看尹俊賢一臉不可置信的樣子，皇甫壑又說：「我說的都是真的。事實上，厲小姐來找我們，就是在她被殺害以前不久。既然你說你是他的男朋友，我想瞭解一下情況。畢竟她也是來尋求過我們靈祈會幫助的人，所以我希望能夠徹底瞭解情況。」

「我知道了。」尹俊賢說，「我們找個地方談談吧。」

走進了羽揚公司附近的一家餐廳，尹俊賢和皇甫壑選了一個座位坐下。

「如你們所見，我是韓國人。」尹俊賢說，「我和阿馨認識，是在一年多以前。不過，厲馨從沒有把這段戀情告訴別人。我在國內沒有房產，目前只是在打工而已，生活也算艱苦。另外，跨國戀情，阿馨也不想告訴別人。」他的眼眶紅了起來。

「阿馨她……她說再等兩年，等我在國內穩定下來，就和我結婚。我……」

厲馨從未公開過和這個韓國人的戀情，所以沒有人知道。說起來，這個韓國人的本國話講得也不錯了。

「不過，厲馨小姐去世也有一段時間了，你怎麼現在才來找劉先生？」

「最初我不太瞭解，後來才聽說，劉經理和阿馨似乎有什麼曖昧關係。我並不想相信這些事情，但後來傳聞越來越厲害，所以……」

「我明白了。所以你考慮再三，決定來問問劉經理？」

「我認為，這件事即使是真的，劉經理也不會說實話。但是，我無論如何都想知道真相。阿馨她，她死得太慘了！到底是多麼喪心病狂的惡魔，才能夠做出這種事情！」

「這樣啊……」

「那，告訴我，」尹俊賢追問道，「你說，阿馨去找你們尋求幫助？到底是……」

「我們靈祈會是搜集靈異方面的資料、歸總整理的一個民間組織。主要是針對風水、民俗，結合宗教的傳說，對靈異現象進行解釋和研究。當然，也只能參考罷了。世上有沒有鬼，始終是很難證明的事情。」

當然，那是在皇甫壑進入公寓以前。現在的他已經完全證明，鬼魂的的確確存在於這個世界上。

「她當時對你說了些什麼？」

「事實上她對我說的靈異現象……就和斷頭魔有關。」皇甫壑毫無慌亂之色，明明是在說謊，可是神色卻極為自然。

「什麼？那，為什麼……」

「她說，她感覺自己住的房間裏，總是好像有人生活的氣息。當然最初她認為是心理作用……她說她曾經見到過一個身影，就在自己家裏。她注意到臥室出現了一個身影，出現在房門後面。但是僅僅只有一瞬間，就不見了。那一瞬間出現的身影讓她很驚恐。接著，她憑藉記憶，畫了一張畫像給我。那張畫像，就和後來被人目擊到的那個嫌疑人極為相似。」

夏小美聽的時候，腳都有些發抖：我的天……這個男人簡直有天生寫恐怖小說的才能啊，先是家裏好像出現了一個人，然後房門後面出現一個瞬間消失的人影，再是斷頭死掉，接著被人目擊到了和她看到的同樣的面孔……幸好我知道是假的，否則真要被嚇死了……不，也不完全是假的，至少殺死厲馨的的確很可能是鬼。

不過，夏小美接著就開始擔心下一個問題……

會有人信這種話嗎？要是她進入公寓以前，有人和自己說這樣的話，她的第一反應就是對方在招搖撞騙。誰會相信啊？

果然，尹俊賢看起來並不相信這番話，他說：「你在胡說些什麼？越扯越離譜了。」

「我說的是事實。」皇甫壑說，「信不信由你。我騙你又有什麼好處？我又不會向你收取任何錢財。尹先生，鬼在一般人的頭腦中可能是迷信的概念，但是，將科學以外的任何東西直接排斥為不存在的話，我認為科學只會成為新的迷信。而且，這個世界上，的確有鬼存在。」

「你到底是什麼人！」尹俊賢似乎發怒了，「還在這裏胡言亂語！我要走了！」

「啊，等等、等等！」夏小美怎麼可能放任這麼關鍵的線索人物離開，她連忙說道：「尹先生，你別理會他，他這個人就是這樣，腦子有點問題，你別計較啊……」

「為什麼！」皇甫壑猛地站起來，雙目猶如憤怒的獅子一般：「你為什麼這麼輕易地就斷定我在撒謊？你有證據證明鬼魂不存在於嗎？你們之所以否定鬼、排斥靈異現象，就是因為你們想從科學的保護中獲得虛無的滿足！」

皇甫壑此刻的神情，讓夏小美嚇了一跳。這個如此俊美的青年，發怒的時候也如此可怕！

而尹俊賢也因此被震懾了一下，隨即，他歎了一口氣，說：「你真的沒說謊嗎？」

「總之，對於自己不瞭解的事物，不要輕易地下斷言。」皇甫壑取出一本筆記本，「這是我們靈祈會完成的各種各樣靈異現象的調查報告，你可以仔細看一下。無論如何，你如果想查出殺死厲小姐的兇手，就要和我們合作才行。因為我們的敵人，不是人類。」

夏小美已經快聽不下去了。

這個男人是神經病嗎？莫名其妙地和一個人說世界上有鬼，誰會理你？這個樣子，別人恐怕會把你當成是迷信活動的宣傳者啊！

尹俊賢接過那本筆記本，翻了翻，裏面還貼了不少剪報和照片，以及詳盡的分析。

「啊，那個……」夏小美問，「你看得懂中文嗎？」

「嗯，基本看得明白……」

「嗯，那好。」

尹俊賢說：「我還是沒有辦法相信你的話啊。不過，目前的確沒有阿馨案子的線索。所以……」

「我明白。」皇甫壑說，「你沒辦法這麼輕易就相信我。可是，如果想查出厲馨小姐案子的真相，還希望你和我們合作。」

「算了。你們國家有一句話，叫『死馬當成活馬醫』。我就姑且信你一次吧。」

聽到這句話，夏小美心裏一愣：什麼？不會吧？這樣也信？

皇甫壑點點頭，說：「厲馨小姐的事情，我希望你能夠告訴我詳細情況。」

「嗯。我和她認識是在一年以前，也就是二〇一〇年的春天。那時候我到國內來謀求發展，來到了這個城市。開始，我是在餐廳打工積累經驗。認識厲馨是……」

「嗯，這個不用說。你就告訴我，厲小姐被害前的一段時間的事情吧。」

無論如何，能夠順利地讓尹俊賢告訴他們厲馨的情況，讓夏小美大大地鬆了一口氣。皇甫壑之前那個不正常的態度，險些就鑄成大錯。也不知道這個男人是搭錯了哪一根神經。

「結果，我又失業了。不過，阿馨卻升任為會計主管，我也為她高興，但是，我和她的差距又變大了。我什麼時候才能光明正大地和她在一起呢？」

夏小美心想，一個男人，自己喜歡的人升職了，自己卻失業，心裏恐怕是極其痛苦的吧。

「阿馨和我一周才只能見兩三次面。我也知道，我目前的情況，在國內要繼續生活很困難，又不能接受阿馨的接濟。事實上阿馨的工作我也不瞭解。過年期間，我回了韓國一次，本來我很希望阿馨可以陪我一起回去，但是，我們……」說到這裏，他欲言又止。

「那段時間她告訴過你靈異方面的事情嗎？」

「沒有。而且我發現我和她的隔閡越來越大了。」

「不過，如果警方查到你的話，你絕對會被列為第一嫌疑人。真的沒有其他人知道你和厲小姐的關係嗎？」

「嗯，沒有了。」

「那個嫌疑犯模擬畫像你看過吧？你認識那個人嗎？」

「不，不認識。」

似乎陷入了僵局。尹俊賢知道的事情實在太少了，事實上他和厲馨的戀情一直都那麼隱秘，他又怎麼能夠知道更多詳情呢。

「這次的案件，如果那個斷頭魔是鬼的話……我絕對不會放過他的。」皇甫壑堅定地對尹俊賢說，「我向你保證。」

銀夜和銀羽來到了藤飛雨家，可是無論他們怎麼按門鈴都沒有人出來開門。

「怎麼回事？難不成……」頭上還纏著繃帶的銀羽說，「難不成是步上了藍奇的後塵？」

銀夜也緊張起來了。無論如何，根據唐楓的話，關鍵在於那個叫藤榮慕的孩子。唐楓說因為那個原因，不得不把手錶送回來。

莫非那塊手錶中有玄機？

把手錶送回來，和藤榮慕又有什麼關係？

谷帆那邊他們已經去拜訪過了。從她口中獲悉，王振天確實來過，沒多久就離開了。王振天沒提過會去青田公園。不過青田公園那裏是地鐵站，王振天應該經過青田公園。

「必須儘快找到藤榮慕！」銀夜下定決心，還好時間還算充裕，今天只是血字執行的第二天而已。

就在這時候，忽然手機鈴聲響起。銀夜接通了電話，問道：「有什麼事情？」

「大事不好了，銀夜！」電話另外一頭的人是華連城，「出大事了！康晉，康晉被逮捕了，警方說，懷疑他就是斷頭魔！」

「你胡說什麼？為什麼康晉被逮捕，找到了什麼證據嗎？」

「慕容蜃告訴了我們一個內幕。康晉被逮捕，是因為員警在一家左手酒吧裏，找到了一個關鍵證據。那就是……康晉和藤飛雨，是同性戀人！」

卞星炎此刻正在別墅的書房裏。

他用梯子爬到書架頂層，拿下了一本書來，是一本關於相對論的著作。

走回到書桌前，他剛坐下來，又不禁想起星辰交給自己的那封信來。他沒有把信拆開，但越發覺得有些古怪。星辰的反應似乎不太正常。

他把那本書翻開，就在這時，桌上的手機響起。星炎接通了手機：「喂，請問是誰？」

「請問是……鷹真大學的卞星炎教授嗎？」

打來這個電話的，正是吳真真。她查到白靜那一天前去白嚴區聽卞星炎教授的講座，於是費了很大工夫，終於找到了卞教授的手機號碼。

「對。請問你是……」

「是這樣的，」吳真真頓了頓，「上個月六日，卞教授您在白嚴區的真彬高中，做了一個講座吧？是針對想報考鷹真大學的高中生的……」

「嗯，是的。有什麼問題嗎？」

「我……」吳真真也是死馬當活馬醫，「您記不記得，一個叫白靜的高中女生？」

「白靜？你和白靜是什麼關係？」卞星炎立即站了起來，「讀到報紙的時候我很驚訝呢，她居然也被斷頭魔殺害了……」

「您記得她？」

「嗯，記得。那一天她來參加講座的時候，向我提了很多問題，是個很有悟性的孩子，所以我對她印象很深。她想報考我們大學的願望很強烈，所以我還問了她的名字，祝願她高考成功。沒想到後來會發生那樣的事。」

「我是她的同班同學，在網上查到您的號碼的。」吳真真呼吸急促起來，「她還和您提過什麼別的事情嗎？比如……」

「比如什麼？」

「靈異什麼的。」

「靈異？怎麼會，我是研究物理的，幽靈鬼怪這種現象，雖說是人類文化的一部分，但畢竟是超越科學範疇的。」

吳真真其實也明白這一點。但她覺得這件事情太詭異了。藍奇和自己提到了「鬼」，然後他就被斷頭魔殺害了。他那麼說，代表他知道了一些什麼。那麼，難道他的死也是……

「靈異什麼的當然沒有談，我們只是談了一些高考物理方面的問題，以及能量守恆定律、原子和原子核、電磁學等問題。」

吳真真又想了想，說：「拜託您了，卞教授，請您回想一下……她真的完全沒有和您提過靈異方面的問題？」

「真的沒有，很抱歉，沒能幫到你。」

「這樣啊……」吳真真很是沮喪，線索還是斷了。即使那天白靜因為某個原因而被斷頭魔視為殺戮的目標，也無法得知了。

那一天，估計白靜是一個人去聽講座的。這樣的話，怎麼能知道那天白靜的身上發生了什麼事？

「卞教授。」吳真真還是不死心，「請問，那一天，她還有什麼奇怪的地方嗎？讓您覺得很古怪的地方？因為，斷頭魔殺害的第二個死者林迅，是在白嚴區的青田公園被發現的。而青田公園到真彬高中，可以坐三七五路公車直達。所以……」

「是嗎，我倒沒有注意到。」星炎聽了之後說，「那個孩子的死，我也感到很遺憾，但我畢竟不是員警，恐怕幫不了你。希望罪犯能夠早日伏法。」

吳真真重重地歎了一口氣，只有結束了通話。

這次通話依然無法證明，那天白靜去白嚴區是否是案子的關鍵。吳真真總覺得，斷頭魔殺人總要有個理由吧，再怎麼變態，難道會是完全沒有任何理由的嗎？

可是目前，只有白靜和藍奇有共同點，而其他幾個人，就算能夠聯繫起來，也很牽強。

對了，林迅。白靜是和林迅有一點共同點的，從這個人身上也許可以找到突破口。比如，白靜會不會在去白嚴區的時候，和林迅見了面？這也是有可能的。

吳真真立即又上網開始調查林迅的情況，同時也注意別讓父母進來看到自己在上網，否則又少不了一通說教。

而事實上，將林迅作為案子的突破口來考慮的，不僅僅是吳真真。王振天的未婚妻葉佳佳，此刻也開始以林迅作為調查的目標了。

林迅是一名小學老師，他去世後，他的妻子沈豔帶著女兒離開了這個城市。此刻，葉佳佳來到了林迅執教的小學。

那所小學位於白嚴區安康路，名叫安康路一小，學校規模並不大。葉佳佳根據調查獲悉，林迅和他的妻子沈豔都是安康路一小的老師。林迅是語文老師，沈豔是數學老師。兩個人相戀不久就於三年前結婚了。林迅死後，沈豔就辭職了，帶女兒離開了天南市。警方也調查過沈豔，但是沒有發現她有任何動機，所有人都反映，夫妻倆關係是非常好的。

巧合的是，這時候連城和伊芸也正在這所小學裏。

王振天和林迅既然有了一個共同點，那麼連城和伊芸也希望能從這裏獲得進一步的情報，之後再去調查藍奇。畢竟藍奇剛死，貿然接近他的家屬，誰都擔心會被斷頭魔給盯上。既然藍奇很可能是因為和白靜的關係而被斷頭魔殺害，那麼接近他家屬的人也可能會被殺。儘管不知道是否一定如此，但反正還有十幾天時間，不急於一時。

畢竟，人頭，只要兩顆就足夠了。

「林老師嗎？」此刻在操場附近，連城和伊芸正在詢問一個老師。這個老師是教英語的，之前和林迅也算比較熟悉。

「真沒想到林老師會出那樣的事情，沈老師也因此受不了打擊離開天南市了。」

「你知道沈老師去了哪裏嗎？」伊芸追問道，「難道是回娘家了？」

「這個我也沒多問，估計是吧。其實沈老師為人有點孤僻，對待學生也比較嚴厲，即使生下孩子後，那性格還是沒變。當初林老師和沈老師結婚，我們還是很奇怪的。」

問完情況後，連城合上筆記本，長長地歎了一口氣，說：「真是大海撈針啊，這樣下去，到哪裏去找這六個人頭啊！」

「會和康晉有關嗎？」伊芸又說，「警方已經調查出來，他居然和藤飛雨是同性戀，難怪他那天對我們那麼排斥啊，這種關係自然不能對人提及了。」

「嗯，不過，就算是同性戀人，也不至於殺人吧。同性又不能結婚的，就算藤飛雨和柳欣離婚，也不可能和康晉結婚吧。所以不該是因愛生恨吧？不，仔細想想，如果從這個角度考慮，柳欣的嫌疑更大一些。」

「說不過去啊。」伊蕊搖搖頭說，「柳欣一個女人，怎麼可能把人的頭活活拔下來，再說，她何必再去殺死林迅等人呢？」

「不，也許……她因為丈夫的背叛，而極度憎恨同性戀。而林迅這些人，其實都是同性戀，你想啊，同性戀是非常受到社會歧視的，就算愛上了同性戀人，也不可能公之於眾吧。所以，警方查不出也是有可能的。柳欣殺死丈夫後，決定將所有同性戀的人都加以殺害，所以她調查出同性戀的人，再將其殺害……」

「不對吧。按照這個推測，她應該把康晉也給殺了吧。何況白靜和藍奇，總不可能是同性戀吧，那是絕對的異性啊。」

「嗯，也對啊……」

「還有，這麼一來的話，兇手就是人類了？按理說不可能啊。」

連城又想了想，說：「不過，話又說回來了。我聽說同性戀的人，是不會輕易改變性向的，那麼，為什麼藤飛雨要和柳欣結婚呢？」

「這倒不奇怪。你沒聽說過雙性戀嗎？可能藤飛雨就是一個雙性戀者。嗯，我推測一下，會不會是這樣的：藤飛雨和康晉是同性戀，但藤飛雨同時也喜歡女人，所以他娶了柳欣，但也和康晉保持著地下情關係。但是，後來不知道什麼原因，他不想再和康晉繼續這種關係了，對康晉提出了分手。」

「這個……有可能。」

「惱羞成怒的康晉和藤飛雨發生了爭執，然後……康晉被藤飛雨殺死了。」

「等等……」連城打斷了她的話，「你說反了吧？藤飛雨被康晉殺死了才比較合理吧？」

「唉，連城，這次的案件，是有靈異現象存在的，你忘記了嗎？也就是說……最初是藤飛雨殺死了康晉！」

「難道……你是說，康晉冤魂不散，殺了藤飛雨，然後拔下了他的頭？」

「對。」伊蕓又說，「也就是說，康晉很可能是在屍體沒被發現的情況下，先殺了藤飛雨，然後以鬼魂的身分繼續『活』著，沒人發覺。而殺害林迅等人，會不會是變為鬼魂後的作用？以前公寓的許多鬼魂都是濫殺無辜的。這樣的例子是很多的，以前柯銀夜執行的一個血字，那一次就是這樣。」

「哦，我想起來了，是郊區墓地的那一次吧。那一次有五個人參加，結果柯銀夜和歐陽菁兩個人活了下來。那一次是柯銀夜發現了生路。那是一個打電話的時候被殺害的鬼魂，在墓地附近陰魂不散地漂著。最初是將殺害她的歹徒咒殺，然後不斷殺害接近墳場的所有人……」

「嗯，不錯。我想康晉可能也是如此，他死後也就不管善惡，濫殺無辜……」

想到當初二人見到的康晉，也許就是個鬼的時候，連城心裏很是後怕。

「對了，那……」連城忽然說道，「會不會六顆人頭，都在康晉的家裏？」

伊蕓也是一個激靈：「對，對啊。也許六顆人頭都在那裏啊。如果是這樣的話……」

就在這時，忽然一個人從倆人身邊走過。那是一個穿著一身素白衣服、長髮披肩的女人。那個女人的面容十分蒼白，走路的姿勢也有些古怪。這讓連城嚇得幾乎慘叫起來，他以為那就是女鬼了！

但是仔細看去，似乎又是個活人。而這時她迎面正好遇到了一個男老師，那個男老師見到她，驚訝地說：「沈老師，你回來了？」

沈老師？難道是林迅的妻子沈豔？

連城和伊蕊立即飛奔過去，衝到那個女人面前，連城問道：「你是沈豔老師嗎？」

那個女人的面目實在有些陰森，她看著華連城，點點頭說：「對，我就是沈豔。」

「關於你的丈夫，我有些話想問你。無論如何，請你幫幫忙……」

「我沒空。」她根本不理這兩個人，逕自向著一座教學樓走去。

這個時候，忽然又一個人擋在了她面前。那是一個穿著一身綠色衣服的美麗女人，而那個女人正是葉佳佳。

「沈豔老師嗎？你好。」葉佳佳說，「很冒昧，我是……被斷頭魔殺害的死者王振天的未婚妻，我叫葉佳佳。」

「你讓開。」沈豔也根本不理會她，完全沒有想交談的意思。

「我希望能夠查出是誰殺害了我的未婚夫！」葉佳佳非常急切，「無論如何，請你幫幫我吧！」

「我沒時間和你說什麼。」沈豔繞開葉佳佳，逕自離去。

「求求你，和我談談吧！」葉佳佳跑過去說，「我未婚夫在被殺害以前，到過你丈夫遇害的公園附近！這是我找出的唯一一個共同點，我想知道和你丈夫有關的事情。你也想查出斷頭魔是誰吧？求你，求你告訴我！」葉佳佳淚如泉湧。任誰也看得出，她心如刀絞。

忽然，葉佳佳撫摸著自己的肚子，說：「我已經有了兩個月的身孕了。本想著和振天結婚，生下這個孩子，一起撫養孩子長大，能夠過著幸福的生活，可……我的孩子，還沒有出生就失去了父親，他就這樣失去了父親啊！」她跪坐在地上，痛不欲生地說：「然而，我連是誰殺了他都不知道！我，我該怎麼辦啊……」

伊蕓連忙走過去，扶起葉佳佳，說：「葉小姐，你別這樣，既然如此，你更加該為孩子著想啊……」

沈豔回過頭來。「那和我有什麼關係？」她那冷若冰霜的面孔正對著葉佳佳，「你未婚夫的死與我無關。我也不打算查出我丈夫是被誰殺害的。」

「你，你這個女人怎麼那麼冷血！」伊蕓也聽不下去了，「人家都那麼求你了，就算幫幫人家又怎麼樣！太沒人性了……」

連城忽然捂住她的嘴，湊在她耳邊說：「你不要命了？萬一這個女人是鬼怎麼辦？」

伊蕓被他一提醒，頓時嚇得半條命都沒了。她差點忘記了，此刻接觸的任何一個人都有可能已經死了，是個鬼。自己這樣罵她，不是找死嗎？而且這個叫沈豔的女人，的確怎麼看都像是鬼啊。

沈豔不再理會他們，繼續朝教學樓走去。

連城知道這個女人身上肯定有線索，於是緊跟了上去。當然他不敢跟得太緊，畢竟他感覺這個女人太可能是鬼了。

沈豔上了樓梯，走到了三樓，然後進入了一間辦公室。

「沈老師？」辦公室裏的幾個老師都驚訝地看著她，只見她走向一個桌子，拉開抽屜，翻找著什麼。

「沈老師，你這是……」

「別說話。」沈豔繼續找著，終於從抽屜裏找出了一塊手帕來。

這時候，連城、伊蕊，還有葉佳佳也跑了進來。連城跑過來的時候，注意到了沈豔手上的手帕，手帕上繡著兩個字母「ＬＤ」。

她把手帕放進口袋，隨即從三個人旁邊走了過去，好像三個人是透明人一般。

「你……」連城連忙跑過來問，「沈老師，剛才那塊手帕……」

「關你什麼事？」她仍然不搭理他，走了出去。連城也不敢來硬的，這個女人如果真是鬼，那不是自尋死路嗎？

走出辦公室的時候，沈豔嘴裏輕輕地嘟囔著：「ＬＤ……ＬＤ……」

與此同時，張波凌的弟弟張波瑞，也正在家裏翻找著什麼。

「找到了。」他從抽屜裏拿出了一塊手帕來。

「ＬＤ？」他赫然看到，手帕上繡著的兩個英文字母。

「就是這個。那兩個人提到的『靈異』，莫非就和這個有關？」

6 金色神國

李隱把一張紙貼在了牆上。

子夜正站在他身旁，看著紙上所寫的目前查到的人物關係，包括那個還未查明身分的唐楓，以及新出現的人物尹俊賢。

「似乎很複雜呢。」子夜看著每個人的名字說，「而唐楓的證詞是，藤榮慕值得懷疑。」

剛才銀夜和李隱通了一次話，告知了這條最新線索。皇甫壑也告訴了李隱，厲馨有個韓國男友的事情。李隱也獲悉了康晉和藤飛雨的同性戀人關係。

「康晉是目前警方掌握的三個嫌疑人之一，」李隱用手指點著紙上康晉的名字，「目前看來他有很大嫌疑。我一直比較在意最初被殺害的藤飛雨，因為最早的殺人案件，可能有著我們沒有注意到的靈異現象。而目前，唐楓、藤榮慕、康晉，和藤飛雨有關的可疑人物出現了三個。」

「康晉真的會是斷頭魔嗎？」子夜卻似乎不太相信這個推論，「目前他已經被警方逮捕，如果是一個鬼，會那麼容易被人類抓住嗎？當然這也可能是公寓的迷惑陷阱，但是繼續追查下去，人頭的線索就可能會出現。事實上對我們而言，拿不到人頭就是最大的失敗，其他的都在次要。斷頭魔的身分，從一開始就不重要，重要的是那六顆人頭的下落。」

李隱點了點頭。其實從一開始，他就注意到了這個血字中存在的問題。

血字不是要求查出斷頭魔是誰，而是要找到六顆人頭。但是，一般人都認為，人頭很可能在斷頭魔手中。警方已對周邊地帶進行了地毯式的搜索，卻始終沒有找到人頭。而既然公寓要求找到人頭，那肯定就是可以找到的。認為人頭是在斷頭魔手中，是最自然的想法。

但是，這也很可能是公寓佈置的陷阱。事實上，誰說人頭一定會在斷頭魔手上呢？不，甚至是否存在斷頭魔都是個很大的問題。所以人頭到底在哪裏，其實根本不能夠按照常規邏輯去思考。李隱認為，無論是多麼離奇的可能性，都要去考慮，因為這個公寓給出的血字，根本不是用常識和正常邏輯能夠推理出結果的。

「比如，人頭有可能藏在某個觸手可及的地方，但公寓以某個巧妙的方式掩蓋住了。」子夜忽然語出驚人，「越是司空見慣的東西，越容易被忽略。比如，將人頭製作成石膏像，並用某種方法將腐臭味道抹去。或者是把人頭包住，以一個圓形物體的形象出現在人們面前，但是沒有人會去懷疑。」

這種可能性李隱也考慮過。正是公寓給了住戶們一個需要大海撈針才能找到人頭的假像，所以，住戶容易將整件事情思考得非常複雜。而思考複雜了，就反而不會去注意眼前很普通的東西。那個所謂的「斷頭魔」，很可能完全是公寓虛構出來的，用來誤導住戶的。

公寓完全可以通過某個詛咒，殺人之後，把人頭藏在某個地方。也許是死者家屬身邊，也可能是死者常去的地方，更可能以某個很隱晦的線索藏在某個完全無關的地方。無論如何，只要找不到人頭，估計根本不會出現鬼魂去殺害住戶，因為沒有人頭，住戶就算逃回公寓一樣是死！

這一次血字的恐怖和以往不同，不是鬼魂，而是「找不到人頭」這件事情本身！

「既然如此，你怎麼看，李隱？」子夜指著這張紙上列出的人名，「你認為，哪個人或者哪件事情，可能是人頭隱藏地點的線索？」

「其實，我在意的事情還有一件，子夜。」

「嗯，是什麼？」

「為什麼是要找『人頭』呢？」這是李隱一直以來最疑惑的地方。

可能住戶一般不會這麼考慮，因為他們經歷了那麼多恐怖的事情。「人頭」這種明顯是恐怖故事中經常出現的形象，已經見怪不怪了。但是李隱卻想得不這麼簡單。

人頭可以帶入公寓，這一點就證明，人頭本身並不是鬼。既然如此，為什麼要把需要尋找的東西，定為人頭呢？

如果是找一顆珠子或者石頭，不也一樣可以嗎？沒必要非要是人頭不可。只是為了突出恐怖氣氛？那就更沒有道理了。公寓指定血字的鬼魂哪一個都是極度可怕的，沒必要非加一個「斷頭魔」的名號。根本沒有意義。

人頭本身，必定存在著一個玄機。那麼……一個問題產生了。

那六顆人頭，真的……不是鬼嗎？事實上，公寓確實說，可以將人頭帶入公寓。但是……那是在「進入公寓」以後。如果人頭在帶入公寓以前，本身被某個惡靈附體呢？並且，只有在進入公寓後，那個惡靈才會離開呢？那麼，在不進入公寓的前提下，找到人頭後，意味著什麼？

這是這個血字背後隱藏的最恐怖的一個可能性。因為即使知道這一點，也必須要攜帶人頭進入公寓。因為公寓的條件是「住戶持有人頭進入公寓」。根本不可能讓其他住戶代勞。

「你是認為人頭可能有某個鬼附體？」

「對。」李隱又說，「其實我還有過一個考慮。那就是，六顆人頭中，可能一部分有鬼魂附體，而另外一部分是純粹的人頭。也就是說，將那個沒有惡靈附體的人頭帶回公寓，才是唯一的生路。這種可能性，我認為很高。」

子夜點了點頭：「不過，人頭一共就只有六顆。如果你的假設成立……」

「對。也就是說，最好的情況下，也不可能全員返回公寓，必定會有人犧牲。對一個住戶而言，只需要一顆人頭就夠了。也就是說，最極端的情況下……」

「公寓有可能只安排了一顆沒有鬼魂附體的人頭！」

這是最可怕的情況。也是李隱最不希望去相信的一個假設。但是，以公寓的殘酷作風，這種事情，誰能保證不會發生？找出唯一一顆沒有鬼魂附體的人頭，才能帶著回到公寓。也就是說，公寓設計出了一個必須要六個人自相殘殺的死局！這一點，光是想想就讓人膽戰心驚。

「希望不會如此吧。」李隱拿著手機，死死看著螢幕：「連城和伊蕓夫婦，是我剛進入公寓的時候就認識的住戶中，唯一還活著的兩個人了……還有銀夜和銀羽，我也不希望他們死……」

雖然為了地獄契約碎片，註定要和其針鋒相對，但其實李隱很欣賞銀夜，因為他們都是為了自己所愛的人能夠不顧一切的人。李隱真的不希望這六個人只有一個能夠活著回到公寓。

「不可能會有人作出犧牲，主動把人頭讓給別人的。就算是銀夜，他也未必真會犧牲自己、把人頭讓給銀羽。」

如果這樣的選擇放在自己面前，是自己和子夜一起去執行這樣的血字，那麼，他會怎麼做？

把人頭讓給子夜，自己能夠做到嗎？

這是光想一想、就讓李隱幾乎崩潰的問題。所以，這是一個他無論如何都不願意去相信的假設。

幸好，目前這只是假設而已。目前查到的線索，也沒有任何一點能夠證實這個假設。所以，人頭也可能只是純粹的人頭罷了。

其實，同樣的假設銀夜也想到了。只是，這個假設太過恐怖了，銀夜無論如何都不想去接受，不願意去多想。

面臨生死抉擇，人類最自私的本性就會完全暴露，道德、人性、倫理，都會變得微不足道。只要想活下去的念頭，才是最真實的，這是人類最不願意去面對的、但卻真實存在的本質。

「你是說，藤榮慕被接到了柳彬的家裏？」

「嗯，可以確定。」慕容蜃在銀夜的手機裏說，「所以你們快點去吧。另外，康晋還透露了一件很重要的事情。在警方看來，那是他精神錯亂的胡說，但是，他的確對我們說了。」

「什麼？」銀夜此刻正和銀羽坐進一輛計程車，他聽到慕容蜃這句話，頓時預感到了什麼。

「他說他看到了藤飛雨。他說，藤飛雨還活在這個世界上。」

銀夜的手頓時顫抖了起來！就是這個！

「他在哪裏看到的！」

銀夜這一聲大吼，把前面的計程車司機都嚇了一大跳。而坐在銀夜身旁的銀羽何等聰慧，她立即意識到了什麼。終於出現了人頭的線索！

本來打算先去直接找藤榮慕的，但是現在銀夜改變了主意！

「他在哪裏看見的？告訴我！」

「算說來和你們的目的地一樣，就在柳彬家附近一家咖啡館的男廁所裏。他說，他看到了……」

聽完後，銀夜立即掛掉電話，對計程車司機說：「司機，快點趕過去！」

來到那個咖啡館門口，銀夜和銀羽下了車。

「就是……這裏？」根據康晉的證詞，他在這裏面，見過活生生的藤飛雨。

「藤飛雨難道變成了鬼？」兩個人此刻倒是不害怕，拿不到人頭，就是死路一條，既然同樣是死，不如拚上一拚。但是，目前還有其他線索可以找到另外五顆人頭，沒必要非送死不可。

「暫時還是不要貿然行動。」銀夜說，「而且鬼也不一定還在這裏。觀察一段時間再說吧。另外……」他看向咖啡館對面的一個社區。「藤榮慕和柳欣就住在那裏面。」

唐楓為什麼會說讓他們調查藤榮慕呢？難道藤榮慕就是斷頭魔嗎？

人類形態的孩子，很可能實際上卻是個恐怖的惡魔。而且，孩子的形象也會對住戶起到很大的迷惑作用。

事實上，在這之前，銀夜和銀羽已經偷偷潛入了柳欣家一次。銀夜拿著一根鐵絲，輕易弄開了門鎖，他們進去後，找了很久也沒有找到人頭。之後，他們又到康晉家，也用同樣的方法潛入，同樣沒有找到人頭。

至於用鐵絲開鎖，那是銀夜以前考慮到可能在未來的血字中會用到，特意去學習的。不過，太過複雜的鎖，他就對付不了了。

這時候天已經有些黑了。一天居然那麼快就又要過去了。在夜幕降臨時，到底去不去見他們呢？就算見到了，能夠拿到人頭嗎？難道要對柳欣說出唐楓的話，調查藤榮慕嗎？這顯然很不現實。現在，他們進也不是，退也不是。無論是咖啡館還是那棟公寓，都沒有辦法進去。線索就在眼前，卻無法得到。

然而就在這個時候……銀夜看見，馬路對面赫然出現了柳欣和一個男孩！

那個男孩，就是在柳欣家裏桌子上擺放的照片中的男孩！是藤榮慕！

母子倆人此刻居然在過馬路，向銀夜和銀羽走過來！

「哥哥，怎麼辦？」

「這個……」銀夜的腦子也在飛速思考著，機會是稍縱即逝的啊！

銀夜做出了決定，等到母子倆走到眼前，銀夜立即快步走了過去！

「柳……」然而，一個「柳」字剛出口，銀夜就說不下去了。因為……那個叫藤榮慕的孩子一見到銀夜，忽然大叫一聲，隨即掙脫母親的手朝後跑去！

銀夜毫不猶豫，立即和銀羽一起拔腿追去！

「不要跑！我們對你沒有惡意！」

銀夜和銀羽畢竟是大人，而小孩子腿短，能跑得多快？而且，藤榮慕手上還拿著一個塑膠袋子。

沒過多久，銀夜和銀羽就逐漸追上了藤榮慕。而柳欣也在後面追著，大叫道：「榮慕！榮慕！」

銀夜和藤榮慕之間的距離越來越縮短了。然而，他們也跑進了一條人比較少的小巷中。

就在即將接近藤榮慕時，忽然藤榮慕摔了一跤！

這一摔，藤榮慕手中的塑膠袋脫手甩了出去。然後……從塑膠袋裏滾出來的，竟然是……唐楓的人頭！

銀夜頓時刹住了自己的腳步！

藤榮慕立即去抓回那顆人頭，塞進了塑膠袋裏。接著，他緩緩抬起了頭……

「銀羽，跑！」銀夜哪裏還敢停留，抓起銀羽的手就朝著另外一條巷子飛奔而去！

在奔逃的過程中，銀羽驚魂未定地發著抖問道：「哥哥，怎麼回事？唐楓居然死了？」

「藤榮慕……那個孩子……」銀夜咬緊牙關，「必須從他身上查出人頭的下落！」

奔出這條巷子後，銀夜攔下了一輛計程車，坐了進去。此刻，必須能逃多遠就逃多遠！說不定就連追過來的柳欣，也會被殺死滅口的！

坐上計程車後，兩個人依舊不敢放鬆神經。銀羽很害怕地問：「哥哥，藤榮慕就是斷頭魔的話，會不會……來殺我們滅口？」

銀夜當然也清楚這一點。不過今天只是血字的第二天，還不到全部執行時間的三分之一啊。但是，就算斷頭魔立即殺了他們也是有可能的。

十五天時間，又不能回公寓……簡直就是地獄啊！

尹俊賢帶著皇甫壑和夏小美來到厲馨的家。取出鑰匙，把門打開後，他說：「進來吧。」

這就是厲馨被殺害的現場，斷頭魔曾經出現過的地方，夏小美本來怎麼也不想進去，但考慮到現場可能留有公寓的生路提示，她還是咬著牙走了進去。

皇甫壑則很淡然，毫無懼色。

「我也是很久沒來了。」

作為凶案現場，這裏已經被警方封鎖，在外面貼了封條，不過並沒有安排警員看守。不知道這是不是公寓的安排，好方便住戶的調查。

關上門後，尹俊賢走進了書房。

「阿馨……就是在這裏被殺害的。」

房間內一切保持原樣，皇甫壑也戴上了手套防止留下指紋。他仔細觀察著整個房間，房間雖然落下了不少灰塵，但並不凌亂，確實沒有任何侵入的痕跡。

這個時候，一個身影正在接近厲馨所住的公寓。

劉子盛抬起頭，看著那棟公寓上厲馨家的窗戶。此刻，窗戶亮起了燈光。

而劉子盛的眼中，卻是深邃的黑暗……

「案發後，你回來過幾次？」皇甫壑問。

「這是第一次。因為今天守衛的員警剛好撤走了。」

皇甫壑時刻注意著周圍的動靜，一點也不敢大意。那個斷頭魔隨時都有可能出現。本來，他是不會到這種危險的高層建築上來的，一旦下樓的路被堵死，就會陷入絕境。但是，他還是來了。因為他考慮到，公寓也可能利用他們恐懼高層建築的心態，而故意在這裏佈置生路提示。如果沒有生路提示，也許就找不到人頭了。

「整理得很乾淨啊。」夏小美此時走進了厲馨的臥室，並把燈打開。她緩緩走向臥室的床頭櫃，將其打開。

櫃子裏放著的是指甲刀、餐巾紙、藥片、一副眼鏡、一些證件以及化妝品。

「沒有什麼線索啊……」

她正歎著氣的時候，忽然翻出了一張發票來。

那是一張購物發票，上面寫著買的是眼鏡，是在「紅星商場」購買的。

這張發票引起了夏小美的注意。她馬上喊道：「皇甫、尹先生，快進來。你們看一下。」

尹俊賢走了過來，取過了那張發票，仔細看了看，說：「紅星商場？這張發票的開票日期是……」

厲馨被殺害的二月十四日的前兩天，二月十二日。

「對了，厲馨被殺那一天正好請假了。」夏小美看著尹俊賢說，「那一天正好是情人節。她請假難道是為了要和你約會嗎？」

皇甫壑也立即意識到了這一點，說：「沒錯。你們韓國人應該也會過情人節吧。那一天厲馨請假，是因為你？」

在情人節請假，只怕所有的人，都能猜到請假的理由。

「不……」尹俊賢搖了搖頭，「我沒有和她約會，事實上，我也沒有情人節這個概念。」

情人節是戀人之間最為注重的一個節日，居然連這個節日也沒有放在心上？夏小美不禁懷疑，這兩個人會不會根本沒什麼感情啊。異國戀情，本來也很艱難，生活習慣有太大差異，不是那麼容易相處的。

「還有一點很重要。這個紅星商場……位於白嚴區。」

果然，線索完全集中到了白嚴區！也就是說，白嚴區很可能有著引發斷頭魔殺人動機的關鍵！白嚴區是天南市的主市區，市政府就位於白嚴區，這個城市的不少標誌性建築都在白嚴區。究竟，白嚴區隱藏著怎樣的秘密？而且，把青田公園也考慮進去的話……

皇甫壑用手機聯網，查看了一下地圖，他想查一查在青田公園、紅星商場一帶，有什麼特別的地方。不過，那是市中心的繁華地帶，沒有鬧鬼的傳聞。

「根據這張發票去查一查吧。那天厲馨去買眼鏡的時候，是不是發生了什麼事，導致她兩天後被斷頭魔殺害。」

皇甫壑把發票折好放入口袋，說：「沒有新發現的話，我們就走吧。」

走出房門，把門鎖好後，皇甫壑才脫下手套，三個人一起離開了。

沈豔回到了她在天南市的家。

剛進家門，她就脫掉外套，把那塊手帕取了出來，隨後把手帕放在桌子上，便向浴室走去。

沈豔打開浴室的門，也沒有去拿換洗衣物，就開始脫衣服。

把內褲脫下後，她就走進浴缸，開始放水。

那塊手帕就放在浴室門口附近的一張桌子上。而此刻……忽然，那塊手帕被一隻手抓了起來！

沈豔放出熱水，開始沖洗身體。今天上午她坐火車趕回天南市，女兒安置在母親家中。接下來，她打算暫時在天南市住下去。

一雙赤裸的腳，朝著浴室的方向緩緩走去。

沈豔不斷沖洗著身體，忽然，她整個人跪坐了下去。葉佳佳痛苦的哭訴此刻不斷迴響在她的耳際，她的眼淚開始慢慢湧出。

就在這時候，門鈴忽然響了。

沈豔停止了哭泣，她站起身，關掉熱水。她披上浴巾，穿上拖鞋，打開浴室的門。

她忽然發現，桌子上的手帕，居然不見了！怎麼可能？

沈豔頓時很愕然，然而門鈴聲還在不斷地響著。

沈豔跑到大門前，從貓眼看了看，外面站著的是葉佳佳。

她把門打開一條小縫，隔著一道防盜門，稍微露出頭來，依舊用那副冰冷陰森的表情對葉佳佳說：「什麼事？」

「沈老師……那塊手帕，是不是有特別意義？如果不是，你沒理由特意回來拿吧？難道和命案有關？」

這時候連城和伊莣也從葉佳佳身後走出來，連城很誠懇地說：「拜託你了，沈小姐。你看葉小姐懷著身孕來求你，她很希望能抓住殺害她未婚夫的兇手。我們是另外一名死者張波凌的好友，也是想獲得斷頭魔的情報。求你……」

沈豔卻依舊板著臉說：「住口。我和你們根本不認識，為什麼要幫你們？」

沒有什麼人是可以相信的。誰都有可能是斷頭魔，既然是其他死者認識的人，就更有可能是斷頭魔了。既然如此，還不如自己去查出來。

沈豔就是這樣考慮的。她想，手帕可能是被風吹走了，也沒有多想什麼，就說：「別說了，我要關門了，你們走……」

一個「吧」字還沒出口，忽然只見門縫後，一隻手突然冒出來，死死抓住了沈豔的腦袋，把她給拉了進去！隨後，防盜門內的那道門也被重重關上！

這一切，僅僅發生在一兩秒鐘之內，三個人都沒有反應過來。

「小，小偷嗎？」葉佳佳連忙去拍那道防盜門，她大喊道：「沈老師，你怎麼了，你……」

「啊——」只聽見門內傳來一聲極為淒厲的慘叫，隨即，又恢復了寂靜。

華連城頓時嚇得魂飛魄散，那隻手……不用說，絕對就是斷頭魔！他立即抓起葉佳佳的手說：「快跑！」

他拉著葉佳佳死命朝後逃走，而葉佳佳連忙說：「我……我得馬上報警……」

「逃命吧！」華連城根本不敢去坐電梯，他直奔進樓梯間，和伊莣一起不停朝下跑，還不時回頭看看身後。

斷頭魔出現了！

銀夜和銀羽已經回到了家。皇甫壑和夏小美也已經回來了。

「什麼？唐楓死了？你說藤榮慕就是斷頭魔？」夏小美聽完銀夜和銀羽的講述，幾乎不敢置信。

「這是事實。」銀夜面色凝重地說，「我已經給慕容蜃打了電話，警方會立即調查這件事情。」

而就在這個時候，連城和伊芸也回來了，他們把剛才事情的經過一說，更令人膽寒。

此時，六個人都感覺極度不安全了。銀夜兩天時間裏幾乎沒有合眼，要不是一直處於亢奮狀態，他恐怕早就撐不住了。

「哥哥，你去睡一會兒吧。我看，你也快支撐不住了。」銀羽說，「我會一直守著你的。」

「嗯，也是。」銀夜的確也感覺很疲憊了，就是鐵打的人也受不了啊。

但是，那個斷頭魔……會來嗎？這裏不是公寓，安全性不高。但是，除此之外又能住到哪裏去呢？酒店？如果那個鬼有感應他們的位置的能力，那麼任何地方都不安全。

「或許不能再住在這裏了。」銀夜說，「我們老是住在固定的地方，只怕危險性會很大。還是先……」

「不，」銀羽卻堅定地說，「哥哥，就待在這裏吧，如果鬼可以感知我們的位置，那麼到哪裏都不會安全。這一帶治安還算不錯，一旦鬼出現，也便於逃跑和及時進入人多的公共場所。」

銀羽自然不是毫無理由才這麼說的。在聽到連城說出了他剛才的經歷後，銀羽幾乎沒站穩腳步。

在這之前，她接到了一個電話。

那個電話，是在她和銀夜一起搜查康晉家的時候，打到她的手機上的。而打來電話的人，故意偽裝了自己的聲音，聽不出是男是女。

「柯銀羽小姐嗎？」

「請問你是誰？」

「呵呵，不用問我是誰。只要你記住，我對你們而言是神，就可以了。過一會兒，我會給你發來一條訊息。根據那條訊息，你就會知道我所具有的能力。哦，我順便告訴你吧，那個鬼，是沒有感知你們位置的能力的，所以不需要擔心。」

之後，銀羽收到了一條訊息。然而，無論之前打來的電話還是訊息，都沒有顯示出來電號碼。而那條訊息的內容，是一幅油畫。油畫上，畫著的是一道微微開啟的門，門後露出一個女人的頭，而一隻手抓住了女人的頭。這道門外，還有一道防盜門。

訊息發來時是在白天，也就是說……這幅畫完全預言了未來！

這一點讓銀羽無法不在意。

夜晚，大家都入睡了，負責守夜的是連城和銀羽。銀羽始終盯著手中的手機。

終於，手機振動了起來，而來電仍是無法顯示。她立即接起了電話。

「你是誰？」銀羽緊張地問。

「不要這樣抱有敵意嘛，柯銀羽小姐。你現在該知道，那幅畫是真正地預知了未來吧。我具備這樣的能力。事實上，直到半年以前，我都一直在和公寓的住戶進行交易。」

「你……有能力畫出反映未來的畫？」

「不錯。我這個能力很不錯吧？你想活下去吧？想得到人頭吧？」

銀羽皺著眉頭問道：「你想怎麼樣？」

「很簡單。只要你答應我一個條件，我還可以給你畫出反映其他血字場景和一些你不知道的事情的預知畫。我保證可以讓你找到人頭，活著回去。」

「條件？說吧，只要我力所能及……」銀羽並沒有太欣喜，她知道那個條件肯定不會簡單。

「很簡單。」

電話另外一頭的人用非常冷靜的口氣，說出了一句話：「我要你殺了你的義兄柯銀夜。殺了他，我就告訴你……」

「什麼？」銀羽大為愕然，她沒想到對方會提出這樣的條件，她低聲問道：「你為什麼要這麼做？為什麼要我殺了他？」

「總之，只要你答應這個條件，我就把後面血字場景的畫給你。別試圖找到我，這是我經過改裝過的電話，絕對查不到我的。你們的時間不多啊，只有半個月。總之，在這段時間內，這個條件隨時有效。」

「不可能。」銀羽毫不猶豫地拒絕了，「人頭我自己去找。我不知道你是何方神聖，無論你是不是公寓的住戶，我絕對不會……」

「真的？就算柯銀夜殺死了對你而言最重要的人，你也無所謂嗎？」

「你……你說什麼？」銀羽幾乎不敢相信自己的耳朵。

「葉凡慎。這個男人，是你最愛的人吧。」

「阿……阿慎？」

銀羽站起身，走進另外一個房間，關上門，說道：「你說我哥哥殺了阿慎？不可能的。阿慎是自殺的。在我對他提出分手後不久，他就……」

「自殺？你認為，他是那麼容易就會自殺的人嗎？」

「你，你是什麼意思？」

「他自殺，是在你進入公寓兩個月以後的事，對吧？也就是在二〇〇九年的九月。那個時候，公寓發佈了一條血字指示，執行的人裏有一個就是柯銀夜吧？」

「你知道？對，阿慎自殺是在九月十二日。而哥哥執行血字的時間一共有三天，是從九月十日到九月十二日！哥哥根本就……」

「是的。所以，你哥哥利用鬼魂殺死了葉凡慎。那個時候的鬼，是一個在打電話的時候被殺害的女人。你哥哥就是利用了那個鬼的特點，殺害了阿慎。」

「怎……怎麼可能……」

「而且，順便告訴你吧。讓你進入公寓的人……就是柯銀夜！」

「你……剛才，說什麼？」

「你認為，你是為什麼而進入了這個如此恐怖的公寓呢？你不是也一直想知道，那天是誰送了那束花給你，讓你去了那裏的嗎？」

「你，你難道是想說，送花給我的人，是哥哥？不可能！」

銀羽無論如何都不會相信這樣的事情。這種荒唐至極的事情！

「我不知道你是誰，但你撒這種彌天大謊來欺騙我，沒有任何意義。所以，你休想……」

「是嗎？你現在是在你自己家吧？那麼，到你哥哥的房間去看看吧。在他房間的書桌的第三格抽屜，藏著可以證明我的話的東西。看過之後，你就會知道，我說的是不是事實了。」

接著，電話掛斷了。

銀羽默然地站在那裏，她的身體，猶如被什麼東西入侵了，靈魂彷彿也被碾碎了。她過了很久，才意識到……哥哥的房間？

她走出房間後，華連城見她一副魂不守舍的樣子，問道：「你怎麼了，柯小姐？」

銀羽卻不理會他，沿著樓梯往上走。

她為什麼要去確認呢？那是根本不可能的。

銀羽很清楚哥哥有多麼深愛著自己。哥哥一直那麼深切地摯愛著她，一直拚著性命守護她，所以，銀羽才被這份深情感動，並且決定回應哥哥的感情。

她怎麼可能對哥哥完全不動情呢？縱然是鐵石心腸，被哥哥一次次這樣用生命守護，她也沒辦法繼續拒絕哥哥了。何況，阿慎已經死了，如今自己和哥哥的未來是生死未卜。她本打算，如果這次血字可以活著回去，她就答應嫁給哥哥。無論以後還能活多久，她都決定成為哥哥……不，成為銀夜的新娘。

她已經下定決心了。

但是，剛才的那個電話，卻讓她的內心受到重重一擊。雖然她無論如何都不相信哥哥會那麼做，會把自己引誘入公寓、會殺害阿慎，但是，但是……

她還是無法控制住，自己想去確認一下的欲望。

走到哥哥的臥室前，她打開了房門。

「不可能，絕對不可能的。」銀羽喃喃自語道，「那個電話肯定是胡說的。絕對是胡說的……」

眼前就是那個書桌。

從門口到書桌，僅僅幾步路的距離，銀羽卻用了很長的時間才走完。

第三個抽屜……第三個抽屜……

她猶豫了很久，才伸出手，把抽屜輕輕地拉開。裏面放著好幾本書和一張地圖。

這是什麼？這就是證據？

這是一本叫《金色神國》的書。接著，銀羽震驚了，因為這本書裏寫明了這個外國神秘組織的真實面目以及各種規定。而銀夜保管著這本書，自然他也是這個叫做金色神國的神秘組織的信徒。

這時候，銀羽注意到，這本書最後注釋的日期，是二〇〇九年三月。銀羽又查看了一下，這本書的印刷時間是在二〇〇九年五月。

是在她進入公寓前不久印刷的！

書裏有幾行銀夜寫下的字。

銀羽是已經被黑心惡魔附身的人。只有通過詛咒人的影子、不斷進行血字指示輪迴的公寓，也就是「懺罪煉獄」，才能洗刷自己的罪孽，成為金色神國的國民。

和銀夜從小一起長大的銀羽，怎麼可能認不出銀夜的筆跡？這熟悉的筆跡，此刻令銀羽幾乎陷入地獄最底層！

雖然內心還在掙扎，但她已經開始相信那個電話裏所說的話了。無論如何，哥哥的筆跡要如何偽造呢？

難道打來電話的那個人是鬼？可是，銀羽又感覺不可能。這完全不符合公寓的作風，公寓一向是利用靈異現象來殺害住戶的，怎麼會挑唆住戶在血字中去殺害其他住戶？

如果是鬼魂，偽造筆跡自然很容易。但是，有那個工夫，直接殺掉銀夜不是更方便？或者用血字直接下達指示，也可以達到這一目的，完全沒必要如此迂迴。

但是，銀羽還是希望這是個陷阱，無論如何，她都不希望這是真的！

銀夜為什麼也要進入公寓呢？如果他認為銀羽被黑心魔附身，那麼他自己為什麼也要進入煉獄？而阿慎的死呢？阿慎的死又是怎麼回事？

銀羽把書放回了抽屜，她整個人癱倒在了地上。

「哥哥他……因為相信金色神國才對我……」

真是如此嗎？真的是因為這個原因嗎？

她很想立即跑下樓去，叫醒銀夜，親口問他。可是，她又不敢那麼做。因為，那樣就意味著，這個最可怕的真相得到證實。一直守護自己的人，卻是親手把自己推入黑暗深淵的罪魁禍首！

她無論如何，也無法承受這最可怕的絕望！

血字指示的第三天來臨了，發生了三件引起警方重視的案件。

第一，自然就是沈豔的死。她死在自己的家中，頭部也是沒有了。報警的葉佳佳，經過連城的再三拜託，才沒有說出連城和伊蕓的名字。這起斷頭魔案件又一次引起了這個城市的轟動，而這也是第二次出現和之前死者相關聯的人死去。

第二，是藤榮慕的失蹤。柳欣到派出所報案，聲稱是兩名警員的到來嚇得兒子逃走，之後兒子就不見了。而經過調查，根本沒有那兩個警官。但奇怪的是，根據慕容蜃所說，聽說這件事情的員警，把這件事情當做沒發生過一樣，只問藤榮慕的情況，完全不問銀夜和銀羽。

第三，也是令人比較意外的一件事情。那就是……劉子盛失蹤了！厲馨生前工作的羽揚建材的副經理劉子盛，今天沒來上班，他家裏也沒有人，打電話給他也不接。

第一個案子在大家的意料之中。第二個案子則讓大家非常意外，員警對於銀夜和銀羽冒用員警身分的事絲毫沒有追究。

這也證明了之前的一個假設。住戶在任何刑事案件中，都會被辦案機關忽視，當做不存在一般。這很可能是公寓為了方便住戶執行血字，而施加的一個影響力。

而劉子盛的失蹤卻令人非常意外。這個男人是警方鎖定的三個嫌疑人之一，如今他失蹤了，自然非常可疑，警方已經開始搜尋劉子盛的下落。

六個人匆匆吃過早飯，銀夜就說：「大家聽好。今天是第三天，今天結束後，這個血字的執行時間就過去了五分之一。知道這意味著什麼嗎？公寓給的提示已經很多了，也就是說……明天，不，甚至今天開始，就可能有住戶被斷頭魔或者其他什麼……殺害！」

五分之一的時間過去，就算出現犧牲的住戶，也不奇怪了。

銀羽一直盯著銀夜的表情。她實在不願意相信，哥哥會因為相信一個神秘組織而將她送入公寓。她對這個金色神國的描述，半點也不相信。自己是什麼黑心魔，才進入公寓？那麼李隱呢？嬴子夜呢？也都是什麼黑心魔嗎？

銀羽認為，就算有鬼存在，也不代表神就存在。如果真的有神，那為什麼不毀滅這個公寓呢？為什麼不現身拯救他們？

所以，這個世界，根本沒有神。沒有神……

張波瑞正在收看早間新聞。

「又有人被斷頭魔殺了？連續兩天出現兩個被斷頭魔殺害的死者？還都是之前的死者認識的人？這是怎麼回事？」

張波瑞此時是一頭霧水，那個劉子盛的失蹤也令他很在意。手裏捏著一塊手帕，張波瑞在考慮要不要去見員警，把手帕交給他們。但是，如何讓員警相信自己的話呢？

就在這個時候，他的手機忽然響了。他立即接起了電話，問道：「喂，是誰？」

「請問，是在博客上留言的張波瑞先生嗎？我看到那塊手帕了。」

「真的？你知道這塊手帕的事情嗎？」

「嗯。看了你的博客，我想和你見一面。我的名字叫孫靜軒。」

張波瑞和孫靜軒約好見面。接著，他就開始考慮，要不要通知皇甫壑。前天，皇甫壑以張波凌昔日好友的身分來見自己，而且對於查出他哥哥的死也很執著。而且他感覺那個皇甫壑頭腦似乎也不錯，也許請來幫他分析分析，能夠找到一些線索。

最重要的是，張波瑞很在意，對於「靈異」這一點，皇甫壑到底知道些什麼。

於是，他拿出手機，調出電話簿中皇甫壑留給自己的電話。

「喂，是皇甫壑嗎？」

接到張波瑞的電話時，皇甫壑和夏小美已經在外面了。一聽是張波瑞，皇甫壑立即問道：「什麼事情？」

「你向我問過吧？我哥哥有沒有和我提過跟『靈異』有關的事情？」

「對。怎麼了？」

「事實上……」張波瑞拿著手帕說，「哥哥給過我一塊手帕。他給我這塊手帕的時候，和我說了一句話。那句話很奇怪，所以我一直都很在意。」

「手帕？」皇甫壑立即想起昨天晚上華連城和伊莣提及的情報，他問道：「你哥……波凌和你說了什麼？」

「那是在和哥哥最後一次見面，過年的時候……當時，他給了我一塊白色的手帕，對我說：『波瑞，這塊手帕給你。這塊手帕是非常重要的護身符哦，我看你最近運氣不太好，不如送給你，讓你擋擋煞吧。』那個時候我還很意外，說：『哥，手帕能做護身符？你開玩笑吧？』可是哥哥卻一臉認真地對我說：『別小看這手帕，給我這手帕的真是有門道的人。我想，有這塊手帕，髒東西就不會接近你了。』」

聽到這話，皇甫壑極為震愕。他立即追問道：「那塊手帕上，有什麼特徵？」

「嗯，上面繡著兩個字母『ＬＤ』。不知道是什麼意思。那時候我也沒在意，手帕拿回家後就隨手放在了某個地方。昨天我突然想起了哥哥那句話，我想這應該和『靈異』有一點關係吧。我就把手帕找了出來。」

ＬＤ！

「我想，這可能是什麼算命先生做的手帕，拿來充當護身符吧？也可能是什麼吉祥物。所以就發佈在我的博客上，說希望找到和這塊手帕有關的線索，這可能和斷頭魔案件有關係。而結果真有一個人打來電話說，也拿到過一樣的手帕。」

護身符？手帕？那塊手帕是護身符嗎？

難道，張波凌是因為把手帕給了弟弟，才會慘遭斷頭魔的毒手？

不，最重要的是……如果這一點是事實的話，那也就代表著，那塊手帕，很可能就是這次血字的生路！

「你說那個人叫孫靜軒？你們約好中午十二點半在真安廣場見面？」

「是的。到時候你也一起來吧。這個叫孫靜軒的人，似乎也對這個護身符很感興趣。他說想和我具體談談。」

掛斷電話後，皇甫壑把這件事情告訴了夏小美。

「真的？」夏小美也是驚喜異常，連忙跑到路邊攔下了一輛計程車。

兩個人立即前往張波瑞的家。有沈豔的前車之鑑，他們不能夠讓張波瑞也被害了！

7 繡字手帕

夏小美一想到有可能找到生路，就興奮不已。但是，沒過多久，她又清醒地認識到，即使那手帕有趨吉避凶的能力，找不到人頭的話，回公寓也是死路一條。

雖然，沈豔的死令人感覺很是恐怖，但是血字指示中總要面對鬼魂的，而沒有人頭的話就是絕望，那麼，就唯有拚死一搏了！

夏小美想到這裏，恐懼感也逐漸消退了。如今，唯有找到人頭，才能夠活下去。

「司機，請快一點！」皇甫壑不斷催促著計程車司機，「我們有急事，必須儘快趕到那裏去！」

夏小美也很清楚皇甫壑在擔心什麼。根據銀夜的分析，沈豔的死，很可能是因為那塊手帕。慕容蜃後來說，現場遺留的物品中沒有發現繡著字母的手帕。也就是說，那塊手帕很可能被斷頭魔帶走或者毀掉了。當然，也有可能被沈豔藏在了其他什麼地方。

不過，斷頭魔襲擊攜帶手帕的人這一可能性，卻是非常之高的。這麼推算起來，銀夜判斷，藍奇很可能也攜帶著手帕。所以銀夜和銀羽今天已經開始對藍奇的案子進行調查了。既然警方確實會把住戶當透明人看待，那麼調查就不用畏首畏尾了。

藍奇身邊的人的不在場證明，估計也調查得差不多了。不過不在場證明的調查幾乎沒有人關心。每個公寓住戶都很清楚，不在場證明在斷頭魔殺人案中，沒有任何意義。

動機也一樣毫無意義。鬼魂殺人根本不需要動機，而對於可以修改記憶的鬼魂來說，以一個不存在的人的身分出現在這個世界上也不會有人懷疑。比如某人的兒子、父母，都有可能是偽裝的。

甚至警方本身也會受到鬼魂的影響，得出的調查結果也未必可信。不過，好在慕容蜃的證詞還算可信。每次銀夜都讓他回到公寓，在李隱的見證下給自己打電話，報告調查情況。這樣的情況下，就絕對不會有在鬼魂影響下產生的假情報了。

這次的血字，情報是關鍵。而假情報的產生是很難避免的，一旦被假情報誤導，就很可能會萬劫不復！

慕容蜃這個可以進入公寓的「情報提供人」，可以說是最安全的，他可以進入公寓就能證明他一定是人。

能否進入公寓，這是現階段唯一可以判斷是人是鬼的方法。畢竟，眼球可以換掉，記憶可以修改，但是唯有公寓裏，是不會產生任何靈異現象的。

終於，他們到了張波瑞的家。皇甫壑立即推開車門，把錢往司機手裏一塞，就衝了出去。

跑到門口，他就開始重重地拍門，大喊道：「張波瑞，張波瑞！」

沒多久，門打開了，露出一張慵懶的面孔，他一看是皇甫壑，忙說：「是你啊，皇甫先生。嗯，夏小姐沒和你一起來嗎？」

「你沒事吧？那塊手帕呢？」

「在我身上啊。」

「拿給我看看！」

張波瑞見皇甫壑那麼緊張，一時也有些莫名其妙，於是從身上取出了那塊白色的手帕。皇甫壑接過手帕，看了看，上面果然繡有那兩個字母。

緊緊抓著手帕，皇甫壑又說：「好，那我們先走吧。」

「現在？可是我約的是中午啊，現在還不到十點呢。」

「沒關係，先走吧，我請你去那兒吃午飯吧。」

讓張波瑞一個人待在這兒，誰也不知道他會不會被斷頭魔殺害。何況他也背負著很重要的線索。和那個叫孫靜軒的人的見面，也很重要。

「現在走？那麼急幹嗎，我……」

「你也知道昨天晚上又有人被斷頭魔殺害了吧？這次又是一個與死者有關的人。也就是說，認識之前死者的人，都非常危險！既然如此，還是待在公共場所更加安全一些！」

張波瑞想了想，也感覺皇甫壑說得有道理，於是答應了。

兩個小時後，三個人已經在真安廣場的一家麥當勞餐廳裏用餐了。

這幾天，皇甫壑和夏小美實在沒有什麼食欲，吃的東西也都是從公寓帶出來的罐頭食品和速食麵。不過，有了這塊似乎是護身符的手帕，夏小美安心了許多。而且真安廣場人來人往，現在又是中午時分。夏小美心想，就算這個鬼再厲害，在天南市最繁華的地段，人流最密集而且陽氣也最旺盛的時候，也該稍微收斂一點吧？

這麼想著，她就拿起自己點的巨無霸漢堡，往嘴裏塞去。咀嚼著裏面的牛肉和酸黃瓜，又抓起一杯草莓奶昔喝了一口。而張波瑞倒是吃得很斯文，他拿著一根根薯條蘸著番茄醬吃。而皇甫壑只點了一個香芋派、一個鳳梨派和一杯香草奶昔。

這時候，張波瑞的手機來了電話。

「喂，孫靜軒先生？你已經到廣場了，啊，我們現在就在廣場西面的一家麥當勞餐廳裏。嗯，對，你過來就看到了。好……」

掛了電話後，張波瑞也有些緊張地說：「不知道這塊手帕是不是真的能成為線索。不過，皇甫先生，你說的什麼靈祈會，你真是研究靈異的？真沒想到我老哥會和一個靈異學者做朋友。」

夏小美一邊喝著奶昔一邊想，這個張波瑞也太頭腦簡單了吧，一直沒有懷疑他們根本不認識張波凌。難怪他會輕易把那麼多錢投入股市，血本無歸。

這時候，一個穿著一身黑色衣服、很帥氣的男子走了過來。他一眼看到了桌子上的手帕，忙問道：「請問，哪位是張波瑞先生？」

張波瑞忙站起來說：「你是孫靜軒先生？我就是張波瑞。這兩位是我哥哥的朋友，皇甫壑和夏小美。很感謝你啊，孫先生。」

「哪裏，既然提到是和斷頭魔有關的線索，我自然義不容辭了，我們這個城市已經被這個斷頭魔攪得不得安寧了，誰都希望早日將這個惡魔逮捕歸案啊。」孫靜軒一邊說著一邊坐下，看著那塊手帕：「果然和我那塊一樣啊。」

「請問一下。」皇甫壑說，「你能把手帕拿出來看一下嗎？」

「好的。」孫靜軒取出了一塊同樣的白色手帕，也繡著「ＬＤ」字樣，放在張波瑞的手帕旁邊。兩塊手帕果然是一樣的。

「的確一樣，做工一樣，字母繡得也一樣啊。」夏小美拿起兩塊手帕比對著，驚訝地問：「孫先生，你是在哪裏拿到這塊手帕的？」

「這塊手帕，是我撿到的，就在東彬區的仁月街。」

仁月街！那裏是藤飛雨被殺害的地點附近！

「請你說得詳細一些。到底是怎麼回事？」

孫靜軒說：「是這樣的，我是在去年十二月的時候來天南市打工的。因為沒有本市戶籍，很難找到工作，一直在各處打零工。我記得是一月上旬的時候吧，有一天我結束工作，很晚的時候回家，路過仁月街，在地上撿到了這塊手帕。我因為從小比較愛惜東西，看這手帕還能用，就帶著了。」

在藤飛雨被殺害的地點附近，發現了這塊手帕？

如今，藤榮慕是斷頭魔的重大嫌疑人，他很可能殺害了知道他底細的唐楓。唐楓究竟是什麼人，隱瞞了怎樣的事實？如今，這塊手帕又和藤飛雨產生了聯繫。而林迅和張波凌的身邊，都找到了這塊手帕。那麼，厲馨、王振天，還有白靜呢？這三個人也有著同樣的手帕嗎？

他們已經打電話詢問了尹俊賢，他說自己也沒看到過厲馨拿著這樣的手帕。而葉佳佳應該也不知道王振天有這樣的手帕，否則她看到沈豔拿著同樣的手帕一定會有反應。至於白靜……

皇甫鋆決定下午去找一下白靜以及藍奇的家人。既然警方不會注意他們，那麼調查大可放開手腳了。

這塊手帕上繡的「ＬＤ」，是什麼意思呢？藤榮慕究竟是不是斷頭魔呢？而厲馨一案出現的那個陌生男人又是何人，為什麼他也出現在青田公園呢？

除此之外，還有一個問題。那就是在厲馨家裏找到的紅星商場的發票。尹俊賢並不近視，厲馨本人視力也很好，她沒理由去配一副近視眼鏡。皇甫鋆認為那張發票也該查一查。而案發的二月十四日，厲馨又為什麼請假？情人節，她應該和戀人尹俊賢一起度過，可是厲馨卻沒有和他在一起。

孫靜軒似乎也是個很熱心的人，他說：「這個斷頭魔根本就是滅絕人性，怎麼能殺那麼多人呢？就算是血海深仇，也做得太過分了。更何況那些人互相都不認識啊。總之，如果有我能夠幫得上忙的地方，我一定盡力！」

「謝謝你了，孫先生。」張波瑞非常高興地說，「不過，可惜還是不知道這塊手帕的含義啊。也不知道其他死者家屬身邊有沒有這樣的手帕。」

沈豔身上也有這塊手帕，皇甫鋆沒有告訴張波瑞。否則，他很可能會把手帕交給員警。既然手帕有可能起到護身符的作用，那麼放在身邊比較好。

「那麼，這兩塊手帕能否給我保管？」皇甫鋆對二人說，「我在這方面有些研究，也許能夠查出這手帕的來歷。」

正在公寓內的李隱，接到了一個電話。打來電話的人是銀羽。

這個時候李隱正在房間裏苦思冥想，在紙上寫出各種可能性，推測斷頭魔的身分以及生路。接到電話後，他本想先問問銀羽目前的調查情況。

但是，銀羽的第一句話卻是：「李隱，我想問你一件事情，請你老實回答我。」

「什麼事？」

這個時候，銀羽沒有和銀夜在一起。她推說要去準備一些東西，正在家裏的書房，還特意鎖上了門。

「你還記不記得，二〇〇九年九月銀夜執行的那次在郊區墓地的血字指示？」

「當然記得。每一次的血字指示我都會詳細記錄每個細節，然後反覆研究。嗯，你問這個做什麼？難道這次血字和那次血字有共通點？」

「那次血字指示結束後，詳細情形你是聽歐陽菁說的嗎？」

「嗯，當時活著回來的，銀夜和歐陽菁兩個人。不過銀夜似乎不太想談那次血字，具體情況都是歐陽菁說的。銀羽，那個時候你也有聽她說啊，難道你沒有記錄？」

「我想問，歐陽菁有沒有告訴過你一些細節呢。比如，血字最後一天，哥哥他有沒有做什麼？」

如今，歐陽菁死了，她只能問李隱了。

「你為什麼不去問你哥哥呢？那次血字的生路是他破解的啊，他該最清楚才對……你到底想問什麼？當時，是他發現，生路就是不可以對著電話說話。只撥打電話是可以的，但是如果對著電話說話，即使是電話另外一頭的人說話，也一樣會被墓地的那個鬼殺死。生路就是不要對著電話說話。」

「嗯。是的，我記得這一點。我想問你的是……歐陽菁有沒有告訴過你，我哥哥在最後一天，九月十二日那天，有打電話給誰嗎？」

「怎麼可能，打電話的話，銀夜還能活著回公寓來嗎？」

「但是，如果撥通電話，卻不說話，不就不會死了嗎？」

李隱慢慢皺起眉頭來。「銀羽，你到底想問什麼？銀夜出了什麼問題嗎？」

「回答我，李隱，歐陽菁有沒有和你提過這個？請你告訴我！」

李隱握著手機，回憶了一下，接著說：「打電話倒是沒有。不過，她後來的確和我提過一件關於銀夜的事情……」

「什麼？」銀羽頓時緊張起來，她立即追問：「她說了什麼？」

「當時，銀夜……他……」李隱正說到這裏的時候，忽然外面響起了門鈴聲，他連忙說：「銀羽，等一下！」

他跑去把門打開，外面站著的，是廿五樓的住戶卞星辰。

「卞星辰？你有什麼事情？」

「樓長。」星辰說道，「剛才我回家了一趟，聽我哥哥說起了一件事，是和斷頭魔有關的。」

「什麼？」李隱連忙問道，「發生了什麼事情？啊，對了，正好銀羽她打電話回來，讓她也一起聽吧。」

於是，李隱把手機放到星辰臉旁，說：「你說吧。」

「是這樣的，白靜的一個同學聯繫了我哥哥，問起白靜在被害前，曾經到過白嚴區真彬高中，聽了我哥哥的一個講座……」

「你說什麼？」李隱一愣。

「我哥哥是鷹真大學的教授，他叫卞星炎。三月六日的時候，白靜曾經到那裏去聽一個關於高考理科方面的講座，就是我哥哥主講的。」

白靜也去過白嚴區？那就和林迅、王振天還有厲馨都具備了共同點！也就是說，那六個人中，有四個人都去過白嚴區！

林迅本人就住在白嚴區，但另外三個人可不一樣。李隱又問：「那個人是誰？有沒有說出名字？」

「沒有，不過家裏的電話有來電顯示，我把號碼抄下來了。聽我哥哥說，是個女孩子。」

此刻銀羽也聽到了這些話。卞星辰是在公寓裏說出這些話的，那麼這個情報就具備了一定的可信度。接著，星辰報出了來電號碼。

「要找到那個女孩子，也許她還知道一些事情。」李隱想了想，接過電話說：「銀羽，剛才的事情等一下再說吧，你和銀夜馬上去找白靜身邊的同學，查一查這個人吧。」

李隱掛斷電話後，銀羽的心情悵然若失。

她實在不相信哥哥會是那麼可怕的人，而且，即使哥哥深愛自己、和阿慎是情敵關係，他也不可能會去殺害阿慎。銀羽比任何人都要瞭解自己的哥哥。

但是，李隱的話，讓她更進一步地感到了不安。而且，那個聯繫自己的神秘人，既然有信心那麼說，恐怕也不是空穴來風。她應該很清楚，自己是絕對不可能殺死哥哥的。那麼，那個人自然就是有了讓自己能夠那麼做的信心。

銀羽甩了甩頭，她決定暫時不去想這些了。先查出人頭的下落吧，無論如何，至少先找到兩顆人頭再說。

她打開門，銀夜見她出來了，問道：「都準備好了？」

「哥哥，我們可能要先去見一下白靜的同學。也許有人能夠給我們提供重要的線索。」

她撥打星辰提供的電話號碼，電話接通了，傳來一個女孩子的聲音：「喂，找誰？」

「請問……你是白靜的同學嗎？」銀羽問。

「嗯……你是誰？」

如何回答？再以員警的身分去拜訪肯定不太合適了，畢竟已經被識破過一次了。所以，銀羽採用了死者朋友的身分：「你的同學白靜，和我的朋友，都是被斷頭魔殺害的。我和卞星炎教授認識，所以聽說了你打電話給他的事情。事實上，我也有著一些和斷頭魔有關的資料，所以，我希望能夠和你見個面談一談。」

「卞教授的朋友？你說你的朋友被斷頭魔殺了？怎麼那麼巧？」

「我的朋友叫張波凌，是第三個被斷頭魔殺害的人。」

「這……你真的有斷頭魔的線索？那為什麼不給員警呢？」

「關於這一點，其實是就算給了員警也可能不被重視。」

對方似乎猶豫了一會兒，然後說：「那好吧。我們下午見面吧。我叫吳真真，見面地點就在……」

約好後，銀羽掛了電話。

「她答應了呢。」銀夜鬆了一口氣說，「我還擔心她警惕心強，不願意和我們見面呢。」

「無論如何，既然提到了有斷頭魔的線索，她應該會和我們見一面，何況知道她打電話給卞教授，就證明我們至少也認識卞星炎。」

而這個時候，銀羽看向銀夜的眼神已經充滿了迷惘。

她實在不願意懷疑哥哥，她很清楚哥哥為她付出了多少，有多少次都是九死一生。但是，如果那個神秘人所說的是實話，哥哥是因為信仰神秘組織而把自己帶入這個公寓的話……

最重要的是，如果真的是哥哥殺死了阿慎的話……

當初，進入公寓後，銀羽就知道，自己的未來變得無比縹緲了。她也很清楚，自己和阿慎不可能有未來了。成為這個公寓住戶的自己，如何能嫁給阿慎呢？

所以，她下定了決心，當面向阿慎提出了分手。她希望可以由自己切斷這段感情。即使可以活下來，也不知道要花多少年的時間，才可以脫離那個公寓。無論如何，不能把阿慎也牽涉到和這個公寓有關的一切中來。

而銀羽當然也不可能告訴阿慎，自己必須和他分手的真正理由。但銀羽知道，這是自己必須要做的事情。所以，她還是狠心地那麼做了。

「對不起，阿慎，我們分手吧。我發現我並不愛你。」

她找不到其他的理由了，唯有用這個理由。昔日的濃情蜜意，到了此時卻成了對銀羽最大的折磨。而當初阿慎聽到這話時，也完全無法相信。

當時他以為銀羽只是對自己有什麼不滿，可是隨著時間推移，她斷絕了和阿慎的所有聯絡。她一直待在公寓內，連手機號碼都換了。

她知道，必須要那麼做。但是，銀羽內心還抱著一線希望。她希望可以活下去。如果能夠通過十次血字，而那時候阿慎還在等她，她就可以回到阿慎的身邊。

第一次血字，和她一起執行的有三個人，地點是在一個深夜的足球場內，他們被一個吊死鬼不斷追逐，最終銀羽發現生路是進入足球場的球網內，就無法被那個生前是守門員的吊死鬼觸及了。結果，那一次只有她和另一個住戶活下來。

她的第二次血字，是和李隱、銀夜一起，在葉山湖釣魚基地，不惜用一名住戶的屍體來躲過水中惡鬼的殺戮。那一次，她幾乎感覺自己要支撐不下去了。但是，為了將來和阿慎再度在一起的希望，她才拚命咬牙堅持下來。

然而，到了九月，銀夜執行新血字的最後一天，卻傳來了阿慎上吊自縊的噩耗。雖然他沒有留下遺書，但卻確定是自殺無疑。也因為這個原因，阿慎的家人對銀羽充滿憎恨，認為是因為銀羽甩了阿慎，才會令阿慎痛苦得選擇自殺。

所以，在那之後很長的一段時間，銀羽都很自責，認為是自己害死了阿慎。她生存的精神支柱沒有了，即使她能夠離開公寓，也沒有等待自己的人了。

她甚至想，乾脆就死在血字指示裏吧。但是，她又想到了為她而進入公寓的銀夜。即使是為了哥哥，她也不能就這樣放棄自己的人生。

銀羽和銀夜一起長大，她自認為比世上任何人都瞭解銀夜。所以她很清楚，銀夜不是那樣的人。可是，如果銀夜受到金色神國蠱惑的話，就很難保證了。

「你怎麼了，銀羽？」銀夜忽然問，「你看起來臉色不太好。」

「是嗎？」銀羽搖了搖頭，「不過，也不奇怪。還是找不到人頭……」

「先吃飯吧。你還沒吃午飯呢，早飯也只吃了一點。」

「不，不了。」銀羽卻逕自走過銀夜身邊，她甚至不敢直視銀夜。有生以來第一次，銀羽感覺和銀夜有點陌生。

這個人……還是哥哥嗎？還是那個我從小就崇拜和喜歡的哥哥嗎？

與此同時，針對「ＬＤ」，皇甫壑的調查有了進展。

「找到了。你們看。」在麥當勞裏，皇甫壑把筆電的螢幕對著張波瑞和夏小美：「我搜索後發現，雖然沒有這個品牌，不過有以這兩個字母開頭的店。」

「這是……」夏小美盯著螢幕，念道：「『Lili Doars』禮品店？還有這個，路德首飾店？蘭多精品店……找到了不少啊。」

「不過，這個『Lili Doars』位於白嚴區，距離紅星商場也很近。我認為需要重點考慮。」

點進Lili Doars這家禮品店的網址後，看到了產品的介紹。有項鏈、耳環、錢包、圍巾、化妝品、手錶，但是沒看到有手帕。

「這家店的店主似乎是大學生啊，居然就出來開店了？」夏小美看著介紹，根據上面的電話，用自己的手機撥了過去。

撥通電話後不久，就傳來一個年輕男子的聲音：「你好，我們這裏是Lili Doars禮品店。請問有什麼可以幫你的？」

「嗯，請問……你們店有賣手帕嗎？」

「手帕？有啊。」

「有沒有白色的手帕，上面繡著『ＬＤ』兩個字母的？」

「ＬＤ？啊，對了，你是不是說去年耶誕節的贈品？那個時候的確有過買夠一定金額的禮品、就可以獲贈我們店的特製手帕的活動。」

居然這麼容易就找到了！事不宜遲！

於是，張波瑞、皇甫壑和夏小美，立即出發前往那家禮品店。

不久，他們就來到了那家禮品店附近。從那裏，已經可以看到遠處的紅星商場了。

那家禮品店的店面並不大，但裝潢得很不錯。推開門走進去，只見一排排的貨架上擺放著各種精品首飾。

店主是一個看起來只有二十歲出頭的小夥子，見到有人進來，連忙笑容可掬地說：「歡迎光臨Lili Doars，有什麼可以幫你們的嗎？」

「嗯，是這樣的。」張波瑞走上前去，取出那兩塊手帕：「請問，這手帕是你們店製作的？」

店主拿起手帕仔細看了看，點頭說：「對，是我們店的。去年十二月作為禮品附贈的。」

「當時都贈送了多少？」

「嗯，十二月因為臨近聖誕，所以來禮品店購物的人很多，粗略估計，送出去的手帕應該有兩百條吧。消費滿五十，就會送一塊手帕。」

皇甫壑微微皺起眉頭，夏小美也很著急。

那麼多人，怎麼查？店主不可能記住每個顧客吧？

張波瑞從口袋裏取出一張照片，遞給店主，問道：「我問你……照片上的這個人，來這裏買過東西、獲贈過手帕嗎？」

「嗯，我看看。」店主接過照片來，「這個人……」

照片上的人，自然就是張波凌。

「我不記得了。當時那麼多顧客，我怎麼可能記得住啊。你們有什麼事情嗎？」

果然如此。

皇甫壑問道：「你一般會給顧客開發票嗎？」

「發票？沒有，一般只會開一張收據。來我這裏買禮品的，多數是私人贈送禮品，或者給自己用，沒有需要給單位報銷的，哪裏會要發票。」

「一般都是顧客要求了才開收據的嗎？」

「要看情況了。我也不會主動問顧客要不要收據，索要收據的顧客也不是很多。」

沒有發票也沒有收據，這就很麻煩了。否則，如果可以在死者家裏找到這家店的憑證，也可以證明的確在這裏買過東西、得到了手帕。

不過，從死者多數來過白嚴區來判斷，很可能六個人都來過這家店購物，然後獲贈了手帕。

「你這塊手帕……有沒有什麼特殊作用？比如作為護身符，趨吉避凶什麼的……」

「啊？」店主一愣，「你開玩笑吧，先生，我們這是禮品店，又不是寺廟道觀。再說哪有用手帕做護身符的？」

皇甫壑想了想，看來，只有把手帕交給慕容璽，讓他想辦法檢驗一下了。

另外，白靜是否來這裏購買過東西呢？如果她來過，很可能在這裏買過一些禮品，可以調查一下她在耶誕節期間是否給同學贈送過禮品，或者她身上是否多什麼飾品。如果證實了，那麼或許藍奇是因為拿到了白靜的手帕，才會被殺害的。

接下來……就要去紅星商場調查一下了。

銀夜和銀羽來到了和吳真真約定好的地點，是她家附近的一個小公園。

吳真真的父母這時候都出去上班了，所以她才能出來。

約定時間到了。銀夜看到，不遠處走來了一個年輕女孩。

吳真真本來以為只有一個女人要和自己見面，這時才看見是一男一女。不過，這一男一女看起來都很和善的樣子，所以她也略微放寬了心。

「你就是吳真真吧？你好，我叫柯銀羽。」銀羽走上前去，「是我打電話給你的。」

「請問，這位是……」吳真真指著銀夜問道。

「他是我哥哥，他叫柯銀夜。」

吳真真點點頭，她問道：「那麼……你們說是認識張波凌先生吧？那麼巧又認識卞教授？」

「其實，」銀夜回答道，「我們和他的弟弟住在同一個公寓，所以才會知道的。」銀夜這倒是真話，完全沒有虛假的成分。

「不是吧，這也太巧合了……」吳真真搖搖頭，「算了，你們說的線索是什麼？」

「我想先問一下。」銀夜把筆記本攤開，問道：「你知道什麼和白靜的死有關的線索嗎？她在三月六日去真彬高中聽講座的事情，是她告訴你的？」

「這倒不是。因為我拿錯了她的語文課本，找到了她以前寫的一篇作文……」

聽完吳真真的敘述，銀夜把這一點記進了筆記，又問：「那……除此之外你就不知道什麼了？」

趕來這裏來，卻得不到任何線索？銀夜無論如何也不甘心。

目前線索雖然很多，但都極為凌亂，很難整合到一起。

銀羽發問了：「你的同學藍奇前天被殺害了。你在他被殺害之前，有沒有看到他身上有一塊白色手帕，手帕上繡著『ＬＤ』兩個字母的？」

「ＬＤ？」吳真真托著下巴想了一想，「不記得了。現在大家都用餐巾紙，誰還會用手帕啊。」

「那……藍奇被害之前，有沒有什麼異樣？」

「異樣？」

「比如，有沒有和你提及什麼和『靈異』有關的事情……」

說到這裏，吳真真的眼睛頓時瞪得溜圓，隨即脫口而出：「你，你怎麼會知道的！」

銀夜和銀羽一聽，頓時喜出望外！想不到居然找到了那麼重要的一條線索！

「藍奇前天放學的時候，的確和我提過……他問我，相不相信這個世界上有鬼？」

鬼！直接提及了這個字，難道……藍奇已經和那個「斷頭魔」接觸過了嗎？

「那……」銀夜繼續問，「他後來還說了什麼嗎？」

「他當時說這句話的時候，臉色確實很不對勁，不像是隨便問的。但是，我當時也沒怎麼往心裏去。他也沒有繼續說什麼……」

銀夜把這一點記錄在筆記本上，並且換了一支紅筆，畫了一個圈，表示是重點情報！這一情報的重要性，自然毋庸置疑！這也是首次出現有人直接提及「鬼」！

看到二人如此鄭重其事的樣子，吳真真開始害怕起來，問道：「我說……難道，真的有鬼嗎？不可能吧？」對一個受科學教育長大的人來說，要讓其認真思考這個世界上有鬼存在，是一件無比困難的事情。

「這個，我們也不清楚。鬼神之說看似縹緲，但實際上卻很難斷言是否真的不存在。」銀夜接著問道，「白靜她生前有和你提過這類話題嗎？」

「那倒沒有。」

「那……剛才提過的手帕，你有看到她帶著嗎？」

「嗯……沒有。白靜她也從來不用手帕的。」

無論如何，已經取得了非常重要的線索。現在，就要重點調查藍奇了。根據目前瞭解到的情況，藍奇是最後一個和白靜見面的人。這也是當初銀夜首先要去見他的緣故。而藍奇提到了鬼……

銀夜不禁開始懷疑，藍奇的死……很可能是公寓為了提高血字難度，而將其犧牲掉的！因為藍奇很可能知道某個能夠立即找到生路的情報！

比如，他也許看到，斷頭魔撥下白靜的人頭，並藏匿在了某個地方！

白靜被殺害的地點，是在金楓高中的理科實驗室。根據藍奇的證詞，當時白靜說自己忘記了什麼東西，於是跑回學校去了。接著，她的屍體在當晚被巡夜的警衛在理科實驗室裏發現。

會不會，當時，是藍奇跟白靜一起回去的呢？而他很可能目擊了白靜被殺害的一幕，並逃回了家！如果是這樣，他對員警撒謊也很正常，因為任何員警都不可能相信兇手是一個鬼！

難道……人頭就藏在金楓高中的理科實驗室裏？

這個可能性確實不低。隱藏在兇殺現場，利用住戶的思維盲點，的確很符合公寓的風格！

不過，前提是……這不是一個假情報。

銀夜看著眼前的吳真真，他必須提醒自己，這個女孩也不一定就是真正的吳真真。甚至有可能吳真真這個人從未存在過。如果這個女孩就是鬼魂的化身，而告訴自己的是假情報的話，那麼很可能會打破血字生路。有可能生路由某個特定條件構成，一旦違背特定條件就會被殺。

但是，也無法證明這個吳真真是人還是鬼，她也無法進入公寓。所以，即使是假情報，也需要去試試看。

但也不可能讓皇甫壑他們去試，萬一真的發現了白靜的人頭，絕對會被他們私藏起來的，然後他們會等到四月十五日午夜零點，拿出人頭跑回公寓！

這時，在紅星商場三樓的眼鏡專櫃前。

「嗯，對。」一名售貨員拿著皇甫壑遞過去的發票，點點頭說：「的確是在這兒買的。」

這時尹俊賢也趕來了。他和皇甫壑等人見面後，皇甫壑為他和張波瑞互相介紹了一下。

「那，你還記得來買眼鏡的那位小姐嗎？」尹俊賢說著，取出了一張照片來，上面是厲馨。

「嗯，這位小姐……啊，對了，想起來了，她的確來過。」

「那這副眼鏡……」

「她說是送給某人的禮物，還拿了一副舊的眼鏡來，讓我根據舊眼鏡的度數配的。嗯，有什麼問題嗎？」

「那副舊的眼鏡怎麼樣了？」

「她後來拿回去了。」

之前，皇甫壑給慕容蜃打過電話，提了一個問題。警方搜查凶案現場的時候有沒有發現這張發票，來這裏調查過？厲馨並沒有戴眼鏡，而這眼鏡的度數非常深，是需要時刻戴著的。

不過，慕容蜃卻告訴他，實際上厲馨一直戴著隱形眼鏡，她的近視度數很深，這是驗屍的時候發現的。厲馨是近視眼的事，在公司內似乎也只有上司劉子盛以及人事部門的人知道。

而厲馨近視的度數恰好和她要配的眼鏡度數吻合。所以，警方沒重視這個線索，認為是厲馨為自己配的眼鏡，可能是戴不慣隱形眼鏡，想要換戴普通眼鏡。

但是，為了保險起見，皇甫壑還是決定來這裏再調查一下。

此刻這個售貨員的話，卻證明厲馨配眼鏡不是為了自己，而是要贈送給某個人！

「你確實沒有近視吧？」皇甫壑又問了身旁的尹俊賢。

「沒有，不信的話，要不要我去查視力給你看？」

皇甫壑也認為查一下比較好。

為了防止這個售貨員可能是鬼的化身。皇甫壑親自進了驗光室，幫尹俊賢檢查視力。結果他的視力是一點二，可見這眼鏡絕對不是配給尹俊賢的。那麼，是為誰配的呢？

這時，手機鈴聲響起，是慕容蜃打來的。

「重大消息哦。呵呵，仔細一查才發現，劉子盛居然也近視！他的裸眼視力是零點三！而他和厲馨一樣，也是戴隱形眼鏡的！」

居然那麼巧？而這也和厲馨所配的眼鏡度數吻合！而且厲馨說是送給某人的禮物，在情人節前夕買禮物，又在情人節當天請假在家……難道，她是打算把這副眼鏡送給劉子盛？

由此看來，說不定尹俊賢真是在不知情下，被戴上了綠帽。而如今，劉子盛卻又不知去向！

不過，劉子盛到底是人還是鬼？厲馨是他殺的嗎？畢竟，斷頭魔也不一定就是鬼。無論如何，一定要找到劉子盛。

掛斷電話後，皇甫壑走到夏小美面前，說：「劉子盛是近視眼，近視度數和眼鏡度數吻合。」

尹俊賢聽了皇甫壑的話，一臉不敢置信的樣子，說：「你說什麼？劉經理和阿馨……不可能，阿馨不會那麼對我的！」

吳真真和柯銀夜、柯銀羽二人道別後，想在附近走一會兒再回家。反正這附近的路段人都很多，不必害怕斷頭魔出現。

事實上，到現在為止她都有種不真實的感覺。這種事情，怎麼可能會發生在自己身邊呢？

她走到學校附近，路過了一個照相館。她記得，前天藍奇就進過這家店。

於是，她推開門，走了進去。

裏面的一個小夥子看見吳真真進來，立即過來問道：「你，你是那個人的朋友吧？就是斷頭魔殺害的第七個死者的那個人？」

「是，是的……」吳真真記得前天她也來過這兒，當時就是和這個小夥子說話的。

「唉，」他重重歎了一口氣，「造孽啊。他還那麼年輕，怎麼就……算了，不提這個了。那一天，你不是來問我，他沖印了什麼照片嗎？其實我這兩天一直在猶豫，要不要去見員警，說一下他當時來印的那些照片。」

「怎，怎麼了？」吳真真聽了，立即問道：「照片怎麼了？」

「其實，那天他帶來的照片……」正說到這裏，門開了，小夥子連忙迎上去，說：「請問，你是來照相嗎？」

「嗯，」走進來的是一個男人，「我要拍證件照。」

「好的，進來吧。」

接著，他和那個男人進了拍攝照片的裏間。吳真真繼續在外面等著，她心想，照片究竟怎麼了？等在外面的時候，忽然，吳真真感覺有點奇怪。

剛才進來的那個男人，自己好像在哪裏見過？在哪裏呢？

她不斷搜索著大腦的記憶，接著……忽然一張清晰的面孔出現在腦海中！

剛才進來的那個男人……長得和第四個死者厲馨被殺害的時候，被人目擊到的那個可疑男人的模擬畫像，一模一樣！

8 冷酷的愛人

吳真真的雙腳開始發抖起來，怎麼會那麼巧？不，這是巧合嗎？眼前，拍攝照片的房間正關閉著。沒多久……

忽然，一聲骨頭碎裂的清脆聲音，傳入了吳真真的耳朵！幾乎是在同時，門忽然打開，一隻抓著一顆血淋淋人頭的手，伸了出來！

吳真真在這一瞬間嚇得魂飛魄散，她立即朝門口衝去，頭也不回地拚命逃跑！她一邊跑，一邊大叫道：「救命，救命啊！」

但是周圍路過的人，只是看了看她，隨後就別過頭去。

「救命啊，救救我，有人要殺我！」

吳真真雖然不斷飛奔，並聲嘶力竭地大喊，但周圍的人都完全漠視她。

吳真真連續跑了三四條街，還是不敢停下。這時候，距離自己家已經很近了。

終於，吳真真跑到了自己家門口，她立即打開大門，衝進去後把門關上並反鎖。隨後，她衝到電話機前，撥打了一一〇。

不久，員警趕來了。

在那個照相館裏，發現了那個小夥子無頭的屍體。不僅如此，電腦也被完全破壞了。

這起案件，慕容蜃自然第一時間通知了銀夜等人。

「電腦無法修復嗎？」慕容蜃看著電腦，對鑒識警員說：「也許裏面有很重要的線索。」

那名警員苦著臉說：「不行了，硬碟被損壞得很徹底，無法修復了。」

電腦被如此破壞，更讓慕容蜃肯定，裏面被破壞的資料，就是可以找到六顆人頭的線索。

此刻，銀夜和銀羽正在金楓高中那個白靜死去的理科實驗室裏。這個實驗室作為凶案現場本來是被保護的，但現在卻沒有警員看守。很自然，這又是公寓給他們的便利。

不過銀夜認為，白靜的人頭藏在這裏的可能性並不高。然而，他們也沒有別的辦法了，必須將所有可能的線索都試一試。雖然過了今天還有十二天時間，但隨著時間的推移，線索也會越來越少。

「找不到啊。」銀夜最後只能宣告失敗。這時忽然手機鈴聲響起，是慕容蜃發來的一條簡訊。

「什麼？又有人被斷頭魔殺了？報案的人是吳真真？」

銀夜看著這條簡訊，有點不敢相信自己的眼睛。斷頭魔殺人為何如此頻繁，卻根本不傷害住戶？難道，住戶不拿到人頭，就不會殺他們嗎？也對，沒有人頭的話，就算斷頭魔不動手，公寓一樣會殺了他們。

這時候，銀羽的手機也收到了同樣的簡訊。

不過，這起案子目前警方正在調查。而且，據慕容蜃說，警方會將這起案件和前天藍奇被殺的案子並案調查。

他們暫時不能接近藍奇和吳真真身邊的人了，否則很容易被警方注意到。即使警方再把他們當作透明人看待，他們直接出現的話，還是會被注意的。

而這個時候，康晉已經被釋放了。

之前，警方在那家左手酒吧，查出康晉和藤飛雨是同性戀的關係，並且有多人目擊到二人發生過口角，甚至康晉還揚言，他恨不得殺了藤飛雨。因此，警方才將康晉拘留了。但是，沈豔死亡的時候，他有不在場的證明，因為他就在派出所裏。為了排除是模仿作案的可能，警方經過認真比對屍體，確定殺害沈豔的就是斷頭魔。

因此，康晉在昨天晚上就被釋放了，他一出來，就聽說藤榮慕失蹤了。

康晉正躺在家裏，聽到門外響起敲門聲，他過去開門，卻是柳彬站在門外。還沒有說話，忽然柳彬就一拳打過來！

「我一下班，就特意過來，讓你這個混蛋吃我的老拳！」說著柳彬把門關上，衝上來揪住康晉的衣領，怒罵道：「你還是不是人？你現在讓我妹妹怎麼過日子？」

「我知道，但我和飛雨是真心相愛的，就算世俗的眼光認為我們不正常也無所謂。」被揍的康晉卻振振有詞道，「還有，飛雨不是我殺的，那天我只是說氣話，後來我就和飛雨和好了。我們……」

「你給我住口！」柳彬又是一拳打在康晉肚子上，他咆哮道：「真心相愛？別噁心我了！我發誓無論誰敢傷害小欣，我絕對不會放過他！就算是天王老子，也要先吃我一拳！」

康晉卻忽然抓住柳彬的手臂，也一拳打過來，吼道：「你給我閉嘴！對，我是對不起你妹妹，所以剛才那兩拳我讓著你。但是我告訴你，柳彬，我康晉也不是孬種！就算你打死我，我也明確告訴你，我愛飛雨！我真心愛他！」

聽著一個男人如此直白地宣佈愛著自己的妹夫，柳彬頓時感覺很噁心。他怎麼也沒有想到，昔日那個沉穩冷靜的妹夫，居然會是同性戀！

柳彬看著眼前的康晉，越來越火大，妹夫居然背著妹妹和這個男人……光是想想就起雞皮疙瘩！

「算了。我要去找榮慕，沒時間和你扯淡！聽著，以後別再讓我看到你，否則我見你一次就打你一次！」接著，柳彬就走出門去，把門重重關上！

榮慕失蹤後，柳欣立即去派出所報案了。由於她是斷頭魔殺害者的家屬，派出所很重視這一案件，馬上立案偵查。據她所說，當時她帶著兒子出門去買東西，兒子從房間裏取出了一個紅色塑膠袋。她問塑膠袋裏是什麼，兒子沒回答。

這段證詞中完全沒有提及柳欣聞到過血腥氣味。如果唐楓是剛被斷頭魔殺害不久，血腥味肯定很濃，不僅如此，大量的鮮血也會滲透塑膠袋。所以，推斷下來，當時唐楓被害應已經有一段時間了。

慕容蜃也將這段證詞轉達給銀夜等人。

最後見到唐楓的人是銀羽。昨天早上，唐楓打傷銀羽後離開，聲稱要銀羽去調查藤榮慕，隨即離開。接著，到了黃昏時分，他們才看到藤榮慕手裏的塑膠袋內滾出唐楓的人頭。

也就是說，大概能夠推斷出殺害唐楓的時間。慕容蜃因為沒見過人頭不好判斷，而且也沒找到唐楓的屍體。不過，按保守估計，唐楓應該是在上午的時候就被殺害了。

而殺害唐楓的人，究竟是不是藤榮慕？雖然表面上看起來似乎兇手是藤榮慕，但是，這一點也可能是公寓佈置的陷阱。因為，如果藤榮慕真是斷頭魔並且是鬼的話，那麼他怎麼可能會摔跤把人頭露出來讓他們看到？而如果他是斷頭魔並且是人類的話，試問一個小孩子如何做到將成人的頭拔下來？

這麼分析下來，藤榮慕很可能不是斷頭魔，而藤飛雨反而顯得可疑。

因此，華連城夫婦在柳彬離開後不久，來到了康晉家的門口。

康晉曾經說過，他在那家咖啡館的廁所內見到了藤飛雨。也就是說，很可能斷頭魔實際上是藤飛雨的鬼魂。這也和藍奇提及的鬼有關，因為他很可能在電視或者報紙上看到過藤飛雨生前的照片。

因此，確定康晉的證詞真偽尤為重要。

不過，即便康晉的話不假，藤飛雨究竟是否真的就是斷頭魔，依舊很難說。鬼魂能夠輕易變換形象，因此，變成藤飛雨來迷惑住戶，也是很有可能的。

不過，確定這一點，依然是非常重要的。如果確定斷頭魔是藤飛雨，或許就能夠有對策。

同時，根據皇甫壑那邊的情報，在藤飛雨被殺害的仁月街附近，孫靜軒撿到了那塊禮品店贈送的手帕。因此，他們也需要調查究竟藤飛雨是不是去過白嚴區、購買過耶誕節禮物、獲贈了那塊手帕。

連城走到康晉家門前，按下了門鈴。老實說，他究竟會不會開門，他們心裏也沒把握。其實，他在派出所已有了口供，他們本不需要再來一次。可是，華連城還是覺得，親自來確認一下更為穩妥。

康晉開了門，看見了門外的華連城和伊莣，馬上顯出一副不耐煩的樣子，他說：「又是你們？來幹什麼？」

連城見到他嘴角的傷口，心裏一驚，這時康晉已經把門死死關上了。

無論接下來連城如何勸說，康晉都不肯開門。

也罷，反正康晉的證詞已經有了。來見他，也只是為了獲取進一步線索罷了。

目前，斷頭魔的嫌疑人，有以下幾個：

第一嫌疑人，是藤榮慕。他帶著的塑膠袋中，掉出了唐楓的人頭，而且唐楓生前也提到過藤榮慕很可疑。

第二嫌疑人，是藤飛雨的鬼魂，有康晉的證詞。

第三嫌疑人，是那個模擬畫像上的未知男人。這個人曾經在青田公園和厲馨的公寓都被人目擊過，而吳真真更是力證，這個人是殺害了照相館的小夥子的兇手。

第四嫌疑人，則是目前不知下落的劉子盛。劉子盛很有可能是厲馨的情人，而如今他莫名其妙失蹤了，嫌疑也不小。

綜合起來一看，一個可能性漸漸萌生。

斷頭魔……難道不止一個人嗎？或者，有分身？不，確切地講，是有不止一個鬼嗎？

然而，藤榮慕和劉子盛都失蹤了，藤飛雨的亡靈到哪裏去找？那個模擬畫像上的男子，連名字都不知道，更是無從查起。

警方在那家照相館附近封鎖了交通，進行嚴密排查，查找目擊者。

而那名照相館的小夥子被殺害的原因，根據吳真真的證詞，產生了一個可能性。那就是：照片。

照相館裏的電腦被破壞掉了。也就是說，電腦裏可能有著不能讓住戶看到的東西。從這一點來判斷，很可能是照片。

也就是說，藍奇拍攝的照片，也許是重要的線索。

然而，藍奇的遺物中，雖然也有一些照片，但大多數都是在白靜死之前拍攝的。

藍奇死了，那個小夥子也死了，現在查不到照片的任何線索了。人頭在哪裏，依舊是個謎。

目前唯一還可以查的線索，只有兩個：就是找到藤榮慕和劉子盛。

接下來的一天內，六個人的調查重點，都放在了尋找這兩個人以及查探藍奇拍下的照片，看有沒有可能還殘留有線索。

根據吳真真的證詞，目前嫌疑最大的，就是那個模擬畫像上的男子。

他們一來不能確定吳真真是人是鬼，二來也不能確定吳真真的記憶是否被修改過。鬼要修改人的記憶，就像吃飯喝水一樣簡單。

當天晚上，銀羽又接到了那個電話。

「怎麼樣？一籌莫展吧？沒有我的幫助，你們要想活下去，可是一件極其艱難的事情啊。即便如此，你還是不願意接受我的條件嗎？」

銀羽把手機死死捏在手心裏，臉頰上毫無血色。

「你是想說，我哥哥因為信奉神秘組織，將我視為『黑心魔』，所以讓我進入公寓的？但是，他是怎麼知道這個公寓的存在的？」

「你忘記了嗎？你的父母也曾經是公寓的住戶呢。順著這條線索調查，以你哥哥的智慧，能夠察覺到公寓的存在也不奇怪吧。至於葉凡慎的死，也……」

「住口！」銀羽眼中閃過一絲厲色，「你，沒有資格直呼阿慎的名字。」

「隨你便吧。你只要再去調查一下，就可以知道，殺死你最愛的人的，的確就是柯銀夜，你的哥哥。將你置入這個地獄，並且殺了你最愛的男人，難道你還需要猶豫嗎？你可以殺掉他，換取活下去的機會。我給你的畫，一定會讓你找到人頭的。」

「你打的是什麼算盤，我清楚得很。但是我告訴你，你休想！我一定會查出來你是誰的，你以為，擁有這個『能力』，然後玩弄我們，是件很愉快的事情嗎？」

電話那頭，一下沉默了。

「我告訴你吧。我絕不會如你所願，猶如傀儡一般行動的。我不會讓你稱心如意的！絕不會！」

「是嗎？」坐在輪椅上，面對著眼前的畫架，拿著自己改裝過的手機的少女，雙眸露出了兇殘的神色：「因為……我是『惡魔』，對吧？對你們這些生活在美麗世界的人而言，我只是一個污穢醜陋的惡魔罷了。對吧？」

「你說什麼？」

「但是，我會證明給你看的。其實，活在這世上的所有的人，都是『惡魔』！」說完後，電話掛斷了。

銀羽把手機又拿到面前，開始撥打一通號碼。這一次，她是打給李隱。

她想知道事實的真相。即使，那是一個無比殘酷的真相……

但是，當將號碼撥完，她的手指在撥出鍵上，遲遲無法按下去。

昔日和銀夜的無數回憶，在銀羽腦海中不斷閃過。從小就和他一起長大，一起歡笑，一起分享所有，得知身世後獲得他的安慰，然後，被他深愛和保護……不過，這一切都不是最重要的。

最重要的是……銀羽發現，銀夜在自己內心中，已經不再只是一個哥哥了，而是一個在她內心佔據了根深蒂固的地位的人。

但是，想到那個金色神國的宣傳手冊上銀夜親手寫下的字跡……她感到一種撕心裂肺的痛苦。

「我……真的愛上你了，銀夜……」

對於銀羽而言，這才是最可怕的。如果不是銀夜，而是其他的任何一個人，也許她都會深信不疑，甚至可能真的會去考慮殺死對方。善惡道德觀在這個公寓裏，早就消磨得幾乎不剩了。再善良的人，在這樣無限的恐怖中，也不可能再保有絕對的善良了。

可是，那個人是柯銀夜啊。

「我……我真的愛上了你，而現在，卻要我接受，我如今的所有痛苦，都是拜你所賜，而阿慎，也是你殺死的……」

這樣的事實，猶如深不見底的黑暗一般。無論如何，銀羽都沒有辦法對自己真心所愛的人產生恨意。愛和恨交織在一起，簡直令人心如刀絞。縱然面對著那些幽靈厲鬼，銀羽也不曾如此痛苦過。

她要不要去確認呢？如果確認了，難道真的要殺死銀夜嗎？

然而就在這個時候，忽然手機振動起來。銀羽一驚，手機幾乎掉在了地上。來電的人是李隱。

「喂，李……李隱嗎？」

「銀羽。」李隱此刻站在自己房間的落地窗前，眺望遠方，說：「你們現在情況還好吧？找到新線索沒有？」

「不……還沒有。」

「嗯。你昨天問我的事情，我現在告訴你吧。歐陽菁告訴我，那一天，銀夜想出生路後，和歐陽菁分開過一段時間。時間不長，只有五六分鐘左右。」

「分開？」

「事後他沒說詳細情況。後來提及這一段，他也是含糊其辭的。這段時間內他做了什麼，沒有人知道。」

「具體的時間……知道嗎？」

「嗯。那個時候，歐陽菁特意看了一下手錶。銀夜離開的時間，是在晚上九點半左右。」

九點半！阿慎自殺的地點，是在天南市的一家酒店內，他在那家酒店上吊自縊。後來根據警方調查，他自殺的時間，應該就是當晚九點到十點之間！時間上完全吻合。

如果，那時候，是銀夜打了電話給阿慎呢？

當時，警方因為定性為自殺，沒有繼續調查下去。這也是自然的，因為阿慎死的房間，是一個絕對的密室。不過，現在想來，如果是鬼魂殺人，密室根本毫無意義。

銀夜在那個墓地，給酒店內的阿慎打了電話。阿慎接了電話後，只要銀夜不說話，就可以利用這個辦法，讓鬼魂殺死阿慎！

利用鬼魂來殺人，這是絕對的完全犯罪！即使找到證據，也不可能以此為罪名起訴。畢竟，任何法律都不可能承認靈異現象的存在。

阿慎的死，銀羽當初也沒有懷疑是謀殺。因為現場根本是絕對的密室，實在想不到會有那種可能性。而可以直接證明謀殺的證據，還是存在的。那就是作為遺物回到阿慎父母手中的阿慎的手機。

根據現場勘查，阿慎住的酒店內，電話聽筒好好地擱著。所以，如果是打電話的話，很可能是利用手機。阿慎本來就認識銀夜，所以即使被查出銀夜給阿慎打過電話，也沒什麼奇怪的，而當初警方甚至沒來找過銀夜。現在想來，也有公寓影響警方的因素在內。

阿慎手機中的通話記錄，就是最確實的證據。

如果拿到手機，就可以證明，的確是銀夜殺害了阿慎。

銀羽下定了決心。無論如何，為了阿慎，她必須接受真相。然後，她會考慮，在知道真相後，如何面對一切。

寧安堂製藥公司大樓總部。

董事長邱秀鳳走出大門，正走向停車場的時候，忽然聽到身後傳來了一個聲音。

「邱董事長。」

邱秀鳳回過頭去，來人竟然是銀羽！

當初，她一直反對銀羽和阿慎的婚事。在銀羽提出和阿慎分手並斷絕聯繫後，阿慎一直茶飯不思、日益消瘦。不久之後，阿慎就在酒店自縊身亡。

阿慎的死令邱秀鳳痛不欲生，她甚至好幾次想追隨兒子而去。雖然兒子沒留下遺書，但她認定，是銀羽提出分手才造成了兒子自殺。因此，她自然對銀羽充滿了憎恨。

「你又來做什麼？」她冷冷地說，「上次你對我說，你活不了多久了。可是我看你現在還活得好好的嘛！你還想……」

「阿慎生前用的手機……還在你這裏嗎？」

「什麼？」

「阿慎……可能不是自殺的。」銀羽跨上前一步，「我有需要確認的事情！如果，有當時他用的手機的話……」

「你，你在胡說什麼？」邱秀鳳驚愕得無以復加，「你說阿慎，不是自殺？」

「我只是認為有這個可能。」

「你……」邱秀鳳立即衝上來，揪住銀羽，說：「你把話說清楚，是誰要殺阿慎？阿慎又為什麼會死？你給我說清楚，柯銀羽！」

「最後……阿慎死之前，他的手機裏，最後打電話給他的……是誰？」

邱秀鳳聽了這句話，隨即身體一震，說：「你……你說什麼？最後一個打電話給阿慎的人？」

「把手機給我吧。我想知道……我……無論如何也想知道……」

邱秀鳳狠狠地瞪著銀羽，她也在考慮著，銀羽說的話是真是假？如果兒子當真是被謀殺的，她怎麼可能無動於衷？「你先說清楚，到底是怎麼回事！」

「如果沒有那個手機，我的一切猜測都會落空。所以，至少也要把那部手機給……」

「手機？」邱秀鳳想了想，放開了銀羽，說：「走，和我上車。如果你是來捉弄我的，我就叫你知道我的厲害！」

走到停車場裏自己的寶馬車旁邊，把車門打開，邱秀鳳對銀羽說：「上車！我現在正好要回家一趟。阿慎的遺物，我一直放在他房間裏，始終沒有動過。」

對銀羽來說，阿慎是她容忍的底限。當時，銀夜已經知道了血字的生路，也知道那個鬼魂會通過電話殺人。在這個情況下，如果銀夜還打電話給阿慎，很明顯就是為了讓鬼魂殺死阿慎！

也不可能誤撥，因為當時連手機都不會輕易拿出來，而且銀夜又為什麼要躲著歐陽菁？

希望不是……希望不是……

而這時，在羽揚建材公司。

「我真的不知道。」一個戴眼鏡的西裝男子在公司門口，對追問他的華連城、伊蕓和尹俊賢說：「雖然我和劉子盛都是副經理，也比較熟悉，但我真不知道他去了哪裏。」

「張經理，」伊蕓急切地說，「那至少請你回憶一下，你真的沒見過這個人嗎？」

伊蕓拿出的，是那張嫌疑人模擬圖像。

「不記得，你要我說多少遍啊！」

還是一無所獲。

三個人垂頭喪氣地站在羽揚建材公司門口。伊蕓內心越來越急切，如果連一顆人頭都找不到，那自己就只有十幾天的命了！

「藤榮慕他也一樣沒有見過。」華連城拿著一張藤榮慕的照片，「好不容易拿到這張照片，可還是沒有下落。都第四天了，人頭……」

「什麼人頭？」尹俊賢忽然問，「你是說被殺的人的人頭？」

「啊。」連城這才意識到自己差點說漏了嘴，尹俊賢不是公寓住戶，這些話怎麼能在他面前說！

他連忙轉移話題，拿過那張模擬畫像，忽然他想起一件事情，對伊蕓說：「對了，小蕓……」

「怎麼了？」

「我記得你說過，你好像在哪裏見過這個男人對吧？」這是伊蕓在青田公園的時候說過的話。

「嗯，對啊。」伊蕓點點頭，「不過，後來我又感覺大概是我的錯覺吧。我仔細看了看，應該沒見過這個男人。」

「不會吧？」尹俊賢連忙抓住伊蕓，「你說你可能見過這個人？他現在是被警方列為第一兇嫌的人啊！通緝告示已經貼得滿大街都是了，這個人已經被警方宣佈極可能就是斷頭魔啊！」

「嗯。」伊蕓何嘗不知道這一點？但她反覆看著那張模擬畫像，又感覺自己根本沒見過這個人。

這時候，她重新拿過那張模擬畫像，再仔細一看。

忽然，她眼前一亮，發現了什麼。

「難……難道……」伊蕓抓著那張模擬畫像的手越來越緊。

那個男人……那個男人……伊蕓感到，那種熟悉感再度產生了！

這時，忽然一輛車開過來，走下來一個人。這個人是羽揚建材的總經理，劉子盛的上司馮經理。

於是，連城和尹俊賢立即衝了上去。而伊蕓則呆呆地站在原地，看著那張模擬畫像。

「不，不會吧……難不成……」

就在伊蕓陷入巨大震驚中時，邱秀鳳和銀羽回到了葉家宅邸。

回到這個曾經和阿慎一起來過、曾經想著有一天能夠成為這裏的一員的地方，銀羽感覺彷彿已經是幾個世紀以前的事情了。一切恍如隔世。

邱秀鳳走下車，對柯銀羽說：「跟我來。」

進入房門後，裏面的女傭都很驚訝地看著銀羽。當初銀羽剛來這裏的時候，她們都見過她。

沿著樓梯向上走著，邱秀鳳說：「你確定，看過了手機就能確定阿慎的死是自殺還是謀殺？」

「是的。只要你沒動過手機裏的任何東西。」

「當然沒有！阿慎的房間我至今都還鎖著。沒有人進去過！」

沿著走廊，她們走到了一扇門前。

銀羽看著那扇門，昔日和阿慎在一起的許多記憶又復甦了。她緊咬著嘴唇，雙手也發抖起來。

邱秀鳳取出鑰匙，把門打開了。

裏面還和當初完全一樣。邱秀鳳來到一張寫字台前，取出了一部手機，遞給了銀羽。

接過手機的瞬間，銀羽差一點沒有拿住。

阿慎……他的手機！

手機已經沒電了。銀夜從口袋裏取出一塊事先準備的備用電池，裝進手機裏，把手機打開。等待開機的這段時間，她的心劇烈跳動著。

開機畫面出現了，是阿慎和銀羽的合影。

「阿慎……」銀羽感覺眼眶有些濕了，隨即她就翻到了通話記錄。

銀夜以前使用的那個手機，在上次的那個午夜巴士上扔掉了。不過銀夜的號碼銀羽依舊記得清清楚楚。打開通話記錄的瞬間，她屏住了呼吸。

最上面的通話記錄，清晰地顯示著三個字。

「柯銀夜」！

點開後，出現的是銀夜以前的手機號碼以及通話時間。這是最後的一根救命稻草了。

時間是……二〇〇九年九月十二日，廿一點三十四分。

手機從銀羽的手心滑落，掉在了地上。

銀羽的大腦一片空白。終於確認了。的確是銀夜殺了阿慎。殺死阿慎的動機，也許是因為阿慎被視為了「黑心魔」吧。誰知道那個神秘組織對黑心魔的定義是什麼？

但，也可能，是為了銀羽。為了得到銀羽。雖然銀羽不願意相信這個可怕的事實。

「怎麼樣？你……」

「抱歉。我弄錯了。」銀羽搖著頭說，「阿慎的確是自殺的。」

接著她就衝出了房間！也不管邱秀鳳在後面謾罵。

為什麼？為什麼會是那麼殘酷的事實？為什麼在自己愛上了銀夜以後，要面對這個真相？而如今，那個人給自己開出了條件。殺了銀夜，就可以找到人頭！否則，就是死路一條！

連城和伊蕓、尹俊賢最後一無所獲地離開了羽揚公司。這時，伊蕓忽然說：「等一下，我要去一下廁所，你們等我一下。」

說著，伊蕓就跑進了對面的一個公共廁所。

她重新拿出那張模擬畫像，激動地自言自語道：「我，居然比柯銀夜、柯銀羽還早發現了這個線索！好，接下來……」

她跑進了女廁所的一個隔間，把門鎖住，拿出了手機。

剛翻開手機蓋，忽然，伊莣感覺到，有一隻手，在她的背後拍了拍……

連城在翻看著手上的筆記本。

人頭究竟在哪裏呢？

他慨歎著，當初因為愛上了小莣，讓她拋棄一切和自己離開，如今卻什麼也沒有辦法為她做。她那麼恐懼、無助，自己卻什麼也不能為她做。終究自己還是一個無能的人啊……

如果，他是有李隱和嬴子夜那樣的推理能力，也許就可以幫助小莣，讓她不要被這個絕望的公寓折磨得日益消瘦。她現在每一天都只是在強行支撐而已，如果不是自己陪伴在她身邊，她恐怕早就精神崩潰了。

「華先生。」尹俊賢忽然問，「皇甫先生派你們兩個過來，他自己在哪裏呢？你們也都是那個靈祈會的成員？」

「嗯，是，是啊。」連城點頭說，「不過，尹先生。你相信這個世界上有鬼嗎？」

「這個……」

忽然，連城的手機鈴聲響起。連城一看號碼，竟然是伊莣打來的！

他立即看向馬路對面的公廁，然而這時車輛在馬路上川流不息，根本無法過去！這附近也沒有人行通道和十字路口！

連城焦急地接起電話，只聽電話另一頭傳來伊莣淒厲的嚎叫：「連城！」

連城頓時驚恐不已，忙問道：「發生什麼事情了？小莣？」

連城真的很想立刻衝過去，此刻，昔日那個抗爭命運、追求自己愛情的千金小姐的身影出現在他的心頭……

「我不想嫁給自己不愛的人！」

「求求你，帶我走吧！」

進入公寓的時候，雖然感到痛苦和恐懼，但是，伊莣還是在連城面前發誓：「無論如何，我們都要在一起。一起離開這個公寓！」

離開……離開……離開……這個公寓……一定要離開……

「那六顆人頭……就在斷頭魔……」

「魔」字一出口，忽然電話另外一頭，傳來了一聲清晰的骨頭斷裂的聲音！

接著，手機就掛斷了。

這時候，面前川流不息的車輛終於空出了一條路來！連城立即衝了過去！

不要……不要……不要！

這個可能性雖然在他的內心假設過千百萬次，但如今真的發生了，還是令連城無法承受！

當他衝入女廁，撲鼻而來的是一股濃烈的血腥……

連城頓時整個人跪倒在地。從一個隔間裏流出大量鮮血，已經說明了一切。然而，他還是懷著最後一絲希望，朝著那個隔間的門走去。

他的手碰到了門，用手拉動，但打不開。他撐住門，身體跳了起來，從隔板上往下看去。

「不……不要……」

一具無頭的屍體倒在馬桶旁，脖子的斷裂處，掉落著手機。而屍體的右手，還死死抓著牆壁，留下五道觸目驚心的血痕！

連城整個人跌倒在地上。他的身體浸在鮮血中，渾身好像被抽去了力氣。他生命的一切，彷彿都不存在了。

我們一定要離開公寓……

只為了這個微乎其微的可能性，為了這一被掩埋在黑暗深處的渺茫的希望，連城和伊蕓拚盡一切，咬牙撐到了今天，看過了多少殘酷的死亡和令人毛骨悚然的惡靈鬼魂。

他們對這個公寓的憎恨，早就強烈到了無以復加的地步，但是沒有人可以對抗這個詛咒。生命無法由自己掌控，就算知道前面是地獄，卻還是要進去。這種絕望的生活，早就令人崩潰了。

連城，此刻已經喪失了所有生存的意志。他已經不想活下去了。

連城將隨身帶著的一把匕首撥了出來，接著，他捋起了袖子。

可能的話，他也想選擇舒服一點的死法。但是，現在也沒有這個心情了。那麼，就選擇割腕吧。

匕首漸漸劃破皮膚，他閉上了眼睛。

再見了……李隱、嬴子夜、柯銀夜……至少，我不是被鬼魂殺死的，也不是被公寓操縱影子殺死的……終於可以解脫了……終於可以自由了……

然而，就在這時候，幾分鐘前伊蒄在電話中說的話迴響在連城的腦海中！

「那六顆人頭……就在斷頭魔……」

連城立即將匕首收起，他猛然想到，這是伊蒄留給自己的最後暗示！也就是說，通過這個暗示，也許可以知道斷頭魔是誰，甚至可能找到六顆人頭的下落！

如果能夠找到人頭，自己就不用死了，就可以回到公寓了！

「還……還有，一線希望……」

還有希望，就不可以放棄！不可以……放棄！

這個時候，皇甫壑、夏小美正和張波瑞在一起。三個人此時是在《天南市日報》報社的一間辦公室裏。

「原來是李院長兒子的朋友？」一名禿頂的總編笑容可掬地說，「坐坐坐，你們有什麼要求，儘管提吧。」

「這個……」皇甫壑將那塊手帕放在辦公桌上，說：「我們希望能夠在貴報醒目的一個版面刊登一則啟事。就是拿到過這塊手帕，曾經在一家禮品店消費的顧客……」

「沒問題，我一定幫忙辦妥！」

這個總編姓蕭，和李隱的父親很熟。以前，正天醫院因為耽誤治療導致一名老太太身亡的事情，就是李雍出面請這位蕭總編製造出了對正天醫院有利的輿論。

李隱已經預先打過電話來，蕭總編以前和李隱也有些來往。正天醫院不僅是天南市有名的大醫院，其背後更是李隱母親的楊氏家族。而李隱未來不僅會是正天醫院的院長，更是楊氏家族的繼承人，蕭總編自然樂得和李隱搞好關係，將來對報紙的發展是有百利而無一害的。

「好，我立即辦，明天發行的報紙，第二版就會登出……」

「我希望是頭版登出。」皇甫壑卻不讓步，「你放心，李隱先生會全額支付費用的。」

上一次，李隱回家的時候，他母親給了他一張銀行卡，裏面有著幾十萬的存款。對楊氏家族而言，這點錢根本就是九牛一毛。楊景蕙擔心兒子在外面生活不好，所以給了他一些錢。李隱知道，未來也許有不少地方需要用錢，所以也沒有拒絕，接受了母親的好意。

「這……」蕭總編面露難色，「頭版都是市政府的大新聞，版面都排滿了，恐怕真的騰不出來了。其實就是留出第二版，也是有些吃力的。還請你們轉告李先生，不是我不給他面子，畢竟……」

皇甫壑也很清楚這一點。其實這類啟事能夠上第二版，已經很不容易了。要上頭版，恐怕這位主編也很難做了。

「那好吧，第二版就第二版吧。」

「三位如此體諒，我很感激啊。這是我的名片，日後如果有什麼需要，可以給我打電話。」

登出這條新聞後，能夠有多大回響，就不知道了。到時啟事上會登出皇甫壑、柯銀夜的手機號碼。當時有那麼多人購物獲贈那塊手帕，總該有些人還保留著。不過這年頭的人，喜歡用餐巾紙遠多於手帕，雖然現在提倡環保，號召減少餐巾紙的使用，但是人們的習慣不是那麼容易改得了的，當然一切以生活便利為主。因此，搞不好很多人根本沒把這個贈品當回事，到了家就直接塞到角落去了。

就在這時，辦公室的門打開，一個中年男人走了進來，大聲說：「總編，大新聞！又出現斷頭魔的受害者了！我們得快點，不能被其他報社搶先了！」

「真的？」蕭總編連忙站起身，「馬上派採訪車過去！要以最快速度到達！一定要想辦法拍攝到現場！」

出現了新死者？

夏小美連忙問道：「是誰？是誰死了？難道是失蹤了的劉子盛？」

「這個不知道，是一具無頭屍體，所以一時無法確認身分，不過是個女人。」

夏小美聽了，心想：莫非是唐楓的屍體被發現了？

這天晚上，出現新死者的新聞，已經令市民們都麻木了。大家似乎都認定，每一天都會出現被斷頭魔殺害的死者。但奇怪的是，斷頭魔雖然在網上被炒火了，可是門戶網站的報導卻並不多。其他城市也沒有怎麼矚目這起案件。而且，尤其是這幾天，雖然報紙上的報導很多，但幾乎都只有一個版面。而像這種大案子，就是佔用十個版面都不奇怪。

公寓在影響著整個人類社會。這種無比恐怖血腥的案件，每個人卻都下意識地不去特別關注，就好像只是一部正在上演的恐怖電影一般，偶爾討論討論罷了。

銀夜的家中。

「伊蕓死了？」銀夜聽到這個消息時，並沒有太大反應。會有住戶死亡，早在自己預料之中。

伊蕓死後不久，員警封鎖了路段，排查嫌疑人，最後依舊一無所獲。而對於發現人華連城，員警只是隨便問了幾句，確認了伊蕓的身分就讓他走了。當初雖然連城帶著伊蕓私奔，伊蕓父親報了警，但是後來查明伊菈是自願跟著連城離開的，所以警方的追捕也就停止了。畢竟兩個人都是成年人，可以為自己的行為負責，又不是拐帶未成年少女。查出連城的身分後，警方通知了東臨市伊菈的家人。

伊菈的父親雖然死了，不過她的母親以及其他家人還在。聽聞噩耗，她母親當場暈倒，其他家人正趕來天南市。

警方絲毫沒有懷疑連城，隨便問了幾句就放他走了，連電話號碼和住址也沒問。不用說，又是公寓的影響。

「小菈她……就這麼死了……」連城跪倒在地，淚如雨下。他的手不斷抓著地板，已經抓出了好幾道印子。

此刻他雙目充血，死死盯著銀夜，說：「柯銀夜！求你……幫幫我吧！我不想死！我不想死啊！小菈臨死前，留下了暗示，和斷頭魔有關的暗示！請你，請你解開這個暗示！」

「什麼？」銀夜聽到這句話，心中頓時豁然開朗，這就是伊菈被殺害的原因嗎？

「到底是怎麼回事？」他拉起連城，追問道：「是什麼暗示？告訴我！」

「她說，六顆人頭就在斷頭魔……」

「斷頭魔什麼？」

「她說到這裏，電話就掛斷了。我只知道這些。她一定是想告訴我們什麼，可是來不及了……」

六顆人頭就在斷頭魔……什麼意思？她當時肯定還有沒說出來的話。六顆人頭就在斷頭魔的什麼？難道，她是想說……六顆人頭，就在斷頭魔的身上？

怎麼可能！六顆人頭啊！誰能把六顆人頭帶在身上……

不，不對。人類的話也許很難。可是如果對方是鬼，方法就多得是了。但問題是，伊莣是如何發現的？如果鬼把人頭藏在身體內部，那住戶如何能取得人頭？

但是，顯然伊莣發現了那六顆人頭的所在。她究竟發現了什麼？

深夜，每個人都睡不著。客廳裏大開著燈，每個人面前都泡著一杯咖啡，銀夜更是一根接一根地抽煙，他面前的煙灰缸已經塞滿煙蒂。

「大家都很害怕吧？」銀夜將手中的煙又摁滅在煙灰缸裏，「但是害怕沒有用！公寓不會同情我們，除非我們找到生路！想活下去的話，我們就只有克服恐懼！」

這個時候，銀羽卻沉默著。

她感覺自己的內心似乎正在被撕扯成兩半。現在，她就必須做出選擇。

「哥哥，」忽然銀羽說話了，「你還沒有頭緒嗎？對於這次的血字……」

「我還是一頭霧水。」銀夜非常不解。究竟生路在哪裏？

「銀夜，你……跟我出來一下好嗎？我有些事情想和你談談。」銀羽輕啟朱唇，說出了這句話。

她美麗的面容，此刻猶如覆蓋了一層冰霜一般。

銀夜一愣，隨即點了點頭，說：「好的。」然後，他站起身，和銀羽一起向著屋子大門走去。

走出大門，來到外面的院子，銀夜好奇地問銀羽：「怎麼了？銀羽？」

「其實，我只想告訴你一句話。」銀羽用堅定不移的眼神看著銀夜，「哥哥，無論如何，我都相信你。」

「什麼意思？說得好像你以前不相信我似的……」

「我是說……」銀羽說，「我無條件相信你的一切。只要是你，我就會相信。就這麼簡單。」

縱然腦海中千百次回憶起在阿慎手機中看到的那個號碼，可是緊跟著，銀夜對她的悉心關懷和拚死守護就會浮現心頭。為了能讓她活下去，銀夜不斷地佈置計畫，沒日沒夜地通宵研究血字，這絕對不是一個沉迷於神秘組織的信徒的作為。

一直以來，銀夜的心裏，只有自己而已。這是根本不需要懷疑的。

這時候，皇甫壑的聲音從房裏傳來：「銀夜，你進來一下！」

二人立刻走進去一看，只見皇甫壑正拿著從孫靜軒那裏拿來的手帕，說：「我發現了一件事情。也許是很重要的線索。你看這裏。」

「什麼？」銀夜拿過手帕，仔細看著。接著，他看到了，一個令他大為愕然的東西！

「這……這是……」

在「LD」的字母中，那個「L」的末端，有著極為微小的血跡！因為那兩個字母本身就是紅色的，所以這麼微小的一點血跡很不顯眼。

「這是血！」

「對。」皇甫壑點了點頭，「我們和孫靜軒聯繫一下吧，雖然他大概不知道，不過還是問一下為好。另外，我們把手帕交給慕容蜃，讓他去檢驗一下血跡。或許可以知道這是誰的血。」

「嗯，對啊……」

當夜，還在公安局值班的慕容蜃，此刻正在撰寫伊蕊的屍檢報告。

「呵，我真想知道啊，斷頭魔究竟是什麼人物……」寫著寫著，忽然門打開了，進來一名員警。

「慕容，」那個員警說，「有人找你。」

來人是皇甫殹和柯銀夜。銀夜走進慕容蜃的辦公室後，把那塊手帕拿出來，遞給慕容蜃，說：「很抱歉，但需要你幫個忙了。這塊手帕上，我們找到了血跡。」

「嗯，這樣啊。」慕容蜃接過手帕，仔細看了看，問：「血跡在哪裏？」

皇甫殹指出了血跡所在的地方，慕容蜃睜大眼睛看了看，說：「原來如此。不過，這是死者的血跡嗎？頭被拔去，出血量絕對是很大的，卻只沾染了那麼一丁點血，看來，這血跡，可能是……」

「可能是斷頭魔的。」銀夜說，「如果是特殊血型，可以和還活著的人對應的話……」

「呵呵，鬼魂的血，如果可以親手檢驗，真是件令人熱血沸騰的事情啊。」慕容蜃死死盯著手帕，臉上滿是狂熱的表情。

「拜託了。查出來後，麻煩你回公寓一趟，我會到公寓門口去，聽你說檢驗的結果。畢竟在公寓內，才能證明你不是鬼變的。」

「呵呵，我可以理解你們的擔心。」

慕容蜃收起了手帕，說：「那麼，你們走吧。」

「好的，麻煩你了。」

9 魔術師的箱子

四月五日的太陽升起了。

公安局裏的慕容蜃，終於完成了檢驗報告。

血型是O型。

慕容蜃離開了公安局，他帶上了那塊手帕和檢驗報告。不過，他卻並不是回公寓，而是坐著計程車，去了另一個地方。

「呵呵，無限充值的交通卡真是方便，有了這個，就是天天坐計程車，也沒有任何問題了。」慕容蜃把玩著手上那張藍色的交通卡，同時緊緊捏著那塊手帕。

計程車來到了白嚴區的一個高級公寓區。

進入公寓區，來到了一座公寓前，他抬頭看了看，笑著說：「自作主張始終不是很好，還是問一問吧。」

他乘坐電梯，電梯門「叮」一聲打開後，他走了出去，快步走向一個房間。

來到門口的時候，他舉起手，敲了五下門。

門開了。五下敲門聲，是約定好的暗號。

「進來吧。」開門的人說，「我想你不會沒事來這裏吧？你確定沒有被人跟蹤嗎？」

「當然了。」慕容蜃走進房間，把門關上，說：「放心吧，我可以保證沒人跟蹤我。」

走入客廳，他坐在了沙發上，看著對面的那個人，一個坐在輪椅上的美麗少女。

「我是來給你看這個的。」慕容蜃將手帕遞給了坐在輪椅上的少女，問道：「要毀掉它嗎？深雨？」

「嗯？」深雨接過了那塊手帕，「有問題嗎？說起來，柯銀夜還活著？」

「呵呵，當然了。我可事先聲明哦，我不會幫助你殺害任何住戶。雖然你告訴了我那個公寓的存在讓我很感興趣，但是殺不殺人，全看我高不高興。不過我很高興呢，拜你所賜，我才找到了那個公寓，實在是有趣啊。比起這個腐朽的、令人噁心的人類社會，那個公寓中，浮現出人類最真實的醜態，更加來得美麗啊！」

深雨把手帕仔細地看了又看，也沒有發現血跡，她問道：「雖然我很贊同你的感慨，但你至少要告訴我，你要給我看什麼？」

「哦，對了，L那個字母，不是有一點血跡嗎？我已經檢驗出血跡的血型了。是O型。」

「是嗎？」深雨將手帕還給了慕容蜃，「看來是有些麻煩。他們發現了這個線索，也許會破壞我的計畫。柯銀夜這個男人，一定要死。他和李隱一樣，都是我一定要殺掉的人。那個公寓，對我而言是很好的『實驗室』，但他和李隱這種超出我掌控能力的『白老鼠』，還是消失掉比較好。你不願意幫我，我就只能自己想辦法了。另外，那個叫卞星辰的男人也很麻煩，他已經注意到我的真實身分了，但他對我說，如果他死了，我的身分就會被李隱、嬴子夜、柯銀夜和柯銀羽四個人知道。無論如何，只有先把這四個人一個個除掉再說了。除去這四個人，公寓其他住戶，我都不怕。」

「嗯，不錯的計畫呢。」慕容蜃笑著說，「不過，你打算怎麼殺死柯銀羽？」

「很簡單。我已經有安排了。除掉這兄妹倆後，接下來要除掉的人，就是李隱和嬴子夜了。不過，李隱這個男人，是我最為忌憚的。他靠著自己的能力，一口氣度過了六次血字，無論推理能力還是心理素質，在住戶中都是超強的。要殺掉他，恐怕沒那麼簡單。」

「話說回來，地獄契約碎片你打算怎麼辦？那兄妹倆死了的話，契約碎片消失，引導住戶自相殘殺的一大因素就不存在了呢。」

「這個你不用擔心。地獄契約碎片，公寓弄出那麼有趣的東西來，我怎麼可以讓它消失呢？你放心吧，他們倆存放契約碎片的銀行以及完整的密碼，我都知道。因為我可以輕易地畫出來……只要是和公寓住戶有關的事情，任何情況都無法隱瞞。」

「這樣子就可以了？真厲害啊。」

「這不算什麼。不涉及鬼魂的話，素描我只需要半個小時就可以完成，上色也用不了半個小時。不過，未來的場景，太過長久的話，就很難畫出來了。」

「這個能力……」慕容蜃托起下巴，用一種耐人尋味的表情看著深雨，說：「我記得你說，在你很小的時候就獲得了吧？」

「自從我能夠拿筆畫畫就有了。只是最初沒有發現罷了。不知道為什麼，我只喜歡畫一些冤魂啊，怨靈啊，厲鬼之類的畫。許多恐怖血腥至極的畫，連我自己也會嚇一跳，但我就是會不由自主地把這些東西畫出來。但是，發現我畫出來的內容和現實吻合，是在八歲的時候，我偶然看到一篇新聞報導，發現刊登出來的死者照片，和我的畫幾乎一樣。」

「那時候發現了自己的能力？一定很害怕吧。」

「最初的確是有一些害怕。我一開始以為，我是不是有著詛咒的能力，可以將自己繪畫的恐怖現象真實化？因此我有一段時間擱筆不再畫畫。就算畫也是畫一些寫生，只將真實看到的東西畫出來，我才能安心。那段時間，和敏一起度過的日子……真的很幸福。」

「幸福嗎？」

「她和我約好一起去看大海。我做夢都希望有一天可以站起來，我也想著一定要永遠和敏做姐妹。我那時候認為，這個世界是充滿愛的，我得了這種病，卻可以在社會的關懷下獲得新生。我那時候真的認為，未來不會有我無法克服的困難……我真的是那麼想的。」

「但那不過是我的一廂情願罷了。」

說到這裏，深雨將那塊手帕丟給了慕容蜃，說：「你不打算幫我殺死柯銀夜和柯銀羽也無妨。不過你也不要妨礙我接下來的行動。檢驗報告，你重新偽造一份吧。」

「我明白了。」

「血跡？」孫靜軒有些訝異，「我真不記得了。不過那應該不是我的血吧。」

這時候，在上次碰面的那個廣場的麥當勞餐廳內，皇甫壑、張波瑞又和孫靜軒見面了。孫靜軒似乎是個非常古道熱腸的人，他對這起案件很關心，所以一給他打電話，他馬上就過來了。

皇甫壑想了想，問道：「冒昧問一句，你的血型是……」

「ＡＢ型。呵呵，聽我父親說，ＡＢ型是最幸運的血型，因為ＡＢ型血可以接受所有人的輸血。所以我記得很清楚。」

皇甫壑思索著，又問道：「你確信沒有在受傷的時候拿過那塊手帕？」

「沒有，肯定沒有。」

孫靜軒說得如此肯定，那麼，那血跡就很可能……是斷頭魔或者死者留下的。藤飛雨的血型是Ｂ型。唐楓的血型不清楚。當然，事件嫌疑人中，還有一些人的血型尚不清楚。

另外，藍奇、沈豔、照相館的小夥子死亡時的不在場證明調查已經出來了。有很多人都沒有明確的不在場證明，不過不在場證明的調查沒有太大意義。

藍奇所提及的鬼是誰？這一點始終是謎。銀夜已經和慕容蜃一起去詢問過藍奇的父母，然而他們也是一無所知。

而就在這時候，忽然手機響了。銀夜一看，是一個陌生號碼。接通後，傳來一個男人的聲音：「你好，我看過報紙了。那塊手帕，的確是我在Lili Doars購買的。我想，你要找的手帕很可能是我發出去的。」

銀夜一驚，忙問道：「請問，你怎麼稱呼？能不能詳細解釋一下？我姓柯，嗯，好……」

銀夜把筆記本攤開，開始記錄。

「我是一個魔術團的成員，我們魔術團因為是新近組團的，還沒有什麼機會演出。我們魔術團一共四個人，從去年十二月開始直到現在，在白嚴區一帶進行過幾次演出。這種手帕是去年十二月，我們團長在那家禮品店購買的。」

魔術團？

「被斷頭魔殺害的那些死者，你都認識嗎？」

「我記不清楚了，看我們演出的人很多。那塊手帕是用來變魔術的道具，我們用手帕一遮，就可以變出動物、鮮花來。因為是近景魔術，所以很受歡迎。不過，爭取到表演的場次也很不容易，畢竟白嚴區是市中心，查得比較嚴格。不過，也正是那樣的地段容易積聚人氣。那時候為了讓觀眾記住我們，我們還特意給配合魔術演出的觀眾贈送魔術表演時使用的手帕。也許其中就有那些死者。對不起，因為人真的很多，我們沒辦法一個個都記住。」

「手帕送出過幾塊？」

「一共……六塊。」

銀夜猛然站起身，說：「我想立即和你們見面！對，我是死者的朋友，一直希望查出真相。好的……你們魔術團的地址是在……嗯，好，我這就來！」

銀夜此刻非常欣喜，終於找到了重要線索！看來登報紙果然是正確的決定！

「孫先生，我們先走了。嗯，錢放在這兒，等會兒你自己買單吧。皇甫，我們走！」

到了麥當勞外面，銀夜立即對皇甫壑說：「皇甫，你聽著。伊蕊很可能是因為查到了重要線索才會死的。為防萬一，我們分開按照不同的路線過去。這樣，還有百分之五十的希望。」

「你是說……斷頭魔會對我們下手？」

「嗯，沒錯。」

銀夜做好了心理準備，他已經預先將自己保有的那一半密碼告訴了銀羽。

與此同時，深雨再一次給銀羽打去了電話。而銀羽給出的答覆完全出乎深雨的意料。

「你再說一遍？你說你絕對不會去殺柯銀夜？」

「對，我相信銀夜。所以無論你給我看什麼證據，我都不會相信。我絕對不會傷害自己所愛的人來換取生路，就這麼簡單。哪怕要墜入地獄，哪怕要面對比魔王更可怕的鬼魂，我都不會那麼做！」

深雨聽到這幾句話的時候，身體不斷地顫抖。她感覺自己的血液正在逆流，周圍的一切都在天旋地轉。

不可能的！世上不可能有這種人存在！就算面對死亡的威脅，也要選擇所謂的愛？

深雨掛斷了電話。她強迫自己冷靜下來，慌亂只會出現破綻。

「算了……反正我還有備用的計畫。」

銀夜正要進入地鐵站，忽然接到了夏小美打來的電話：「銀夜，你能不能馬上到青田公園林迅死去的地方來一下？我有很重要的線索，我有把握可以找到人頭！」

「真的？是怎麼回事？」

「電話裏說不清楚，你過來，我詳細跟你說。」

銀夜猶豫了，先去哪一邊？時間拖久了，他擔心那個打電話來的魔術師也會被斷頭魔殺害，皇甫翌也可能會慘遭厄運。不過，重點是人頭，沒有人頭的話，知道斷頭魔是誰也沒用。銀夜決定賭一下，畢竟萬一夏小美發現的人頭只有一顆，那她很可能會私藏起來！

半個小時後，銀夜來到了青田公園的山上。在林迅死去的地方，夏小美等在那裏。她一看到銀夜來了，連忙跑了過來。

「人頭在哪裏？」銀夜一見她就直接問道，「你真的能找到？」

「銀夜，」夏小美看起來很憂傷，「你知道嗎？其實，我一直很喜歡你，是女人對男人的那種愛戀。雖然我知道你喜歡銀羽，但我還是一直對你有著這份感情。」

「你……」銀夜愣住了，他怎麼也沒想到夏小美會說出這些話。

「當時在巴士上，如果不是你，我絕對會被那個厲鬼殺死。我一直都，都那麼愛你，即使現在也一樣。可是，銀夜……我……」

然後，銀夜的身體猶如遭了雷擊一般，他不敢置信地看向自己的胸口。

夏小美將一把銳利的匕首刺入了銀夜的胸膛。

「對不起，銀夜，但是，我只有殺了你，那個人才答應給我可以預知血字的畫。我不想死，我不想死啊！所以，對不起，銀夜，我只有……這麼做了。」

隨後，夏小美將匕首猛然拔出！

「你在做什麼！」

忽然，銀羽的聲音傳來。銀羽看到夏小美鬼鬼祟祟地出去，還特意單獨一個人，所以就跟著她。接著，就看到她和銀夜見面，剛開始還有點奇怪，後來卻看見夏小美拿匕首刺殺銀夜！

「你……」夏小美一驚，忙說：「柯銀羽，你來得正好，那個人說你也是要被殺掉的人！你也給我去死吧！」接著，夏小美臉上現出了怨毒和憎恨的表情，衝向銀羽！

就在她拿著匕首即將衝到銀羽面前的瞬間，忽然一隻手死死按住她的腦袋，然後猛地撞向一棵樹！

「敢對銀羽動手的人，不管是人是鬼，是魔王還是神明。」銀夜左手捂住胸口，右手抓著夏小美的頭，吼道：「我都絕對不會放過！」

夏小美怎麼也沒想到中了刀的銀夜還有那麼大的力氣，她身體朝後面猛然一撞，銀夜的手立即被甩脫，隨即，她回過頭又向銀夜刺去……

然而，她的眼前赫然出現了一把同樣鋒利的匕首，瞬間將她的喉嚨刺穿，甚至刀尖微微露出了她的脖子後方！

銀夜將匕首狠狠扎入了夏小美的脖頸，而這一瞬間，夏小美還不敢相信這一切。隨即，銀夜就將匕首迅速拔出！

他必須要讓夏小美立即死去！這樣，才能保證她不會在死前再拉著銀羽同歸於盡，畢竟自己無法支撐多久了。匕首拔出後，鮮血大量噴湧而出，夏小美頓時倒在地上，死去了。

昔日那個樂觀開朗、總是面帶笑容的女孩，受母親對向日葵的熱愛而戰勝病魔的過去所鼓舞，而一直堅強地面對著血字指示。而且，不顧一切地喜歡上了銀夜。

那樣一個無憂無慮的善良女孩，卻在這恐怖的血字面前，被恐懼徹底壓倒了。當深雨的電話打來的時候，她縱然知道這是通向地獄的階梯，卻還是選擇了走下去。哪怕要將自己心愛的人殺死，出賣自己的靈魂也無妨。

銀夜在拔出匕首的時候，頓時兩眼一黑，昏迷了過去。他的胸口已經完全被鮮血染紅了。

「不……不要，哥哥，哥……不，銀夜，你不能死！」

銀羽立即扶起銀夜，她掏出手機，撥打了急救電話。

「李隱嗎？」她又給李隱打去了電話，「銀夜他……受傷了，如果是你們醫院的話也許能夠救他，求你，求你幫忙……」

李隱接到電話的時候也嚇了一跳，忙說：「明白了，我立即安排。嗯，好的。」

柯銀夜絕對不可以死！他的生死關係著地獄契約碎片的下落！當然，除此之外，因為同樣有著深愛的女子以及不分伯仲的高智商，李隱對銀夜也一直有種惺惺相惜的感覺。如果不是成為了公寓住戶，想必一定可以和他成為好朋友。

救護車迅速開到了青田公園。好在正天醫院就在白嚴區，把銀夜送上救護車後，銀羽對醫生說：「醫生，他的血型是O型！請你們救救他！」

而就在這時候，皇甫壑來到了那個魔術團租住的地方。這是一個由四個成員組成的魔術團，名為「飛越奇蹟」，魔術團的成員雖然都只有二十幾歲，卻都是很有才華的魔術師。給銀夜打電話的那個魔術師，名叫文天明。

皇甫壑來到的那個地方，是在一棟大樓的地下室，被四個人租用為地下工作室。看來這個魔術團混得不怎麼樣。

沿著樓梯，皇甫壑來到了地下一層。一時間，他感覺到有些昏暗。

來到工作室門前，他剛推開門，就看見了四個人。這個房間內，擺著一些箱子，桌子上則放著一個魚缸和好幾副撲克牌，應該都是魔術用的道具。

而那四個人看起來都非常年輕。其中一個穿白襯衫的男子站起身，問道：「請問你是……」

「我是在報上登啟事的皇甫壑。你是文天明先生？」

「對。」白襯衫男子說，「你坐，皇甫先生。其實我本來有點猶豫要不要打電話的，但是你的啟事上寫和斷頭魔案件的線索有關，所以我有些在意。」

另外三個人沒有說話，只是冷眼看著皇甫壑。

「你們的線索很重要。」皇甫壑說，「那……」

文天明指著屋裏的一扇門說：「你跟我來，皇甫先生。」

裏間比較狹小，放著兩口黑色的大箱子。然後，文天明走到其中一口箱子前，說：「當時，我贈送手帕的，都是配合我玩這個箱子魔術的人。」

「箱子魔術？就是把箱子裏的人變沒了的魔術嗎？」

「當時手帕也是魔術的一個道具。因為是近景魔術，每一次我都會讓配合魔術表演的人做一件事情，那就是，觸摸這個箱子，確定箱子內的確空無一物，而且也沒有機關。接下來，我會讓我的搭檔，從空空如也的箱子中出現。我還對觀眾說，這些手帕是贈予他們的護身符，我們施加了魔法，能夠擋煞。」

皇甫鋆立即明白過來，張波凌送給張波瑞手帕時說的話。當然張波凌不是真的相信手帕是什麼護身符，他只是借魔術師的話，和弟弟開開玩笑罷了。

「也就是說，你們表演的時候，有六個人都去摸過箱子？」

「對。」文天明走到那個箱子前，把它打開，裏面的確空空如也，一覽無遺。

「這個箱子，是你們特意製作的？」

「不是的。事實上是去年我們剛開始公演時，突然在工作室裏多出來的，也不知道是誰放進來的。所以我們就把箱子用作魔術表演，因為這個箱子的大小都符合我們的要求，也就用到現在了。」

聽到這裏，皇甫鋆開始明白了。

那六個人，不用問，肯定是藤飛雨等人！

「是這六個人嗎？」他拿出報紙，給文天明看死者的照片。

「嗯，我記不清楚他們的臉。畢竟表演魔術只有幾分鐘時間而已，所以……」

「我問一下，上個月上旬，你們表演的時間和地點是……」

「三月六日，木遙路附近。」

「是不是距離真彬高中很近？」

「對，就在三七五路公車站對面。」

那一天，白靜很可能是被魔術團的表演吸引，前去配合魔術，觸摸了箱子內部！

人頭……恐怕就在……

這時，忽然外面傳來其他魔術團成員的喊聲：「你，你是誰……別過來！啊！」

文天明一驚，連忙跑了出去。隨即，傳來他的一聲大叫：「啊，你……」

接著傳來淒厲的慘嚎，但是這個地下室平時幾乎沒人，所以沒有其他人聽到。皇甫壑非常機警，看到了屋子裏的另外一口箱子。有問題的那個箱子不能藏進去，但另外一個箱子應該沒有太大問題，他立即鑽了進去。

皇甫壑將箱子稍微打開一道細小的縫隙，看著外面。

門，打開了。

與此同時……

「你說什麼？」當子夜聽到面前的李隱說，他已經解開了這個血字中斷頭魔之謎的時候，素來表情淡然的她也露出了驚訝的神情。

「如果我的推理沒錯的話，就能夠鎖定斷頭魔的身分了。」

「鎖定？如何鎖定？」

「子夜，首先，這個案子裏，有太多謎團了。」李隱把筆記本攤開，「相關的人很多，無法理解的現象也很多。不過，我分析下來後，認為除了一些必要條件外，其他多數都是無用的情報。」

「那……你已經解開所有謎團了？」

「嗯。而且也有相當的證據支持。伊蕓臨死前看到的那個模擬畫像，我也猜到有什麼奧秘了。」

子夜被李隱完全吊起了胃口，縱然她平時再怎麼淡然，也很想知道究竟誰是斷頭魔。

「那麼……斷頭魔到底是誰？打電話告訴銀羽吧。」

「嗯，也好。讓她也聽聽吧。」

正天醫院，手術室外，銀羽祈禱著銀夜千萬不要有事。她還沒有親口告訴他，她真的愛上了他，她願意永遠守候在他的身邊……

這時，口袋裏的手機振動了起來。銀羽立即取出手機，打來電話的是李隱。

「李隱，銀夜已經送到醫院了，目前正在動手術。嗯……醫生說情況很危險，失血實在太多了。如果可以進入公寓的話，這點傷立即就可以治好了，但是現在我們沒辦法回公寓去……」

「銀羽。」李隱說，「你帶著報紙嗎？有那張嫌疑犯模擬畫像的報紙？」

「嗯，有。」

「我接下來告訴你我的推理，這是一個大膽的、匪夷所思的推理，也是我進入這個公寓以來所遇到的最難以置信的一次血字指示。不得不說，這次的血字，難度真的極高。」

「你……你知道，人頭在哪裏？」

「對，我知道。不過，要取得人頭，是很困難的。」

「那，快告訴我……」

「在此之前，我先問你一個問題。銀羽，你認為，為什麼那六名死者，脖子的斷面幾乎完全相同，絲毫不差？」

「這個，我和銀夜也想過很多次，但始終不得其解。」

李隱注意到，她不是用「哥哥」，而是用「銀夜」這個稱呼，不禁感到有一些意外。他繼續說：

「這是公寓給予你們的最直接的一個暗示，暗示著人頭所在的地方。」

「你……你說什麼？」

「其實公寓後來還給了一次很明顯的暗示給你們。那就是藤榮慕跌倒在地時，塑膠袋裏掉出來的唐楓的人頭。那可以算是非常直接的暗示了。」

「這……這算是什麼？藍奇、沈豔等人，也都被斷頭魔殺害了啊，這……」

「你還沒發現嗎？銀羽？」

「嗯？發現什麼？」

李隱說：「那唐楓的屍體在哪裏呢？為什麼哪裏也找不到唐楓的屍體？目前為止，都是人頭不見，但屍體都留下來了啊。」

銀羽頓時瞪大了雙眼，她驚愕地問道：「難道……唐楓就是斷頭魔？」

「你帶著所有死者的照片吧？應該都把照片看得很熟悉了吧？那麼，你把那張模擬畫像拿出來。你身上有剪刀嗎？有？好，聽我說，用剪刀，把……」

此刻，在那個地下室內。

走進來的人，竟然是……孫靜軒！

他的身上，沾滿了鮮血。而他的左右手，各自提著兩顆人頭！

這四顆人頭，自然是魔術團成員的頭！

接著，孫靜軒走近了那口有問題的箱子，他把手伸進那個箱子，然後，取出了……一顆又一顆的人頭！

剛才，皇甫壑確認過那個箱子，的確是空空如也的！

這並不是魔術，而是……這個「斷頭魔」的能力！

然而，取出來的並不是之前六名死者中任何一個人的人頭。

在這些頭顱之中，就有著唐楓的人頭！

其中有一顆人頭，竟然就是銀夜和銀羽在普月圖書館裏，遇到的那個說和藤飛雨見過一面、聊了許多股票投資知識的小夥子！

還有一顆人頭，如果華連城在的話，就能夠立刻認出，就是他在青田公園遇到的那個自稱看到過模擬畫像上男子的清潔工的頭！

還有一顆人頭，居然就和那個模擬畫像上的男子的臉一模一樣！

但是，最震撼的，卻是這其中有一顆，是尹俊賢的人頭！

接著，孫靜軒又做了一件令人難以想像的事情！

他伸出雙手，將他自己的頭從脖子上拿了下來！脖子處，則是一個斷面！血肉和骨頭清晰可見！

孫靜軒的頭，被這個已經無頭的鬼放到了地面上。

然而，接下來發生的事情，更加可怕。

無頭鬼將手伸出，伸向尹俊賢的頭顱。然後，他的手在尹俊賢的頭顱上一捏，尹俊賢的左眼就不見了！原本是左眼的地方，變成空無一物的皮膚，看起來極其詭異。

接著，他又向那個「清潔工」的右眼處摸去，右眼不見了。然後，無頭鬼用手在「清潔工」臉上捏了捏，再度放開，右眼又出現了！

只是，仔細看去就會發現，那實際上是孫靜軒的左眼！接著無頭鬼又去捏了捏尹俊賢的左眼部分，原本沒有了左眼的臉，又出現了左眼！只是，那其實是那個「清潔工」的右眼。

再接著，將唐楓頭顱上的嘴巴「拿」了下來，和那個模擬畫像男子的嘴巴「交換」了。又把那個「圖書館男子」的右耳拿下來，和「清潔工」的左耳交換。再把孫靜軒的鼻子和尹俊賢的鼻子交換……

這些人頭的五官，被這個無頭鬼不斷地換來換去，大概過了十多分鐘，終於結束了。

接著……出現在原地的只剩下了六顆人頭……

那赫然就是藤飛雨、林迅、張波凌、厲馨、王振天和白靜的人頭！

「無頭鬼的目的是，為了將人頭能夠裝在自己斷開的脖子上。」此時李隱對銀羽說明道，「因為鬼的脖子斷面需要能夠嚴絲合縫地裝上人頭，然後以唐楓、尹俊賢，或者作證的路人甲乙丙丁這類人物出現在你們的面前！」

銀羽按照李隱的說法，將模擬畫像上的男子的五官分別剪下來然後仔細地和那六名死者的照片對照起來……

「這……這是……」果然，那個模擬畫像上的男子的左眼酷似張波凌，而右眼酷似厲馨！鼻子極像王振天，而嘴巴則和藤飛雨的一模一樣！

「現在，你明白了吧？銀羽？你們面對的是一個無頭鬼。那個無頭鬼將六名死者的頭顱拔下來，再將這些人的五官混亂地重新安到另外的頭上去，創造出了完全不同的另外六顆人頭！」

事實上，唐楓、圖書館男子、清潔工、模擬畫像男子、尹俊賢、孫靜軒這六個人，根本就是同一個人！他們全部都是斷頭魔用把那六顆人頭的五官混亂地拼湊後，裝在自己斷開的脖子上，偽裝出來的「人」！

「你的意思是……」銀羽一邊心焦地看著眼前的手術室，一邊說：「唐楓、尹俊賢、孫靜軒這些人……根本就是不存在的人？」

「對。」李隱說出所有真相時，一直在旁聆聽的子夜也若有所思。她此刻正對照著自己記錄的筆記本中這次血字的各種情報驗證李隱的話。

「接下來，我從頭到尾詳細地再綜合一下，來解釋你的疑惑。」李隱說，「當然，一切都只是我的推理，不過我很有把握，這個推理是正確的。」

「我估計，那六個人應該都是在白嚴區的某個地方，接觸到了那個鬼所在的地方，然後受到了詛咒。當然也可能是公寓隨意地詛咒，但血字指示會考慮到難度問題，不至於太過離譜，隨機地挑選六個人就殺。我估計，六個人都接觸過的人，給了他們那塊手帕。」

「首先是藤飛雨。你們事後根據唐楓的證詞，認為藤飛雨是自己去了仁月街和她併車，但這是絕對的謊言。唐楓本身就是那個無頭鬼。我估計，藤飛雨是在下班的時候，看到了那個無頭鬼向自己殺來，才一路逃到了仁月街，爾後慘遭殺害。無頭鬼將他的頭顱拔下來，接著取走了他的手錶。」

「為什麼唐楓要出現？有那個必要嗎？」

「肯定是因為公寓要求鬼必須給你們生路提示。這次的血字難度極高，所以也會給充分的提示。

於是，首先就是唐楓的出現。手銬提供的資訊只有一個，那就是唐楓的確接觸過藤飛雨。除此之外，她所有的話都是假的。她之所以要逃開你們也是這個目的，是為了提高血字難度。只知道了姓名和長相，很難查出這個人的身分。何況其古怪言行，也讓你們認為『唐楓』這個名字本來就是假名。然而，唐楓真正的作用，是她的臉，是由那六個人的五官拼湊而成的。」

銀羽聽到這裏，回想起來，唐楓的容貌的確很一般。與其說是一般，倒不如說是古怪。因為……她的雙眼似乎不對稱，眼睛的大小不一樣。而且，明明是女人，嘴唇卻非常厚，鼻子也太大了一點。

當時，他們卻對這一切完全沒有留意。

「這也是公寓的可怕之處。玩弄你們，利用你們的心理，設計出更難以破解的陷阱，隱藏住生路，把你們推入深淵。為了強化這個假情報的真實性，就出現了你們後來看到的一切。而且，康晉看到的那個『藤飛雨』，也是公寓為你們準備好的『假情報』。那肯定是無頭鬼將藤飛雨的雙眼安在人頭上，故意讓康晉看到的。所以，看到的只是半張臉。」

「那我們看到的那個藤榮慕，是無頭鬼假扮的？」

「我認為，被操控心智的可能性也有。但我最傾向的一個可能是……這是故意給你們看到的。因為你們前來調查，所以，無頭鬼把那顆人頭交給了藤榮慕。無頭鬼將『唐楓』這個虛構人物的人頭，放到了藤榮慕的房間裏。那個時候，年幼的藤榮慕自然嚇得魂飛魄散。於是，他拿了一個塑膠袋，將人頭裝進去，想借機扔掉。那個人頭沒有滲出血是因為死了很久，沒有腐臭氣味也不奇怪，估計也是無頭鬼把氣味去掉的，否則和你們見面的時候你們就會聞到了。」

「居然……是這樣？」銀羽此時不斷捶打著自己的頭，為什麼自己完全沒有看出來？自己和銀夜，完全被公寓玩弄於股掌之間！

「你也別太難過，這個血字難度的確很高，看不出來也是很正常的。」所謂智者千慮必有一失，愚者千慮亦有一得。越是聰明的人，越容易中這種陷阱。因為他們會把情況想得很複雜，反而會對假情報更加相信。李隱感覺得出來，這是公寓特意為銀夜和銀羽準備的血字。因為他們兩個人的超高智慧，反而蒙蔽了他們的眼睛，完全被公寓騙住了。

李隱比任何人都清楚，血字裏出現的鬼魂，雖然恐怖，但是比起這個公寓本身的恐怖，根本就是雲泥之別。這個絕對無法讓鬼進入的公寓，本身就是最恐怖的存在！

「李隱，那麼那塊ＬＤ手帕你怎麼看？為什麼張波瑞沒有被殺死？你說孫靜軒也是無頭鬼，那為什麼他殺了拿到手帕的沈豔，又把手帕給我們送來？」

「張波瑞沒有被殺，是因為公寓限制了無頭鬼的感應能力，無法對那六名死者生前的行為完全監控。所以，張波凌將手帕交給弟弟張波瑞，林迅將手帕放在自己學校辦公室的書桌裏，都沒有被發現。至於孫靜軒的出現，則是因為那個時候你們已經找到手帕了。既然如此，還不如出現在你們面前，隨時掌握你們的調查進度，一旦觸及核心，就殺掉你們。公寓應該給了這個鬼相當多的限制，提示給得不夠多，就絕對不可以殺人。吳真真當時去照相館的時候，那個照相館裏的小夥子被殺害，也是因為不能讓核心線索被觸及，毀掉電腦也是這個原因。即使製作照片的時候刪除了照片，但只要費點心還是可以恢復檔案的，所以乾脆把硬碟也一起毀掉了。除非發現了核心線索，比如伊蕓……」

「她就是因為發現了模擬畫像男子的真面目才被殺害的……」銀羽拿著手上剪開的照片碎片，又看了看手術室大門，說：「她當時去廁所打電話也是為了把情報告訴你吧？」

「嗯，沒錯。伊蕓當時之所以進入廁所去打電話，就是因為她當時要將這個情報告訴我，但她不想讓連城聽到。因為她感覺到，人頭的五官如果被混淆，那完好的人頭數量恐怕有限。所以，她不打算把這件事情告訴連城。她希望自己得到人頭，所以避開了連城和尹俊賢。她不告訴銀夜而告訴我，就是因為她想獨佔人頭的緣故。而她告訴我，我就可以幫她分析出獲得人頭的方法。」

「但是，在她要死去的最後關頭，她知道自己沒有希望了，她最終決定把生路的線索告訴連城。」銀羽忽然很感慨地說，「人性真是複雜。前一分鐘還想只管自己得救不管丈夫的死活，後一分鐘又拚死把線索告訴了連城。雖然她沒有說完，但我知道她想說什麼。她想說的是：『六顆人頭，在斷頭魔的脖子上！』」

「嗯，我想應該是這樣沒錯。」

當李隱分析還原六顆人頭的真實狀況時，另一邊的深雨則是倒吸了一口冷氣。

「李隱……這個男人，他太可怕了吧？居然把一切都給推理出來了！」

她通過那幅畫，畫出了李隱和柯銀羽。李隱的畫是拿著電話侃侃而談，柯銀羽的畫則是拿著那張模擬畫像切割開，去對照六名死者的照片。

深雨手裏死死地捏著那塊「ＬＤ」手帕。上面的那個血跡，其實是慕容蜃的。她早在這個血字最初發佈的時候，就畫出了所有真相。為了把銀夜和銀羽逼入絕路，她讓慕容蜃去偷走那六名死者的全部手帕。但是和住戶、靈異現象無關的人的內容她無法畫出來，張波凌、林迅都不是住戶，對手帕的處理也和靈異現象無關，所以她沒有能夠畫出來。因此，慕容蜃沒能把手帕全部偷走。

那點血跡，是慕容蜃偷取其中一塊手帕的時候，不小心碰到了一根凸起的鐵釘刺破了手指，留下了一點血跡。因為血跡太微小，他自己也沒有發現。在檢驗了那塊手帕上的血跡後，才發現這是他自己留在上面的。沒想到，這塊手帕居然被無頭鬼拿了回來。

雖然O型血不是慕容蜃獨有的，而且當時慕容蜃也戴了手套，但為了謹慎起見，深雨還是決定毀掉這塊對自己可能產生不利因素的手帕。反正手帕丟了，也可以推到鬼的身上。

「李隱……這個男人，一定要死！一定！」

深雨下定了決心，接下來，她要不惜一切手段殺掉李隱！他活著，對自己的威脅太大了。

此時，在地下室裏，皇甫壑親眼看到了這驚心動魄的一幕。

無頭鬼將人頭復原後，又將那四個魔術團成員的人頭，放進了箱子裏。這時候，無頭鬼的身體背對著那六顆人頭。

機會，僅此一瞬！

皇甫壑一咬牙，掀開他藏身的箱子，向著那六顆放置在地上的人頭衝過去！

10 吸鬼的黑洞

皇甫壑從箱子裏跳出來的瞬間，就直接朝著那六顆人頭奔去，根本不去看那個無頭鬼！

箱子距離人頭僅僅兩米，皇甫壑幾乎是在跳出來的剎那就來到了人頭前，然後一手向白靜的人頭抓去！白靜的人頭因為留著很長的頭髮，所以抓起來很方便。雖然厲馨的人頭也一樣有著長髮，不過白靜的人頭距離皇甫壑更近。

抓起白靜的人頭後，皇甫壑逕自朝著大門衝去！

這一切，發生的時間還不到兩秒。皇甫壑的速度和反應都極快，而那個門剛才也被這個鬼給打開了，所以連開門的時間都省去了！

跑到外面，皇甫壑一眼就看到了地面上四具倒下的無頭屍體。他跨過一具屍體，就朝著大門衝去！然而就在腳剛剛跨過大門一步時，他忽然聽到一聲巨響，接著他立即歪過頭，一個東西從他的頭旁邊扔了過來，掉在了地上！

那居然是鮮血淋漓的……伊莣的人頭！

皇甫壑看也不看那個人頭，就筆直沿著走廊衝向地下室的樓梯！

他不敢回頭去看，因為他知道絕對不能回頭！

接著，只聽見身後門被重重撞開的聲音。大門狠狠撞擊在牆壁上，隨即，一陣稀奇古怪的聲音傳來，好像是在念什麼咒語，那個聲音不斷逼近皇甫壑的背後！

那古怪的猶如念咒一般的聲音，令皇甫壑感覺到森森陰寒侵襲而來！

非常急促的腳步聲在背後響起，他在樓梯上，已經跑到接近大門的地方，而那個聲音幾乎已經近在身後了！

皇甫壑猛然一躍，跳到地下室的大門口，就筆直衝了出去！

偏偏這棟大樓所在的地段很是偏僻，衝出去的時候，一個人也沒有。不過要是有人看到皇甫壑提著個女孩的人頭亂跑，他絕對會被當成斷頭魔。

皇甫壑提著白靜的人頭，在大街上拚命奔跑著。而背後的腳步聲，更是步步緊逼！

與此同時，在正天醫院裏。

結束了和李隱的通話，銀羽一時很矛盾。

她有尹俊賢和孫靜軒的手機號碼。但是，她該怎麼做？打電話約見面？如果李隱的話是真的，那麼怎麼能拿到人頭？

關於這一點，李隱是這麼說的：「要拿到人頭，我想公寓一定會給予你們機會。而那個機會就是生路。你先不要想太多，還有十天的時間，一定可以想出辦法來的。我也會和子夜一起幫你們的，所以千萬不要輕易放棄。」

這時候，又有送血的車子過來，推入手術室。

既然送血，說明銀夜還活著。但是，這也說明，銀夜的傷勢的確很嚴重。夏小美那一刀是對準心臟刺下去的，而且刺入後立即就拔了出來。雖然夏小美是女性，但是那把匕首極為鋒利。

銀夜的情況不容樂觀，大量失血，他現在是在生死線上徘徊！

而就算可以救活銀夜，也必須要想辦法拿到人頭才可以活下去！李隱的推理如果是正確的，那如何才能拿到人頭呢？

生路會是什麼？生路的提示一定隱藏在已經獲取的情報中！而且，必定是一個在三組人中都被賦予的情報中！

究竟生路是什麼？三組人都獲得過的情報……都獲得過的情報……

不，也不一定。也可能是斷頭魔殺人案中，盡人皆知的某個事實。而那個事實，就連接著生路。

這時候，銀羽突然想到了一件事。

那就是夏小美在要殺她之前所說的一句話：「你也是那個人要殺的人！」

那個人，自然就是打來電話的那個人。自己拒絕了，那個人就要夏小美去殺銀夜，但很顯然，一開始這個人就沒打算放過自己。

那個人很顯然具有預知能力，或者說具有將未來畫在紙上的能力。從需要借助人力殺人這點來看，實在不像是鬼。

既然能預知未來，還要自己去殺銀夜，很明顯……她預知到這次血字中，自己和銀夜會活下來。

也就是說……按照原本的未來，自己和銀夜是找出了血字生路的！

這個推論讓銀羽鼓舞不已，越想越認為極有可能。

那麼，按照原本的未來，是誰想出了生路呢？是李隱？還是嬴子夜？或者是銀夜和自己？

隨後，銀羽得出了答案。應該就是銀夜。她對這個推論有很大的信心。

因為，那個人要將在原本的未來推理出血字生路的銀夜殺死，即使接下來不做任何事情，銀羽也一定會死。那個人說會給自己生路線索，多半是虛假的。

換句話說，很可能是銀夜掌握住的某個線索，推理出了這個血字的生路。

銀羽看著手術室，她此刻一心祈禱著。

銀夜……不要死！絕對不要死！求求你……

她已經幾乎把手上的筆記本寫滿了。但是，還是沒有想出什麼是生路。

就在這時候，她的手機響了。顯示是「未知來電」。

銀羽撥通了手機，熟悉的聲音傳來：「怎麼樣？柯小姐？還是想不出血字的生路吧？」

「你……」

這時候，手術室的門開了，「手術中」的燈也滅了。

兩名醫生走了出來，銀羽立即走了上去，問道：「怎麼樣？醫生？」

「總算是勉強維持住了他的生命。但是……」醫生欲言又止道，「還是需要觀察一下。」

「那醫生，他……」

「總之，我們已經盡力了，他能不能活下來，就要看他自己的造化了。」

這個時候，那個邪惡的聲音在電話另外一頭傳來：「怎麼樣？要我告訴你嗎？我知道這個血字指示的生路。只要你答應我的條件……」

「住口！」銀羽冷冷地說。

「你還想拒絕嗎？沒有人頭，後果如何不用我說了吧？你絕對會死的。你就算到沒有任何光明的絕對黑暗中去，公寓施加給影子的詛咒也不會解除的。我答應你，只要你殺了柯……」

「你給我住口！」銀羽把手機迅速掛斷。

深雨看著手上的手機，嘴角露出了一絲笑意。

「她動搖了呢，所以那麼著急地掛了電話。因為她怕我繼續說下去，她會動心。在死亡的威脅面前，人性、親情、愛情都不值一提。人們歌頌的這些東西，也不過是如此不堪一擊。」

其實這樣下去，柯銀羽估計也會死。不過，深雨希望最後再試探一下，柯銀羽對柯銀夜的愛到底有多深。其實，深雨也可以打電話給柯銀夜，讓他殺死柯銀羽。不過，這次的生路，本來就將會是柯銀夜想出來的。所以，這一招對他沒有多大用處。

沒有生路的話，取不到人頭，也一樣無法回公寓去。

此刻，在銀夜的病房內，銀羽緊緊握著銀夜的手，深深地凝視著這個男人。他做了她二十多年的哥哥，深愛著她，為她付出一切，最後卻變成現在這個樣子。

「這個世界上，雖然有鬼，但我不相信存在神。」銀羽此刻抽泣著說，「否則，神怎麼可能讓你這樣的好人，落得如此悲慘？那個和地獄無異的公寓，究竟要把我們折磨成什麼樣，才會滿足？」

「求求你，醒過來……」銀夜的淚水，止不住地流下，很快打濕了銀夜的手。

「求求你，銀夜……求求你醒過來……告訴我，什麼是生路，告訴我，我們的未來是什麼……」

「你還記得嗎？小時候，那次我們去東臨市看海，你對我說，海實在太美麗了，海的盡頭猶如和天空連接著。而我卻說，天空不是海所能夠觸及的，無論大海再怎麼寬闊，都無法和天空接合。你還記得你那個時候是怎麼對我說的嗎？」

「你說，天空可以投影在大海上，大海也因為天空而變得湛藍。天和海，海和天，其實都一樣美麗。」

「你說過，就算我們如同天空和大海一樣難以接合，但你也會如同大海一般，永遠將我映在你的心頭，大海的每個角落，都會映襯著最美麗的天空。」

「當初我愛上了阿慎，雖然很清楚你對我的感情，但我還是感覺自己沒辦法把你當成哥哥以外的人。但是，那只是我的想法罷了，就好像我認為大海和天空是無法接合的一樣。」

「所以我相信，你殺死阿慎一定是有理由的。你絕對不會因為相信了什麼邪教，就把我送入公寓。你不可能因為那種教義，就去殺死阿慎。你不是那種人，你是比任何人都嚮往天空和大海的男人。你是可以將內心滿溢的愛全部給予他人、而不給自己留下分毫的人。為了所愛的人你可以毫不猶豫地踏入地獄，縱然是萬劫不復，你也不會回頭。」

「所以我選擇相信你。我也會為了你毫不猶豫地踏入地獄。就算我面前的道路，是一望無際的黑暗，只要有你陪伴著我，我就不會停下腳步，也不會回頭。」

銀羽緊緊握著銀夜的手，此刻，她的心情反而開始坦然了。

她拒絕那個人的時候，就知道自己要面對什麼。如果最後，她都無法想出生路的話，那麼，她就與銀夜一起進入「那個世界」。

無論失去這世界上的任何東西，她都不願意失去銀夜。誰都渴望能夠活下去，但是，將自己在這世上最大的幸福斷送，親手葬送自己的最愛，即使可以活下去也沒有意義。

「銀夜……」

「你醒過來吧……」

「如果可能……我還是想和你一起活下去。對我來說，和你在一起是這個世界上最大的幸福了……」

如果真的有神，真的有可以聆聽他們的痛苦的某個大能存在，銀羽願意用誠心地祈禱。

如果真的有神的話……如果真的有一個慈悲的神的話……

這時候，忽然病房的門打開了，走進來的人是華連城。他匆匆趕到銀羽面前，說：「銀羽，我看到你給我發的簡訊就馬上過來了。你說夏小美刺殺銀夜？這是怎麼回事？」

「我……」

「還有，」連城說，「銀夜之前給我打了一個電話，對我說，如果他有生命危險，那麼要我來告訴你……」

銀夜在去見夏小美之前，為防萬一做了這個準備工作。他知道，瞭解核心線索的人都可能被滅口，所以他沒有把魔術團的事直接告訴銀羽，而是先告訴了連城，並囑咐如果自己遭遇不測，再將這件事情告訴銀羽。而皇甫壑，銀夜是信不過他的，萬一皇甫壑拿到了人頭私藏起來怎麼辦？

「你說什麼？」銀羽聽完連城的話，問道：「那個魔術團租住的工作室在哪裏？告訴我！」

這個時候，正在逃離無頭鬼追殺的皇甫壑又拐過了一個巷子，四周依舊空無一人。那腳步聲依舊在身後時刻緊追著！

皇甫壑的手緊緊抓著白靜人頭的頭髮，一時一刻也不敢鬆手。拿著一顆人頭，對於一個首次執行血字指示的住戶而言，恐怕早就難以承受了。但是對於皇甫壑來說根本不算什麼。

然而，就在這時候，忽然身後的腳步聲停下了。

皇甫壑沒有回過頭去看，而是進一步提速！他走南闖北，練出了一副好身骨，所以體力很好。當然，在目前的速度下再進一步提速，皇甫壑也感覺身體彷彿要炸開一般，眼前都開始模糊了。

這時候，皇甫壑突然想到，如果尹俊賢就是那個鬼的話……

伊蕓被殺的時候，尹俊賢就在連城身邊。也就是說，是在連城沒注意他的時候，這個鬼就進入了廁所，殺了伊蕓，瞬間又回到連城身邊。那麼，那個鬼也有可能瞬間出現在自己面前！

剛想到這裏，就在皇甫壑跑到前面一個樓房拐角處，那個沒有頭的鬼，竟然從那裏走了出來！

皇甫壑立即停住腳步，毫不猶豫地回過頭，然而，已經來不及了。

他的脖子被死死掐住，狠狠朝一旁的牆壁上砸過去！頭部狠狠砸在牆壁上，皇甫壑頓時感到一陣劇痛，幾乎要昏死過去。

接著，他知道，自己的頭，也將會……

就在這絕望的一刻，忽然，一個聲音傳來：「皇甫壑，把人頭給我！」

皇甫壑朝那個方向一看，巷子口站著的……正是柯銀羽！

正天醫院距離這個路段竟然非常近，只有一公里左右，步行就可以到達了。

皇甫壑知道這是唯一的生機了，留在那個地下室的人頭還有五顆，但是現在還拿著人頭是必死無疑的！於是他甩手一扔，人頭劃出一道弧線，朝著銀羽飛了過去！

銀羽立即跳起來，接住了白靜的人頭！接住人頭後，銀羽立即朝那條巷子內跑了進去！

掐住皇甫壑脖子的手鬆開了。皇甫壑的身體倒了下來，他的額頭上不斷流出血來。而他回過身子一看，那個無頭鬼已經不見了。

無頭鬼去追柯銀羽了，她能逃多遠呢？恐怕還是會被追上的。

這次的血字，難度在於能否獲取人頭。也就是說，如果得不到人頭就會萬劫不復。公寓一定會給予生路，讓他們可以取得人頭。

問題是，不知道生路是什麼。現在這樣硬來，是沒有用的，而且就算勉強可以逃脫，就算這個鬼沒有感應住戶方位的能力，隨著可以回歸公寓的時間臨近，公寓對鬼的限制也會逐步削弱，以平衡血字的難度。

銀羽也知道，現在只有想出生路，才是唯一的辦法！否則，絕對不可能活著回公寓。

「銀夜……」緊抓著白靜人頭的銀羽默念道，「這一次，換我來救你了……我一定會讓你活下去！」

銀羽將白靜的人頭裝入她背的雙肩包內，這時，她只要再拐過一條巷子，就可以跑到人來人往的大街上了。

然而……一隻腳，赫然從眼前的拐角處伸了出來！似乎在宣告著銀羽的死刑！

銀羽的腳步立即停住，隨即她看到那另外一隻腳也走了出來，她沒有猶豫，再一次回過頭去！

她很清楚，找不到生路，根本就沒有辦法。但是，她沒有別的選擇，眼前已經是絕境。

但她不到最後一刻，絕對不放棄！

然而，當銀羽拐過下一個路口，她看到的是……一個死胡同！

可是，剛才這裏根本就不是死胡同啊！

鬼的限制被削弱了。詭異莫測的現象開始產生了。在這樣的情形下，根本就沒有任何辦法了。除非，找到生路！

銀羽其實有一個針對生路的構想，只是那個辦法如果失敗的話，自己將必死無疑！而同時也會把更多的人一起推入絕境。所以她不敢輕易去賭！

「不……不要……」銀羽回過頭，而無頭鬼已經進入了這個死胡同！

此刻，銀羽距離那個無頭鬼，只有不到五米的距離！

丟掉人頭嗎？似乎是唯一的辦法了。

可是，銀羽還來不及這麼做，脖子就被死死掐住了！她根本還沒反應過來，那個無頭鬼就已經出現在她面前，然後，一隻手擰住了銀羽的頭……

銀羽在最後一瞬間，腦海中閃現而過的，是一片大海以及海平面盡頭和天空相連的地方。

「那一定是最美麗的風景吧。」銀夜當時就在海邊，笑著對自己說。

時間彷彿凝固了。

銀羽的頭顱，被這個鬼……完全拔了下來！脖子被徹底切斷了！

就在此時，正天醫院內，還在沉睡的銀夜，手猶如觸電一般抽搐了一下！

「嗯？」連城注意到了銀夜的動作，愕然一驚，連忙去看銀夜的臉。可是看起來還沒有甦醒。

「去叫醫生來吧。」連城站起身，走了出去。

銀夜此時陷入了深沉的昏迷中，他感覺一切似乎很混沌，自己飄到了某個時空內。

「哥哥！哥哥！」

銀夜猛然一驚，定睛一看，銀羽正穿著一件白色禮服，笑容可掬地說：「這件衣服好看嗎？是阿慎幫我買的。」

「啊……好，好看。」銀夜感覺很奇怪，周圍的一切都很不真實。但是，算了，他也不去想那麼多了。

「銀羽……」

「嗯？哥哥？」

「你真漂亮。」

銀羽臉上掠過一片緋紅，問道：「真是的，哥哥，你和我生活了二十多年，今天才發現嗎？」

眼前的銀羽還留著一頭披肩的長髮。銀夜看著這一幕，感覺很怪異。怎麼會留著長髮？銀羽似乎把頭髮剪短過啊。

「啊，對了。」銀夜說，「我等會兒要出去。可能回來會有點晚，你不用等我了。」

內心的妒意，讓銀夜實在難以承受。銀羽是自己沒有血緣的妹妹，愛上她，是連自己都沒有預料到的事情。一直視為親妹妹關愛著的女孩，忽然有一天，自己將她看成了女人。這個變化連銀夜都覺得很不可思議，感覺猶如亂倫一般。但是，不存在血緣的事實，卻讓他心裏很高興。這樣他就可以沒有罪惡感地去愛她了。

但是，銀羽卻愛上了那個男人——葉凡慎。銀夜和他已經見過幾面，他確實是非常英俊、氣質不俗，舉止談吐有種貴族般的氣度。而且他多年留學海外，很懂得浪漫和討女孩子歡心，銀羽沒理由不喜歡他。

葉凡慎的父親是政府官員，母親是寧安堂製藥公司的董事長，條件可以說是好到無可挑剔。如果自己還是作為哥哥而看待銀羽的話，一定會很為她高興吧。

銀羽其實也察覺到了自己的心意。但是，這層窗戶紙誰也沒有捅破。至少，現在，還可以和她做兄妹。

出門之後的銀夜，還是感覺很奇怪，周圍彷彿都是海市蜃樓一般。

銀夜來到了約定好的西餐廳內，他發現葉凡慎——銀羽的未婚夫，已經早就等在那裏了。

他走上去，對葉凡慎說：「我沒來晚吧？」

「沒有。」葉凡慎淺淺一笑道，「你坐吧，銀夜。上次的事情，已經有眉目了。」

「真的？」銀夜也有些高興，問道：「已經查出銀羽親生父母的事情了？當初的那起案子真的很奇怪，警方調查了一段時間，就陷入了僵局。媒體也沒有一直關注下去。這些年來，銀羽一直想追查生父生母的事情，但是都沒有進展。你父親是政府官員，查起來應該比較順利吧。」

「事實上，我的確查到了不少東西。」葉凡慎說，「結合當初銀羽母親提到的『公寓』二字，終於有了一點眉目。」

「嗯，怎麼說？」

「這個，是銀羽的生母文游伶的遺書。」說著，葉凡慎取出了一個白色信封，那個信封已經泛黃，上面寫著一行娟秀的字跡，「宋雪凝女士親啟」。

「這遺書是……」

「嗯，你看看吧。」

「這……是交給我母親的，我看合適嗎？」

「沒關係，你看了就知道了。警方認為，銀羽的生母寫這封遺書的時候，已經精神錯亂了。這封遺書她存放在一個儲物櫃內，死後警方查到了那個儲物櫃，取出了這封遺書。」

銀夜抽出信一看，信紙已經完全泛黃了，上面寫著的是讓人難以置信的內容。

銀羽的父母，在銀羽出生後不久，某一天，在進入一個公寓住宅區時，走入一條小巷，居然發現自己的影子突然從腳下脫離。然後，他們跟著影子進入了一個公寓。那個公寓能夠詛咒人的影子，一旦違背公寓房間牆壁上出現的血字指示，影子就會操縱住戶死去。所以他們被迫成為了這個公寓的住戶，必須完成十次血字。十次血字，是住戶們耗費幾十年才摸索出來的一條規則。每一次，血字都會指示他們前往某個地點，然後在一段指定時間內必須待在那裏。那段時間內，會出現無數恐怖的鬼魂，來索取他們的性命。

「喂喂喂，」銀夜看到最後說，「銀羽的生母難道得了妄想症嗎？怎麼可能有這種公寓存在？」

「所以警方收存了這份遺書，也沒有交給你的母親。」

遺書上最後寫著，他們目前要去執行第五次血字了。血字指示要求他們在一棟即將爆破的大樓內待三天時間。遺書上寫的日期，是銀羽父母屍體被發現的一周以前。

銀羽生母認為，這一次血字凶多吉少，所以預先寫下遺書放在儲物櫃裏。

「因為我父親的關係，才從當年案件的證物中找出這封遺書。不過，警方認為這明顯是死者陷入妄想而寫出的內容，她所說的那個住宅區裏，根本沒有這麼一棟公寓。」

銀夜也完全認同。難道說當初銀羽的母親竟然是因為妄想症才會將女兒託付給自己父母撫養的？但如果是這樣，銀羽的父親也跟著一起犯病了嗎？

「不過，我倒認為，這個公寓是真實存在的。」葉凡慎說。

緊跟著葉凡慎說出了一個驚人的秘密，他是一個神秘組織「金色神國」的信徒，而金色神國裏，是有「懺罪煉獄」這麼一個地方存在的，而那棟公寓就是所謂的「懺罪煉獄」。

金色神國墮落的國民，就會成為黑心魔，就是以人形存在於世間的惡魔，是金色神國最大的敵人。從葉凡慎狂熱的講述中，銀夜感覺到一種可怕和瘋狂。

最要命的是，他居然希望銀羽也加入金色神國。但是當銀夜說銀羽已經有了自己的信仰時，他馬上變得冷靜異常，並說出了一番讓銀夜渾身冰冷的話。

葉凡慎是這麼說的：「一旦確認黑心魔出現之後，持有神國匕首的信徒，必須將黑心魔予以度化。」他說得很隱晦，但是言語中的暗示卻是足夠了。

他還拿出了宣傳金色神國的書籍，讓銀夜一定要轉交給銀羽看。

銀夜事後並沒有把這些書給銀羽，而是收進了書桌。他打算和葉凡慎好好談談，讓他盡可能脫離這個神秘組織。

而銀羽在那一天下午，就收到了那束花，那束署名阿慎的花。第二天她便去赴約了。

銀夜考上博士後，負責在大學進行輔導教育，也比較忙，所以他第二天先是去了大學。當他回家的時候，看到銀羽一臉慘白。

「哥哥……我進入了一個公寓，一個……必須要面對很多鬼魂的可怕公寓……」

當時銀夜幾乎不敢相信自己的耳朵。

這和那封遺書中提及的內容完全一樣，真的存在著那麼一個公寓！

銀夜先是聽了銀羽的述說，又在公寓外和夏淵見了面。當他終於確定這個恐怖公寓真的存在時，幾乎陷入崩潰。

銀羽……成為了這個恐怖公寓的住戶！

銀夜大怒，他推測銀羽進入公寓，一定是葉凡慎設下的陷阱，只有他有最明顯的動機。之後柯銀夜去找葉凡慎對質，葉凡慎承認了那束花是他送給銀羽的。他的目的是為了幫助銀羽進入公寓，好洗脫黑心魔的罪孽。柯銀夜暴怒之下，差點將葉凡慎從樓上推下去，之後還是保安到來才把他拉開。

從那以後，葉凡慎就雇傭了保鏢，在自己身邊時刻護衛著。以葉家的財力，這根本不是問題。

銀夜雖然想把葉凡慎千刀萬剮，但他無法做到。最終，他選擇了主動進入這個公寓。但他沒有告訴銀羽這個殘酷的真相。如果銀羽知道了，是她最愛的男人將她送入了這個公寓，她恐怕連生存的意志都會被剝奪。既然如此，還不如永遠守住這個秘密。

但是，把銀羽推入這個萬劫不復的地獄的人，就是葉凡慎。銀夜絕對不會原諒他。執行那個墓地的血字時，卻讓銀夜有了借助鬼魂之力殺害葉凡慎的想法。於是，在血字最後一日，他打電話給葉凡慎。當時因為銀羽提出分手，葉凡慎內心很痛苦，所以住在酒店喝悶酒。銀夜打電話給他的時候，他剛喝醉酒被保鏢送回房間。接到銀夜的電話後，他就立即被鬼魂殺害了。想必是那個鬼將他吊死後，在那個房間內消失了。最後案子變成了密室殺人，也是銀夜預料之外的事。

雖然可以抹掉一切證據，但是，銀夜留在葉凡慎手機內的通話記錄卻是無法消除的。那個墓地沒有公用電話，要打電話只能用自己的手機，當時在執行血字，他也沒有辦法換掉SIM卡。

但他無所謂了。因為，傷害銀羽的人，無論是誰，即使是主宰天地的神，即使是那個無所不能的公寓，即使是那些無處不在的幽魂鬼魅，他都會以死相拚！

他做的一切，只為了銀羽的笑容。

這時候，銀夜眼前的景色變成了一片湛藍的大海。他和銀羽坐在沙灘上，看著海天相接的地方。

「銀羽，」銀夜忽然微笑著說，「我想，在那海與天接合的地方，一定是這世界上最美的景色吧。」

一定是的。

公寓，底樓大廳。

兩個模糊的身形漸漸浮現了出來，並且越來越清晰……

模糊的身形，變成了那個無頭鬼，和無頭鬼抓著的沒有了頭的銀羽的身體！銀羽的人頭，則是在地板上，也一起傳送回來了。

根據這次的血字指示原文：「本次血字共六個人參加，不指定地點，但在血字執行期間不允許待在公寓內。限定在二〇一一年四月一日到十五日期間，六名住戶每個人都必須找到今年一至三月在天南市發生的六起斷頭殺人案的死者——藤飛雨、林迅、張波凌、厲馨、王振天、白靜的人頭，持有任何一顆，可回到公寓。未持有上述任何一個人頭而進入公寓的住戶，將會被自己的影子操縱自殺身亡。本次血字，不發佈地獄契約碎片下落。」

血字寫得很清楚，「四月一日到十五日期間，持有人頭可回到公寓」。也就是說，「血字執行期間」並不是「四月一日到十五日」，而是「從離開公寓開始到找到人頭，並將人頭帶回公寓」的這個過程中的任意一天！長期以來，公寓在發佈血字的時候，總是限定某月某日到某月某日，以至於住戶想當然地認為，這就是血字執行的期限。

「四月十五日」，僅僅是找到人頭的最後期限，並不是硬性規定回歸公寓的時間！

換句話說，住戶必須要在四月一日到十五日的期限內，在找到人頭的情況下回歸公寓，影子才不會啟動詛咒。如果到了四月十六日，還沒有找到人頭回到公寓中的話，就等同於違背血字指示，影子就會啟動詛咒了。

銀羽是第六次執行血字，所以拿著白靜人頭的她，隨時都可以自動傳送回公寓去，也因為這個原因，公寓削弱了對無頭鬼的限制，才會出現眼前的路變死胡同的詭異現象。

「打開通往公寓的入口」，根據夏淵的解釋，就是只要腦子裏想著要回歸公寓，就能夠自動回到公寓內。

李隱在鬼鏡那一次可以回歸公寓，也是因為他的身體被砍斷的瞬間，大腦還有著短暫的意識，而時間到了，他想著要回公寓去，於是他被傳送了回去。但是如果當時李隱被鬼打昏過去，那麼也無法回公寓。

其實當初有不少住戶都不明白，這個規律是怎麼被夏淵發現的？以前的住戶又是如何發現這一點的？血字時限一到，就可以自動回歸公寓，這點只要是度過了六次血字的住戶就可以知道。但是，滿足條件可以提前回公寓的血字本就少見，住戶也就難以知道可以通過自己意志回公寓這另一條生路。

事實上，這條規則是深雨告訴夏淵的。許多可以活命的規則，公寓都沒有透過血字告訴住戶。

所以，取得了人頭的銀羽，她可以用自己的意志，選擇回到公寓去。

銀羽在醫院的時候，終於想到了這個血字中的陷阱，並且想出了這個生路。但是，這個生路一旦失敗，後果不堪設想。

在被那個鬼擰住脖子的瞬間，銀羽終於決定嘗試這個方法，試試看這是不是生路……唯一一個，可以在這個血字活下去的辦法！

於是，她用一隻手死死揪住了那個無頭鬼的身體，隨即腦子裏想著要回歸公寓！

既然可以將手上拿著的人頭帶回公寓，那麼，手上抓著的無頭鬼，也一樣……可以送回公寓去！

對鬼魂而言的絕對禁區——公寓，一旦將鬼帶進去的話，那麼會發生什麼事情呢？

而也就在這一瞬間，她的頭被拔了下來。但是她抓著鬼的手還是沒有放開。

在進入公寓的剎那，那個無頭鬼身體就立刻僵住了，一動也不動，猶如蠟像一般。接著，原本光潔的大理石地板，在這個鬼的雙腳下，忽然出現了一個巨大的黑洞。鬼，立即就被這個黑洞，吸了進去！而這個黑洞下，看不到絲毫的光明，彷彿是無底的深淵一般。這時候，倒在地上的銀羽的那顆頭，開始向她的身體的脖子部位移動過去。

這時候，那個黑洞完全收攏，消失了。地面變回了光潔的大理石地板。

鬼魂如果進入公寓的話，就會是這樣的下場。這個公寓，只有人類才能夠進入。

銀羽的脖頸處，斷開的骨頭、血肉都以驚人的速度接合。人類即使頭被砍下，在短暫時間內，是沒有徹底死絕的。只要沒有死絕，就可以在公寓內靠著自癒能力活過來。

最後，銀羽被鬼扯下來的頭，完全與脖子接好了。

銀羽看著天花板，立即站起身，看著地上白靜的人頭。剛才，雖然頭被砍下，可是鬼被那個黑洞給吸進去的場景，她也親眼看見了。

觸摸著那黑洞出現的大理石地板，一切如常，看不出任何異樣。

銀羽這一次，賭對了。

「太好了……銀夜！」

銀夜可以活下來了！只要他帶著人頭回到公寓，他身上的刀傷也可以立即痊癒！

「終於……終於能讓你活下來了，銀夜……終於……」

於是，她拿出手機，給皇甫壑打了電話。

「你是說……那個鬼被公寓地板上出現的黑洞吸進去了？」

「嗯。」銀羽說，「那是個深不見底、好像所有的光都會被吞噬的巨大黑洞。儘管不知道那是什麼東西，但那一刻，我感覺很恐怖。」

這個公寓，雖然裏面沒有任何鬼魂，但是……卻毫無疑問是最恐怖的存在。

聽到皇甫壑說了他那邊的情況，銀羽總算明白了一切。李隱的推理，被完全證實了，他果然是這個公寓的第一智者。

「那……」銀羽此時很緊張，「你去那兒看看。斷頭鬼已經不在了，如果人頭還在那裏的話，你就把人頭分給銀夜、連城。」

「好的。」

「銀夜他現在在正天醫院，目前傷勢很嚴重。需要立刻帶他回公寓來，這樣馬上就可以治好。」

掛斷電話後，銀羽看著剛才黑洞出現的地方，口中默念道：「這個公寓……究竟是什麼東西？」

皇甫壑回到了那個地下室裏。還好，另外五顆人頭都還在。

目前只要再拿三個人頭就足夠了。他隨便選了三個，然後離開了。三個人頭都放在了背包裏，隨後立即趕到了附近的正天醫院。

銀夜還是沒有任何甦醒的跡象。

李隱親自打來電話，醫院不得不再度辦理了出院手續。其實銀夜的這種傷勢，出院根本就是扯淡，但是李隱發了話，醫生不敢不從，畢竟他可是院長和董事長的獨生子。

皇甫壑將一個人頭裝進包裏，隨後讓銀夜背上。接著，皇甫壑背著銀夜，和連城一起離開了正天醫院。

只要帶著人頭，就可以回公寓去了。

走到社區附近，他們就看到銀羽等候在那兒。當她看到皇甫壑背著銀夜從計程車上下來，頓時激動不已！

在公寓門口，每個人都百感交集。

終於……活著回來了。

當皇甫壑背著銀夜進入公寓大門的時候，大廳裏聚集的住戶紛紛拍起手來。

「祝賀你們活下來了！」

「祝賀你們！」

然而，背著裝著人頭的包進入公寓的連城，卻是心如刀絞。雖然活著回來了，但愛妻卻已經和他天人永隔。而且，未來，自己還能夠活多久呢？

如果要活下去，只怕要靠地獄契約了。

李隱走到他面前，拍了拍他的肩膀，說：「去睡一覺吧。我知道你很痛苦，但是，這也沒有辦法。我們，只有努力掙扎著活下去。」

「我知道。我……知道。」連城強忍著，不讓淚水流下。

而銀夜胸口的傷勢，在進入公寓後也迅速癒合。他的臉上，立即恢復了血色。睜開眼睛時，他第一眼就看到了銀羽。

「銀……銀羽？」銀夜頓時從皇甫壑背上下來，衝上去緊緊抱住她！

「我們在公寓裏？我們活下來了？人頭，人頭找到了？」

「嗯，是的。」銀羽也抱住了銀夜，「我們活下來了。銀夜。」

這一次的血字指示終於結束了。而銀羽也通過這次血字，獲取了一條經驗。鬼一旦進入公寓，就會被吸入那個黑洞。所以，對於血字執行次數超過五次的住戶而言，如果能夠在最後關頭把鬼也一起帶入公寓，就可以拯救那些血字執行次數在五次以下的住戶。

這一經驗，非常關鍵！

銀羽說起自己的頭被折斷時，銀夜背脊一陣發涼。銀羽和李隱一樣，也是九死一生才能獲救！

「嗯，聽完這些情況後，我有一個疑問。」李隱忽然說，「請你們務必回答一下。」

「什麼？」銀羽看向李隱，已經明白他想問什麼了。

「夏小美，她為什麼要刺殺銀夜？」

其實，銀羽給銀夜打電話的時候，應該把銀夜的傷和夏小美的死，推到鬼的身上去。但當時她看到銀夜受了重傷，完全慌了手腳，在電話裏就直接告訴李隱是夏小美刺傷了銀夜。

不過就算那麼說，李隱也一樣會懷疑，至今還沒有使用刀子殺人的鬼。

「這個……我也不知道。」銀羽搖搖頭說，「她當時只是那麼衝過來，刺殺銀夜。我不知道為什麼她要那麼做。」

「是這樣嗎？」李隱卻認為這當中肯定大有問題。當時銀夜只是找到了那個魔術團的線索，夏小美有必要去殺銀夜？又不是要搶奪人頭。

「銀夜。」李隱看向大難不死的銀夜，「你殺夏小美的時候用的刀子，沒有遺留在現場吧？」

銀羽連忙回答道：「我收好了。而且我估計不會有太多目擊者，因為青田公園在斷頭魔案件後，很少有人去了。」

李隱又問了一遍：「銀夜，銀羽，你們仔細想想，夏小美為什麼要殺你們？還有，皇甫壑，夏小美和你一直都在一起，你認為她為什麼要那麼做？」

「我不知道，她看起來很正常啊。」皇甫壑對此也很不解，「或許，是因為被鬼迷了心智？」

「被鬼迷了心智？姑且就接受這個答案吧。」

大家都是聰明人。銀夜很清楚，李隱根本不可能接受這個答案。而他清楚地記得夏小美說的話。她說，是有人指使自己來殺他的，是為了什麼「預言畫」，而且還要殺銀羽。究竟是誰對自己和銀羽恨之入骨，欲除之而後快？指使住戶殺人，這怎麼看都不像鬼的行動模式。

但是，那個「預知畫」，很明顯，和血字有直接的關係。

必須查出這一點來！

而在場的人中，卞星辰立即猜到了原因。夏小美要殺柯銀夜，多半是受到了深雨的指使！深雨很可能又是為了什麼想看人性醜惡的變態目的，才會那麼做的。

當然，星辰不能夠說出來。

「我們現在很累，想先回去好好休息。有事情明天再說吧。」銀夜說完，就拉著銀羽的手，離開了大廳，朝電梯走去。

進入電梯後，銀夜關上電梯門。隨後他按下十四樓的按鍵，對銀羽說：「銀羽……夏小美說的那個『預知畫』……」

「我知道。」銀羽決定對銀夜完全坦白，「那個人，有畫出未來發生的事情的超能力。」

「你說什麼？」

「那個人對我說，是你送給了我那束花，讓我進入了公寓。而且，也是你，利用鬼魂殺害了阿慎。他要我殺了你，換取其畫出的血字的未來場景。但我相信你，所以拒絕了那個人。」

「這……這是……」

「銀夜，」銀羽直視著銀夜的臉，鄭重地說道：「告訴我吧，所有的真相。我其實已經有一些推測了，但是我希望，你能夠親口告訴我。」

「銀羽……」

「因為我愛你。」

銀夜沉默良久，才說：「銀羽？你……」

「不是感恩，也不是愧疚。我，是真的愛著你。所以，你不用瞞著我任何事情，告訴我吧。阿慎的死，究竟是怎麼一回事？」

銀夜看得出，銀羽雙眸中滿溢的柔情。這是他夢想了無數次的時刻，這是他願意為之付出一切的女子，這是他傾盡一生去愛的人。愛她，猶如呼吸、吃飯、喝水一般，愛她，就成為了自己活著所必須要做的事情。

所以，他也很渴望可以得到銀羽的心。如果，能夠獲得她的心的話，如果，可以得到她的愛的話，這世界上還有比這更幸福的事情嗎？

「銀羽……你，你是說真的嗎？你真的……」銀夜的聲音，也開始顫抖起來。

而這時候，四〇四室內，李隱則在思考著夏小美殺死銀夜的理由。

「銀夜一定有什麼必須要被夏小美殺死的理由。」和他在一起的子夜說道，「這，是否和那個『神秘人』有關係呢？」

李隱說道：「我覺得……夏小美，其實對銀夜是有著很深的感情的，近乎……那種愛慕的感情。」

「真的？何以見得？」

「你記得嗎？當初從那個午夜巴士逃回來後，夏小美就經常找各種理由去和銀夜見面，而且，我注意到她看銀夜的眼神，明顯充滿了愛意。但是，這樣愛慕銀夜的她，為什麼卻去刺殺銀夜呢？」

「我想，」子夜又說，「會不會，夏小美刺殺銀夜是那兄妹二人的謊言呢？銀夜雖然的確受傷了，但誰也不知道是否真是夏小美刺傷的。但是，夏小美被殺害，卻是不爭的事實。」

夏小美的屍體已經被發現，晚間新聞裏播報了這則新聞。

「無論如何，那兩個人還活著，我也算是鬆了一口氣。」李隱說道，「畢竟，契約碎片的下落，關鍵就在這兩個人的身上。無論如何，那個神秘人必須要儘早找出來才行。那個人既然當時打電話來救你，證明那個人有心想拯救住戶。無論如何，一定要找出他來。但是，這件事情不能夠讓住戶知道。不過，最令我擔心的是，這種可以洞悉血字真相的人，會不會被公寓以某種方式『處理』掉？」

「是啊。」嬴子夜也很同意李隱的觀點，「一直以來，公寓都在平衡血字的難度。而這個人的存在，完全破壞了公寓對難度的平衡。所以，可能會將這個人予以……」

如果真的發生這種情況，那個人的安危非常堪憂。

「而且，我擔心柯銀夜和柯銀羽，與那個神秘人已經開始了某種聯繫。」李隱說道，「夏小美的死，也可能是與此有關。當然，目前一切還是猜想。夏小美也可能是真的被鬼附體，或者迷了心智什麼的。但是操縱住戶殺人，在以前的血字中，幾乎沒有先例。就算是鬼魂附體，也沒必要借助刀子吧？最重要的是，如果是鬼魂殺人，居然還沒有刺穿心臟，這也太扯了吧？」

畢竟銀夜是在正天醫院治療的，銀夜的傷情李隱可以通過外科部長輕易瞭解到。

「子夜，要小心那兩兄妹倆。萬一他們真的和『神秘人』達成了某種協定，我們會很危險。他們和那個『神秘人』成為同盟的話，我們的情況將無比被動。」

「那……你的意思是……」

「先調查他們是否和『神秘人』有關係，然後再做打算。」

當晚，公寓一四〇四室，柯銀夜的房間。

臥室的床上，銀夜和銀羽一絲不掛地面對著。銀夜擁抱著銀羽的身體，撫摸著她潔白如雪、吹彈可破的肌膚。

「銀夜，我……是第一次，」銀羽面頰緋紅地說，「請你，溫柔一點。」

她已經知道了一切。她進入這個公寓的原因，銀夜殺死阿慎的真正理由。雖然她對阿慎的所作所為感到無比心寒，但也很慶幸，銀夜真的是一直在守護著她。

銀夜俯下頭，吻著銀羽的雙唇。相擁在一起的倆人，將心中激蕩的滿滿愛意，完全地釋放出來，並且，也作為日後要一同活下去的誓約。

鬼差

PART TWO

第二幕

時間：2011年4月17日 ～ 2011年4月18日

地點：東臨市空明山的月影館和日冕館

人物：李隱、嬴子夜、上官眠、封煜顯、慕容蜃、白羽

規則：單數號碼房間的住户前往月影館，雙數號碼房間的住户前往日冕館，分別為兩個別館地下室的鬼魂送信。私自拆開查看、克扣，甚至偽造信件都是允許的，鬼魂不會知曉住户對信件的處理。但在4月17、18日兩天內，住户不能拒絕鬼魂寫好送出的信，鬼魂將信交予住户，必須在三小時內收到回信。住户不能離開自己所在的別館。本次血字，不發佈地獄契約碎片下落。違反規則者，死！

地獄公寓

11 地下室的老畫作

「夏小美死後，調查果然也不了了之了。」

李隱和嬴子夜在四〇四室的客廳內，看著電視上對夏小美之死的報導。這幾天，皇甫和夏小美走了那麼多地方，可是調查下來，警方卻一點收穫都沒有。

「司法機構果然全都被公寓影響了。」子夜已經斷定了這一事實，「這等於是……公寓在默認，甚至是鼓勵住戶自相殘殺。」

「對。估計只要不是被抓作現行犯，兇手絕對沒有被捕的危險。我們完全被這個公寓從正常的社會剝離了。」

李隱想到這裏就很心寒。

目前，已經知道第六到第十次血字指示的最大優勢——可以利用瞬間回歸公寓的能力，將鬼也帶入公寓，讓其被那個黑洞吸走。

估計這就是鬼無法進入公寓的原因。即使強行進入，也會被公寓排除掉。不過這也最大程度保證了，公寓內不會有靈異現象產生。

「也就是說……」李隱關掉了電視，說出了一個目前住戶擁有的最大優勢：「這是目前唯一一個可以把鬼徹底毀滅掉的辦法。利用這個公寓，毀滅鬼。」

「但是，要把鬼一起帶入公寓，危險性很大。如果是沒有實體的幽靈，或者有分身的鬼，這麼做就沒有意義了。」子夜說道，「當然，和以前我們面對鬼魂毫無辦法的情況相比，現在卻有了這個巨大優勢。」

不過，想想也知道，公寓為了平衡血字難度，第六到第十次執行血字指示的住戶，公寓一定會削弱對鬼魂的限制，對生路的提示也可能更隱晦。

目前，還沒有一個住戶在繼唐醫生後，繼續執行魔王級血字指示。也就是說，公寓很可能繼續給初入公寓的新人安排六七次等級的血字，逼迫他們不得不去選擇魔王血字搏一次。同時，本來是四五次血字難度的住戶，也可能面臨七八次血字的難度。

再這樣下去，子夜能夠活多久？而地獄契約碎片又能夠在什麼時候全部發佈？

「那個神秘人，是我們現在最大的希望了。」李隱咬著牙說，「如果那個人真的能夠洞悉血字生路，那麼必須儘快找到這個人！」

目前可以利用的優勢都很有限，要說這能提升存活下來的希望，也是很難說的。雖然李隱和子夜都是智慧超群的人物，但是公寓每次都會用各種方法誤導住戶，隱藏血字的真正生路。有很多血字的生路，隱晦至極，智商絕對要高到很變態的程度才能夠發現。

不得不承認，很多住戶可以活到現在，運氣是一個很大的因素。但運氣能夠永久維持嗎？李隱還有四次血字，子夜還有六次血字。這合計起來的十次血字，要如何度過呢？

「怎麼找到這個人？」李隱真的是心急如焚。

「李隱。」子夜看出了他在想的事情，索性直接說了出來：「你認為，柯銀羽能夠想出生路活著回來，是因為和那個『神秘人』結成同盟的關係？而夏小美是無意中發現了這個結盟的過程，才會被殺人滅口的？」

李隱的心思，被子夜完全看透了，他的確有這個懷疑。

「不錯，我的確有這個假設。但是，如果真是如此，柯銀羽為什麼要說是夏小美殺了銀夜呢？」

「這個，很可能是那兄妹二人故布疑陣，反過來逃脫我們的懷疑。至於柯銀夜的傷，不像是苦肉計，畢竟危險性太高了。夏小美很可能是要自衛，才刺傷了柯銀夜。也就是說，那兄妹二人的話，完全是謊言。這種可能性也不小。」

「嗯……有可能。」李隱想了想，又說：「不過，為什麼選擇那對兄妹結盟呢？那個神秘人，有什麼目的呢？那個人上次打電話給你，也沒有向你索取什麼啊。如果有心幫助住戶，為什麼只和那對兄妹結盟呢？」

如果是為了地獄契約碎片的話，也一樣可以找李隱結盟啊。

「我認為……」子夜忽然說，「可能是類似於三國時期，孫劉聯合抗曹一般。那個神秘人也許就是殺死敏、獲取第三份契約碎片的人。對這兩方而言，你就是曹操，是最強大的諸侯，要對抗你，就需要聯盟。也就是說，也許這個人真的是住戶。」

「曹操？他們把我看成是曹操？」李隱苦笑著說，「我可不認為那對兄妹是劉備或者孫權。他們二人，可是諸葛孔明啊。」

此刻，在深雨家中。

慕容蜃倒了一杯咖啡，細細品嘗著，並將一張CD放入機器開始播放。裏面傳出了一首英文歌曲，他隨即坐下來，蹺起二郎腿，對面前正在畫畫的深雨說：「怎麼樣？你決定讓誰去殺李隱了嗎？我再度聲明哦，我不會幫你去殺任何人的。選擇和你合作，也只是因為你能夠給我帶來樂趣罷了。」

「我知道。」深雨看也不看慕容蜃一眼，「對你而言，生與死都沒有區別吧。你最討厭的就是『平凡』和『腐朽』。唯有鮮血、屍體和鬼魂可以讓你感興趣。」

「你還真是很瞭解我呢。」慕容蜃放下咖啡杯，陰笑著說：「那個公寓，實在是最適合我生活的地方啊！」

「雖然這麼說，」慕容蜃又說，「不過，敏進入公寓，並不是你安排的吧？而是純粹的巧合而已吧？」

深雨的畫筆又蘸了蘸顏料。

「對。也許很難有人相信，但這是事實。我根本沒有想到她會進入那個公寓。這完全是一個巧合。當時如果不是這個原因，我也不會停止和夏淵的交易，並讓他被鬼殺死。敏進入公寓以來的這半年多的時間裏，我沒有和任何住戶進行過交易。就是因為顧忌她的存在，擔心因為她在公寓裏會懷疑到我。」

「原來如此，你弄死夏淵，是因為不想讓知道你存在的住戶和敏產生交集，讓她懷疑你啊。」

「很諷刺的是，進入公寓後，她對我的憎恨卻沒有以前那麼強烈了，反而想盡一切努力挽回和我的感情。我很清楚，她是知道自己活不了多久了，憎恨我也沒有意義了，才會希望臨死前能夠和我重修舊好。而在知道我具有那個『能力』的時候，更是竭盡全力來找我，呵呵，我想她一定是在想，生下我真是太好了。因為我可以成為她逃出那個公寓的『工具』。」

終於上色完畢了，深雨鬆了一口氣，她坐在沙發上。

「雖然，李隱是一定要殺的，但我也有點猶豫。這個男人一直希望可以拯救所有住戶。他是我最佳的實驗品，就這麼殺了，確實可惜。但他的智慧又太過超群，留著他，對我今後的計畫太不利。」

「既然如此，那殺還是不殺呢？」慕容蜃饒有興致地看著她，說：「你大可以讓卞星辰去殺李隱啊。或者……那個叫上官眠的住戶如何？可以讓她去殺……」

「不！」深雨聽到這句話，心裏頓時一顫。

上官眠就是上次和皇甫壑、慕容蜃等人一起去參加會議的，五名新住戶代表之一，大概十六七歲的可愛少女。但那個少女總是猶如冰山一般地面對每個人，令人總感到有些不寒而慄。

「可能的話，最好別招惹這個住戶……她其實可以說是所有住戶中最可怕的。另外，柯銀夜和柯銀羽已經注意到我了。如果有人殺了李隱，他們肯定會猜到是我做的。」

那兩個人，都沒有死，並注意到了自己的存在。

深雨開始有些頭痛了。再這樣下去，遲早會暴露自己的身分。

她當初曾經和一個很有錢的住戶做過交易，得到了一大筆錢，也因此能夠租下這個高級公寓。不過，這筆錢用來雇傭殺手，估計還是不夠的。畢竟，要殺的人可足足有四個。殺手一般都是按照殺死的人數來算錢的。

「還是讓李隱自然地死去，死在血字指示的鬼魂手中為妙啊。」

深雨有了自己的打算。

這一天，在卞家別墅。

星炎和星辰來到了地下室裏，開始整理裏面的儲藏物。這個別墅那麼大，打掃起來也很費力。地下室只用過一次，存放一些平常不需要的東西。現在，他們重新整理一番。

這個別墅的地下室非常大，儲藏的都是一些舊書、傢俱以及油畫。

「東西真多啊。」星辰正在綁著一個箱子，說：「這麼多灰塵啊。這是……以前就在這個別墅裏的人留下的東西吧？」

「嗯，三分之二以上都是。」星炎這時候正打開一隻箱子，說：「星辰，等會兒你來幫我吧。」

「啊，好，哥哥。」

這個箱子裏，最上面有一個西洋棋的棋盤。星炎將棋盤拿了出來，上面積了一層厚厚的灰塵。他吹掉灰塵，又看了看，下面還放有一盒棋子。

「不錯啊，可以用來下西洋棋了。嗯，看起來挺舊的啊，這個棋盤……嗯，這個是什麼？油畫嗎？」星炎從下面拿出了一個滿是灰塵的畫夾來，裏面有好多幅油畫。

「畫得真好啊。」

這幅油畫上，是一個臉幾乎被頭髮完全遮住的女人，女人站在一片密林的深處，雙手擺在身體兩側，頭深深低著。

畫非常逼真，看起來猶如真有這麼一個女人一般。

「這是……」

後面的幾幅畫，畫的還是那個密林中的女人。但後面的畫，女人更加逼近了。一幅，又一幅，女人的身體不斷逼近，到最後兩幅畫時，女人的臉幾乎占滿了整個畫面。

星炎翻了過去，想看看最後一幅畫。

「你在看什麼？哥哥？這……」

星辰乍一看那畫上猶如女鬼一般的女人，差點嚇得大叫起來。而最後一幅畫，則是一片黑色，什麼也沒有！

箱子下面，還有幾個這樣的畫夾。

「不知道是什麼。」星炎說，「看起來是以前住在這個別墅裏的人畫的。畫得很不錯啊，無論背景還是上色，絕對是一流的。只是，這看起來好像是個女鬼？」

星辰走過來，把畫拿過來，翻過來一看。最後一幅畫的背面，寫著一行字。

「蒲靡靈，作於一九七七年三月廿一日」。

「是一九七七年的畫作？」星炎看了看說，「居然一直保存到現在呢。這畫真是很不錯呢。嗯？下面好像還有畫？」

又是一個畫夾，裏面有十多幅畫。畫面上，是一個漂浮在天空中的穿著黑色衣服的男人，那個男人的臉上滿是刀疤和血痕，追趕著一個女人。看起來，似乎是在一座深山內。

最後一幅畫，女人被那個黑衣男人殺死，畫的背面寫著：「蒲靡靈，作於一九七七年五月三日。」

「這個叫蒲靡靈的人……」

星辰沒有辦法不在意。這令他自然而然地想起了深雨。

「哥哥，」他連忙問星炎，「這個房子原先的屋主，是不是叫蒲靡靈？」

「這個……」星炎想了想，說：「不，不是叫這個名字。最初住這個房子的是一家七口，還雇了很多保姆。後來那家人要移民海外，父親就買下了這棟別墅，作為我們在國內的住所。其實我當初就覺得有點太奢侈了，我們只有兩個人住而已，何必買那麼大的別墅。原先的屋主，我記得是姓蔣，他們一家，應該沒有姓蒲的人。」

但是，星辰內心裏，卻越來越好奇。

「哥哥，你幫我找找看，還有沒有這樣的油畫。」

然後，星辰又去翻其他的箱子和舊傢俱。

「怎麼了？」星炎疑惑地問，「星辰，你最近行為越來越古怪了。是不是出什麼事了？」

星辰沒有理會哥哥，而是一心想找出來，是不是還有那樣的油畫。

也許，只是巧合。但，真的只是巧合而已嗎？

不一會兒，他又從一個箱子裏找出這種畫來。畫中，依舊是這種恐怖的場景。有許多幅畫，極度血腥陰森，看得讓人心裏很不舒服。

「這個作者，似乎很喜歡畫靈異恐怖的畫面。」星炎拿著那些畫，評價道：「如果這些畫都是憑空想像畫出的，作者的功力實在是極高。嗯……這是一九七八年畫的。」

星辰認為，也許，這些畫是蔣家住在這兒之前就已經住著的人的。也可能是，蔣家的人無意中得到了這個叫蒲靡靈的人的畫。

如此逼真的畫，讓他總會想起深雨曾經畫出過的作品來。

蒲靡靈就是深雨嗎？但是，一九七七年的時候，深雨應該還沒有出生啊！不過，這後面寫的年代，誰知道是真是假。

就在這時候，在星炎平時看書的書房裏，那高高的書架上，許多書本的縫隙裏，都不斷地滲出大量鮮血來。猶如自來水一般湧下，不斷地灑在地面上。

無數的鮮血，開始聚積起來，逐步形成……一個人形的輪廓！

隨即，一隻蒼白的手，從那鮮血中赫然伸出！

四月十一日，上午八點半。

七〇九室的住戶上官眠，走出了公寓大門。

這個紮著馬尾的少女，外表雖然很可愛，但是臉上總是帶著冰霜，似乎是個機械人偶一般。平時，幾乎都看不到她有眨眼，她的面部肌肉似乎都僵住了。

上官眠已經來到了社區門口。而這時，門口對面停著一輛黑色轎車。那轎車上，正坐著一個戴墨鏡的金髮白人青年。他注意到上官眠走出來後，連忙將手上的手提電腦打開，連接了一段視頻。

金髮白人青年用流利的英語說道：「戴斯先生，『睡美人』已經出現，可以行動了！」

視頻中是個金髮白人男子，那個男子穿著一身筆挺的西裝，說：「立即進行部署！聽好了，這一次一定要成功！『睡美人』有多可怕，你也是知道的。如果殺不了她，那……」

「我明白，戴斯先生！這一次，出馬的是『魔蠍』德斯比和『金眼惡魔』蒙修特斯。尤其是『金眼惡魔』，知道這次是獵殺『睡美人』，立即從墨西哥趕來了。」

「嗯。有『金眼惡魔』出馬，我想應該不會有問題了。但還是要小心，畢竟『睡美人』的名頭太大了，她以前可是『黑色禁地』組織排名第一的超級殺手，要不是得罪了我們埃利克森家族，『黑色禁地』也不會把她當做棄子啊。『金眼惡魔』可是歐洲地下世界的殺手中極為有名的一個。」

三分鐘之後，「金眼惡魔」不敢相信地看著插入喉嚨的毒針，身體就這樣倒下了。

上官眠在很短時間內，以最狠辣的手段接連殺了「魔蠍」和「金眼惡魔」，讓戴斯等人的精心安排化成了泡影。

這一次之後，那些人也不再繼續監視那個公寓社區了，因為他們認為上官眠不可能繼續待在那裏了。但他們萬萬沒有想到，在那個公寓社區內有一個地方，他們是無論如何也偵察不到的。

當天晚上，上官眠在自己住的七〇九室，包紮處理了在今天對決中受的傷。不是在執行血字的情況下所受的傷，回到公寓也不會痊癒。將傷口處理完畢，上官眠將染血的衣服燒毀，隨後，將同樣的衣服款式寫在便利貼上，貼在了衣櫃上。

從懂事時起，上官眠就被作為殺手，在「黑色禁地」的西歐支部進行訓練，被灌輸殺人的技巧。

身邊所有的人都是敵人，不殺死他們就無法存活。組織的命令必須絕對服從，違背組織的人，將會被立即處死，絕無寬宥餘地。

在她十歲那一年，在被分發了武器的情況下，被組織放入一座荒山中，大家都是同齡的孩子，必須要互相殘殺，直到只剩下十人為止。活下來的人就能被組織重點培養為殺手，否則就只能被殺。

這就是「黑色禁地」的訓練方式。

上官眠是當時西歐支部負責訓練的兒童中唯一的亞裔，上官眠這個名字是當時的教官取的。

這一戰結束後，她渾身是血，身上有超過二十處刀傷，骨折七處，然而她活下來了。她所帶的所有武器，都沾滿了敵人的血。

於是，她被送到了總部，進行進一步培養。當時，從歐洲各地送到黑色禁地總部的預備培養為組織精英殺手的人，一共有三十個，她是其中之一。這些人，全部是精英中的精英。

然後，上官眠被賦予了殺手代號：「睡美人」。

十三歲那年，上官眠已經獲得組織一級殺手的稱號，短短一年內，「睡美人」之名令整個歐洲地下世界聞風喪膽，也讓「黑色禁地」組織聲名大振。很快，上官眠成為黑色禁地頭號殺手。

所謂貪心不足蛇吞象。黑色禁地組織，自認為「睡美人」是他們的終極武器，居然接下了暗殺埃利克森家族當家家主的委託！

埃利克森家族，是歐洲一個非常古老的家族，黑白兩道都經營得很壯大，政府中也有這個家族的人。這個家族的權勢可以說是一手遮天，沒有人敢輕易得罪這個家族。而該家族的當家家主，根據情報，會在下個月前往法國，到時候就是暗殺對方的最佳時機。

一旦被查出是「睡美人」所為，這個家族向黑色禁地組織發難，那也是很可怕的。埃利克森家族的人脈，就連「墮天使」組織，都要賣他們三分面子。

不過，這次提出委託的人出的價錢，足以抵得上組織十年的收入。面對那麼龐大的一筆賞金，組織心動了。雖然風險很大，但值得冒險！只要不被查出是「睡美人」所為，就能更進一步壯大組織！

也因為這個原因，上官眠被委派前往法國，執行這個危險的暗殺任務。

雖然她一路殺死了數十名護衛，但最後因為護衛的數量太多，而且有著太多的超一流高手，雖然她成功地接近了家主身邊，砍斷了其一條手臂，但還是沒有成功殺死對方。而且，身分也暴露了。

頓時，憤怒的埃利克森家主向黑色禁地發難！這一下，令黑色禁地極為惶恐，萬般無奈之下，聲稱這是「睡美人」擅自領取了暗殺委託，和組織完全無關，組織已經取消其一級殺手稱號，並將協同一起追捕「睡美人」。

這是在半年前發生的事情。

後來，上官眠逃出歐洲。而埃利克森家族通過情報網瞭解她來到天南市的時候，已經是二〇一一年二月的時候了。這一次，先是追查出她的所在地，然後決定請「金眼惡魔」前去殺「睡美人」。

也就是在這個時候，有一次偶然地進入這個社區，上官眠卻發現影子自動離開身體，進入了這個原本不存在的公寓中。她被獲知，要通過十次血字，才能夠活著離開。

上官眠對此沒有什麼感覺。她從小就活在生死之間，死亡對她來說是最親近的。十次血字和她以前經歷的無數次生死之戰相比也沒有多大區別。只是，對手不再是人，而是鬼魂而已。

12 羅密歐與茱麗葉

四月十三日，新的血字發佈了。

原本，李隱認為，上一次六顆人頭的血字指示，已經算是他入住公寓以來最特殊的一次血字了。但這一次發佈的新血字，比上一次還要特殊。

而且，這一次的血字指示，內容非常長，也因為這個原因，血字非常小。

「二〇一一年四月十七日、十八日這兩天，前往東臨市空明山東邊的兩座別館，兩座別館相對而建，分別稱之為月影館和日冕館。公寓內單數號碼房間的住戶前往月影館，雙數號碼房間的住戶前往日冕館，為分別在兩個別館地下室的鬼魂送信。兩個鬼魂所住的地下室構造相同，鬼魂都是通過地下室內囚禁室門上的窗戶送出信，也是通過這個窗戶接受回信。住戶只要在地下室門口等待，鬼魂就會將信通過門上的窗戶交予住戶。送信必須要通過二樓正對另一個別館房間的窗戶，用房間內放在窗戶旁的伸縮鐵夾，送到對面別館的窗戶中去，然後交到那個別館地下室的另一個鬼魂手中。私自拆開查看、克扣，甚至偽造信件都是允許的，鬼魂不會知曉住戶對信件的處理。但是在四月十七日、十八日這兩天內，住戶不能拒絕接受鬼魂寫好送出的信，鬼魂一旦將信交予住戶，必須要在三小時內收到回信。住戶不能夠離開自己所在的別館。本次血字，不發佈地獄契約碎片下落。」

這一次接受血字的，是李隱、嬴子夜、上官眠、封煜顯、慕容蜃，以及新住戶白羽。

不可思議的是，這個血字……居然直接指明了鬼魂所在的地方！而且，還要幫鬼魂送信！

這可比上次的「六顆人頭」，還要來得詭異！時間僅僅兩天，然而，卻要為鬼魂送信？只是……送信而已？不會在去送信的時候，被鬼魂殺死吧？

明明知道鬼魂在哪裏，還必須要去，任誰想到這個都會頭皮發麻。不過，既然血字直接這麼說了，應該不會有生命危險，否則就是直接讓他們去死嘛。

關鍵就在於，「必須送出」，「必須收到回信」。

也就是說，送出了一封信後，就必須要有一封回信。如果沒有，那麼後果如何？想想也知道了！

月影館和日冕館？

李隱上網調查之後，竟然發現了這兩個別館的新聞，是二十年前，曾經轟動一時的著名新聞。月影館和日冕館，分別住著兩戶人家，都是非常有錢的人。兩戶人家都住著不少人，但是，因為各種原因，卻互相仇視得很厲害。

然而，月影館的曾未幸，卻愛上了日冕館的任里昂。曾未幸和任里昂陷入了熱戀，並且發誓要永遠相守。

但是，不久後，兩家人發現了二人在戀愛，不禁都陷入震怒。於是，出現了和羅密歐與茱麗葉完全一樣的劇情。二人雖然有著強烈的決心，但兩戶人家都不允許二人相戀，都將他們鎖進了自家的地下室內。儘管二人都拚死抗爭，但是父母卻堅決不允許二人相愛。

而二人在地下室內，也日夜思念著自己所愛的人。所以，都給對方寫信，拜託兩家的傭人，送到對方家裏去。他們每天都會寫信給對方，然後收到回信，知道對方也在堅持抗爭，並期望有著一天能夠和對方永遠在一起。

然而，有一天，傭人交換信的過程被發現了，因此，二人無法再通信了。這件事情，未幸和里昂都不知道。所以，無法再收到回信的他們，都懷疑對方是不是妥協了。最後，在痛苦中，二人居然都選擇了自殺。

這起案件引起了轟動，一時間雙方父母被社會上無數人譴責，認為這種干涉子女婚姻自由的做法害死了兩個相愛的人。

想來，那鬼魂，應該就是未幸和里昂。

二人在已經死了二十年後，卻還在寫著無法送出去的信，靈魂依然在那地下室中吧……而如今，地下室卻變為了公寓讓住戶執行血字指示的場所。

究竟那二人的悲劇，是公寓一手安排的，還是公寓利用了二人？

「難得啊，居然查出了鬼魂的來歷？」子夜也看到電腦上搜索到的資料，「不過，還不能夠確定，鬼魂是否就是未幸和里昂吧？」

表面上看，只是送個信而已，根本沒有難度可言。但是如果那麼簡單就可以通過的話，也就不會作為血字指示發佈出來了。一定存在著某些玄機。

而奇異的是，公寓居然允許住戶克扣、偽造信件？但問題是，就算公寓允許，住戶哪裏敢那麼做？那可是死了二十年的兩個怨氣很重的鬼魂啊！

這一次的血字……李隱預感到，恐怕將會比六顆人頭的血字，還要恐怖！

這一次血字，除了李隱和子夜之外，其他四名住戶都是首次執行血字指示。而李隱要執行的是第七次血字指示，子夜是第五次血字指示，其他四個人，自然也清楚其難度絕非是首次血字的難度。

不過，上官眠和慕容蜃自然不必說，就連封煜顯，也沒什麼反應。封煜顯也是上次來開會的五名新住戶代表之一，是個三十多歲的男子。雖然他剃掉鬍鬚後，看起來也顯得很俊秀，但和皇甫壑比起來，就差得很遠了。

首先要做的事情，自然是調查一番。這次血字的鬼魂，很可能是當初那兩個殉情的年輕男女——任里昂和曾未幸。既然如此，調查這二人生前的情況，就尤為重要了。

不過，要查出當時在月影館和日冕館住的人現在在哪裏，幾乎是不可能的了。雖然當時事件還算轟動，但都過了那麼久了，兩家人搬離那兒後，早就不知道現在在什麼地方了。而且因為時間隔了太久，許多情況都很難詳細地查出來。新聞中一些記者添油加醋的內容，也不足為信。

四月十四日，在李隱家中，所有執行血字的住戶都到了，對這一次血字，分析詳細情況。

「這一次的血字……」李隱將查到的資料給每個人發了一份，說：「大致能夠確定鬼魂的身分。根據規定，公寓單數號碼房間的住戶，是去月影館，雙數號碼的，是去日冕館。」

這一次，去月影館的是子夜（四〇三室）、上官眠（七〇九室）、白羽（一五〇一），去日冕館的是慕容蜃（一八〇四）、封煜顯（四〇二）、李隱（四〇四）。

封煜顯和李隱是鄰居，但是這個男人性格比較內向，雖然平時見過幾面，但也只是略微寒暄幾句罷了，也不知道他在想些什麼。

而這一次對血字最興奮的人，自然是慕容蜃。上官眠依舊和以前一樣，顯得很冰冷，毫無表情。

至於新住戶白羽，也算是心理素質較強的住戶了。白羽是個清秀的少年，看起來也就十七八歲的樣子，他也冷靜地聽著李隱的分析。

「目前的調查，查不出那兩戶人家反對二人相愛的原因。這一點，很可能是個重要突破口，我正在竭盡全力調查。而這一次血字本身……」

老實說，身為新人的白羽，看到血字內容倒是鬆了一口氣。只是送信而已，只要把信送到，那不就沒問題了嗎？

「絕對不可能那麼簡單。」子夜開口說道，「血字中，提到允許住戶私拆、甚至篡改信件，這說明……到時候一定會出現需要我們私拆，篡改信件的情況。而且，似乎篡改信件，只要能夠瞞過鬼魂，也就不會有事。不過，重點就在於，鬼魂寫好的信，必須要寄出，也必須要回信……你們該知道這意味著什麼吧？」

「意味著……」封煜顯開口道，「只要鬼魂開始寫信，就會產生一個無法停止的連鎖，必須要有回信……也就是說，必須要對每一封信回信，即使是回信，也要在三小時內回信。所以，要無休止地送信下去，直到血字終結。」

「對。」李隱說道，「重點是，三個小時內必須保證通信不會中斷。也就是說，只要有一方開始寫信，這個連鎖就會一直持續下去，不會終止，直到血字執行的時間結束。而這個時候出現了問題……如果，鬼魂沒有寫回信，或者，沒有按時寫回信的話該怎麼辦呢？」

這是一個最嚴重的問題。血字並沒有說鬼魂一定會按時寫回信。

到了那個時候，就必須要偽造一封回信了。

「必須要偽造回信，也就是說，必須要將寄出去的信拆開進行查看。還要能夠模仿裏面的筆跡，不過我估計筆跡的模仿不會很困難，否則公寓不會允許這一點。而一旦偽造了回信的話，鬼接下來寫的回信也就會出現虛假的內容。於是……這一次的回信，就需要再一次進行偽造。」

說到這裏，氣氛一下凝重起來了。

「也就是說……」白羽臉色慘白地說，「要一直給兩個鬼寫偽造的回信？但是，但是……」

「對。一旦在信中，寫錯了什麼怎麼辦？又或者鬼魂要我們說出，只有那對戀人才知道的事情怎麼辦？一旦信被發現是偽造的，後果就不堪設想了。也就是說，重點就在於，如何偽造出不會被發現是虛假內容的信。」

討論下來，情況大致是如此。一旦出現需要偽造回信的情況，那麼，接到假回信的鬼繼續寫出回信，裏面的內容就可能包含虛假內容，容易被識破。就需要兩方面的人不斷給鬼寫假回信。但這樣一直發展下去，很有穿幫的可能。到時候，後果就不堪設想了。

除非，兩個鬼一直給對方按時寫回信，持續到血字終結。但有可能會那麼順利嗎？

「可，可是……」白羽頓時急了，「二十年前的話，那對戀人的事情怎麼查？而且如果是只有那兩個人才知道的事情的話……」

「對。」李隱陰沉著臉說，「就會演變為最糟糕的情況。如何成功偽造出不會被發現作假的信，就是最重要的。這，就是『生路』。」

一旦偽造的回信的內容出現問題，就將陷入僵局。

「那……偽造的內容盡可能短一些吧。」白羽說，「還有……」

「關鍵還有一點。」李隱說，「那二人是二十年前死的，靈魂一直盤踞在那裏。我查過，二十年來那兩棟房子都是無主的，也的確有鬧鬼的傳聞。在這樣的情況下，回信的內容一定要注意，辭彙不能夠太新。如果出現了明顯是二十年後的人使用的辭彙，那就等於是自殺了。這一點務必記住。」

「寫得短不代表就沒有問題。」子夜又補充道：「內容過短也容易穿幫。」

「呵呵。」慕容蜃說話了，「值得注意的是，血字指示中也沒有提及，鬼魂只是寫信，絕對不會離開地下室吧？如果寫著寫著走出來了怎麼辦？那也是問題所在啊。」

「那是自然。」李隱也沒有忽略這一點，「所以必須注意這個問題。」

最為恐怖的一點就在於，萬一在需要回信的情況下，鬼魂在信中，問了一個只有二人才知道的問題，比如你還記不記得我們第一次見面時候發生的某件事情？戀人之間總是很喜歡問這類問題，萬一是這樣，誰能夠查得出來？但是如果將回信交給另一個鬼來寫，萬一這封信裏提及了之前假信中的內容，也一樣會終結一切。

可以這麼說，這次血字，難度極高極高。

而且，分開兩個館，明顯是將危險分散了。很有可能，其中一個鬼肆虐的時候，不會波及另外一個館內的住戶。

「總之，現在只有盡可能調查那二人的情況了……」

曾未幸，任里昂，這兩個人的所有事情，哪怕是祖宗十八代也都要調查出來不可。

慕容蜃看著李隱此刻的表情，心想：深雨，你會怎麼做呢？這一次，一定會對李隱和嬴子夜下手吧？你，會怎麼做呢？

會議討論了三個多小時，大家都說得口乾舌燥，這才散會了。

上官眠走出房間的時候，李隱看著她的背影，感覺一陣心悸。這個看起來外表可愛的少女，卻給他一種莫名的壓力，彷彿她能夠瞬間將自己殺死一般。

封煜顯走到李隱隔壁的四〇二室，拿出鑰匙將門打開的時候，李隱走了過去，說：「封先生，如果感到害怕或者恐懼，可以隨時到我這裏來。住戶們最難過的，就是恐懼這一關。我很清楚……」

「不。你別弄錯了，李隱先生。」

「什麼？」

「能夠進入這個公寓，我很高興。」封煜顯直視著李隱，說：「我是說真的。因為這個公寓的存在，給了我新的希望。」

李隱頓時感覺腦子不夠用了。慕容蜃，皇甫壑，現在又是這個封煜顯！難道公寓特意選擇心理變態的住戶進入嗎？正常人哪有進入這個公寓還感到高興的？

「這個公寓，讓我感覺還有希望。」封煜顯說到這裏，已經打開了門，說道：「那麼，到時候見了。」

他將門關上後，一個頭兩個大的李隱回到房間裏，子夜還待在那裏。

李隱愣了一愣，問：「你……還留在這裏？」

「嗯。」子夜點點頭，說：「這是我的第五次血字，完成後，我以後就能夠直接回歸公寓了。」

「是啊。的確如此。」

「不過，李隱，有一個問題。」她說，「既然銀羽曾經利用這一點，將鬼帶入了公寓，那麼住戶是否可以一起被帶回來呢？也就是說，血字指示的時間到了之後，你能夠把我一起帶回公寓嗎？」

既然鬼都可以帶回來，住戶本身恐怕也是可以的。但因為執行血字指示到第五次以上的住戶實在太少，所以沒有住戶有機會嘗試……

第六到十次執行血字的住戶，是否可以將其他住戶也一起帶回公寓？

「的確，這是個問題。」李隱點點頭說，「但是，其他住戶也會考慮這個問題吧。是不是也能夠接觸到我一起回公寓。如果帶住戶回公寓有沒有極限呢？又或者，公寓本身是否允許這一點？」

說到這裏，兩個人又是一陣沉默。

「李隱。」子夜再度開口了，「你不覺得公寓是故意的嗎？」

「故意的？你說的是……」

「在銀羽之後，確定了將鬼帶入公寓可以讓鬼魂被那個黑洞吸進去。也就是說，鬼不是無法進入公寓，而是無法在公寓中存在下來。住戶可以利用這一點來將鬼魂毀滅。而在知道這一點後，這一次的血字，就出現了兩個鬼魂，而且……李隱你還被限定在其中一個館內。公寓難道不是因為住戶洞悉了這一點，故意那麼做嗎？」

「你……想說什麼？」

「究竟公寓是故意讓我們發現了這一點，還是……不慎被我們發現，所以調整了血字的難度？」

這一點，誰也不知道。因為誰都無法去質問公寓。

「子夜，問題是……上次銀羽帶鬼魂進入公寓，就是血字的生路啊。既然安排這樣的生路，公寓是故意讓住戶知道的吧……」

「這樣想也是可以的。但是，李隱，我總感覺，站在公寓的角度，不會希望住戶發現這一點。所以，能不能夠這樣想呢？」

「什麼？你想說什麼？子夜？」

「血字指示的生路……」

「真的只存在唯一答案嗎？」

這是長久以來，很少有住戶去思考的一個問題。很多人都認為，血字指示只有唯一的解答。但是真的如此嗎？公寓會不會為了平衡一些難度極高的血字，而安排了多個生路？如果真是如此，那麼只考慮單一生路的話，會不會反而陷入思維的死角？

「子夜……你是說，有多種生路的可能性？」

「這只是我的猜測罷了。」子夜拿出一張紙說，「其實我仔細分析了以前的幾個血字指示，漸漸發現……有一些血字，還有其他幾種可能的生路，只是無法去驗證了而已。其實，我們發現的很多血字，提示都極為隱晦，沒有極高的智商根本發現不了。也因此，我開始懷疑，會不會其實還存在著更明顯的暗示，能夠更容易發現的生路？而我們，會不會把問題思考得過於複雜了呢？」

「你這麼說的話……也有道理。但終究只是假設而已。實際情況下，我們沒有那麼多的機會一個個嘗試這些生路是真是假。事實上，這些隱晦的血字提示，我們在得出結論的時候也沒辦法斷定是不是對的。」

「沒錯。問題就在於這裏，李隱。我們沒辦法斷定血字的生路是不是正確的，所以只能夠先去驗證。但驗證失敗往往就會萬劫不復。我們沒有人能夠預言未來。所以，公寓很有可能安排了幾種風險較小，更容易嘗試的血字生路。」

也就是說……實際上，存在著即使去驗證，也不需要冒太多風險的生路存在。而那樣的生路，才是真正的生路！

這個假定，經由子夜之口說出，卻令李隱深感震撼。

事實上，生路就算想出來，也存在著一些驗證的過程需要冒很大風險的情況。在這個過程中有可能出現住戶犧牲。但如果有著那種風險極小的生路存在，就完全不一樣了。

那就能夠最大限度地減少住房的犧牲！

「有可能那麼理想嗎？對這個公寓而言，我們只是掙扎求存的螻蟻，是『東西』，而不是人！」

李隱不知道為什麼，總有一種強烈的挫敗感。

如果子夜的話是事實，那麼不就代表著他雖然活到了現在，卻依舊被公寓完全玩弄著嗎？而未來的血字指示，他也一樣有可能繼續被這樣玩弄下去。

如果，能找到那個神秘人就好了……

而銀夜和銀羽，卻掌握著比李隱更多的情報。他們二人，已經知道了那個神秘人預言的形式，也就是「預知畫」。那種「預知畫」能夠預言血字指示地點將要出現的未來，可以從中判斷出生路。

而油畫這一點，更進一步地讓銀夜聯想到了深雨。

但是，依舊無法確定。因為深雨沒有留下任何一幅畫。單靠油畫，什麼也確定不了。而對方的預言究竟能夠達到怎樣的準確程度呢？將來還會不會有人因為受到預言畫的誘惑來殺他們呢？

令銀夜最為擔憂的就是……李隱手上持有的所有住戶房間的備用鑰匙。

如果李隱和那個神秘人達成協定，要來殺自己和銀羽，後果就不堪設想了。但是，又沒辦法換掉公寓的門鎖。

為此，銀夜決定和銀羽搬出公寓，回到自己家去住。反正，每隔四十八小時回公寓一次就可以了。而這麼做，更激起了李隱的懷疑。

李隱和銀夜之間的互相猜忌，越來越深了……

「星辰，那些油畫，你都怎麼處理了？」

偌大的豪華客廳內，星炎正坐在沙發上看著電視，問一旁正拿著一張報紙看的星辰：「你好像有點在意那個蒲靡靈的畫？雖然畫得的確不錯，但是好像都是些恐怖內容的畫作啊。沒有明顯的時代特徵，真的很奇怪。」

「你不如搬回來住吧。」星炎又說道，「那麼大的房子，我一個人住著也有些悶呢。怎麼樣？」

「不，不用。我還是在外面租公寓住比較好。」

「你還是沒找到工作嗎？」

「工作……」他將報紙疊好，說：「目前就是打打零工而已。」

星辰好幾次在猶豫，要不要把公寓的存在告訴星炎？可是，他可能相信嗎？不是住戶的人，是根本沒辦法相信公寓的存在的。哥哥肯定會以為自己得了妄想症，到那時候，反而不可能針對血字給自己好的建議了。

對星辰來說，即使有深雨幫忙，他依舊沒有足夠信心可以支撐到第十次血字。深雨根本就不可信。夏小美的死，別人不知道，但星辰清楚得很。

她明顯想要殺掉銀夜和銀羽！

既然如此，自己也有可能成為被她剷除掉的實驗品。今後，也一樣可能被她操縱再去殺人。敏的死，至今仍是星辰的夢魘。他怎麼也不敢相信，自己居然真的殺死了敏。居然真的殺了人！

「她……果然是……惡魔……」

敏臨死前的這句話，星辰依舊記憶猶新。

果然？果然是什麼意思？難道敏已經預見到深雨會變成如今這個樣子了嗎？

星辰詳細調查過和深雨有關的事情，發現二人原本的居住地並不在這個城市。雖然當初網路曝光了二人的身世，但過了那麼久，那些網頁已經查找不到了。要進一步追查，已經很困難了。

不過，調查後，至少查明了一件事情。

那就是……敏和深雨的姓氏，就是蒲！

蒲深雨……這絕對不可能是巧合！星辰已經認定，蒲靡靈，很可能就是敏的父親，也是深雨的祖父！既然如此，深雨的能力，很可能是遺傳自祖父的。

難道蒲靡靈當初來到天南市，也是因為和公寓的住戶進行了交易？或者，是無償幫助公寓住戶？甚至還有一個更大膽的猜測。蒲靡靈，會不會就是公寓曾經的住戶？而這個能力，是不是在執行血字的過程中被賦予的？他靠著這個能力，度過了十次血字指示，離開了公寓？

想到這一點，星辰就沒辦法不在意。

深雨是敏的女兒，是敏身懷鬼胎的結果。但是，為什麼敏沒有獲得這一能力，反而是深雨獲得了？這當中又有什麼玄機呢？敏又是在什麼樣的情況下，預見了深雨會變成「惡魔」呢？

這一點讓星辰越來越不安了。目前，自己擁有的籌碼還遠遠不夠。

回到自己的房間，星辰將那些找出來的油畫全都拿了出來。

究竟這種能力有什麼特點？

敏的死，令星辰至今充滿恐懼和內疚。無論有什麼理由，他的確是殺了人。他雖然救過自殺的敏，但不代表他就可以殺死她。

但是自己沒有選擇，他不想死在血字指示中，被那些鬼魂殺害。

「到底，該怎麼做？」

這時候，在星辰身後的那扇門，門把手忽然轉動了起來。

接著，門，微微敞開。一隻蒼白的手，從門縫裏伸了進來！

「搞不懂啊。」星辰死死盯著一幅油畫看，自語道：「畫布看不出來有什麼特別的，不是畫布的關係嗎？難道是畫筆的緣故？但是是用什麼筆畫的完全一頭霧水啊。」

一雙赤裸著的腳，踏在柔軟的地板上，一步一步，走向正全神貫注看著畫的星辰。

「嗯？這幅？這幅是……」

畫面上，幽暗的房間裏，一個穿著一身素白衣服，留著一頭長髮的一個女子，坐在一張寫字台前，正在寫著什麼東西。

後面的一幅油畫，則是這個女子，將寫好的東西裝入了……一個信封內！

信封？

「是，是巧合吧？怎麼可能會……」

不可能的。絕對不可能……

那雙腳，停在了星辰的背後。蒼白的手，緩緩地向著星辰的背後伸去！

星辰忽然心中一凜，回過頭去一看，背後卻什麼都沒有。

「真是……我怎麼越來越疑神疑鬼了。這是在我自己家裏啊……」

但是，星辰內心的緊張還是沒有絲毫鬆懈。他忽然覺得，還是回公寓去吧。雖然內心已經詛咒了那個公寓千萬次，但是，那個公寓的確是最安全的地方。鬼就算進去了，也會被吸入那個黑洞中去。

但是，這些油畫還是留在家裏好。

晚上，住戶們都有著各自的心思。

今天是四月十五日。明天，就要出發前往東臨市。到時候，面對這個吉凶難測的血字指示，誰也不知道有幾個住戶能活著回來。

李隱至今也不知道，該如何找出那個神秘人。如果銀夜成為那個人的盟友，那麼對自己和子夜都極為不利。這一次血字，他和子夜又是分開的。不知道到時候，會發生什麼樣的情況。

隔壁四〇二室的封煜顯，此時正躺在床上，若有所思。

「該怎麼做，才能見到你呢？螢？只要可以見到你的話……」

而上官眠，此時正在檢查彈藥。將所有武器都裝在身上後，她又將兩個手榴彈放在了身上。雖然還沒製作出炸彈，不過手榴彈是在逃亡過程中，殺死了追殺自己的人，從其身上奪取的。

她的雙眼中，只有深不見底的冷酷。沒有任何東西，可以停留。

對上官眠而言，人生就是純粹的殺戮，或者被殺而已。

她只是殺死要殺自己的人而活著罷了。或者，某一天，被其他人殺死。

這就是她的人生。無所謂活著，也無所謂死去。

對於她而言，外面的世界，和這個公寓一樣，都是地獄。

夜已經深了，而李隱和子夜還在一起。關於多重生路的討論，倆人已經進行了好幾個小時了。李隱雖然還沒有完全接受這一點，但目前的確有不少間接證據，顯示多重生路有存在的可能。

接下來，是關於送信。

偽造信件，對於情報的要求很高。公寓為了平衡這個難度，肯定會有補救的措施。而且，必定會出現生路的提示，鬼才會殺人。

現在的問題是……還會不會存在著第三、第四個鬼呢？

「血字有可能對我們造成迷惑，告知我們鬼魂的所在，讓我們對其他地方的警惕心下降。也就是說，可能在那裏還存在著其他的鬼魂。」

其實子夜也一樣考慮到了這一點。從目前血字的內容看，至少可以肯定，月影館和日冕館都有鬼魂存在。

「曾未幸和任里昂有可能並不是要殺死我們的鬼，反而可能會成為生路。當然這也只是假設。甚至也可能根本不是曾未幸和任里昂。」

「無論如何，我們必須要絕對謹慎。一絲一毫的大意都不可以有！」

午夜零點。

深雨此刻還是一點也睡不著。

慕容蜃正在她身後，看著電視。電視裏播出的是一部韓劇。

「你居然喜歡看韓劇？我很意外呢。」深雨饒有興致地看著慕容蜃，說：「我本以為你對這種胡編亂造的劇情會很反感的。」

「也沒什麼。」慕容蜃蹺著二郎腿，「雖然是明顯脫離現實的劇情，不過，看看也無妨。因為我很想知道，這些男女主角要麼是車禍失憶，要麼是絕症等死，這種套路為什麼總是能吸引無數人觀看呢？說到底，悲劇更容易吸引目光吧。和大團圓相比，『失去』永遠比『得到』更容易讓人銘記。」

這時候，電視劇的女主角對母親大喊：「媽！為什麼，我和英熙是真心相愛的，我無論如何也不能失去他，沒有他我會死的，媽！求求你……」

「允熙！你不正常了嗎？他明天就要和別的女人訂婚了，你還要去找他？你……」螢幕中的女人喊道，「他媽媽是不會接受你的，你忘記了嗎？就算天塌下來，明天世界末日，她也不會讓你們在一起的！你清醒一點！」

慕容蜃看到這一段，忽然笑了起來：「這些台詞真是有趣啊。沒有了心愛的人就會死掉嗎？就算世界末日也不允許的婚姻？人總是喜歡用最極端的方式來演繹矛盾呢。」

「這部劇是因為什麼不允許他們戀愛？貧富差距？上代恩怨？誤會？還是絕症或者車禍失憶？」深雨忽然也湊過來看了看。

「嗯，對哦，是什麼原因呢？」慕容蜃想了想，說：「我忘記了呢。」

他似乎想起了什麼，對深雨說：「說起來，有些問題呢。曾未幸和任里昂的父母，為什麼不允許他們戀愛？貧富差距的問題不存在，上代恩怨應該也談不上吧。到底是什麼原因？」

「關於這一點……」深雨似乎也很困惑，「我也沒辦法知道。只是，有一點是可以確定的。最初，兩家是不反對二人戀愛的。」

「哦？是嗎？那是什麼改變了……」

「困惑的地方就在這裏。」深雨回答道，「那時候，應該發生了某件事情。但是，我無法將這件事情畫出來。可以肯定的是，發生了某件非常可怕的事情，這件事直接導致兩家人都對這門婚事萬般阻撓，不惜將子女鎖入地下室，也要拆散他們……」

「可以肯定的是……」深雨看著那還在如火如荼上演的韓劇，「絕對不會是一般的理由……」

「什麼意思？你察覺到什麼了嗎？」

「雖然不能夠確切地感覺出來，但在我決定畫的時候，好像出現了一個影子。」

「影子？」

「對。一個非常可怕的影子，似乎，有某個人，在那段時間，拜訪過月影館和日冕館。而那個人的來訪，也就導致了那兩家人對這對戀人相愛的堅決阻撓。」

「可是……我無法畫出那個人，只能看到一個模糊的影子……」

此刻，已經過了午夜零點了。

然而，公寓的四〇四室依舊亮著燈。李隱和子夜正相對而坐，二人已經考慮了這次血字生路的無數可能性，有許多是常人根本難以想像的方法。

「好了。」李隱看了看時間，說：「子夜，你回去睡吧，都那麼晚了。明天還要早點起來，準備去東臨市呢。」

子夜也放下了手中的筆。不過，她卻沒有起身。

「李隱。」子夜忽然以非常凝重的表情，看向李隱，說：「接下來，我們將要執行第七次級別的血字指示。可以說，無論做什麼再壞的打算，也是很自然的。」

「子夜，別這麼說！」李隱剛要開口，卻見子夜搖了搖頭。

「李隱。你，為什麼會愛上我呢？我記得，當時我和你剛見面不久，就接到血字指示，前往那個鬼屋，然後你給了我你的筆記。當我回來後，你說，你希望我能夠和你交往。你在那時候就愛上我了吧？那麼，是什麼讓你那麼快對我……」

這是子夜一直很困惑的一個問題。雖然她的確擁有不俗的美麗容顏，但是她當時和李隱接觸的時間並不長，也沒有對他表示出過好感。最重要的是，對於住在這個公寓中，朝不保夕，生命猶如風中殘燭的住戶來說，再美麗的女人又有什麼意義呢？如果活不下去，什麼都沒有意義。但李隱深深愛上了子夜，甚至愛到不可自拔，愛到忘我的地步。

是什麼樣的愛，可以超越對這個公寓的恐懼而存在呢？李隱為了子夜，甚至好幾次不惜用自己的性命作賭注來救她！

「究竟，為什麼你……這麼愛我？」

銀夜對銀羽，那是長期以來的愛戀，甚至為了銀羽而不惜進入公寓，是一份超越生死的摯愛。但李隱不同，他是進入公寓後才認識子夜的，認識的時間如此短暫，卻付出了這份如此強烈的感情。

如果這次血字指示，會……子夜希望，至少能夠知道這個問題的答案。

「子夜……」李隱其實早就預料到子夜會問這個問題。其實，這也是很多住戶都想不明白的一件事情。只不過，每個人都顧著自己的血字指示，所以沒有對這個問題過多地加以考慮罷了。

李隱卻無法回答子夜的問題。或者說，他並不能夠給子夜她想要的答案。

四月十六日，公寓執行血字的住戶們早早做好準備，前往東臨市空明山。

東臨市離天南市非常近，是一個很發達的沿海城市，空明山位於東臨市近郊，是一座風景和氣候都很宜人的大山。根據調查，月影館和日冕館目前都是無主的空屋，位於這座山東側的一個懸崖旁。

空明山離海非常近，而月影館和日冕館所在的地方，已經可以眺望到海岸了。

「查起來還真是完全不費力氣。網上也有過月影館和日冕館鬧鬼的傳聞。」李隱展開空明山一帶的地圖，說：「這兩座別館的確相對而建造，房間的格局和佈置也都有不少相同之處，所以附有幾乎相同的地下室。」

此時六個人坐在火車上，再過三站，就到東臨市了。

「能討論的我們都討論了。」李隱將地圖收起來，說：「大家也別太恐懼。這一次的血字，給出了明確的逃生方法，我們……必須想辦法找到生路。」

慕容蜃則是一臉興奮的樣子，說：「終於要見識到真正的鬼魂了，上一次的那個無頭鬼我沒有見到呢。」

上官眠則始終正襟危坐，一言不發。傷口對她的影響還是很大，不過目前也沒有別的辦法了。而封煜顯，則拿手機看著，也沒什麼反應。

只有白羽非常緊張和害怕，然而看著其他幾個人如此淡定的樣子，他反而覺得自己是異類了。

李隱對於慕容蜃和封煜顯這兩個人，都有一定程度的戒備。一個是對鬼魂有著莫大興趣，一個則聲稱進入公寓很高興。這種變態思維讓李隱實在難以理解，因此他越來越對二人充滿警戒。

難道是某種勢力注意到了公寓的存在，安排了這些人進入嗎？尤其是慕容蜃，這個絕對的變態法醫，會不會在血字指示中起到什麼可怕的作用？幸好他是和自己待在日冕館，自己能夠隨時監視他的行動。

如果他有什麼異動，敢拖後腿，令他們陷入危機，李隱絕對會不惜殺掉他！他身為法醫，不知道上過警校沒有。不過就算如此，趁其不備下手，還是有很大機會的。李隱對醫學很精通，知道攻擊什麼部位可以迅速地置人於死地。

不斷行進的火車，終於到了終點站。

下火車之後，就到達和東臨市郊區交接的地帶了。然後，再乘坐公共汽車，前往空明山。

就在車門打開，大家擁擠著準備下車的時候，忽然……

「啊！啊啊啊！」

只聽一聲慘叫，眾人回過頭看去。只見上官眠的手死死地抓著一個皮膚黝黑、大概三十歲左右的男人的手，略微一用力，就聽到了骨頭碎裂的聲音！

「殺，殺人了！你……」那個男人大喊道，「你這個女人……」

然而還沒等他看清楚，忽然上官眠鬆開手，身子一個側轉，右腿化為一道虛影襲來，正中那個男人胸口，頓時那個男人的身體飛出五六米遠，一口鮮血噴出，倒在地上！

「怎麼回事？」李隱連忙跑過來問，「你為什麼要……」

「他剛才想偷我的東西。」上官眠說道，「好了，走吧。」

剛才，李隱看得真切。上官眠一個側轉身，然後飛踢出去，這一系列動作猶如是在看視頻快進一般！她的身手竟然如此了得？

其實李隱根本不知道，上官眠已經是手下留情了。否則以「睡美人」的實力，這個男人在把手伸入睡美人口袋的瞬間，他就已經死了。

李隱連忙拉著上官眠跑出火車站，說：「好了，快走吧，我們不能惹事，要儘快到達空明山才行！」李隱已經可以斷定，上官眠的實力，絕對深不可測！

他又加深了「某種勢力進入公寓」這一假想的考慮。雖然可能是巧合，但是為什麼突然有那麼多奇怪的住戶進入了公寓？

下車後不久，幾個人就來到了公交站附近。這裏是郊區地帶，所以等車的人不多，幾個人也就坐了下來等候。

「你身手好厲害啊，上官小姐……」白羽驚歎著說，「剛才那個小毛賊，三兩下就被你……」

上官眠卻沒什麼反應，只是看著車站對面。

李隱看向上官眠的眼裏充滿了更多的警惕。或許這個女人，比慕容蜃、封煜顯，更需要注意。

而他擔心的是，她和子夜一起，都在月影館。

公共汽車來了後，大家上了車，每個人都各懷心事。車子發動，開始朝空明山方向前進。

李隱雖然對上官眠的強大身手有些擔心，但目前，真正最可怕的，還是信的問題。

就看到時候，是月影館的鬼魂先寫信，還是日冕館的鬼魂先寫信了。

很明顯，先寫信的一方，會陷入被動。因為，無論如何一定要有回信。這樣發展下去，先寫信的一方肯定會逐步陷入不利的境地。

到最後會變成什麼樣子呢？

李隱慢慢把頭靠在椅背上。他已經很久沒有能夠將神經舒緩下來了，哪怕夢中也在思索著生路。同時，他也在時刻考慮著，如何讓自己和子夜一起活下去。

「真是漫長啊，已經是……第七次血字指示了。」

子夜就坐在李隱的身旁。她看著李隱此時凝重的表情，知道他內心也在不斷地思索著如何應對接下來的血字指示。

她開始擔憂，對李隱提及多重生路的事情，可能對李隱造成了很大的負擔。對李隱而言，多重生路就意味著，也許自己考慮出來的生路，就算是真的也可能造成犧牲。

而他最不希望犧牲的，就是子夜。

事實上，子夜並沒有告訴李隱。當初，她剛進入公寓見到李隱的時候，就對他有著萌動的情感。雖然她長年進行科學研究，對於情愛無比遲鈍，但她那時候也感覺到了內心有著一份強烈的悸動。

她將手慢慢伸到了李隱的手掌上，握緊了他的手。

「我會一直和你在一起。」她的手傳遞著自己的信念，「因為你在我身邊，所以我不會害怕。」

在進入公寓以前，子夜沒有哪怕犧牲一切都想守護的東西。因為她總是用很客觀的眼光看待這個世界，對她而言，生命的消亡就是腐化後成為世界物質能量循環的一個環節罷了。生生死死，花開花落，她就猶如一個旁觀者一般看待這個世界。所以，她的感情總是很淡漠。

但，她現在有了想要守護的人，無論如何都想守護的人。

李隱也看向了子夜。長久以來，一直並肩走到了現在，互相思念對方，互相守望著對方。

就算公寓的血字指示再怎麼可怕，他也沒有真的屈服和絕望。因為絕望的話，那才是真正的恐懼，比任何的鬼魂都來得恐懼。

昨天晚上，子夜問他，為什麼，當時在那麼短的時間內，就愛上了她。

答案很簡單。愛上了，就是愛上了。那和時間的長短無關。和人的本身無關。只是，李隱在那一刻就明白了，她是自己要去愛的人。僅僅如此而已。

很多人都會對「一見鍾情」這種說法嗤之以鼻。無論是計較金錢、以車房來衡量自己交往的異性的人而言，或者是認為愛情是需要靠思想交流來逐漸產生的人而言，李隱的這種說法都顯得很假。

但，那卻是事實。一見鍾情的確是存在的。至少對李隱而言是如此。

愛情是什麼呢？誰又能說得清楚，是因為什麼而愛上一個人呢？因為金錢而愛上對方嗎？那當對方失去金錢時，是否愛情就會消失了呢？是因為對方英俊或者美豔而愛上對方嗎？那當對方人老珠黃的時候，愛情就消失了嗎？是因為性格合得來而愛上對方嗎？那當時間流逝，對方性格改變時，愛情就會消失了嗎？

真愛是不需要條件和理由的。只是自然而然地產生，然後，永遠牽動著人的心靈，無法被磨滅。在見到子夜的一瞬間，李隱就已經徹底地愛上了她。沒有什麼理由。

就算她不開口，沒有和她交流過，以前也不認識她，這都無所謂。對於李隱而言，和她雙目相對的瞬間，他的靈魂就被子夜俘獲了。

接下來，和子夜短短數日的相處，她的一切，都牽動著李隱的心。那個時候，李隱就已經明白了。然後，他告訴自己……這個女人，是我要用盡一生去愛的人。即使我的人生變得毫無意義，就算這個公寓會把我逼入恐怖的絕境，就算我的生命沒有辦法支持到離開這個公寓……

至少，在那以前，我，會為了愛她而活。

空明山是一個風景宜人，鳥語花香的旅遊勝地。

公共汽車通過了環形山路，眼前出現了兩座華麗的房子。

月影館，日冕館。兩座別館都有金黃色的外牆，都是典型的西式建築，房屋本身占地面積其實並不大，但是很古典雅致，給人一種猶如回到幾個世紀前的感覺。

月影館的屋頂有些傾斜，而日冕館的屋頂則近似於圓形。不知道別館的命名是否與此有關。不過，這對來此執行血字指示的住戶而言，是毫無意義的。

靠著網上查到的資料照片，大家反覆核對後，很快確定了哪一座是月影館，哪一座是日冕館。

「好了，終於到了。」李隱遙看著遠處的那座別館，說：「既然確定了位置，我們先到山腳下去吧，晚上再過來。」

遠遠看著月影館和日冕館，想著裏面有著兩個存在於地下室，二十年來一直寫著送不出去的信的鬼魂，就感覺很是心悸。

根據血字的規定，信可以不送到另一個鬼手中，但是一定要針對這封信準備好另外一封天衣無縫的回信，這是可以肯定的。

當時針對血字原文，子夜曾經提出：「血字的原文是說『住戶不能拒絕鬼魂寫好送出的信』，那麼，『寫好』和『送出』就是很重要的兩點了。必須是『寫好』，同時『送出』。」

「送出」，當然不是指送到對面別館的鬼魂手上，而是送出到外面去。

可能是丟出地下室，也可能……是走到上面來將信交給他們。那時候，必須接受信。而住戶接受了信以後，就必須要讓鬼收到回信。

無論如何，接受信指的是什麼呢？自然就是將信「拿」到手中。接著是毀掉信還是偽造信都隨便住戶了。但必須要有一個住戶「拿」信。然後，「拿」了信的同時，也就意味著住戶接受了信，必須要讓鬼收到回信。

「有沒有辦法不接受信呢？通過血字的漏洞什麼的……」子夜當時提出了這個觀點。

而就這一點，昨天晚上李隱和她也討論了很久，結果發現，這是不可能的。

因為，血字的內容太模糊了。

因為「寫好送出」，有太多的定義存在。無論鬼採用什麼辦法將信送出，住戶都必須接受。接受了就必須回信。

不管怎麼混淆「送出」和「接受」的定義，這是必須要完成的行為，而完成這一行為後，就必須要有「回信」。沒有任何辦法可以不接受信，即使能夠鑽得了空子，影子的詛咒也可能會啟動。影子的詛咒和鬼魂不同，是無論如何也沒有辦法解除的。

三個小時內，必須接受鬼魂寫好送出的信，然後必須給鬼魂回信。回信的內容允許偽造，但是必須要寫。

「公寓並沒有說，我們按時送信，鬼就不會傷害我們。」在走到山腳下的過程中，李隱對另外五個人說道：「而且鬼魂可能也不止兩個。大家一定要做好心理準備，無論如何都不可以掉以輕心。」

「真的沒辦法不接受信嗎？」白羽還是很不甘心地說，「假如不接受信就可以沒有回信……」

「無論我們以什麼方式『不接受』信，都會違背血字指示。我們就是被公寓指定的『郵差』，不，甚至可以說是『郵筒』。鬼一旦把信投到我們這些『郵筒』中，就必須接受，不可能把信吐出來。總之，接受信是必需的，回信也是必需的。除非我們能讓鬼不寫信，不將信交給我們，但這是不可能的。我們不可能影響鬼的行動，也不能離開別館。」

這也就是血字的可怕之處。

必須接受，而一旦接受必須回信。這就等於是說，鬼寫好了信送出，就必須要回信！

「不過，真的必須要偽造信嗎？」一直很沉默的封煜顯說話了，「偽造信太危險了吧。首先筆跡能夠順利模仿嗎？」

「筆跡的話，我可以模仿。」上官眠忽然說話了，「只要我看過一次筆跡，就能夠模仿出來。」

上官眠昔日作為「黑色禁地」培養的精英殺手，自然進行了許多訓練，比如偽裝成各種身分的人，解開密碼，偽造人的筆跡和印章，她都很輕易地學會了。她偽造的筆跡可以說是維妙維肖，真假難辨。無論再特殊的筆跡，都能夠輕鬆加以模仿。

「真的？」李隱有些意外，於是他從身上取出了一本筆記本，然後拿出筆，翻開筆記本，在上面寫上了一段文字，是李白的《靜夜思》，隨後交給上官眠，說：「你能試著模仿我的筆跡嗎？你也寫一首《靜夜思》出來看一下。」

上官眠拿過筆記本，仔細看了一會兒，大概過了五分鐘左右，她拿起筆，在筆記本另外一頁，開始寫下「床前明月光，疑是地上霜……」

當她寫下那個「床」字，李隱就驚歎起來。字跡果真完全一樣！

當她把「低頭思故鄉」的「鄉」字寫完後，又將筆記本遞還給李隱，說：「可以了。」

李隱接過筆記本，大家也都圍攏了上來。每個人都極為訝異，不敢相信地看著上官眠。

「這……這筆跡，」封煜顯驚歎道：「完全一樣！就是複印出來的也就是如此了！」

李隱也讚歎不已，同時，他看向上官眠的眼神更多了一分戒備。

她……到底是誰？一般人能做到這種事情嗎？不到五分鐘就如此完美地模仿了自己的筆跡！

「但是……」封煜顯又說，「我們這邊呢？讓上官眠小姐寫回信送過來嗎？我感覺讓上官小姐寫回信是最合適的，不是嗎？」

此時，李隱內心擔憂的事情，卻不是如何偽造信。問題在於，不斷發展下去，兩個別館的住戶，有可能逐漸產生異心。

這一次的血字指示，沒有發佈地獄契約碎片下落。也就是說，兩個別館內都不可能找到契約碎片。這也就意味著……犧牲掉另外三個人也無所謂。

這種情況發展到後來，恐怕會發生吧。雖然子夜肯定不會那麼做，但上官眠和白羽就很難說了。而自己身邊的慕容蜃和封煜顯也是心懷鬼胎。

時間飛逝，很快到了晚上。

接近午夜零點時，六個人來到了山崖旁的月影館和日冕館。大門早就朽爛，一踢就開了。

「那麼……我就進去了。」

看著子夜走向月影館的大門，李隱和她互望了一眼，就走入了日冕館。

裏面是一個偌大的客廳，但是只有一些簡單的傢俱。房子裏很陰暗，而在牆壁上的開關試著去打開，燈卻沒有亮。

午夜零點一到，在這陰森無比的房間內，彷彿鬼魂隨時會從某個地方跳出來。

「去找地下室。」李隱當機立斷，時間一到，鬼魂隨時會寫信並送出。到時候，就必須將信送到對面去！

上午大家都睡過了，所以精神還算可以。李隱打開手電筒，搜尋著可能是地下室大門的地方。沒想到很容易就找到了，在客廳的某個大門後面，找到了一段向下的樓梯。

這段樓梯大概有三十多級，走到下面後還有一個拐角，再走下去，還有一個拐角。最後，終於到了最下面。

樓梯的盡頭，就是一扇鐵門。鐵門上，裝著一扇窗戶。大門上掛著一把生銹的鎖。

「我來看著這裏。」李隱走到大門前，「鬼隨時會通過窗戶送出信來。你們要一起待著，還是到上面去？」

「一起待著啊。」慕容蜃忽然將頭湊到那個窗戶上，朝裏面看去！

地下室內，只有一張寫字台和一把椅子。他用手電筒朝裏面一照，寫字台上，放著一瓶墨水和一支鋼筆。

「呵呵，那就是任里昂生前寫信的地方嗎？」

李隱立即把他拉了回來，說：「你瘋了？鬼就在裏面，你這樣把頭湊進去……」

「裏面並不大呢。」慕容蜃卻無所謂地說，「也沒有人在。」

「只是『表面上』沒有人而已。」李隱壓低聲音說道，「走到上面的幾級台階上去吧。根據血字所說，鬼會通過這個窗戶把信送出來。到時候……」

無論如何，「送出」這個概念還是很微妙的。很可能鬼將信遞出地下室就是送出，或者不拿在手上，丟在地上就是送出。各種可能性都存在著。

李隱的內心也是充滿煎熬。這一次，明知道鬼就在自己面前不遠處的地方，還不能逃，必須在這裏等候信的出現！

當然，鬼魂不寫信的話是最理想狀態，但這是絕對不可能的。

同一時間，子夜、上官眠和白羽也找到了地下室入口，並走到了下面。

這個地下室的構造和日晷館幾乎一樣，他們來到台階盡頭，看到了那扇門。門上有一扇小窗戶。

「這門看起來很結實。」子夜粗粗看了看，說：「這鎖雖然鏽跡斑斑，不過還留在這兒啊。」

然後，她對身後的上官眠和白羽說：「你們兩個，去一下二樓，看看那個伸縮鐵夾在哪裏，並且確認一下和對面日晷館正對的位置。」

「這……好，好的。」白羽連忙邁步，說：「那我，我們先走了。」

待在這個與鬼如此接近的地方，任誰也要精神崩潰了，何況是白羽這樣剛進入公寓的人？

上官眠和白羽離開後，子夜走到能夠看見地下室大門的地方，死死盯著大門。

現在就看，窗戶裏何時有鬼遞出信來了。

月影館和日晷館，哪一方會先遞寄出信來呢？

如果是這裏先遞出的話，那麼也就代表著，必須要有一封回信。究竟有什麼辦法可以活到血字的終結呢？

這時候，上官眠和白羽來到了上面。陰暗的房間令白羽心中不斷打鼓，倒是上官眠一點反應也沒有。對於暗殺者而言，黑暗就是他們的棲身之所，長期間以來的生活，讓上官眠即使在黑暗中視力也不會受到太大影響。

樓梯就在客廳前方，沿著樓梯向上，他們來到正對著日冕館的房間，輕輕一擰把手，門就開了。裏面幾乎沒有任何傢俱，就是一個空曠的房間。而窗戶旁邊，放著一個很大的鉗子。這個鉗子的另外一端，則延伸出一根長長的鐵管。

這鐵管是折疊起來的，白羽拿起來，試著展開，能夠伸展到七米。而這個長度正好可以夠著對面日冕館的窗戶。

「好奇怪的工具哦……」白羽試著撕下一張紙用鉗子夾住，揮舞了幾下，也沒掉下來。

「看來沒有問題啊。」白羽鬆了口氣。

時間一點一點地流逝。李隱和子夜都死死盯著面前的地下室大門。隨時等待著第一封信的送出。

會是哪一邊先送信呢？是哪一邊？

不知道過了多久……李隱忽然聽到了什麼聲音，只見眼前的地下室大門……

要來了嗎？

那窗戶的黑暗中，終於，伸出了什麼東西。

一隻白皙的手，拿著一個信封，伸出了窗戶！

13 鬼魂的情書

李隱此時心臟頓時猛跳了一下。儘管早有心理準備，但那隻手伸出來的瞬間，他還是有點恐懼。畢竟，不知道這個鬼，除了拿出信外，是不是還會做出其他事情。

「出現了！」慕容蜃頓時滿面紅光，顯得激動不已。而封煜顯則較為淡然，但也同樣死盯著那隻白皙的手。

李隱對身後二人輕聲說：「我去拿信，你們別動。」

過去，在血字指示的地點，如果有鬼出現，都還可以選擇立即逃離。但是，現在不同。不但不可以逃，還必須要走過去！

李隱向下走了過去，他不敢走太慢，誰知道公寓對住戶「不接受」信定義在多長時限範圍內。

來到門前，李隱把手伸過去，接住了信封。隨即，那隻白皙的手縮了回去。

窗戶內一片黑暗，李隱什麼也沒有看清楚。那隻手縮入窗戶內的黑暗後，李隱也迅速地朝台階上方走去！

當李隱走到慕容蜃和封煜顯身邊的時候，二人都看到他額頭沁出了許多冷汗。

李隱抬起手錶看了看，現在是凌晨兩點三十五分。從現在開始，必須要在三個小時後，也就是五點三十五分之前，將回信交給這個鬼！

「走吧，到上面去。」

匆匆回到一樓，打開一樓的門，李隱看著黑暗的房間，警惕地看著四周。無論如何，誰也不能保證下面那個就是唯一的鬼。而且，鬼也可能出現在這房間的其他地方。

走到二樓樓梯上的時候，李隱對封煜顯說：「封先生，麻煩用手電筒照一下。」

封煜顯打開手電筒後，李隱仔細端詳著手裏的信封。

那是一隻很普通的白色信封，信封正中央寫著：「未幸親啟」。而字跡……寫得非常歪歪扭扭，看著簡直讓人覺得不堪入目。

「這是什麼筆跡啊……」李隱看著信封，感覺有些不對勁。

信封的封口沒有黏住，李隱從裏面抽出了一張信紙來。那是一張很普通的格子信紙，A４紙大小。和李隱預測的樣子差不多，同樣的信紙，他帶了很多過來。

走到二樓的那個房間，將門推開，李隱一眼看到了窗戶旁的伸縮鐵夾。走到鐵夾旁，他蹲下身子，夾住信封，揮舞了幾下，信封紋絲不動，看來夾得很牢。

「看來你帶信紙來是多餘的呢，樓長。」封煜顯忽然指著房間角落的一個紙箱子，說：「這裏面，公寓都為我們準備好了。」

李隱和慕容蜃一聽，都湊了過來，用手電筒一照，裏面是厚厚的一堆信封和信紙，並且還放著幾十支鋼筆和五瓶墨水，其中有一瓶還是紅墨水。

「還真是周到啊。」李隱仔細看著，信封和信紙都和自己手上所拿的完全一樣。也就是說，公寓已經最大限度地在硬體條件下，消除掉了偽造信件被發現的可能。

李隱就拿著手電筒，開始仔細讀那封信。即使不需要偽造這封信的回信，瞭解信的內容也是非常重要的。在以後有可能會需要偽造信件的時候，如果少看了一封信，就可能成為致命威脅。

第一封信的內容是這樣的：

未幸：

很久沒有給你寫信，也很久沒有收到你的回信了。

很想念你。你還沒有妥協吧？你心裏還是愛著我的吧？我相信，你一定也時刻思念著我。我會一直忍耐下去的，無論父母多麼反對，無論他們如何阻止，我都一定要和你在一起。

總感覺，在這個地下室，被關了好久，好久。我都快無法回憶起天空和太陽的樣子了，但是，你的容顏，我卻時刻沒有忘記。你，也一定時刻銘記著我的容貌吧？

我一直在想，究竟要怎麼說服父母。現在，主要反對的人還是我們雙方的父母，里悅還是一直都為我說話的。畢竟，為了那種理由而分開我們，太過荒唐了。你那邊也是如此吧？我想，你哥哥也一定在為此而努力著。

只要能夠有機會離開這裏，我們一定要到一個最自由的地方去。即使放棄這個家，放棄所有的親人，我也無論如何不能忍受無法和你在一起的日子。

你也一定要堅持下去，你的堅持，就是我的動力。

如果你妥協了，那我會絕望的。請你一定，一定要堅持！

無論如何，請一定要給我回信。我無比想念著你。

深愛你的里昂

「什麼啊……」慕容蜃看完信，說：「這不是和我之前看的韓劇台詞差不多嗎？果然是情癡啊，不過，『那種理由』是什麼理由？我們還是不知道啊。」

「看來也是個很癡情的鬼呢。」李隱看著這封信，對這個鬼的恐懼減輕了幾分。

但是，這封信的筆跡，是極為歪歪扭扭，難看到了極點。

「這種筆跡，怎麼模仿啊……那麼難看的字，你看，這一撇，幾乎都越了兩格，還有這個字，我看了半天才看出來是荒唐的荒字。」一封煜顯仔細看過信後不解起來，「我們要怎麼模仿……」

「不。」李隱卻似乎明白了什麼，說：「是很容易模仿的字。」

「很容易模仿？」

「你們看過《基度山伯爵》嗎？」李隱忽然對二人說。

就在這時候，子夜接到了李隱發來的簡訊。離開地下室，到了二樓的窗戶前，她看到了對面窗戶的李隱。

要將信送出去了！希望信送到後，那邊儘快寫出回信來。李隱想驗證，另一個鬼的字跡是否也是如此。

將那鐵夾延伸到了最長，將信牢牢地夾好，李隱拿著鐵夾，伸出窗戶，把信送了過去。

因為是初次送信，李隱也非常緊張。將鐵夾另外一端伸出去的時候，目光一直盯著那封信。雖然夾得很牢，但會不會來一陣風吹掉信呢？

不過還好，夾子另外一頭順利地伸進了月影館的窗戶。子夜接過夾子上的信，將其拿了下來。

「拿到信了。」白羽非常高興地說，「太好了，是那邊先寄出信。」

的確，收到信的一方，只要下面那個鬼不寫信送出，就不需要考慮回信的事情。當然一直不寫回信也不可能，但是，時間拖得越長越好。

「好，我們……」子夜拿著信封，說：「送到下面去吧。」

「等一下。」上官眠忽然說，「先把信拆開看一看內容吧。把內容記住，也比較好。李隱的話，也未必能夠完全當真。」從小在生死夾縫中生活的上官眠，對於任何人都不會輕易相信。

子夜雖然對李隱百分之百信任，大可以打電話再問一遍，不過她也覺得親自看一看也好，李隱未必能將信上的內容完全記住。

子夜將信取出後，展開仔細看了看。讀完後，給上官眠、白羽也都看了一遍。

「那種理由？」白羽也注意到了這一點，「當初，是什麼原因阻止了兩個人相愛呢？」

這一點，始終查不出來。雖然網上找不到曾未幸和任里昂的照片，但是從新聞描述來判斷，二人是郎才女貌，兩戶人家關係也還不錯。

實在想不出是什麼理由。而根據信的口吻，這似乎是個被視為荒唐的理由。

「會不會是不孕？」忽然白羽提出了一個可能性，「比如，曾未幸小姐被檢查出自己患有不孕症，然後，被反對……」

子夜又看了看信，說：「有這個可能。二十年前的話，一般家庭對於傳宗接代看得還是很重的。女性不孕幾乎就等於無法嫁人，當然也許對任里昂而言是荒唐的理由。不，其實現在也一樣，一般的家庭很難接受無法懷孕的女子成為兒媳。但是……這樣一來就有一點說不通了。」

「你是說……」白羽似乎也想到了。

「對。」子夜指著腳下，說：「這座月影館內，曾未幸的父母的態度就有點奇怪了。根據當時新聞的描述，兩方父母都是竭力反對的，而作為曾家來說，女兒不孕，幾乎已經沒有嫁出去的可能性了，但是任里昂如此癡心不改，曾家應該大為高興，甚至極度希望促成婚事才對。」

「那……會不會是，」白羽還是不死心自己的猜測被推翻，畢竟這個理由是日後偽造假信最重要的情報之一，又提出假設：「從信上判斷，曾未幸不是曾家的獨生女，她還有一個哥哥，不是嗎？那麼，曾家也許是覺得，讓自己無法生育的女兒嫁給任家，似乎對一直交好的任家而言太殘酷，所以反對……」可是說到後來，他自己也感覺說不過去。因為他假想，自己有一個女兒無法生育，而有一個男人願意愛她愛到不計較這一點，他絕對不可能反對這門婚事的，這和女兒是否獨生根本沒有關係。

「不過還是得到了情報。」子夜指著信上「里悅」這個名字，說：「從信上來判斷，里悅有可能是任里昂的兄弟姐妹。這樣，就獲得了一個很寶貴的情報。」

這一次的血字，情報的重要性一點也不輸給「六顆人頭」的血字。甚至可以這麼說，情報一旦出錯，就有可能造成毀滅性的後果！

「先去送信吧。」子夜看了看手腕上的螢光手錶，說：「李隱他們的時間只有三個小時，必須要把信立即拿給地下室的鬼……」

接著，三個人就朝樓下走去。白羽則走在最後面，他實在是膽戰心驚。畢竟，地下室可是有一個鬼存在著啊！

順著樓梯來到地下室最下面的鐵門前，子夜雙手捧著信，慢慢地走了過去。

問題是，怎麼送信呢？朝窗戶裏面看的話，根本沒有人在裏面。難道捧著信遞進窗戶？

子夜走到那扇鐵門前，伸出手，敲了敲門。

然後，她將信拿到那扇窗戶前，人往後退了退。如果還不出來接信的話……

說起來，公寓並不強制他們一定要將信送到另外一個鬼手上，所以理論上來講，只要鬼不寫信，大可以什麼都不做。將信送進去，那裏面的鬼就很可能寫信。

但是，目前的情況下，月影館的人絕不會不將信交給地下室的鬼。因為地下室的鬼一旦開始寫信，就需要回信了。回信自然是真回信最好，所以為了雙方持續送信的連鎖，這封信是需要送出的。

而白羽看著子夜拿著的信，腦海中忽然掠過一個念頭：都說生路、生路，莫非……莫非，不把信拿給這裏面的鬼就是生路？對啊，沒證據表明這地下室的鬼一定會寫信，如果不寫呢？如果裏面的鬼不寫信的話，那我們就什麼也不用做了，豈不是……

但也只是想想而已。他進入公寓的時間雖然短，但也知道，嬴子夜和李隱是什麼關係。嬴子夜絕對不可能不管李隱的死活，而且白羽也沒冷血到那個地步。

何況，如果裏面的鬼真的寫信，而沒有人給他們送回信的話，那就只有一直偽造回信了。萬一被識破，那後果自然就……

忽然，上官眠回過頭看著白羽。她的雙眼，釋放出強烈的殺意！那股殺意令白羽渾身一個戰慄，猶如站在他眼前的，並不是一個人，而是一個人形的惡魔！

那雙眼睛傳遞出來的，是無限的冰冷。是似乎無論殺死多少人，都不會有任何觸動的恐怖眼神！

白羽嚇得幾乎要立即逃走，他懷疑眼前的人是不是就是一個鬼假扮的！

然而，上官眠走到白羽身旁，在他耳邊低聲說道：「最好別想一些不該想的事情。能殺人的，不是只有鬼。」

僅僅被那眼神鎖定，白羽就感覺幾乎動不了。他頓時想到：這個女人是誰？她難道會讀心術嗎？

就在這時候，忽然，門的裏面有了動靜。

接著，在那黑暗之中，從窗戶裏迅疾地伸出一隻有點乾瘦的手來，一把抓住那封信，就縮回了窗戶裏！

短短的一瞬間。而子夜在窗戶外面，什麼也沒看到。

子夜退了回來，說：「我守在這裏，你們願意陪著我就陪，不願意陪著就到二樓那裏去等信。」

「我留在這裏吧。」上官眠則是無所謂地靠在牆壁上，死死盯著眼前的門。

白羽見二人都留在這裏，哪裏敢上去，也只能留下了。想到距離自己不遠處就有一個鬼，內心非常恐懼。

「別想太多了。」子夜說道，「只要找到生路，就一定可以活下去。一定可以。」

她又看了看手錶。李隱發來的簡訊說，要在五點三十五分前回信。

在那之前……能夠收到回信嗎？如果收不到的話，就只有根據剛才的內容偽造回信了。

「《基度山伯爵》裏有那麼一段內容。」日冕館裏，李隱對封煜顯和慕容蜃說，「當時主角艾德蒙被關進監獄，遇到了法利亞長老，識破了當初陷害他的人的詭計，就是用左手來寫告密信。」

「我倒是看過《基度山伯爵》。」封煜顯回憶之後說，「不過這一段情節不記得了。」

《基度山伯爵》是李隱學生時代酷愛的世界名著，所以書的許多細節都記得很清楚。

「左手寫的信，每個人的筆跡幾乎都是相同的，當然，左撇子例外。」李隱繼續說道，「也就是說，公寓把『筆跡』問題也幫我們解決了。這兩個鬼，全部都是……用左手寫信的。這應該是公寓施加的限制。」

「所以，我們只要用左手寫回信，就能夠防止筆跡被識破！」

「不是吧？」封煜顯有些難以接受，「我們都是右撇子，用左手寫信……難度太高了吧，能不能寫出來都很是問題呢。」

「能寫出來。」李隱拿出鋼筆和信紙，說：「字再難看也無所謂，只要寫出來就行。」

然後，李隱就用左手拿著鋼筆，將信紙墊在牆壁上，開始寫字。

用左手寫字，對於右撇子而言的確是一件很辛苦的事情。不過，當李隱寫完將信紙遞給二人的時候，二人發現，的確，用左手寫出的字……根本談不上分辨筆跡！

「那麼……」封煜顯拿出了一張信紙，說：「我建議為防萬一，先寫一封信吧？偽造出這封信……」

「先等等看吧。」李隱看著對面說道：「如果一個半小時後，那邊還沒有回信的話再說吧。」

他此刻一直盯著慕容蜃。這個變態法醫對鬼那麼感興趣，誰能保證他不會跑到地下室去，打開門把鬼放出來？變態的思維，常人是理解不了的。所以，時刻監視慕容蜃，是非常重要的。

「還有……」李隱又道，「我現在到下面去，誰也不能保證，鬼是否有可能再寫一封信出來。」

如果鬼把信拿出窗戶而沒人去接，被視為「不接受信」，那麼三個人都會完蛋。

李隱走出房門，匆匆地下樓。雖然覺得那麼短的時間，那個鬼應該不會再遞出一封信來，但他還是覺得，小心一點為好。

來到地下室那扇鐵門前，李隱深呼吸了一下，坐在台階上，看著眼前的鐵門。

事實上，說要偽造回信，但那也只是萬不得已的情況罷了。偽造的回信一旦被識破會有什麼後果，誰都可以想得出來。

不過，李隱的內心也有些同情這兩個鬼。生前雖然相愛，卻被阻攔而無法在一起，即使死後，也被公寓束縛在這裏，沒有辦法得到自由。

是什麼原因，讓他們無法在一起呢？難道也是公寓施加的影響嗎？究竟這個公寓直接或間接地影響了多少人的人生？

這個時候，如果……子夜在身邊的話就好了。

雖然打個電話就可以和子夜說話，但他還是不打算那麼做。他不希望讓子夜看到他軟弱的一面。他要守護她，讓她認為自己是值得依靠的人。絕對不能辜負她的愛，即使為了她，也必須堅強地活下去。活下去……

這時候，李隱忽然聽到了腳步聲。他內心一驚，連忙回過頭去，卻是封煜顯從樓梯上走了下來。

「你在這裏啊，李樓長。」封煜顯來到李隱身旁，一屁股坐了下來，說：「我想，不如來陪陪你吧，獨自一個人坐在這兒，一定很壓抑吧？就算鬼不出來，你也會很恐懼吧？」

「慕容蜃他……」

「在二樓呢。反正嬴子夜小姐到時候會發簡訊給我們的。嗯，剛才在二樓，我還眺望到遠方的海呢。空明山的空氣實在很清新啊，還有一陣陣的海風，不愧是度假勝地。」

「你還有這個心思？」李隱倒是很佩服這個男人，這種時候還有欣賞大海的閒情逸致。

「我……」封煜顯用雙手撐住膝蓋，托住下巴，說：「最初是打算自殺的，在進入這個公寓以前。」

李隱頓時愕然。

自殺？難道這就是他說很高興進入公寓的原因？但是就算自殺也沒必要選擇在血字指示中被折磨而死吧？莫非這個人是受虐狂？

「我的妻子死了。」封煜顯的聲音顯得無比落寞起來。他身上散發出的那種孤獨，那種哀莫大於心死的傷痛，李隱深切地感受到了。

封煜顯從口袋裏取出一張照片來，遞給李隱。上面，是他和一個年輕長髮女子的合影。那個長髮女子面容姣好，非常秀麗端莊，一看就感覺是一個非常知書達理的女孩子。

「她叫洛螢。我們是在大學裏認識的，當時，剛見面的瞬間，我們就認定彼此了。在這紛紛擾擾的世界裏，我們就那樣相遇了，這是幾億分之一的奇蹟啊。能夠和自己真心所愛的人邂逅，然後……我感覺到，似乎自己是這世界上最幸運的人了。」

「封先生……你……」

「李樓長，你能理解我的心情吧？我聽說，你對嬴小姐也是一見鍾情。見面的一瞬間，就認定對方是自己要愛的人吧？我也是一樣的。螢比我小兩屆，當時，我們都是攻讀心理學的，彼此交流著共同的興趣愛好，彼此分享著所有的回憶，彼此……」說到這裏，他微微低下了頭。

「大學畢業後，我們就結婚了。那時候，我們就發誓，無論將來會遭遇什麼，只要我們在一起，就什麼都可以克服。」

李隱能夠體會他的心情。自己真心所愛的，生命中最為珍視的愛人，就這樣在生命中消失的感覺。這個世界上，沒有了那個人，就好像內心也崩塌了一般。天還是那樣的天，地還是那樣的地，但是，有一個人，不存在了。

現代社會的人，對真愛抱著嗤之以鼻的態度，那是因為他們沒體驗過真愛。當一個人佔據著自己整個心靈，這個人即使不完美，在自己內心卻是獨一無二的。

對李隱而言，子夜就是這樣的人。即使在別人看來，他對她的愛，像是心血來潮，但是對李隱而言卻絕對不是那樣的。

真愛絕對不是可以用任何東西來交換和衡量的，也不是能夠被環境和時間輕易毀滅的。愛上了，就是愛上了。失去了，也就是……失去了。

「她是怎麼死的？」李隱小心試探著問。

「她很喜歡雨。」一封煜顯的回答卻答非所問。然而，李隱卻靜靜聆聽著。

「所以我們經常在下雨天約會。但是，也是在雨天，我們失去了我們的孩子。那是在婚後第二年，當時她懷孕了。我和螢都感覺非常幸福，因為我們愛情的結晶，有著我的血脈的生命就要誕生了。但是，那幸福很快就在瞬間破滅了。」

「孩子出生後不久就死了。對孩子寄予了無限希望的她，陷入了極大的痛苦中，彷彿靈魂的一部分不復存在了。」

「我也只能夠安慰她。我知道，對她而言孩子有多重要。失去這個孩子，雖然還可以再生，但是曾經孕育於體內的生命，對那個生命的感情是沒有辦法輕易替代的。我很清楚她的感受。也因此，我希望能夠守護她，令她將來不再被這種痛苦所折磨。」

「生下那孩子的那一日，正好是下著大雨。彷彿要把這世界重新沖刷一遍，而在那一天，我們失去了我們的孩子。從此以後，螢就不再喜歡雨了。」

「她比任何人都希望有一個孩子，她希望能夠為我生下孩子，但是對我而言，我不希望孩子的事情帶給她那麼大的痛苦和壓力。之後的幾年，她一直沒有再懷孕，儘管我們一直沒有採取避孕措施。」

「從那以後，下雨天的日子，一直都顯得那麼淒清和悲傷。每當下雨的時候，她就會癡癡傻傻地看著窗外。我知道，其實她的心裏，也一直都在下雨。沒有一刻停息過。」

「她長期精神衰弱，發展到了抑鬱症的地步。之後的幾年，因為沒有懷孕，讓她的痛苦不斷加劇。而我一直想分擔她的痛苦，可是對她來說，那不是我們能夠共同面對的事情。她開始產生出強烈的罪惡感。當初，是不是在懷孕期間沒有太注意營養，是不是選的醫院不好，是不是因為……這些想法讓她沒有辦法正常地生活。甚至讓她懷疑，是不是她自己成為了殺害自己孩子的劊子手。」

「她就這樣一直在鑽牛角尖。那個孩子的陰影無法抹去，成為了她心頭永遠的傷痛。每一個雨天，她都在悼念那個孩子，那時候我就知道，她的內心，恐怕很難有雨停的時候了。我當時已經是一名心理醫生，但是，我卻無法治療自己妻子的抑鬱症。」

「一年前，她開始需要靠打營養針生活。抑鬱症日益嚴重，讓她不斷變瘦，食欲也不斷下降。雖然我一直守候著她，用盡了各種辦法，想讓她從憂鬱和痛苦的陰影中走出來，但，還是無法辦到。她始終認為，是她害死了自己的孩子，之後沒再懷孕也是上天對她的懲罰。然而，那個嬰兒的死，只是一個意外而已。沒有辦法責怪任何人，僅僅只是意外而已。」

「當我看到，警車和救護車停在家門口的時候，我幾乎整個人陷入了黑暗中。」

「她選擇了去另外一個世界尋找那個孩子。甚至，都沒有給我留下任何遺書，就那麼離開了。儘管我一直照顧著她，卻始終無法治療好她。我之後就辭去了心理醫生的工作。那時候，我感覺我的世界徹底崩潰了。」

「那麼愛她，那麼想保護她，身為心理醫生的我……卻讓她走上了這樣的道路。這個世界上，我所想守護的人已經消失了。我的父母也早就去世，失去工作後，親戚也大多不和我往來了。」

「我想可能我自己也開始得了抑鬱症。在這個世界上，繼續活下去，每當下雨的日子我就會想起一切。我沒有辦法讓自己平靜下來。」

「所以我決定終結自己的生命。如果真有另外一個世界的話，我想到那個世界去見他們。即使這樣做在別人眼裏看來是不珍惜生命也無所謂了。我……沒有辦法忘記那一切。我沒有辦法讓自己忘記他們而活下去。」

「然後……在進入那個社區，想進入一條空巷子自殺的我，卻突然發現自己的影子發生了變化。然後，我來到了這個公寓。而我也因此知道，原來他們並沒有徹底離開我。這世界上依舊存在著可以和他們相見的辦法。知道這一點後，我感覺自己重獲了新生。也許很困難，但我想，總會有辦法再和她見一面的。就算是人鬼殊途，我也希望能夠再和她見面……」

「所以你就感覺很高興？」一直沉默的李隱終於說話了，「那並非是你一個人的痛苦，失去所愛的人的確難以忍受，但那不代表就有資格斷絕自己的性命。而且，你知不知道……」

「我們有多渴望離開這個公寓！」

「日日夜夜，每分每秒，任何一個住戶，都希望可以逃離這個公寓，能夠躲避那些無處不在，不死不滅的惡靈厲鬼。但你居然說你成為這個公寓的住戶很高興？這個公寓是無法帶給任何人幸福的，沒有人希望進入這樣的公寓！」

「活在沒有她的世界的那種痛苦，你能體會嗎？」封煜顯卻似乎激動起來，「你根本沒辦法體會，因為你……」

「既然愛她，就更應該活下去。就算痛苦也要活下去，就算無法承受也要活下去。因為……」李隱越說越激動，「失去她的這份痛苦和悲傷，這是你曾經愛過她的證據，同樣也是你愛她的方式。就算生活在沒有她的世界，愛也不會因此被阻隔、斷絕，這才是真愛。因為失去所愛的人就想尋死，想通過這個公寓尋求幽冥世界的虛幻，那只是你的自我滿足罷了。」

「連活下去的勇氣都沒有的人，根本不配談愛！」

李隱說到這裏，忽然想到什麼，又看向那邊的鐵門。感覺，自己似乎說得有點太多了。無論如何，目前優先考慮的是，要怎麼度過這次血字，萬一剛才的話對那個鬼造成了什麼刺激怎麼辦？

「算了。」封煜顯搖搖頭，「你是沒有辦法瞭解的。我先上去了。」

封煜顯走後，李隱又是一個人待著了。

會不會剛才對他的態度太嚴厲了？可是，李隱總感覺自己一定要說出這些話來。人可以為了愛一個人而活，但不可以為了愛一個人而輕易放棄自己的生命。連自己都不愛的人，是沒有資格去愛別人的。

他只是希望，封煜顯能明白這一點。

就在這個時候，守候在月影館地下室的子夜，忽然聽到了眼前大門裏傳出了聲音。

然後……那隻乾瘦的手伸了出來，遞出了一封信！

子夜立即走上去，伸手拿過了那封信。

隨即，那隻乾瘦的手，又重新縮回黑暗中。

上官眠的雙眼，死死鎖定在那隻手上，當那隻手縮回黑暗中後，她收起了已經到了衣袖袖口的毒針。雖然這種毒針的毒性她很有自信，但在鬼魂這種未知的唯心存在面前，她還是決定不輕易嘗試。

她並不是頭腦發熱、不計較後果的人，否則在殘酷的殺手世界裏，她也無法活到今天。

子夜死死抓著這封信，猶如抓著這世界上最重要的珍寶。有了這封信，第一輪就不需要偽造回信了。接下來，要儘快把信送去對面的日晷館。

這時候，上官眠抬起手腕看了看錶，說：「四點二十五分。必須要在七點二十五分以前，把回信送進去。」

三個人回到了一樓，子夜仔細端詳著眼前的信封。和之前送來的那封信一樣，是個普通的白色信封，上面寫著「里昂親啟。」筆跡也確實是歪歪扭扭的，看上去的確如李隱發來的簡訊所說，是用左手寫出來的字。

信封的封口也一樣沒有黏住，子夜取出了裏面的信紙。

來到一樓的一個舊茶几前，子夜拭去上面的灰塵，把信放在上面，然後用手電筒照著，三個人湊在一起仔細地看這封信。

內容是這樣的。

里昂：

我也理解你的痛苦。但你放心，如你所說，我會一直堅持下去的，無論父母多麼堅決地反對，我都不會動搖！因為你才是我所選擇的最愛的人，永遠都是如此。

真是懷念當初的時光啊，我們兩家人如此友好和睦，選擇了這兩座相對而建的別館入住，在這有著美麗風景、宜人氣候的空明山上，我們一起度過了多少難忘的幸福日子。那一天，你吻了我，告訴我，希望能夠擁有我。當時我真的感覺很幸福，因為長久以來我也一直愛著你。

那個時候，父母和哥哥知道後，都很贊同這門婚事，很放心把我交托給你。而伯父母、里悅、里誠也都很喜歡我，說願意接納我成為任家的一員。曾任兩家的聯姻，在我們所有人看來都是順理成章的，我們每一天都編織著即將踏入婚姻殿堂的夢。但是……

那一天，那個人來了。

那個惡魔，改變了我們的命運。如果，不是那一天，讓他住進來的話，一切就都不會發生了。那個惡魔完全迷惑了我們的父母，而接下來，他們的態度都產生了一百八十度的轉變，反對我們往來。我絕對不會原諒那個惡魔，絕對不會！

不過我相信，父母被那個惡魔迷惑只是暫時的。那個惡魔已經離開了，接下來，我們一定可以克服一切困難的。他們都那麼愛我們，怎麼忍心看我們如此痛苦呢？只要我們堅持，總有一天他們會同意的。

里昂，請你相信，我的心，無時無刻不和你在一起。

愛你的未幸

「惡魔？」子夜死死盯著信上提到的「惡魔」，這個「惡魔」很可能就是公寓給予的生路提示。導致曾未幸和任里昂無法在一起的，是一個所謂的「惡魔」。那麼，這二人後來殉情，陰魂不散地盤踞在地下室，也是這個「惡魔」的影響嗎？

裏面提到「惡魔」的時候，用的代詞是「他」。也就是說，這個「惡魔」是男性。

「難道說，」白羽忽然想到了什麼，說：「這個所謂的惡魔喜歡上了未幸？而他希望和未幸結婚，並爭取到了未幸父母的支持？」

上官眠卻冷冷反駁道：「那你怎麼解釋任里昂父母的態度？二人等同於是訂婚的關係了，不可能會那麼輕易放棄吧？」

「而且，」子夜指著信上某一行，說：「這裏寫著，『那個惡魔已經離開了』。也就是說，他已經走了，似乎還是不會再回來的離開。」

「我比較在意的是，信上提及雙方的父母都被『惡魔』迷惑了。」上官眠指著上面的一行字，說：「難道說，惡魔並不是比喻，而的確指的是一個惡魔？」

子夜其實也考慮到了這一點。「惡魔」，「魔王」，都是很近似的概念。而且，信中提及惡魔的時候，也沒有打引號。這一點，極有可能是公寓給予的生路提示。

「你是不是在考慮什麼？」上官眠忽然用那冰冷的眼神看著子夜，那眼神中蘊含的東西，令一直都非常冷靜的子夜，也感覺後脊發涼！

「對啊！」白羽也反應了過來，「如果『惡魔』這個概念是生路提示的話，那麼，偽造回信去詢問的話，就可以獲悉更詳細的資訊了，所以……」

接著，上官眠就說出了子夜所想的事情：「你，是不是想偽造回信，來問那個『惡魔』是誰？」

「不能那麼做！」忽然上官眠冷冷地打斷了白羽的話，說道：「因為，那等於是在自尋死路！」

「什麼？」白羽一下沒反應過來，然而上官眠說這些話的時候，一股森冷的寒意從她的目光中釋放出來，令人不敢反駁。

子夜看著上官眠的這種眼神，表情卻沒什麼變化，說：「她說得沒錯。因為，不知道『惡魔』是誰，不正說明，寫信的不是『任里昂』嗎？」

白羽頓時恍然大悟，接著一陣恐懼，幸好這兩個女人都夠聰明啊！

子夜將信放回信封內，說：「偽造回信，本身就風險很高，不能在現在再增加新的風險。畢竟，這本身就是萬不得已而為之的。而且還不能夠確定，會不會有某種隱藏於二人信中的記號，能夠分辨信的真偽。走吧，去把信交給日冕館的人。」

子夜來到了二樓的那個房間，她已經給李隱發去了簡訊。此時，李隱、慕容蜃和封煜顯已經在窗戶前等候了。

將信封用鐵夾死死夾住，子夜把鐵夾伸出窗戶，朝對面的窗戶延伸過去。因為距離畢竟有七米左右，延伸出去得越遠拿起來也就越困難，不過，還是順利地伸進了對面的窗戶裏。

「拿到回信了呢，」慕容蜃死死盯著那封信，一把拿了下來，說：「哈哈，果然如你所說，也一樣是很歪扭的字跡啊。看看，這個女鬼寫的是什麼？」

「慕容，把信給李樓長吧。」封煜顯說道，「無論如何，還是由李樓長來判斷……」

「呵呵，隨便你們。」慕容蜃也沒說什麼，就把信遞給了李隱。

李隱接過信封，從裏面取出了信紙。仔仔細細，一字不漏地看完後，他也對「惡魔」二字非常在意。

「惡魔？」慕容蜃立即回憶起了，深雨提到的「影子」。

當時，他聽深雨提及這個所謂「影子」的時候，也很意外。深雨還說：「這種情況幾乎沒有先例，預知的場景，一般都可以非常清晰地畫出來。但此刻，卻只是一個徘徊在腦海中的影子。只是，那個影子……」

「讓我感覺很冰冷，不，應該說，是一種讓人根本不想去回憶的，猶如夢魘一般的存在。」

「惡魔……」李隱凝神思索著，他想了一會兒，說：「把這封信抄錄一份吧，我感覺，這是很重要的線索，是生路的提示也說不定。」

事實上，就算李隱不說，其他兩個人也是這麼想的。

「其實之前的第一封信我也抄了。」慕容蜃忽然手一抖，拿出一張信紙來，說：「你看，已經抄好了。」

「什麼？」封煜顯一看，正是剛才那封信的內容。

「你……你是默寫出來的？」李隱也很震愕。

「嗯，對。」慕容蜃說，「如何？很厲害吧？」

李隱倒是服了他了。原來不光思想變態，記憶力也如此變態！雖然內容不長，但要默寫出這麼一段內容，普通人也需要反覆讀上一段時間才能做到吧？

「那怎麼辦？李隱，有辦法探聽出這『惡魔』是什麼嗎？」封煜顯忽然提到，「偽造信件的時候，可以旁敲側擊地問一問『惡魔』……」

「這必須再三斟酌。」李隱仔細看著這封信，說道：「直接在偽造的回信中詢問，很容易引起對方的懷疑。不能直接去問。先把這封回信送下去吧，也許……能夠在其新寫出的回信內找到線索。子夜已經發來簡訊了，這封信送出時間是在四點二十五分，要在七點二十五分前拿到回信……」

那個所謂的「惡魔」到底是什麼？難道真是鬼嗎？迷惑二人的父母，阻止其相愛嗎？但如果是這樣的話，信中提及的「里悅」，「里誠」，為什麼沒受到影響？

「里悅」這個名字再一次出現了，應該是任里昂的兄弟姐妹，不過也可能是表親堂親，而這也是根據名字內都有一個「里」字來判斷的。這次又多了一個「里誠」，估計也是同樣的關係。

「這些人，完全沒有受到『惡魔』的迷惑嗎？如果是這樣，那是因為什麼呢？」

李隱感覺這背後隱藏著非常關鍵的線索，但一切都被隱藏在黑暗中，無法辨明。不管怎麼樣，還是先去送信吧。

而這個時候，深雨正獨自一人，坐在輪椅上，看著眼前的落地窗。

慕容蜃最後做出了一個讓她瞠目結舌的決定。

「你是說……不需要我的畫？你自己去探索生路？」

當慕容蜃在她面前，說出他想獨自探索生路的時候，深雨頓時對這個變態的認識又深刻了幾分。

「我說過吧，我和你的合作，完全看我的心情。我仔細考慮過了，如果有你的畫，知道未來是怎麼樣的，那就太無趣了。真正在生死夾縫掙扎，和那些鬼魂較量，才是我要進入那個公寓的最重要原因。還有，我和你，只是合作關係，請你記住這一點，深雨。」

「那個變態……」此刻的深雨完全沒有倦意，她正思考著，要怎麼利用這次血字，奪取李隱和嬴子夜的性命。

變態法醫既然不願意幫忙，也不接受她的幫助，那麼，接下來就有些難辦了。可以殺李隱的，只有封煜顯了。

那個因為喪妻，反而渴求通過這個公寓和幽冥世界溝通的男人，能否利用呢？如果利用不好，反而會讓李隱有所防範。

不過，最讓深雨在意的，還是那個影子。

「為什麼會畫不出來呢？這種前所未有的現象，究竟意味著什麼？」

深雨對自己的這種能力很瞭解。目前，凡是涉及血字指示的人，無論是其過去還是未來，在一定時限內都可以畫得出來。而這一次……

不光是那個影子，這一次血字的最終結果也很難畫出來。所以，她也不知道，最後李隱和嬴子夜會不會死。

這個能力難道出了問題嗎？或者在某種程度上受到了限制？深雨想不明白。

來到地下室，李隱已經沒有最初那麼緊張了。雖然還不能確定，但目前看來，只要正常送信，鬼是不會出來傷害他們的。

子夜發來的簡訊提到，敲一敲鐵門，鬼的手就會伸出來接信了。

李隱緩步走到門前，伸出手，敲了兩下，然後把信拿到窗戶前，雙手遞上。

沒過一會兒，那隻白皙的手再度伸了出來。

李隱將信遞上前去，那隻手抓住信的同時，他立即放開手，信就這樣被拿了進去。

14 刀尖上跳舞

天亮了。

當陽光灑入月影館內的時候，黑暗終於被驅散了。

上官眠靜靜地坐在二樓那個房間的窗戶旁，視線則一直盯著眼前的伸縮鐵夾。子夜和白羽則待在地下室。

腹部的傷還沒有痊癒，上官眠利用這個機會已經重新換了一次藥。當時雖然躲閃及時，但還是留下了很深的一道傷口。不過，她的身上，早就滿是大大小小的傷疤，她也早就沒有什麼感覺了。

身為殺手，就是在刀尖上跳舞。不賭上自己的性命，就沒有辦法殺死對手。所以現在也是一樣的。只是，對方從人變為了鬼魂而已。

已經六點了，然而，還沒有回信送來。這一點，讓李隱開始有些焦急了。雖然時間還是夠的，但如果那個鬼不寫回信的話，那麼，就需要考慮，是否要偽造回信了。

李隱來到一樓，拿出手機給子夜發去了簡訊，問她是否要考慮偽造回信了。至少，先打一個腹稿也好。好在信的內容都不長，根據大致的意思，寫一封回信就可以了。不過，用左手寫信，耗費的時間肯定要比用右手寫長很多，所以決定要儘快做出。

子夜收到簡訊後，也開始考慮這個問題了。

她看向地下室的鐵門，知道必須要儘快做出決定了，她已經開始打腹稿。這兩個鬼的文筆相差並不大，都是沉浸在熱戀中的年輕人的口吻，只要順著意思寫就沒有太大問題。這次寄出的信中，也沒有提出什麼問題，所以情報的缺少並不影響偽造回信。

這時候，上官眠走了下來。

子夜對她眨了眨眼，作為約定的暗號，就是說，決定進行回信的偽造了。上官眠也明白了她的意思，於是來到白羽身旁，繼續盯著鐵門。

子夜快步來到一樓。在白天，大廳裏的黑暗終於被驅散了。仔細看去，顯得有些破敗，到處是灰塵和蜘蛛網。

她忽然想到，應該在這個月影館仔細搜索一下，看看是否還留下了什麼線索。例如曾未幸和任里昂的照片，或者曾未幸的日記。尤其是日記，如果可以拿到手的話，將獲得非常重要的情報。

之前，因為一直考慮送信的事情，加上天那麼暗，所以沒有仔細搜索這個月影館。現在天亮了，應該試著找找看。如果能找到，偽造的回信，風險就會減少許多。

當然，還有可能，找到公寓留下的線索。

因此，子夜決定先搜索一下，反正還有時間。

一樓一共有兩間浴室，五個房間。因為傢俱大多沒有了，空著的房間也不知道是臥室還是書房。

子夜首先進入了樓梯左側的一個房間。這個房間很大，僅存的傢俱是兩把椅子和一個有些破爛的桌子。

子夜走到那張桌子前，桌子的漆已經掉了大半，上面的灰塵厚得幾乎覆蓋住整個桌面。桌子有幾個抽屜，子夜將抽屜一一拉開，裏面什麼東西也沒有。

她又在房間四處仔細搜索了一番，確定沒有其他東西後，離開了這個房間，又去旁邊的一個房間內搜尋。另外一個房間相對傢俱多一些，有一個壁爐，還有一個舊櫥櫃。櫥櫃裏放著幾個杯子和盤子，除此之外也沒有其他東西了。壁爐倒是很大，但裏面也沒有找到有價值的東西。

就這樣找遍了一樓所有的房間，都沒有找到什麼線索。就連浴室，她也仔細查看過了。

隨後，子夜又朝樓梯走去，她想到二樓去看一看。

與此同時，深雨正在考慮著，如何利用這次血字來殺死李隱。不過，因為對這次血字的預知還存在問題，所以難以進行策劃。

這個時候，她腦海中忽然又掠過了一段影像。

「難道是預知景象要出現了？」

於是，她立即拿起畫筆，開始作畫。

隨著線條被勾勒出來，她腦中的影像開始呈現在眼前的畫布上。

她畫出的，正是月影館二樓的某個房間。緊接著，一個人的輪廓被畫了出來。

「這個人……就是那個未知的影子？」

畫中，那個人站在房間的一角，似乎正在走向房間的某個角落。而深雨不知道怎麼的，感覺很是心悸。

這種感覺，是她從未有過的，也只有上次，想要畫出魔王級血字指示的情況時，感受到了一個巨大黑洞的瞬間可以比擬。

這個人，根本沒辦法清晰地畫出來。

「這個影子到底是誰？是誰？」

一片黑暗中，只能勉強畫出這個人的輪廓。隨即，畫到這個人的手的時候，深雨畫出了這個人拿在手上的一枝畫筆！那絕對是油畫畫筆！

雖然是從腦海中出現影像然後開始畫，但是那些影像只有畫出來才能清晰看到。

「畫畫？他這，這是在畫油畫？」

隱隱地，她開始感覺拿著畫筆的手不斷顫抖著，甚至好幾次沒有拿住摔了下去。

「這個人是，是誰？為什麼……」

接著，她畫出了這個模糊影子前面，是一個畫架。他的畫筆正在畫布上勾勒出一幅畫來，而那幅畫上，則是畫著一個長髮女子，將一張紙裝入一個信封的景象！

畫筆再一次掉了下來。

深雨忽然覺得有一種很詭異的感覺。畫中的那個模糊的黑影，雖然看不清楚面孔，但深雨總感覺，畫中的人似乎在盯著現實中的她。

她感覺，那個黑影似乎是在對著她獰笑，似乎隨時會從畫中走出來，將她帶入地獄！

「不！」

深雨將畫架推倒，將調色板狠狠地砸到畫布上，大量顏料灑在了畫布上。而深雨則不停地喘著氣，她感覺，那個黑影，具有某種讓她窒息的恐怖力量。

「你……你是誰？不要看著我，我說過了，叫你不要看著我！」

她從輪椅上衝下來，抓起那畫布，將畫布砸向牆壁，可是，她還是感覺，那個黑影正在房間的某個地方盯著她，好像他已經從畫中走了出來！

「別過來，別出現……你給我消失！消失！」深雨歇斯底里地咆哮著，不知道過了多久，才漸漸平靜下來。

此刻她的腦子裏，早就把要殺李隱的事情忘記得乾乾淨淨了。

「那個黑影是誰……究竟，究竟是誰？」

倒在地上的深雨，雙手抱住肩膀，她感覺一股寒意不斷侵襲著自己的身體。

這個時候，她的內心忽然產生了一個可怕的想法。

也許，她從使用這個「能力」開始，就已經遭到了某種詛咒。而這種詛咒，也許即將應驗在自己的身上了。

子夜來到了月影館二樓。然而，依舊是一無所獲。看來公寓沒有給他們留下任何能夠方便偽造回信的東西。

就在子夜已經開始考慮打腹稿，如何偽造回信的時候，手機裏來了李隱的簡訊。

日冕館地下室的鬼終於送出回信來了！

李隱從那隻白手上接過信的時候，已經完全不害怕那隻手了。這封信就是子夜的救命稻草啊！

來到樓上，他將信取出，展開一看。這一封信，比剛才要長了許多。

未幸：

和你一樣，我也無法原諒那個惡魔。

我還記得，那個時候，他自稱是一個畫家，帶著他的女兒，來空明山旅遊的時候迷了路，請我們收留他們。他那無邪的表情，讓我們所有人都對他沒有任何戒心，包括你和我。

我記得，他當時畫出來的畫，我父母都非常欣賞。而他的女兒，卻不知道為什麼很內向，總是很少說話。

那個孩子，應該只有五六歲吧，可是，她卻顯得有些太過沉默。她平時總是在看童話故事畫冊，無論房子裏多熱鬧，也不和別人說話。你還記得吧？那時候你曾經請她去玩遊戲，她卻一口拒絕了。那時候我就感覺，那孩子似乎對每個人都充滿警惕心。

平時，那個惡魔總是和父母聊得很開心。然而我注意到，他的女兒每次都故意待在離他很遠的地方，看著他的眼神，充滿著恐懼。

她很害怕他。我當時就是這樣的感覺。

後來，我在和她相處的時候嘗試和她交談。我想你應該還記得吧，雖然似乎是很久以前的事情了，但是我們在她面前，嘗試扮演了一齣童話劇。然後，她就對我們逐漸打開了心防。其實那個孩子，還是很可愛的。

但是……那個孩子，她的恐懼還是依舊存在著。問她關於那個惡魔的事情，她也不說。到底她的父親身上發生了什麼事情，才會讓她如此害怕？

對了，你還記不記得她的名字？我記得不太清楚了，你如果記得的話，能不能告訴我？

愛你的里昂

李隱看完這封信，開始思索起來。那個所謂的「惡魔」是一個畫家。而他當時留宿這裏，還帶著一個五六歲大的女兒。不知道出於什麼原因，女兒很害怕那個惡魔。

這封信，提供的線索很多。

「看來，很需要重視呢。」李隱仔細看著那封信，隨後將其折疊起來，放回信封裏，說：「好了，先給子夜送去吧。」

這個時候，已經臨近七點了。

將信抄了一遍後，來到二樓，李隱拿起伸縮鐵夾，夾住那封信，而這時候子夜已經等在窗口了。

拿到信後，子夜將信拆開，看了裏面的內容。

這一次，信裏的確透露了非常重要的內容。然而，也產生了一個非常棘手的問題。那就是信裏提出了一個問題，一個只有未幸才能解答的問題。

如果地下室的女鬼，沒有及時寫回信的話，偽造的回信就必須面對這一問題。雖然也可以回答「我也忘記了」，但這畢竟有可能帶來被識破的風險。

只能指望，三個小時內，地下室的鬼會送出回信了。

這封信送出的時間，是六點三十五分。也就是說，必須要在九點三十五分前回信。

這個問題的答案，是不可能捏造出來的，而且在月影館裏沒有找到任何線索。不過，子夜已經給李隱發了簡訊過去，讓他找找日冕館內有沒有留下什麼蛛絲馬跡。

無論如何，需要偽造回信的情況，一定會到來！

「還有一個女孩子？」白羽看了那封信後，也開始猜想起來：「難道那個男人是人販子？拐賣女孩子？」

「我想不會那麼簡單。」子夜將那信重新裝入信封，說：「將那個男人稱之為『惡魔』的話，我想這個男人應該被他們相當強烈地憎恨著。」

誰都看得出，這背後絕對隱藏著什麼重大內幕，可是，目前卻什麼也查不出來。目前就連那個男人叫什麼名字，也不知道。

「如果需要偽造回信的話，」子夜對眼前的白羽說，「我認為，需要儘量把話題從『惡魔』這件事情上扯開。我們不瞭解那段往事，如果在這個問題上通信，很容易被識破。總之，希望接下來的回信能夠不要再老圍繞著這個話題了。好了，去地下室吧，上官小姐還等在那裏。」

而這時候，李隱則是在日冕館嘗試尋找線索。然而，和月影館的情況一樣，他找了所有房間，都一無所獲。

慕容蜃和封煜顯則在地下室待著。

慕容蜃對那封信的內容很是在意。深雨說，那個黑影她也無法畫出來。那麼，那個被稱之為「惡魔」的畫家，就是那個黑影嗎？

恰好也是畫家？這只是巧合而已嗎？還有那個女孩子。如果現在還活著，那也就是二十五六歲了吧，年齡上，和某個人非常吻合。

難道那個男人的身分是……

他打算等等看接下來的回信，也許就能夠驗證自己的假想。如果真的是那個人的話，就會增加更多的謎題了。

不過，這反而讓慕容蜃感覺越來越有樂趣了。

這樣的生活，才是他想要的。這個公寓，對他而言，簡直就是天堂一般的存在！這種被埋藏在黑暗中的，充滿恐怖感的謎團，太美妙了，讓他感覺到無與倫比的快感！

在他們眼前的那扇鐵門背後，此刻，依舊是一片黑暗……

卞星辰此刻正在自己家中，用網路視頻和父親聊天。

「蒲靡靈？」視頻上，一個穿著一身西裝的中年男子疑惑地問道，「星辰，你問這個做什麼？」

星辰回答道：「我在地下室找到了這個人的油畫。這個人，是不是以前在這個房子裏住的人？」

這個叫蒲靡靈的人很可能和深雨有關。所以，星辰無論如何都希望能查找到這個人的線索。

「這個我不清楚。當初，你和你哥哥去了國內，房產的購置都是由你母親負責的。」

「那，能不能叫媽媽她來……」

「這個……」星辰的父親面露難色，說：「你母親最近的狀況很糟糕。你哥哥應該和你提過吧，她的精神狀態不是很好。」

星辰的確聽星炎提過，但是，他以為只是一些心理症狀罷了，比如焦慮、抑鬱什麼的，但是現在聽父親那麼一說，情況似乎很糟糕，連和自己說話都成問題？

「她現在的精神，不太正常。這件事情，我也沒有詳細告訴星炎，」星辰的父親說到這裏，面露沉痛之色：「就是上次她去看你們之後回來，就漸漸變得不正常了。那一次，因為眼睛的問題，你生她的氣，不肯見她。我問過星炎了，他說那時候她的情況很正常，沒有什麼異樣，但回來之後，突然就變得……」

星辰內心一驚。來了國內後出現了精神問題？難道和這座房子的油畫有關？

「爸爸，」星辰急切地說，「這個叫蒲靡靈的人，也許和媽媽的病情有關。你想辦法調查一下這個人，拜託了！」

「什麼？」星辰的父親很震驚，問道：「真有此事？那個人到底是誰？」

「詳細情況我也不清楚，不過，他畫了很多恐怖的畫作。那些畫作……總之很難和你解釋，爸爸，請你一定要查出這個人，無論如何！」

「我明白了。這件事情，我會負責調查清楚的。對了，星炎在嗎？讓他也過來一下。我也有些話要和他說。」

「嗯，哥哥在書房呢，好，我去叫他。」

星辰希望，能夠通過調查那個蒲靡靈，查出深雨這一特殊能力的秘密。最好，能夠親手掌握這種能力的使用。

不過，他也有點擔心。深雨的預知能力如果可以對他目前的行動有所洞悉的話怎麼辦？萬一因此和他撕破臉皮……

星辰只能指望不會如此了。她應該不會如此神通廣大吧？

「爸爸？」星炎聽到星辰那麼一說，也很高興，打開眼前的電腦，連接了視頻。

「星炎，」父親的面孔出現後，說：「我是想和你談一下。你儘快辭去大學教學的工作，和星辰一起回美國來吧。我希望，你能夠儘快來公司總部上班，我已經給你安排好了職位。以你的才能，實在不能屈居於一所大學當個教授，我和你談過很多次了，我們家族的事業，一定是要由你繼承的。」

星辰聽到這些話，主動退了出去。他知道，接下來的話題，和他是完全無關了。

母親的精神狀態……到底是什麼緣故？是因為她看到了那些油畫，還是因為……她在這座房子裏，看到了什麼東西？

想到這裏，星辰就有了一股毛骨悚然的感覺。無論如何，他希望儘快查出蒲靡靈這個人背後隱藏的秘密。

去美國看媽媽？星辰想了想，就否決了這個想法。坐飛機去美國，然後回來，雖然四十八小時的時間，往返應該足夠，但誰也不能保證會不會出現變故。萬一出現航班誤點的情況，沒辦法及時返回公寓，豈不是自尋死路？何況也不知道母親到底發現了什麼，要花費多少時間搞清楚一切。

那麼……不如讓哥哥到美國去？父親已經說了，要讓哥哥去美國，那麼，哥哥到了美國後，讓他問一問母親，到底發生了什麼事。

打定主意，他回到了書房門口，卻聽到裏面傳來哥哥的回答：「爸爸，我瞭解你希望栽培我繼承家族的事業，但我目前還沒有這個心理準備，其實在大學執教，進行研究才是我的樂趣。公司的話，不是現在由戴斯比經理經營得很好嗎？我在這方面的經驗還太少啊。」

「經驗少沒關係，」父親則說，「蒙森多次在我面前誇獎你，說你是個可造之材，到時候一定會好好培養你的。」

戴斯比是卞氏企業美國總公司的總經理，而蒙森則是父親的特別執行助理，一般父親如果因為什麼原因無法顧得上公司的事情，就會將大權交給蒙森。這二人多年來堪稱父親的左膀右臂，而他們對哥哥的才能也是一直都讚譽有加的。

由此可見，哥哥是多麼卓越的一個人才。無論是經商還是物理研究，都是不可多得的人才。這個在不同領域都擁有著非凡才能的哥哥，也令星辰長期處在自卑的痛苦中。

「好吧，我考慮考慮。」最後星炎見父親如此堅持，也有點放棄了原有的堅持：「這樣吧，讓我考慮一星期，一星期後，我會給爸爸答覆的。」

星辰鬆了一口氣，既然哥哥願意考慮，那應該就有戲了。

他走了進去，見哥哥已經關掉電腦，說：「哥哥……其實這種機會真的很不錯啊，我們家族企業的強大，你也是很清楚的吧？父親很明顯要培養你成為接班人……」

「商場的爾虞我詐，我實在有些不喜歡，」星炎苦笑著說，「而且，在國內待著的日子讓我更喜歡一些，畢竟在這裏，比較有歸屬感。」

「哥哥你太死腦筋了，不如到美國去吧。」星辰立即勸道，「而且……你不想念爸爸媽媽嗎？」

「是啊，這也是我猶豫的原因之一，」星炎托著下巴想了想，說：「好了，我會考慮。星辰，你也想回美國去吧？父親說也幫你在公司安排好了職務，到時候你也一起去上班吧。」

回美國？怎麼可能！星辰連忙搖搖頭說：「不，我就不用了，我打算繼續在國內待一段日子。其實，比起美國，我也覺得待在這裏，更有歸屬感。」

走出書房後，星辰又向自己的房間走去。

總之，等哥哥去了美國，問問看母親的情況如何吧。說起來，星辰其實也很關心母親的狀況。雖然因為母親的偏心，讓自己失去了右眼，可是，母親畢竟是母親。星辰不可能真的去憎恨她。

李隱在用手機流覽著任里昂和曾未幸當年的新聞，但是新聞提供的資訊實在有限，根本沒有什麼有價值的資訊。

李隱此刻待在二樓，慕容蜃站在他的對面，說：「如果沒有辦法獲悉更進一步的情報，偽造信件的時候會很麻煩呢。目前實在找不出更多的內容了，二十年過去了，估計大多數人都把這條新聞忘記得乾乾淨淨了吧。」

「這也可能有公寓施加的『限制』。」李隱此時反覆看著手機上搜索出來的新聞，希望能從中找出蛛絲馬跡來。

找到的新聞，內容基本上沒有兩樣，也就是標題有些區別。其中一篇名為「現代羅密歐與茱麗葉」，寫著的是：

「近日，本市郊區的空明山上，發生了兩起自殺案件。一對正處在青春年華的戀人，因為受到父母反對，自絕了性命。

五月六日，我市公安局接到了報警，說有人自殺，警方及時趕到了空明山上，在兩座名為『月影館』、『日冕館』的建築的地下室內，分別發現了兩具屍體。經調查，二人均為用餐刀自殺而死。兩名死者中，男性廿四歲，女性廿三歲，分別是月影館曾家和日冕館任家的兒女。二人都被各自的父母囚禁於地下室長達兩個月之久，因此，雙方父母都沒有及時發現二人自殺。經過警方調查，二人是一對戀人，是殉情自殺。

這對不幸殉情的戀人名叫曾未幸、任里昂。二人從小青梅竹馬，雙方父母對門而居，原本關係很好。二人長大後相戀，去年開始論及婚嫁，然而父母不知道出於什麼原因，堅決反對二人成婚，甚至粗暴地將自己的兒女鎖入地下室。但是二人並沒有因此放棄，依舊堅決地抗爭著，甚至還一度讓傭人幫忙為二人傳遞信件。

但是，後來負責傳信的傭人被發現，信件往來因此而被斷絕。被囚禁在地下的二人，失去了對方的聯絡。據估計，二人也許是因為無法收到回信，誤以為對方妥協變心，也可能因為一直被鎖在地下室心生絕望，所以選擇了自殺。

這起現代版的羅密歐與茱麗葉的悲劇，說明了……」

後面的內容，無非是呼籲戀愛自由，反對父母包辦干涉婚姻自由之類的老套論調。這些情報，從那些信件中就可以瞭解到了，其中最重要的，為何二人戀愛被反對，還是沒有提及。

「其實，有價值的情報還是有的，」慕容蜃說，「至少知道了二人是用餐刀自殺的，還有死去時的年齡，還有自殺的時間是在五月。以及當初負責傳信的傭人在送信的時候被發現，導致送信的過程終止。」

「我都懷疑他們兩個是不是知道自己已經死了。」李隱關掉手機頁面，「恐怖片不是經常有這種套路嗎？一個人死後變成了鬼，可是自己卻以為自己還活著。」

「嗯，對哦。從信件來看，他們好像就是覺得自己在地下被關了很長時間，根本沒有覺得自己已經死了。」

「所以，偽造回信的時候，難道能寫『你還記得嗎？我們是五月死的』這種話？至於年齡，也不是大問題，難道會有一方問『你今年幾歲了』不成。算起來，傭人送信被截倒是最有價值的情報了。」

「不，不是的，李隱。」慕容蜃搖了搖頭，「你弄錯了哦……」

「嗯？」李隱一愣，問道：「我弄錯什麼了？」

「我說，自殺時是在五月，這一情報的重要性在於……可以推算出，二人被囚禁的時間。這上面不是說了嗎？『被各自的父母囚禁於地下室長達兩個月之久』。換句話說……二人被囚禁的時間，應該是在三月！」

「對啊。」李隱頓時明白了過來。

這的確是個很重要的情報。表面上看好像無關緊要，但是不同的時間、氣候、節日都有不同。比如三月有三八婦女節，同時春節也剛過去，言語中一旦提及，這就是必須注意到的細節了。細節，是最容易出現問題的。

「你說得對，慕容蜃。不過這麼算起來的話……那個所謂的『惡魔』，來到他們家的時間，估計大概是……」

「嗯。估計是在年初的時候！」

在一年的年初，還在就快要過春節的時候，不回家與家人團圓，反而借宿他人家？難道春節也是在那裏過的？

換句話說……難道他不是東臨市人？

當然這只是推測的情報，信中沒有提及那個「惡魔」是什麼時候來的，住了多久。不確定的情報，當然不能加入偽造的回信中，即使鬼真的在信中問及，也要想辦法岔開話題。

「而且，還有一個問題，你應該考慮過吧，李樓長。」慕容蜃忽然用一股很陰森的口吻說，「那兩個人，有沒有可能不是自殺而死的呢？新聞中提及是用餐刀自殺，但是刀子好像也是謀殺常用的兇器啊……」

「有啊，」李隱點點頭，「我和子夜討論的時候就考慮過這個可能性。但是，這種『可能是』，『可能不是』的推論，根本沒有什麼意義。這次血字指示，重要的是確鑿無疑的情報！」

不過，現在李隱確實開始考慮起這個問題了。如果，這二人是被殺害的，那麼殺害他們的，會不會就是……

這時候，李隱的手機振動了起來。

是子夜發來的簡訊。月影館的地下室，已經寄出了回信！

這封信送出的時間，是在八點五十分。也就是說，要在十一點五十分前送回信去。

上官眠還在地下室看是否會有信送出，子夜和白羽來到二樓。子夜將信拆開看了看，然而，看到信的最後幾行，她的手也不禁微微顫抖了一下。

信的內容是這樣的。

里昂：

不好意思呢，我也忘記那個女孩的名字了。不過，她的確看起來很害怕她的父親。現在回憶起來，感覺好像是一場夢一樣啊。

那個時候，我們終於讓她對我們打開心防後，就帶著她到空明山各處去遊玩了。這座山離海很近，所以我們也好幾次到海灘上去玩。那孩子總算是露出了開心的笑容。

但是，如果提及她的父親，她還是三緘其口，不肯多說什麼，而且目光中還會流露出一絲恐懼。

不過，如果不提及這件事情，她還是顯得活潑多了，不再只是一個人悶頭看著童話書了。

那個孩子也不知道現在過得好不好呢？我總是很難忘記她的眼神。

記得有一天，我們三個人在海灘上玩的時候，她用沙子堆起城堡。那孩子的動手能力很強呢，很快一個沙堡就堆好了。然後，她就對我們說：「王子和公主結婚，就是住在這種漂亮的城堡裏面的吧。就像哥哥姐姐你們這樣。」

然後，我就說：「你這樣可愛的小女孩，將來也一定可以住進這樣的城堡裏的。」

但她當時的回答很出乎我的意料。

「我，不可能像公主那樣幸運的。公主就算被惡魔抓走了，也一樣可以有王子來救她的，但是我不一樣，沒有人能把我從惡魔的身邊救走。」

那個時候，我們都感覺到了異常。當時你就問她：「惡魔是誰？抓住你的惡魔是誰呢？」

我當時則是直接問：「是不是你父親？你說的惡魔，是不是他？」

然後，她似乎猶豫了一會，微微點了點頭。

「他是惡魔，我好討厭他，但是又沒有辦法逃離他。」

現在回想起來，那個人，的確如她所說一樣，是個惡魔。

而那就是我們的悲劇的開始。

記得就是在那天回到家後，我父親突然對我說，我不可以和你結婚。

那個時候，這句話對我而言，猶如晴天霹靂一般。

這一切，都是那個惡魔造成的。

如果我當時果斷一點，和你私奔的話，也許就不會像現在這樣，被關在這個地下室了。

我好想來見你，真的，好想來見你。

里昂，你也想見到我吧？

能不能夠，讓我來見你呢？好不好？

請你務必回信給我。

愛你的未幸

看完這封信，子夜用力按壓了幾下太陽穴，而白羽則是看得目瞪口呆。

「這，這是什麼意思？」白羽指著最後那幾段，緊張不已地說：「什麼叫『讓我來見你』？難道，難道說，她要出來？」

這是所有人都沒有預料到的情況。

原本以為，需要偽造回信，是鬼沒有及時寫回信，或者回信在送到對面的時候出了意外，然而，如今卻出現這樣的情況！

如果將這封信送過去，然後那邊的回信是「好的，你過來吧」，會是什麼後果？

「公寓果真是不按常理出牌啊。」子夜緊緊捏著那張信紙，抬起頭來，說：「沒辦法了，這封信不可以送過去。」

「我不明白，」白羽不斷抓著頭皮，問道：「既然可以離開地下室去日冕館，為什麼還要一直盤踞在裏面寫信？好像被鎖在地下室裏出不去一樣。最初我認為是公寓的限制，但目前看來似乎不是這樣。」

「公寓是故意的。」子夜說道，「是逼迫我們必須要偽造回信。公寓施加的限制，應該是只能夠互相通信建立交流後，因為信的內容作出反應，才會離開地下室。相反，沒有書信往來，就只能待在地下室。」

「可是這也太奇怪了，」白羽感覺這個邏輯實在是太過牽強了，「明明可以離開地下室，卻不聚在一起，這是為什麼呢？如果公寓施加了限制也就算了，可是如果沒有施加限制，這也太奇怪了吧。」

然而子夜卻很平靜地說：「這一點也不奇怪。能夠離開地下室，我早就預料到了。」

子夜的回答出乎白羽的意料之外。

「沒什麼可奇怪的。」子夜分析起來，「如果無法離開地下室，那我們豈不是只要不進入地下室，這個血字就能夠輕易過去了？反正只要按時送信就可以了。很明顯，信是觸發這兩個鬼離開地下室的必要條件。出於公寓的限制，還是要一直寫信給對方，然後因為信的內容才能離開地下室。這扭曲的邏輯本身就是公寓強加於其上的。即使在一般人看來很不合理，但只要平衡了血字的難度，就沒問題了。」

扭曲、混亂的邏輯，對於公寓而言是很普通、很自然的事情。就如同午夜巴士上偽裝為傘的厲鬼卻被視為「乘客」。混亂邏輯，本來就是公寓的血字指示一個明顯的特徵。

子夜早就已經見怪不怪了。

也就是說，這封信，必須克扣下來，然後偽造一封回信。

走到窗前，看著對面的李隱，她取出手機，撥通了電話。畢竟七米的距離，談話還是不太方便，而且太大聲的話，也怕被地下室的鬼聽見。

她拿著那張信紙，對李隱說：「李隱，你聽我說。我給你讀一下這封信。必須要告訴你的是……這封信，不能夠送過去，必須扣下。」

「什麼？」李隱一聽，一時腦海中生出無數種猜測，還來不及開口，子夜就告訴了他理由。

「地下室的女鬼在信中寫到，要離開地下室，到日冕館去。」

「你……你是說真的？」

「對。鬼離開地下室後會發生什麼，我們都能夠預測得出來吧，這明顯就是公寓逼迫我們必須偽造回信的一種狀況了。」

李隱也確實有一些意外。他原以為只要信不出問題，這些鬼是不會離開地下室的。

接下來子夜讀了那封信。裏面提及的一些內容，讓李隱有些明白過來。

原來，信中一直提及的「惡魔」這個稱謂，最早是那個女孩說起的。

不過現在優先考慮的是偽造回信的問題了。

「子夜。」李隱想了想之後，說：「你說得沒錯。你那封信確實無論如何不可以送過來，否則那個女鬼就算沒有進入日冕館的地下室，我們這裏的男鬼也可能走上來的。」

「李隱，還有，現在你也需要偽造另外一封回信。那就是需要給日冕館地下室男鬼的回信。既然我這封真信不可以送過去，那麼，你就需要偽造一封回信交給日冕館地下室的鬼。李隱，既然如此，就按照我們之前討論的結果來做吧。」

「我也正有此意。子夜，偽造回信的時候，一定要慎之又慎……一定，要活下來！」

「我知道。我一定會活下來的。無論如何，偽造回信至關重要。你也一定要謹慎啊，李隱。」

雖然從信件上看，二人就如同是很正常的戀人，但公寓又怎麼可能會在血字指示中弄出個善良的鬼來！這是個再明顯不過的陷阱了。一旦離開地下室，只怕鬼就會立即對住戶大開殺戒！

李隱抬起手腕看著錶，問道：「先告訴我，這封信送出的具體時間是什麼時候？」

「八點五十分。」

「好的。現在是九點零五分。時間還算充裕。」

然而，對李隱而言時間卻很緊了，因為必須要在九點三十五分以前，把回信送入地下室內！

「不和你說了，我先掛了。」李隱掛斷了電話。

接下來，兩個館的住戶，都開始考慮如何偽造回信。

這是第一次要偽造回信，住戶們此刻都陷入了非常緊張的情緒中。

於是，兩邊都開始偽造回信的討論。

月影館這邊，子夜又把那封信重新看了一遍。

回信的內容，肯定必須是「你不可以過來見我」。但是，這麼一來，又會生出新的麻煩。

那就是女鬼會不會回信說：「為什麼不讓我來？難道你不愛我了？」

如果因此導致女鬼有了怨氣，一樣會導致不穩定因素增加。

而且，送出了假的回信，接下來的情況就會比較麻煩了。因為接下來的通信會因為加入了假回信而變得不通暢，不順利的話，可能兩邊都需要一直寫假回信了。

不過，還在公寓的時候，子夜已經和李隱討論出了對策。

目前，先考慮偽造一封不會在通信中造成太大矛盾的信比較好。首先，對「為什麼不讓你來」，要有一個穩妥的、說服力強的理由，同時要把話題遠離這一點，並寫出一段不需要包含太多情報的內容。而假回信中提及的內容，如果在接下來的信中出現，就不得不繼續偽造回信。

總之，一旦需要偽造回信，問題將會層出不窮。

接下來，他們就開始討論如何偽造回信了。

「首先是考慮，如何編造一個，讓曾未幸不過來，也一樣可以說得過去的理由。」

上官眠在地下室，看是否有信送出，而在二樓，子夜和白羽則討論著這封回信如何偽造。

子夜坐在二樓的地板上，她考慮如何編出一個完美的理由。這關係到每個人的生死，所以二人都很慎重。

從信中可以看出，這二人互訴衷腸，一副你儂我儂，非卿不娶，非君不嫁的樣子，卻拒絕對方來訪，怎麼想都很難說得過去。

如果理由用得不恰當，可能反而更激得那個女鬼想要上來。那麼，什麼樣的理由更適合呢？

「我想整理一下心情，暫時不想見你？」

「我希望父母同意我們的婚事後再和你見面？」

「未幸，先忍耐一段時間，我們遲早可以見面的。兩情若是久長時，又豈在朝朝暮暮？」

沒一個理由子夜感覺能說得過去。這又不是八點檔的三流言情劇，這種莫名其妙的理由跟廢話沒有區別。這世界上絕大多數的戀人，根本不可能接受「兩情若是久長時，又豈在朝朝暮暮」這種說辭！

子夜在想，她要以一個女性的心態，去想一個比較妥當的理由。

假設，是自己和李隱的愛情遭到父母反對，而自己想要去見李隱的時候，李隱給出一個什麼理由，她就肯定不會去見他了？

什麼理由？什麼理由最為合適，最為恰當，最為自然呢？

這是公寓給他們出的第一道難題。

子夜咬著鋼筆，看著眼前的信紙，久久無法下筆。而她身旁的白羽也在苦思冥想。

「可惡啊，我，我想不出來。」白羽急切地問子夜，「嬴小姐，你想出來了嗎？我不知道該怎麼辦啊。」

其實，像「我們在父母同意之前還是先不要見面」的理由，也不是不可以用，但是，沒有絕對把握說服女鬼不讓她上來的話，誰也不敢輕易下筆。他們又不可以離開別館，在這種情況下，一旦鬼走出來，絕對是死定了！

而時間也是不等人的！如果到時間再不送去回信，後果將不堪設想。

沒有辦法了嗎？

「要不……」白羽說，「就先寫，我們目前先不要見面，耐心等一等，如果我們見了面，卻又只能是短暫的見面的話，我會失去勇氣……」

這種言情小說的常見台詞，對這個女鬼有用嗎？

「不，」子夜搖了搖頭，「一定還有更好的辦法的。」

而在日冕館，李隱也有些擔憂子夜那一邊。

封煜顯此刻在地下室看是否有信送出，而李隱和慕容蜃在二樓討論著。

李隱要偽造的回信並不困難。首先，要回答已經不記得那個女孩的名字了。然後，可以利用這封回信，不再涉及那個惡魔的話題。

但李隱此刻，又有一些猶豫。

那一對父女很可能是公寓給予的生路提示，如果在偽造的信件中繼續「惡魔」的話題，也許可以獲得進一步的生路提示。但是，如果一直就這個話題進行通信的話，難保不會因為缺少情報而讓鬼識破回信是偽造的。

而李隱接下來必須要考慮，偽造的信，是岔開這個話題，還是繼續就「惡魔」這一點，繼續通信？

這是個很難做出的選擇！

而時間距離九點三十五分，也越來越近了……

月影館內，一直沉思著的子夜，終於用左手拿起了筆，在紙上寫了起來。

白羽看到子夜這一動作，立即驚喜地問道：「嬴小姐，你……想到了？」

子夜卻沒有說話，只是繼續寫著。白羽仔細看著她寫下的內容。

未幸：

我很理解你對我的思念，我也一樣很想念你，但是，我們先不要見面。因為，如果連這樣短暫的分別都無法忍耐，那你如何能夠一直堅持下去呢？既然我們發誓要一起堅持下去，你就一定要克制住想念我的心情。我們一起等待著，能夠再度相聚的那一天！

這個理由，看起來說服力確實要足了一些，這也是結合之前信件中一直提及的「堅持」一詞，邏輯也非常合理。

「寫得好！」白羽喜出望外地稱讚道，「嬴小姐，你太厲害了！」

子夜寫完後，表情雖然波瀾不驚，但她仔細檢查著裏面的句子，想找出有沒有需要修改的地方。

「『我們先不要見面』，會不會說得還不夠堅定？」子夜拿著信紙，說：「或者，是不是可以改成『你先別過來』比較好呢？不，那樣可能太生硬了。」

「我感覺寫得很好啊，」白羽卻沒什麼不滿意，「那樣寫可能反而不好吧。嗯，就這麼定了吧。」

於是，子夜又繼續寫了下去：

未幸，請你相信，我們很快就能夠再見面的。我們這樣堅持，父母一定會認同我們的。不是嗎？

反正，血字指示只有兩天時間，「很快」這個詞用進去也無所謂了。

未幸，我們不要再去回憶和那個惡魔有關的事情了。想要獲得幸福，就要淡忘痛苦，去憧憬幸福美好的事情，不是嗎？雖然我們一直都思念對方，但是我們無論如何都要堅持下去，等到能夠相見的那一天。你不是說了嗎？那個惡魔已經離開了，遲早我們的父母都會清醒過來的。父母不都是會為子女著想的嗎？我們如此相愛，他們不可能狠得下心繼續分開我們的。你說不是嗎？所以，請你一定要有耐心，也要相信他們。

寫下這句話的時候，子夜突然感覺，可能這句話，也是在寫給她自己看的。

生活在這個公寓中，誰都會覺得，已經沒有幸福可言了。十次血字指示，就如同無邊無垠的黑暗，覆蓋住了他們所有人。

但儘管如此，子夜還是沒有放棄幸福。剛進入公寓的時候，她的確一度難以承受。但她沒有向這個公寓的恐怖屈服，即便是看起來微小的生機，只要存在著那一線生機，就可以等待著並去收穫幸福。

人的一生，本就是許多的不幸和幸福交織在一起的。比成為這個公寓的住戶更不幸的人生，也一樣是存在的。即使在血字指示中面臨再多的恐怖，她還是沒有放棄對幸福的憧憬。

而且，她也因為進入這個公寓，才遇到了李隱。

就如同小時候，母親曾經對她說過的話一樣：「子夜，永遠不要去回憶這個世界掠奪了你什麼，而是要多去想想這個世界給予了你什麼。這樣，你才能夠幸福。所謂的『幸福』，是只有我們願意去看見的時候，才會展現在我們面前的最珍貴的事物。」

「媽媽……」子夜低喃著，「我一定會獲得幸福的，就如同你當初對我說的一樣。」

而這時候，在日晷館，李隱最後決定，不繼續提及和「惡魔」有關的話題了。雖然執行血字指示，往往需要冒一些風險，但是這種危險性如此大的嘗試，李隱還是很難下定決心的。

而慕容蜃則默認了李隱的決定。

李隱深呼吸了一下，用左手拿著筆，開始偽造回信。

首先，開頭關於不記得女孩名字的部分，可以照抄原文。而接下來，就是要想辦法自然地岔開話題了。

里昂，和那個惡魔有關的話題，我們就不要提了。反正，他已經離開了。

一直以來，我都靠著我們的許多回憶，一直支撐到現在，你也一樣吧？正如你之前信中提到的那樣，即使忘卻了天空和太陽的樣子，我也沒有遺忘你的容顏。哪怕是一瞬，一刻，都沒有。

誰知道寫到這裏，慕容蜃忽然說：「李樓長，這一段最好刪掉吧。『我也沒有遺忘你的容顏』，不太恰當啊。」

「嗯？怎麼不恰當？」李隱沒明白他的意思，疑惑地問：「這二人既然深愛彼此，沒有忘記對方的容顏並不奇怪啊。」

「李樓長，」慕容蜃左右晃著腦袋，「你仔細想啊，我們並不知道他們二人的容貌，不是嗎？如果接下來任里昂回信，問及『你果然還記得？那你形容一下，我的樣子』，我們不是完了嗎？」

李隱聽了，感覺雖然這種說法有點牽強，但是，也有幾分道理。雖然任里昂不太可能會那麼直接地問，但既然有這種危險性存在，這段文字自然是刪掉更好。

李隱將這張信紙揉成一團，扔在一邊，又重新開始寫起來。

里昂，和惡魔有關的話題，我們不要再提了，他不是已經離開了嗎？我們只要相信著彼此，就一定能夠迎來希望的。我們那麼深刻強烈地愛著彼此，和你分開，對我而言有多痛苦，父母也一定能夠體會。他們一定不會看著我們如此痛苦的，不是嗎？我們一定要有信心，只要我們相愛，就沒有克服不了的困難。

這都是之前李隱和子夜討論過的偽造回信的詞句，兩個人考慮了很多種說法。不過，因為沒有辦法瞭解這兩個鬼的戀愛過程，只能夠通過信中二人互訴衷腸的語氣，判斷二人是對對方抱著生死相戀的態度，只希望能夠執子之手，與子偕老。所以，只能夠寫出表達內心愛意的文字來。

這個時候，已經過了九點二十分，時間已經越來越緊了。

李隱雖然寫完了信，但還是不放心，又讀了一遍，然後又刪改了一些文字。最後，終於寫完了。

「李樓長，你沒寫過情書嗎？」慕容蜃看完信後，說：「我感覺，文字雖然通順，但有點假。」

李隱苦笑著說：「本來就是假的。我又不是曾未幸，只知道這兩個鬼很相愛而已。只能使用一般戀人寫情書時的一些字句了。如果知道這兩個鬼的一些經歷，那我自然可以寫得更有真情實感一點。」

「嗯，的確呢。」慕容蜃也贊同李隱的意見，說：「關於這兩個鬼的戀愛，很多地方都不清楚。只知道，是里昂先吻了未幸，向她表白，而未幸也一直對里昂有愛意。」

知道這一點，並沒有什麼意義。二十多年前的話，一般都是男性先追求女性，不像現在，女追男早就沒什麼稀奇的了。

「沒辦法繼續獲取『惡魔』的情報真是可惜。」慕容蜃其實對這一點還是很在意的，但李隱的決定，他也沒有反駁，因為李隱說得也有道理。

李隱又看了看自己寫的內容，認為應該沒有問題了，於是將信折疊好，接著從那個箱子裏取出了信封，在上面寫上了「里昂親啟」，把信紙放入了信封。

「那麼，去送信吧。」

月影館那邊還有時間，但李隱他們卻要立即將信送去地下室了。

「要不要再修改看看？李樓長，信上的最後一段，你確定要加上去？」

李隱寫的最後一段內容是：

里昂，接下來，暫時你不要給我寫回信了，我們一起等待著我們可以獲得希望的那一刻到來吧。雖然暫時分別了，但我們都在彼此的心中長存著。即使不通信，內心也是連在一起的。不是嗎？等到我思念你的時候，我會先給你寫信的。

這就是李隱和子夜商量的對策。

這麼做，是因為在兩個別館的住戶既然都要偽造回信，還不如趁這個機會，在回信中，請對方不要再寫回信。雖然對方未必會聽，但是如果因此令鬼不再寫信，這個連鎖就可以中斷了。

只是，如果說這就是血字指示的生路，李隱也認為是不太可能的。但再小的可能性也要嘗試一下。

李隱和子夜在晚上詳細討論這次血字指示的時候，曾經說好，如果雙方在同一時間需要偽造回信，那麼，就在回信中寫上，請對方不要再寫回信。

此時子夜也在信的最後寫道：

「未幸，你暫時不用給我寫回信了。我們的靈魂始終交纏在一起，就算不通信，也一樣能夠瞭解彼此的心意。我們的愛，不會因為沒有記錄在紙上，就失去意義，也不會因為沒有書信寄託相思，就褪去色彩。請你對我有信心，我永遠愛著你。等到我想再和你通信的時候，我會先寫信給你的。」

「嬴小姐，」看完這一段後，白羽有些緊張：「真的沒關係嗎？要女鬼不要再寫回信了……」

「不知道。只能賭賭看了。」子夜對此其實也有多大信心，不過至少這封信不至於觸怒對方。

雖然二人一直頻繁通信，可是已經互相寫了那麼多信，暫時也夠了吧。稍等一段時間再寫信又如何呢？

李隱和慕容蜃走入地下室的時候，封煜顯還坐在台階上看著下面的那扇鐵門。

「封先生，」李隱俯下身子低聲問道，「沒有送出信吧？」

「沒有，」封煜顯也一樣低聲回答說，「沒有送出信。」

李隱安排封煜顯看著，就是因為他信不過慕容蜃。這個變態，李隱對他是一百二十個不放心。

李隱拿著自己偽造的回信，一步一步，向著鐵門走去。

這是首次送出偽造回信，他自然也很緊張。雖然已經反覆看了很多遍，但李隱心中還是非常忐忑。

走到鐵門前，他將信封拿到窗戶前，伸出手，猶豫了一下，隨後敲了上去。

敲到門上的瞬間，就代表著沒有反悔的餘地了！

接下來的短短幾秒鐘時間，對李隱而言卻是極為漫長的。

幽暗的窗戶中，那隻白皙的手再度伸了出來，將這封信拿了進去！

李隱在鬼拿了偽造的回信後，也強行鎮定住心神，而心跳還是不斷加速。

他走到台階上，死死盯著那扇鐵門。自己偽造的回信，有沒有可能被識破呢？而最後要求不要再寫回信的那一段，又是否能夠令鬼不再寫信呢？

時間一分一秒地流逝。

在這無比窒息的氣氛下，一個小時過去了。李隱懸著的心漸漸放下了，眼前的鐵門沒有任何動靜。

偽造的回信，也許成功了？

但李隱也不敢太放鬆。他也有些擔憂，鬼會不會現在已經出現在了上面的房間內？

目前還是血字指定時間內，所以他們是無法離開這個別館的，在這種情況下，一旦鬼出現了，逃都沒辦法逃。生路提示估計也給足了，鬼隨時可以對他們展開殺戮。

李隱知道，偽造回信，絕對是豪賭。可問題是，他必須賭，不賭的話，連一絲勝算都沒有了。

三個人根本連話都不敢說。畢竟離鬼那麼近，不可能討論「鬼上當了沒有」這種話題，甚至連發簡訊也不敢。

又過去了一個小時，當到了十一點三十五分的時候，面前的鐵門依舊毫無動靜。

這讓李隱懸著的心又放下了一大半。鬼莫非真的不會再寫回信了？

而此時，在月影館，子夜也來到了地下室鐵門前。

手中的信封裏，是已經修改了將近三十多遍後，最後定稿的信，並另外抄錄了一份。

李隱那邊，已經過去了那麼長時間，也不知道情況如何，她也不敢打電話或者發簡訊去問。

子夜保持著平靜的表情，將心頭湧出的不安強行壓抑下去，伸出手，敲了敲鐵門。

然後，那隻乾瘦的手從黑暗中出現，伸出窗戶，抓住了那封信，隨即將信拿了進去。

後面的上官眠，此刻已經在雙手各自準備好了毒針，一旦有問題出現，就將其射出。她有信心在一瞬間射出超過二十根毒針。她甚至已經準備好了一顆手榴彈。

她決定，一旦鬼從裏面走出來，先射出毒針，再將手榴彈拋出。

而白羽雖然不斷壓抑著恐懼感，可還是渾身顫抖著。這畢竟是偽造的回信啊！要不是公寓允許偽造回信，給他們十個豹子膽也不敢那麼做啊！

血字明確提及，偽造回信，鬼是沒辦法知道的。這也是住戶可以放心偽造回信至關重要的一點。

現在，就看這封偽造回信，能不能騙得了這個女鬼了！

15 惡魔的回憶

下午一點了。

兩個別館的地下室鐵門，都沒有任何動靜。

從目前的情況來看，似乎鬼真的是被假回信欺騙了。

這著實讓住戶們鬆了一口氣。

到了一點四十五分的時候，在日冕館的李隱已經放下心來。看來，那封回信已經起到作用了。

一旁同樣臉色凝重的封煜顯，臉色也逐漸緩和下來。

無論如何，如果暫時不再需要送信的話，那麼，接下來的情況就會好了很多。

李隱對封煜顯和慕容蜃輕聲說：「我先上去了，你們先看著這裏吧。」

沿著樓梯向上走著，李隱此刻心臟跳動得還是有一些厲害。欺騙一個鬼，就算度過了六次血字指示的他，以前也沒有做過這麼瘋狂的事情。

不過，李隱很清楚，那封回信，起到的效果頂多只能延遲兩個鬼寫信的時間。公寓要是那麼輕易就讓他們過了這次血字，那倒是咄咄怪事了。

李隱來到二樓的那個房間，而子夜也在正對面的窗戶前。

她看著窗戶對面的李隱，會心地笑了笑，伸出手，比出一個「V」的勝利手勢。

子夜平時很少笑，這和她的性格有關。雖然平日裏，她總是顯得一副很冷淡的樣子，但內心卻是非常溫柔善良的。

所以，她露出微笑的時候，感覺就如同一個降臨凡塵的謫仙一般。

李隱從來沒有後悔愛上子夜，他相信今後也絕對不會。

子夜在窗戶前，就這樣凝望著對面的李隱。雖然只是在這恐怖血字指示中短暫片刻的寧靜，但也足夠了。在這個公寓中，她依舊尋找著屬於自己的幸福。而李隱，就是她所尋找到的最大的幸福。

李隱伸出了手，他對子夜也比出了一個「V」的手勢，同樣也默契地向子夜一笑。

他回憶起，當初，自己從第三次經歷血字的地點幽水村那兒回來後，昏迷了那麼長時間醒來，第一次看見子夜的時候，那一瞬間的凝視，就烙在了他的靈魂深處。

就像現在看著子夜的時候一樣，只要看著她，只要想著和這個女子一起存在於同一片藍天下，能夠和她相愛，一同相互扶持。就算是在這個如同地獄一般的公寓裏，也一樣可以看到幸福的曙光。

李隱取出了手機，撥了子夜的號碼，他隨即看到對面窗戶的子夜拿起手機接通了。

「喂，子夜。」李隱問道，「你們那邊現在也還沒有送出信吧？」

「是的，」子夜回答道，「看來你們那邊也一樣。偽造的回信似乎成功了。」

當然，二人也沒有放鬆警惕，依舊環顧著四周，注意是不是會出現鬼魂。無論如何，在血字指示的時候，一分一秒都不能有絲毫鬆懈。

「不要大意，子夜。」李隱提醒道，「公寓絕對不可能那麼簡單就放過我們，我們用的這個對策，不可能一直奏效的。遲早還會有新的信送出來。接下來，如果新寄出的信，提及了之前偽造回信的內容，就必須再度進行回信的偽造。或者將某些內容刪除，其他內容保留送進去。」

「我也是同樣的想法。另外，關於那個『惡魔』，你有什麼想法嗎？」

「目前獲取的情報實在太少，不容易作出推測。而且，『惡魔』是否是公寓誤導我們的線索，也是很難說的。兩個別館都沒有任何遺留下來的物品，網上能搜索到的新聞也極其有限，在這種情況下，沒有真憑實據的猜想，價值幾乎為零。」

接著，子夜忽然說：「你為什麼不打電話問一問銀夜和銀羽呢？集合那兩個人的智慧，也許能夠考慮出生路來。」

子夜這句話，正說到了李隱的痛處。他也很猶豫，要不要給銀夜和銀羽打電話。但是，夏小美的死，始終讓他心裏有個疙瘩。他實在無法釋懷夏小美的死。

銀夜和夏小美是午夜巴士那次血字的生還者，夏小美確實很可能知道地獄契約碎片在銀夜的手上。但問題是，銀夜不可能會將那麼重要的東西隨身攜帶著。難道夏小美頭腦發熱，要在血字執行期間將柯銀夜殺死？

他感覺，夏小美是被柯銀夜滅口的可能性很高。也就是說，銀夜已經和神秘人結盟。而那個神秘人對血字能夠進行一定程度的預知，在這樣的情況下，銀夜也許會和那個人一起來對付自己。萬一銀夜給了他錯誤的思路，把他引入死路怎麼辦？

本來，李隱手握地獄契約碎片這一籌碼，不用擔心銀夜在自己背後捅刀子。然而，有那個神秘人在就很難說了。對方既然能對血字進行洞悉，那恐怕也能知道地獄契約碎片的所在。

這是李隱最擔心的事情。某種可能性高到一定程度，他也不願意輕易涉險。不過，如果情況繼續惡化下去，他也會考慮給銀夜打電話，討論這次血字指示的生路。

而銀夜應該不會主動打電話過來，畢竟，如果打電話過來，引起鬼的注意，反而會害死李隱。

「銀夜……他和那個神秘人有結盟的可能，雖然不確定，但是我不能忽視這種可能性。子夜，你也不要給他打電話，如果情況惡化，我再考慮是不是去問問他。」

「我明白了。」子夜何等聰慧，立刻就明白了李隱擔心的是什麼，說道：「那好，如果我有了新的想法，會再聯繫你。」

掛斷電話後，李隱看著房間內裝著信封和信紙的箱子，還有那個伸縮鐵夾，心中不斷猜想著，公寓究竟在這次血字指示中佈置了什麼陷阱？到底什麼才是真正的生路？

時間一點一點流逝，信一直沒有再送出。

天南市，深雨所住的公寓內。

深雨此刻全身浸泡在浴缸裏，之前那強烈的恐懼和不安，總算是驅散了一些。

將浴缸的水又澆了一些在臉上，深雨看著水面上自己的臉。

變成今天這個樣子，在人們眼中，她恐怕早就是個醜陋的惡魔了吧？無論是誰，都不會原諒她了吧？她的手上，已經染了太多人的血。

夏淵、敏、夏小美，都可以說是被她殺死的。

她還記得當初給夏小美打電話時，那個女孩激動的反應：「求求你，求你換一個條件可以嗎？我一直都很喜歡銀夜，我真的很喜歡他，只要不是殺他，其他的條件我都可以答應你，求你不要讓我那麼做……」

事實上，她聯絡夏小美的時間，就是在第一次和柯銀羽聯絡之後。她也擔心柯銀羽會不會拒絕，或者是聽柯銀夜一解釋而明白自己是在撒謊，所以也聯絡了夏小美。而夏小美在被她許諾了預知畫這一殺死柯銀夜的報酬後，也猶豫了很長時間，最後才答應了自己的條件。無論她對銀夜的愛有多麼強烈，被這血字指示的恐怖威懾的她，根本就沒有其他選擇，最後，還是將刀子刺入了心愛之人的胸膛。

說到底，世人所歌頌的愛情也不過如此罷了。一旦涉及根本利益，就會發現，愛情其實根本沒有那麼重要。

讓那些偽善的人，露出真面目，是深雨利用這個公寓進行「實驗」的最終目的。

但是，她此刻開始感覺到這個實驗的危險性。她以前從沒有考慮過，為這個能力是否要付出什麼代價。如果，這個能力對她而言，其實是一種詛咒呢？

那個模糊的影子，給予她的揮之不去的恐怖感，讓她開始意識到，她並不是什麼「神」，也不過是一個在神秘力量下，為之戰慄的人類罷了。

但是，深雨很清楚，就算這麼想也沒用了。她已經無法回頭了，這個實驗只有繼續進行下去，沒有其他辦法。

「我沒有選擇了。」

接著，她叫道：「阿馨，阿馨，過來！幫我擦身！」

阿馨是她雇傭的保姆，負責照顧她的飲食起居。因為雙腿無法行走，生活自然有很多不便。反正，當初靠和住戶交易，得到的錢足夠她用很長時間，請個保姆根本沒什麼問題。

保姆阿馨是個二十幾歲的鄉下姑娘，她將深雨扶到輪椅上坐下，說：「小姐，好了，我去洗衣服了，有事情再叫我吧。」

「你去吧。」深雨推動著輪椅，看向畫架。剛才她把畫砸了，弄得滿地狼藉，現在已經被阿馨收拾好了。

這時候，忽然一段新的影像開始在腦海中產生。這一次，沒有那個黑影的存在。這讓深雨鬆了一口氣。

「繼續畫吧……」她下定了決心，「這個實驗只有繼續進行下去了。」

這一次，預知和往常一樣，非常順利。

接著，她就開始作畫了。

三個小時過去了，深雨將自己畫完的油畫拿在眼前仔細看著。雖然還沒有預知到李隱等人執行血字的近況，但是，已經基本瞭解到了公寓血字的可怕之處，和生路所在。

她發現了一個恐怖的事實。

「原來如此……」

看完這些畫，連深雨都感覺後背一陣發涼。

「居然是這麼回事？這個公寓，真是可怕……實在太可怕了。這麼一來的話，明天，恐怕就是李隱和嬴子夜的死期了。想來就算我不做什麼，這兩個人也一樣會死吧。」

可是，這麼一來的話……慕容蜃也會死。

那個男人，雖然是個變態，是個在常人眼裏不正常的人，但是，他卻是這個世界上唯一認同並接受了深雨存在的人。

那時，她的身世被傳到網上，在某個帖子中，她無意中發現了一條回帖。

那是唯一一條讓深雨感覺與眾不同的回帖。之前，也有人發帖表示同情深雨，但都是抱著看客的心態，隨口說的幾句話。

可是那個回帖的內容卻完全不一樣。

內容是：「我很喜歡你，很欣賞你。不要去理會那些庸俗之人的論斷，那不過是一群不瞭解真正的『美』的無能之人罷了。你是人類最真實的『惡』的產物，是最為美麗的生命。我非常非常想見你，如果有興趣和我聯繫的話，請加我的ＭＳＮ……」

那條回帖，讓深雨有些在意。所以她當時隨手就抄下了那個ＭＳＮ號碼。

第一次，有人用這種真摯的口吻說「我很喜歡你，很欣賞你」。

而發那條帖子的人，就是慕容蜃。

後來，兩個人在網上聊天，聊了好幾年的時間。他是唯一的一個，就算知道了她的身世，不是歧視也不是同情，而是真正地把她當做一個「人」來看待，並且讚譽她的人。

讚譽她的一切，讚譽她的所有，真正承認她，相信她，並且願意扶持她。

「鬼胎又如何呢？不過是人類自己劃定的界限罷了。然而人類本身為了切身利益所犯下的罪惡，根本數不勝數，事實上，那才是被偽裝在人類假面具下最美麗的真實。『惡』才是人類該有的形態，你的存在正是印證了人類這一『美』的象徵。」

這變態的論調，卻是唯一發自真心讚美深雨的話。而且讓深雨感覺是最真摯的，最可信的話。

在那些黑暗的日子裏，慕容蜃是深雨內心唯一的慰藉和希望。就算這個男人是抱著變態的眼光看著這個世界，但深雨卻在他那扭曲的世界觀中尋求到了自己生存的價值。

那就是，如他所說，去尋求人類隱藏在道德假面具下的真實的邪惡面目，也就是慕容蜃所追求的人類的「美」。她感覺到，唯有將世人也變得一樣扭曲，自己才能感覺是生活在正常的世界裏，也才能感覺到，自己是「美麗」的。

去年，敏進入公寓以後，她終於決定，在現實中和慕容蜃見面。

雖然聊了那麼長時間，但慕容蜃從沒有把照片發過來過。第一次見面的時候，深雨倒是很驚訝，這個言語極為變態的男人，外表看起來實在不像是個頭腦不正常的人。

但是，這個男人的變態程度是不需要懷疑的。

見面後，深雨更確信，這個男人在日後可以成為她的幫手。她對慕容蜃說：「你很喜歡靈異和神秘現象吧？」

「豈止喜歡，那是我最愛的事情，你知道一些什麼嗎？」慕容蜃果然露出了極為感興趣的表情。

「那麼……聽著，我知道一個可以讓人接觸靈異現象的神秘公寓……」

深雨將那個公寓的存在和情況，完全告訴了慕容蜃。

果然如她所料，慕容蜃聽到有這麼一個公寓存在後，興奮得簡直想跳舞。他當時手舞足蹈，幾乎要高呼萬歲。

「天啊，竟然，竟然有如此美妙的地方存在，我渾身的血液都在沸騰了，我要去！十次血字就能離開？如果一生都可以在那裏生活，該有多好啊！」

當時聽到這句話，深雨對這個男人的變態程度，總算有了一個更清晰的認識了。

不過，即使如此，她也不希望慕容蜃死。雖然他的確是一個連她自己都很難忍受的變態，但的確是唯一能真正理解深雨的人。是深雨唯一希望可以守護的人。

這個時候，在月影館的地下室內。

子夜、上官眠、白羽依舊很緊張地看著眼前的鐵門。

已經是下午四點二十分了。

而就在這時候，忽然，那隻乾瘦的手拿著一封信，從窗戶中再一次伸了出來！

來了！比預想的要早一些。

子夜立即走了過去，接過了信，那隻手就又縮了回去。

她走到上官眠和白羽面前，對上官眠使了個眼色，然後和白羽一起走了上去。

信封上寫著「里昂親啟」。子夜走到一樓後，將信紙從信封裏取出，內容如下：

里昂：

你說得對，我應該堅持下去。但是，你讓我不要給你寫回信，最初我想堅持，可是我實在堅持不了。

看不到你的文字，我就會喪失勇氣。很抱歉，還是先給你寫信了。

你讓我不要再提惡魔的話題，我也可以理解，那對我們而言都是一段不堪回首的記憶。但是，有些事情我還是必須提一下的。

仔細想想，你也應該發現，父母的態度實在是非常奇怪的吧？為什麼會真的相信那個惡魔所說的那種話呢？

我們是「不祥」？

我也知道，父母是上個時代的人，有些迷信也是正常。但是為什麼如此堅信那個惡魔的話？而且，因為我們被視為對彼此而言的不祥，而不允許見面。為了反對我們，不惜把我們鎖入地下室，就連哥哥、里悅、里誠再三勸阻也沒有用。

難道，父母就真的相信，那個人是有如此可怕力量的大能？相信那個惡魔有著預知未來的能力？

「不祥」應該只是對我們而言的藉口。我認為，這背後還有著一個無法說出口的真正理由。而那個理由，應該和那個惡魔直接相關。

那個惡魔不可能有著什麼預知能力，他一定和父母說了什麼。

我希望能夠查出這一切來。

愛你的未幸

「不祥？」子夜仔細地咀嚼著這個詞。

這就是那個所謂荒誕的理由，認為二人對彼此而言是不祥的？

白羽看了之後，搔了搔頭，說：「難不成是，二人生辰八字犯沖？不至於吧，就為了這種理由拆散他們？」

「不。明顯是因為那個男人的話。」子夜卻搖了搖頭，說：「這封信……開頭的三行改寫一下，可以照抄交給日冕館地下室的男鬼。」

「嬴小姐，」白羽提出他的想法，「莫非那個男人，是一個算命的相師？他算出二人的結合將會帶來不祥？也就是說是因為迷信所以才……」

「迷信？白先生，你不要弄錯了。對於我們而言，很多迷信現象恰恰是真實的。也就是說，這可能不是迷信。這二人可能真的具有某種『不祥』。」

不過，「不祥」這種說法，太過模糊了。到底具體是指什麼呢？子夜也沒有研究過命理術數，對這種事情完全不瞭解，看來，把這封信交給日冕館的男鬼，或許得到的回信中能夠獲取更清晰的答案。

當然開頭的那幾行必須刪除，後面的基本可以照抄，重新寫一封信。

日冕館內。

接到子夜簡訊的李隱，在得知這次信件的內容時，也陷入了沉思中。「不祥」，這意味著什麼？

是說二人犯沖？

他和慕容蜃來到了二樓那個房間內，子夜用伸縮鐵夾將信送了過來。

讀完這封信後，李隱從信中獲取了一個資訊。

預知！那個「惡魔」，有預知能力！

這自然讓李隱聯想起了，當初打電話給子夜的那個神秘人。都具有預知能力，都和這個公寓有關係。天底下哪裏有那麼巧的事情！李隱緊緊捏著信紙，頭腦中飛速地分析著一切。

必須要獲得這個惡魔的進一步情報！就算冒上一些風險，也是值得的！

從這封信的內容來判斷，李隱意識到，所謂的「不祥」，應該就是「惡魔」進行的預知。那麼，這個人是如何獲取了預知能力的？是一開始就有這個能力，還是來到了空明山上才獲取了預知能力？如果要想辦法找到那個惡魔，就必須要問這兩個鬼。但是，怎麼問？直接問是肯定不行的。這麼好的機會，可能不會有第二次了。李隱很清楚，要找到那個預知者，必須要搏上一搏！也就是說，要想辦法問出這個人的身分！

二十年過去了，如果要再找到這個人，最好能夠知道他的詳細情況，姓名、年齡、職業、住址等。不過這一切都不可能直接去問。必須要想辦法通過偽造的回信，嘗試問出這一切來。

「不祥，真是有意思。」看著那封信的慕容蜃則又露出了他那招牌式的陰笑，「看來，這背後隱藏的一切，比我想像中更加有趣啊。」

李隱看出，信中暗示是這個惡魔預言二人的結合會帶來不祥。他決定由自己來重新偽造一封回信，並且進行一些改動。

該如何修改呢？李隱開始仔細斟酌。

曾未幸和任里昂如此憎惡那個惡魔，那麼必定會牢牢記住那個人的名字。至少要把名字給套出來。不過，假如那個人真的就是當初打電話給子夜的人，從年齡上來說不可能是住戶，目前住戶中年齡最大的也不超過三十五歲，而這個人在二十年前已經有了五六歲的女兒，自然不可能是住戶了。

如果不是住戶的話，當初那張「不要回頭」的紙條是誰放的？難道真的只是一個偶然嗎？會不會是和那個人有密切關係的人？李隱立刻就想到了，會不會是那個女兒？她現在應該是二十五六歲的年齡，和公寓裏很多女性住戶的年齡都是吻合的。

那麼，至少要知道那個人的姓。只要知道了姓，就很可能判斷得出是誰了。

李隱用左手拿起鋼筆，開始重新偽造回信。這封信的開頭刪除，後面基本照抄，而在抄寫的同時，他開始考慮，如何加入詢問那個惡魔名字的部分。

至少先問出名字來再說。

最後，李隱想出了一個辦法。他在信中第三段後面，補上了一段內容：「接下來，我們的信裏，也別用惡魔來稱呼他了，就稱呼那個人的本名吧。我絕對不會饒恕這個惡魔，所以我要時刻銘記他的名字，片刻也不能夠忘記。」

寫下這一段內容，李隱也知道非常危險，但是，為了查出那個人的身分，冒一定的風險，還是很值得的。

可以查出這個人身分，並找到他，獲悉預知的血字，日後執行血字指示，危險性將大大降低！而且他仔細看了看，這個理由還是能夠說服對方的。

既然憎恨對方，自然要牢記對方的名字。這沒有什麼牽強的。而這封回信，大部分內容是抄自真實的回信，被識破的可能性就更小了，畢竟「不祥」明顯是未幸才能知道的情報。

抱著忐忑不安的心情，李隱拿著這封信，朝一樓走去。而走的過程中，他也在不斷地想：能夠順利知道名字嗎？如果知道了名字，就有辦法查下去了。

進入地下室大門，沿著樓梯不斷向下走的過程中，李隱也感覺到自己是在鋌而走險。老實說，他有沒有可能，是進入了一個公寓設計好的圈套呢？

假如真的是如此，送出這封信，會不會反而是將自己推入了火坑之中？

就算問出了名字，能不能查出對方身分來，依舊是未知數，而且他也並不一定就是那個給子夜打電話的神秘人。

越想，李隱越感到不安。當走到最後一級樓梯前，他猶豫了。

懷中揣著偽造的回信，他倒退回上面的台階，開始思考起來，到底要不要送出這封信？不如，還是算了。等到這次血字執行結束，可以活著回到公寓，再想辦法去查二十年前的這起自殺案件，或許也可以查出這個人的存在。

於是，李隱轉回身，決定將信拿回去重寫，然而，這時候他身旁的慕容蜃忽然一把奪過他手上的信，跑到了下面！

「喂，你……」李隱大駭，連忙衝下去！

這個變態！變態！變態！

慕容蜃跑到了那扇鐵門前，立即開始敲門。

李隱飛衝下去，立即要去奪回那封信，然而，已經來不及了。

那隻手迅速地從鐵門上的窗戶中伸了出來，抓住了那封信。

李隱的手距離那封信只有不到一釐米的距離，信就被抓了進去。

李隱的臉色頓時變得慘白！

他怒視著慕容蜃，一把揪住他的衣領，把他拉到一樓，然後關上地下室的門，說：「你是什麼意思？沒看見我打算拿回來重寫嗎？」

「看出來了啊，樓長你害怕了嗎？你不就是怕會被看穿，不敢送進去嗎？這可不行啊，李樓長，這樣才顯得刺激啊，你怎麼能剝奪這個遊戲的樂趣呢？」

「去你媽的樂趣！」

李隱一拳狠狠打在慕容蜃的臉上，又狠狠踢了他的腹部一腳！

李隱是個很少說粗話和使用暴力的人，然而面對這個變態法醫，正常人都不可能再忍受了！遊戲？他以為他們是來這兒玩的嗎？

慕容蜃被打倒在地，但是他很快站起來，抹了抹嘴角的血，陰笑著說：「剛才，你一共打了我兩下啊，李樓長。」

「什麼？」

李隱還沒反應過來，忽然慕容蜃的右手猶如鐵鉗一般伸出，死死掐住李隱的脖子！他的面目變得極為兇殘，表情也開始扭曲起來。

「你這個凡夫俗子，居然敢打我？以為我叫你一聲『樓長』，你就真把你自己當什麼人了？你以為，我不敢殺你嗎？」

慕容蜃的力氣大得出奇，李隱一時竟然無法掙脫。

「你們這些凡夫俗子，是看不到我所關注的『美』的。我最憎恨的，就是『平凡』和『安逸』。在這個世界上，再也沒有比逼近死亡時表現出的人類的罪惡更美麗的了。啊，你居然要阻止我，你居然要阻止我！你算什麼東西，也配阻止我！」

李隱的身體不斷掙扎著，但是慕容蜃的力氣越來越大！再這樣下去，他可能真的會殺了自己！

「你也配打我！」說話間，慕容蜃忽然飛起一腳，狠狠踢中李隱的肚子，接著，把他的身體猛然朝牆上一甩，李隱的頭狠狠撞在了牆壁上，隨後倒在地上。

然後，慕容蜃忽然像是換了一張臉，剛才的兇殘完全收斂起來，他走過來，扶起頭上不斷流出血來的李隱，說：「樓長，記住啊，今後請不要阻撓我享受這個公寓提供的遊戲樂趣，否則，下次就不只是讓你受點傷了，而是……」

他將食指伸出，指著李隱的心臟部位，說：「其實，我也很想解剖看看你的身體呢……啊，哈哈哈哈，只要想到這一點，我就熱血沸騰啊。」

李隱不停咳嗽著，剛才他幾乎以為自己要死在慕容蜃手中了。

這個變態……變態！

李隱這時候就下定了決心，一定要找個機會殺了慕容蜃！別談什麼法律道德的，這個男人不死，以後遲早會被他拖累，死都不知道怎麼死的！還是先下手為強！

「那麼，李樓長，明白的話，麻煩點個頭。ＯＫ？」

慕容蜃用微笑的表情說出這句話的時候，卻讓李隱感覺更加可怕。他立即點了點頭。

「很好，這才對嘛。好了，你去處理一下傷口吧，我們一起等候新的回信吧。哈哈，那個惡魔是叫什麼名字呢？我真的很期待，很期待啊。」

當慕容蜃站起身，重新走入地下室的時候，李隱看著他的背影，在想要不要立即拿把刀子衝進去殺了他。但是考慮再三，還是覺得先別那麼做比較好。

李隱決定了，如果可以活到血字終結，回到公寓，自己就堵在公寓的門口，不讓這個變態進來。相信將他的所作所為告訴其他住戶，也沒人會反對殺了他。這種把血字指示當遊戲來玩的變態，今後和任何人一起執行血字，都有可能會給每個人帶來滅頂之災。

李隱從背包裏取出醫藥箱，拿了一面鏡子檢查傷口，為自己包紮。心裏則是想著怎麼堵住公寓門口？是不是讓住戶們一起拉住公寓門口的旋轉門，讓他沒辦法進來？對了，上官眠的身手看起來非常不錯，估計她也能幫上忙。

現在的問題是，那封信已經送進去了。該怎麼辦？會不會有事？假如那個鬼被騙過了自然最好，但如果沒有被騙過怎麼辦？

李隱只能在心中祈禱，希望千萬不要出問題。千萬不要！

剛才頭撞到牆壁上，頭部的傷口很大。李隱總算是止住了血，纏上了紗布。

此刻，頭部的劇痛還是不斷傳來。

李隱知道，目前還不能夠和慕容蜃拚命。否則，這個變態難保不會在最後關頭做出什麼不理智的行為來，比如大喊一聲：「剛才送的信都是偽造的！你出來殺了他們！」

而且現在自己受了傷，未必能夠殺得了慕容蜃。即使成功了，恐怕也會受傷更重。

最重要的是……李隱，從來沒有殺過人。

對於一個從來沒殺過人的人而言，要跨出殺人的第一步，是非常艱難的。何況李隱本是一個非常珍惜生命的人。

但是，慕容蜃這個男人是一定要殺掉的。他根本不是一個正常人，在血字指示中肯定會造成阻礙。血字本身已經夠恐怖了，不能夠留這種人活在公寓裏。

李隱支撐著站起來，靠著牆壁休息。

無論如何，那封信……能不能夠騙得過那個男鬼？

他越來越忐忑不安起來。到底該怎麼辦？

時間不斷流逝，到了下午五點半。

慕容蜃和封煜顯面前的鐵門，終於有了動靜。隨著輕微的聲音響起，那隻手，拿著一個信封伸出窗口！

慕容蜃搶先封煜顯一步走過去，接過了信。然後，他就大踏步地向一樓走上去。打開門，看到靠著牆壁站著，頭上纏著紗布的李隱，慕容蜃走過來，將信遞給他，說：「樓長，看吧。這封信，應該有你想知道的事情啊。」

李隱立即接過信，迫不及待地拆開，取出裏面的信紙。

信的內容如下：

未幸：

沒想到你那麼快就又改變主意，給我寫回信了。

不祥的說法，根本是無稽之談，是那個惡魔惡意的謠言而已，你根本不用在意。

另外，你說要用本名稱呼他？為此而牢記住這個惡魔的名字？不用了。反正，對我而言，惡魔就是他的名字。他除此以外沒有別的名字了。

我們只要記住這個名字就可以了。

未幸，你真的不用在意。這個惡魔的話，根本沒有一句是真的。他自稱能夠通曉過去，預知未來，也可以瞭解到這世界上的許多神秘現象的本質。父母對他的話太感興趣了，這也因此令他更為得意。後來，甚至還說要幫我們家進行預言。胡說八道了一通後，他就說，我們二人的愛情會帶來不祥的後果。

這種事情實在是荒唐。

我和你一樣，也對這個惡魔恨之入骨。我之前已經對里誠說過了，讓他去查那個人，一定要查個水落石出。只是，里誠到現在為止，也沒有告訴我調查的結果。只知道他是天南市人，三十七歲，妻子去世，帶著一個女兒生活。除此之外，就連他的工作是什麼，有什麼朋友都不知道。

無論如何，里誠一定會幫我們查個水落石出的。一定會！你就別胡思亂想了，好嗎？

愛你的里昂

這封信沒有提及「惡魔」的名字。但是，卻也給出了其他的資訊，惡魔是天南市人，三十七歲，並且是一個鰥夫。

不過，單靠這些線索要找到那個人，根本就如同大海撈針。李隱覺得，如果能夠活著回公寓去，就先調查女性住戶的父親，有沒有是鰥夫的。

不，仔細想想，現在也一樣可以調查。

李隱取出手機，給一個住戶打了電話。那個人名叫裴青衣，是上個月新進入的住戶，住在五〇二室。

裴青衣原本是一個大型公司管理層的執行助理，深通管理之道，是個很精明的職場女性，她在進入公寓後表現出的管理上的智慧，解決了很多新住戶加入時會產生的麻煩。李隱現在將她安排為自己的助手，身分相當於公寓的副樓長。住戶名單、血字統計、每個月的例行會議，都是由裴青衣負責的。

電話只響了兩聲，裴青衣就接了電話。

「喂，樓長，有什麼吩咐？」

聽到她精明幹練的語氣，李隱說道：「有件事情想麻煩你，調查一下，公寓內，年齡在二十歲以上的女性住戶的父母資料。尤其是父親是本市人、而且年齡在五十七歲以上，曾經鰥居（考慮到再婚的可能）或者依舊是鰥夫的，並且曾經是畫家。符合以上任意一項條件的，都篩選出來，發給我詳細資料。」

「我知道了，會儘快完成的。」說完後，裴青衣就掛了電話。

李隱對裴青衣的能力非常賞識，所以對她的工作能力也很放心。當初那張Ａ４紙放置在公寓底樓大廳的時候，裴青衣還沒有進入公寓，李隱認為她基本可以排除在外。而且，她的父母似乎也都還健在，也不是本市人。

如果能夠從中找到線索，就好了。

「慕容蜃。」李隱看著眼前的變態法醫，說：「無論如何，你也希望成功執行血字吧，你也不想這次遊戲結果失敗吧？接下來，我希望你不要太自作主張。可以嗎？」

慕容蜃倒是很平靜地回答：「可以啊，樓長，我也不算自作主張吧，信可是你寫的，不是我寫的啊。不過，樓長，遊戲就是要刺激才好玩嘛。否則，不是太沒意思了嘛。你說，如果只是幫鬼魂送信，鬼又不出來，那不是太沒意思了嘛……」

如果李隱此刻手上有一把刀，他絕對會毫不猶豫地衝上去宰了這個變態！

他真後悔這次沒有帶刀來執行血字。

李隱改變主意了。在這次血字指示就要殺掉慕容蜃！這個男人不死，他們所有人都要被他拖下水！

「慕容……你，難道無所謂嗎？就算被鬼殺死，你也不在意？」李隱又補充了一句，莫非這個變態真的不怕死？

「嗯，你是說……」

「這個公寓會給你安排十次血字，第一次就死了，你以後就沒有辦法享受餘下九次血字的樂趣了，不是嗎？以後還會有更多樂趣的，拜託了，至少現在……」

「也對。」慕容蜃一副似乎開竅的表情，「是啊，還有九次，我的確心急了一點。對，慢慢來，更多的樂趣還在後面。啊，真是討厭，為什麼只有十次血字呢？要是多一點就好了。」

李隱已經找不到什麼語言來形容這個變態了。這個變態的大腦裏面裝的是什麼？他的思維已經遠遠超越李隱能夠理解的極限了。

自從進入這個公寓以來，李隱第一次對一個人的憎惡程度超過鬼！並且希望鬼能夠殺了他！

就在這時候，慕容蜃的手機忽然振動起來。他立即取出手機，打開一看，居然是深雨發來的訊息！

「嗯？」慕容蜃皺起眉頭來。

居然發來了？然而，他卻毫不猶豫地直接刪除了。隨後，又有幾條訊息發了過來。然而他是來一條，刪除一條。

「是誰？」李隱問道。

「沒什麼。」慕容蜃將手機放回口袋，說：「垃圾簡訊而已。」

深雨發給慕容蜃的訊息，被他全部刪除，一條也沒有留下來！

如果李隱知道剛才慕容蜃刪掉的是什麼東西，他肯定有立刻和這個男人同歸於盡的衝動！

那可是許多住戶不惜殺人也要換取的救命的預知畫啊！

「好了。」李隱說道，「這封信，除了開頭一行，其他照抄一遍送過去就行了。希望接下來的回信，能夠有些更有價值的內容。」

信裏提到，里昂讓里誠去調查那個惡魔的事情。不過從信的內容看，里誠的消息沒回來，里昂就已經自殺了。

里誠有沒有查到什麼線索呢？李隱決定，到時候一定要查出這個里誠現在住在哪裏，不管耗費多長時間一定要查出來！

這封信送出的時間，是在下午五點三十。也就是說，回信必須在晚上八點三十以前送入地下室。李隱發現，今天一整天，送信的過程中，鬼沒有出現超過三個小時不寫回信這種預期的最可怕的狀況。希望這種情況能一直維持下去。

李隱將信送到了月影館後，看了這封信的子夜，也獲取了和惡魔有關的進一步情報。將信的開頭一行刪除，重新抄了一封，然後子夜將信也送入了地下室。

到了下午六點半，兩邊別館的人都開始吃飯了。他們中午的時候幾乎什麼都沒吃，因為害怕鬼會因為發現是偽造的信而出來。現在總算可以鬆一口氣了。

李隱坐在地下室樓梯的台階上，拿著在公寓自己房間裏變出來的食物——一個牛肉漢堡和一杯牛奶。對李隱而言，這就可以算是一頓晚飯了。

不得不說，公寓的食物都極為美味。這漢堡裏的肉吃了之後，實在是回味無窮。

不過李隱現在根本沒心思享受美食。匆匆吃完了漢堡，他又開始思索，有什麼辦法可以套出那個惡魔的名字。

日冕館已經完全搜索過了，找不到任何蛛絲馬跡。所以靠信件以外的方式獲取情報已經是不可能的了。

李隱仔細分析下來認為，那個惡魔，很可能並不是胡說的。也就是說不祥是真實的，他的確具有預知能力。而雙方父母如此強硬地反對二人的婚事，可見這不祥的程度是很可怕的。而且，他們也都堅信這是事實。

而李隱判斷，很可能是那個惡魔，在雙方父母面前，展示出了他的預知能力，但這能力並沒有展現給里悅、里誠看，所以他們不相信。一般人確實會認為這是很荒誕的理由。

仔細想來，因為這個惡魔造成二人自殺，然後，又變成公寓在二十年後發佈的血字指示。惡魔和公寓之間有什麼關聯？為什麼是過了二十年才發佈這個血字？

難道，那個惡魔，當時是公寓的住戶？不，不對，執行血字難道還帶著女兒出來？何況就一個人執行血字？除非他女兒也是住戶？

隔了二十年再發佈血字的用意是什麼？公寓存在的歷史絕對不會少於二十年。李隱認為，這是為了讓他們獲取不到更多情報。因為二十多年過去，很多情報查起來就很困難了。

不過，這也可以反過來認為，在他們查不到的情報中，存在著公寓給予的生路！

很可能，是需要在信中才能查出的。

而那會不會就是惡魔的身分呢？如果可以查出惡魔的身分，就能夠度過這次血字？還是說，存在某種終結兩個鬼通信的方式？又或者，二人實際上不是自殺而是被殺的？

可能性太多了。

喝完了手中的牛奶後，李隱抹了抹嘴，看著眼前的地下室鐵門。

究竟，公寓的生路在哪裏？要怎麼做才能夠結束這兩個鬼的通信？

偽造回信的過程中，究竟哪一個環節會造成致命疏漏呢？

事實上，進一步擴展思維的話，還有一種可能。

李隱直到現在也在懷疑，那地下室的兩個鬼，也許不是未幸和里昂。就算信裏面那麼稱呼對方，李隱也沒有完全放心。

說到底，鬼是根本不可信任的。雖然信裏面，是兩個愛得死去活來的戀人，但難保不會是為了玩弄他們而故意寫出的欺騙性文字，實際上是兩個隨時等著索取他們性命的惡鬼呢？

也就是說，這兩個鬼，很可能根本就是兩個憑空出現的鬼！也許，某個存在於回信中的觸發條件，就能夠讓他們萬劫不復！

這個血字指示，絕對是非常恐怖的。甚至可以說是李隱經歷的難度最大的一次血字指示。

比起這種看起來只要送個信就能夠安全度過的血字，那種很明顯危機四伏，鬼魂隨時會從四面八方出現的血字，反而讓李隱感覺好一些。因為，他連公寓安排的危險在哪裏都沒辦法知道，連這個血字的真正恐怖在哪裏都還沒辦法瞭解。

而這一點，本身卻比什麼都要來得恐怖。

無論如何，必須要儘快想辦法！

李隱下定了決心，一定要在公寓安排的恐怖陷阱被觸發以前，找到生路！

16 瘋狂的坦白

這時候，李隱的手機振動了起來。

裴青衣已經將調查結果發了過來。不得不說她的辦事效率高得可怕，只過了一個小時就將一切調查得清清楚楚。

調查後，只符合一到兩項條件的人很多。不過，沒有一個人的父親查出是畫家，而符合三項條件以上的女性住戶，一共有三個人。

分別是一〇六室的林雪倩，九〇五室的蘇小沫，一二一一室的許嬈。

而這三人中，最可疑的就是蘇小沫。因為，她是去年就進入公寓的住戶，而另外兩個人都是在今年大批進入的新住戶。

所以，蘇小沫有可能是放了那張Ａ４紙的住戶。

「蘇小沫……」李隱默念著這個名字，回憶起來，她是個戴著眼鏡，紮著馬尾，二十歲的女孩子，長得還算可愛。

他忽然想起來，那一天，卞星辰、柳相等人去執行血字指示，最後在底樓大廳等待的住戶中，也有她。而且，她很關心卞星辰等人的生死，看起來很想知道放那張紙條的人是誰。當時，她還站得離公寓的旋轉門很近，不斷向外面看著。

難道是她嗎？故意那麼表現，讓人不懷疑她？

李隱完全沒有去考慮已經死去的住戶。因為他認為，有那麼一個父親存在，幫她通過血字指示，那怎麼還會死呢？

如何在信中試探出，那個人的女兒，是不是叫蘇小沫？偏偏，兩個鬼都忘記了她的名字，哪怕只記得姓也好啊。

也不能問：「她的名字，是不是叫小沫啊？」萬一弄錯了，就等於自尋死路了。

時間不斷流逝。然後，在晚上八點的時候，月影館的鬼送出了回信。

這一次回信的內容是這樣的：

里昂：

雖然你那麼說，但我還是感覺太奇怪了。父母真會因為這個惡魔純粹的胡說八道，就斷定我們會因為結合而帶來不祥嗎？

實際上，哥哥的態度一度很奇怪。雖然我認為他是站在我這一邊的，但他的反應有些曖昧。雖然他支持我和你的戀愛，但他也對我說，我要不要考慮一下。我向他追問為什麼那麼說，而他雖然和我說得有些隱晦，不過我聽得出來，這和那個人畫的畫有關。

很明顯，這背後還隱藏了什麼不能告訴我們的話。但為什麼不能說呢？為什麼不惜囚禁我們，也不告訴我們真話呢？

里昂，里悅和里誠沒有和你提起過什麼嗎？

我真的很擔心，我很想知道父母到底在想些什麼。還有，你說你讓里誠去調查了？真希望里誠早日查出真相來啊。

這樣，我就可以明白，究竟父母是因為什麼，才如此反對我們。而且，說不定就可以找到說服父母同意我們婚事的方法。

里昂，我們一定要等到那一天到來。

愛你的未幸

畫？子夜看著這封信，又多了一個新的線索。雖然不確定，但是，從目前看來，畫似乎是個關鍵。那個人的預知，和畫有關係？

月影館和日冕館都仔細找過了，並沒有找到任何畫。可是這和畫畫有什麼關係？

以子夜的智慧，她很容易就有了一個假設。

那個男人，畫出的畫能夠反映真實的未來。而很有可能未幸的哥哥親眼見證了畫中的景象成為現實，所以才會受到影響，信了幾分。而雙方父母似乎是全信了。

能夠反映未來的畫？難道這就是……

頓時，子夜聯想到了敏的女兒深雨。她就是一個酷愛繪畫的人。難道說，這和深雨有關係嗎？

子夜來到二樓，用鐵夾夾住信，向李隱那邊送了過去。

而這時候，子夜忽然注意到，對面窗戶的李隱頭上纏著帶血的紗布，她心裏一驚，差一點沒拿住夾子，讓鐵夾晃了一下！

「啊！子夜！」李隱嚇了一跳，還好，子夜又舉起夾子，伸入了日冕館二樓的窗戶。

李隱鬆了一口氣，拿過了信。

這時，子夜立即取出手機，打給對面的李隱。

李隱拆開信的同時，取出手機，接通後說：「子夜，你剛才怎麼回事？差一點就……」

「你的頭是怎麼回事？傷得重嗎？到底是怎麼了？」

「你別擔心，和鬼沒關係。」李隱看著身後的慕容蜃，說：「是我自己不小心摔傷的。這封信……畫？和畫有關？」

「對。李隱，從目前來看，我判斷出，那個惡魔是依靠畫來進行預知，得出了不祥這個結論。」

李隱也開始分析起來。很快，也想到了他一直抱有一定懷疑的深雨。

不過，這也可能是巧合，但光是這一點，就足夠對深雨這個人進行追查了。仔細想想，敏的身分是孤兒，而年齡，也吻合信中提及的女孩子。

莫非那個恐懼父親的女孩子是敏？恐懼的理由，是因為父親對她身懷鬼胎的厭惡和打罵嗎？

但是，敏死了，深雨也不知所蹤，目前沒有辦法繼續追查下去。

這封信，倒是可以直接送進地下室，沒有需要修改的地方。希望接下來，可以從男鬼的信裏獲得新的情報。

接著，李隱走進了地下室，來到鐵門前，伸出手敲了兩下鐵門。沒多久，那隻手就伸了出來，接過了信。

目前雖然還算一切順利，但誰也不知道接下來的信中，會出現什麼情況。

李隱認為，在他們無法掌握的情報中，必定存在著一個關鍵點。

而忽略了那個情報，就有可能在偽造回信的時候，將假情報寫進去。

考慮下來後，李隱慢慢形成了一個猜測。

很有可能，接下來的某一封回信，會問一個沒有辦法知道答案的問題。而這個問題，另外一個鬼不會及時寫回信來答覆。無法回答這個問題，就會導致鬼魂走出地下室。

但，這個問題可以從公寓給出的生路提示中找到答案。

那麼，會是什麼呢？問起，「我們是什麼時候被關進來的」？或者是，他們的家庭成員曾經做過的事情？但是目前實在看不出有什麼提示能夠表明這些。

十點半的時候，鐵門內送出了回信。信的內容是：

未幸：

相信我，「不祥」只是無稽之談罷了。難道你也相信這樣的話？那個惡魔根本就是惡意拆散我們的，他的話都只是謊言而已。

你提到他的畫？我也看過，不知道為什麼，那個人總是畫一些血腥鬼怪之類的畫作，我也不明白他為什麼那麼喜愛畫這些。

你哥哥應該也只是受到你的父母的影響而那麼說罷了。惡魔的畫和什麼不祥有什麼關係？我反正是絕對不信的。

未幸，未來是沒有辦法預知的，所謂的預知，一般都是根據一些已知條件，從概率論的角度作出的計算。很多自稱能夠預言的人，用的都是這樣的方法。這不代表他們可以真的通曉未來。未來是不可能註定好的。

無論如何，請你不要再胡思亂想了，可以嗎？我希望可以看到開開心心的你。你的笑容，才是我最大的慰藉啊。

相信我吧，希望這封信，可以讓你安心。

愛你的里昂

這封信中，提及了一個新情報，那就是，那個惡魔一直都在畫恐怖內容的畫作。這一點，讓李隱極為在意。難道，那畫作中畫出的，都是真實存在的鬼嗎？

仔細想想，這種可能性非常高。

李隱回憶起，當初孤兒院院長說，深雨送了一幅畫給敏。而事後敏的房間裏根本就找不到那幅畫。而就是在深雨把畫送給敏以後，那一天卞星辰他們出去的時候發現了Ａ４紙。

難道，自己的推斷是正確的？敏果真是那個惡魔的女兒？而深雨給敏的那幅畫，實際上不是她畫的，而是那個惡魔所畫的？

李隱決定，一旦活著回到公寓，立即對敏的父親進行調查！

接著，他到了二樓，將信用伸縮鐵夾送到月影館。

子夜接到這封信後，就很快來到地下室，敲了敲鐵門，然後將回信送了進去。

時間流逝。很快，午夜零點到了。

而就在這個時候，在天南市，深雨所住的高級公寓內。

深雨此時，還沒有睡，而是一個人坐著。

「李隱，嬴子夜。」深雨看著眼前的時鐘過了午夜零點，「接下來，也就是四月十八日這一天，將是你們的噩夢了。你們將徹底領會到這個血字指示的恐怖。接下來的信，將會和現在完全不一樣了，公寓會完全解除對那兩個鬼一直以來的『限制』。看到下一封信，你們恐怕會沒辦法相信自己的眼睛吧？但是，那才是『真實』的，不加偽飾的內容。在這個世界上，人們往往不喜歡真實，因為真實未必會是理想的、美好的。但是，唯有真實，才能表現出『美』啊。」

凌晨一點。

子夜揉了揉眼睛，看著眼前的鐵門。一旁的白羽已經半夢半醒了，然而上官眠卻依舊很清醒。

這時候，那隻手，從窗戶中遞出了新的回信！

子夜走上前去，接過了回信，然後和白羽一起來到一樓，將信拆開一看。

信的內容是：

里昂：

我要告訴你一件事情。不過，我先要向你聲明，我對你的愛是真的，絕對沒有半分虛假。

你還記得嗎？就是那一天，我們在空明山散步，後來你先回去了。而我走著走著，就遇到了那個人。

那個人，你也是認識的，但是很抱歉，我不能寫出那個人的名字。

那個人最初只是走上來和我說話，但隨後忽然表示，對我一直抱有愛意，希望能夠和我發生關係。

我一開始嚴詞拒絕了那個人。

可是，後來那個人一次又一次地引誘我，吻我，撫摸我的身體，讓我漸漸有了感覺。

我想這就是意亂情迷吧，我就這樣糊裏糊塗地和那個人……

我只做了那一次而已，絕對沒有第二次了。我真的不是故意背叛你的，里昂，請你相信我。

愛你的未幸

讀完這封信，即使子夜再冷靜，也難以掩飾臉上的驚愕。

為什麼突然間，會寫出這種內容？

一旁看著信的白羽，也很震驚，說：「嬴，嬴小姐，這封信……絕對不可以把這封信送過去！否則，說不定那個男鬼會立即衝出來！誰能容忍自己的愛人對自己不忠？」

「我當然知道。」子夜將信折疊好，說：「這封信絕對不可以送！」

來到樓上，子夜給李隱發去了簡訊。

日冕館內，接到子夜簡訊的李隱，和慕容蜃一起來到一樓，他給子夜打了電話，問道：「你剛才說的是真的？信裏的確那麼寫？」

「是的，李隱。」

「這種事情，為什麼突然要說出來？還有，那個人是誰？說里昂也認識，難道是里誠？」

「這是公寓的傑作。人的內心多少都有一些陰暗面和無法告訴他人的隱私。而公寓完全解開了人對隱私的隱藏心，令其將隱私完全不加掩飾地說出來！接下來，必須立即偽造一封回信！」

「那是當然！子夜，你也要小心偽造回信，我先掛了！」

隨即李隱跑到二樓那個房間，從箱子中取出了新的信紙，開始進行偽造：

里昂：

你說得對，我不該就這種問題繼續和你糾纏下去了。

我們別去想什麼「不祥」了，反正這都是那個惡魔的胡謅，不是嗎？只要我們彼此相愛就足夠了。

正如你所說，未來是不可能被預知的。只要心中懷有幸福，未來就一定會幸福，但如果內心沒有幸福，那就肯定會變得不幸起來。

我們只要堅信這一點就足夠了，不是嗎？

我永遠愛著你，里昂。

愛你的未幸

然後，李隱將這封偽造的回信拿去了地下室。

這一次，是完全偽造的回信。雖然不是第一次了，但李隱還是很緊張。

公寓明顯是故意引導住戶寫假回信。這麼做，顯然是要用假回信來把住戶推入絕境！但是，誰敢把真回信送進去？

李隱咽了一口口水，然後將信拿到窗戶前，敲了敲門。

然後，那隻手伸出，將信拿了進去。

又是漫長的等待！

李隱此時反而更加擔心子夜那邊。她需要偽造一封給未幸的回信。也就是說，回信的內容肯定不可以責怪她。可是，假如就那麼簡單原諒了，反而顯得假。但過於責備，後果誰也不敢想像！這根本就是左右為難！

一個小時後，日冕館地下室的鐵門窗戶內，伸出了那隻手，拿出了新的信。

當李隱拿了信來到二樓，拆開一看，內容是：

未幸：

我要向你坦白一件事情。

你還記得嗎？你家裏養的那六隻貓，突然都被開膛破肚，頭被砍掉的那件事情？我知道，那六隻貓是你最愛的寵物，你發現那件事情後，哭了整整一個星期，還不斷咒罵殺貓的兇手。我看了以後，內心也很難過。

我現在要向你坦白。

那是我做的。

我真的很討厭貓，憎恨貓憎恨到了極點。只要想到那些貓上躥下跳的樣子，我就沒有辦法忍受。

所以那天晚上，我給那些貓餵了帶安眠藥的貓糧，然後把牠們帶出去，一隻接一隻殺死。之所以殺得那麼慘，是因為我希望你害怕，不敢繼續養貓。

但我是真的愛著你的，我只是憎恨貓而已。真的，請你一定要相信我啊，未幸。

愛你的里昂

果然，這邊的信也開始吐露不能說出的隱私了。

不過，這封信一出，讓人生起一股寒意。

表面上看起來那麼好的一個人，其背後卻往往都隱藏著這種令人毛骨悚然的真面目！如果單看之前的信，都會感覺里昂是個追求真愛的好青年，然而看了這封信，就會讓人覺得他是個無比可怕的人。

接下來，還會出現多少可怕的隱私呢？而隨著不斷偽造回信，就必定要對這些隱私行為進行評價。在這個過程中，恐怕就存在著公寓的陷阱！

這封信，是凌晨兩點送出的，也就是說，需要在凌晨五點收到回信。

將六隻貓開膛破肚不算，還將頭也一一砍下，如此血腥變態的行為，真的很難立即原諒。如果回信中，完全給予諒解，肯定顯得不自然。

不過李隱不認為，這是寫回信的真正難度。

李隱很清楚，之所以出現這種暴露不可說的隱私的信，目的很簡單，就是逼迫住戶偽造回信。也就是說，回信中，很可能存在一個不小心寫錯，就會觸發的某個條件，令鬼離開地下室。也就是說，觸發死路。

這才是李隱最為憂心的。

同一時間，子夜也正在進行回信的偽造。

未幸的信中主動吐露了自己的不忠，而連對方的名字都沒有說出來。任何一個正常人看到這種信，肯定都會暴跳如雷。要把信寫得溫婉，怎麼看都感覺很假。

寫了很多次，子夜都感覺不滿意。

「坦白地說，」白羽看著滿地的信紙紙團，「如果換了我，就直接衝過來興師問罪了。還寫一封不溫不火的信過來，怎麼想都是不可能的。」

「事實上，」子夜看著手上的信紙，「對於一個男人來說，自己所愛的人在和自己交往期間，和其他人發生關係，還是和自己認識的人，任何人都是難以承受的。這封信太難寫了。不能太溫順，也不能太責難。」

不過，子夜的智商畢竟是擺在那裏的。沒有多久，她就找到靈感寫了出來：

未幸：

看到你的信，最初我不敢相信，我希望這不是真的。但是，你不會在這種事情上和我開玩笑的。

你該知道我是多麼愛你，所以我真的很難忍受你所做的一切。不過我仔細冷靜地分析了一下，這不是你的錯。雖然我不知道那個人是誰，可是，我相信是那個人主動，你才會犯下這一過錯的。至於那個人是誰，既然你不願意告訴我，我也不追問了。

我畢竟深愛著你，雖然感到難以忍受，可是，如果因為這一點而失去你，那對我而言是更加無法忍受的。未幸，你能告訴我這些，說明你已經後悔了。我願意原諒你，只希望你不要再犯下同樣的過錯。

愛你的里昂

把責任推到那個人身上，就可以極大減輕未幸的責任。而且深愛著她，也可以成為不願意為此而失去未幸的理由。

雖然還是有點牽強，但這已經是子夜能夠寫出的最好的回信了。

寫完以後，子夜又仔細檢查了一遍這封信。

突然之間信的內容發生變化，而後就變為逼迫住戶偽造回信的情況。也就是說，住戶偽造的回信，將會有可能在某種情況下觸發死路。

信中該不該問那個人的身分呢？這也許是個關鍵點。但是，明顯未幸不願意說，如果貿然問的話，難保不會導致死路被觸發。

倒是李隱的情況更糟糕。

雖然未幸有過那種不忠行為，但畢竟是先受到引誘才做出來的，還是可以原諒和理解的。但是，里昂殺貓的行為，實在是太殘忍和變態了，無論愛他愛得再深，知道對方是如此心理變態的一個人，都不可能不滿懷憎惡和恐懼吧。

李隱仔細分析了那封殺貓的信。他有了一些推測。

很明顯，回信可能會觸發某個死路，來讓鬼走出地下室。關鍵就在於，回信中一旦寫入了假情報，就完了。

如果要寫回信，那麼必定要對殺貓行為進行評價。這當中必定存在著某個欺騙。

那個欺騙是什麼呢？

無論李隱如何苦思冥想，都不得其解。

而這封回信更是難寫到了極點。怎麼想，一般人都不可能原諒里昂。而如果不原諒，就有充分理由到上面來。但是輕易原諒，偽造的痕跡就太重了。

所以，不能夠原諒里昂，但是又不可以不原諒到讓其不能接受的地步，該怎麼辦呢？

最後，李隱是這麼寫的：

里昂：

你說的是真的嗎？我很難相信你會做出那麼殘忍的事情。

如果是真的，那我實在感到很遺憾，你怎麼可以對那麼可愛的小動物做出那種行為來？就算你再怎麼恨貓，也不該那麼做啊。

不過，你看起來已經後悔了，所以才對我坦承這一切。只要你以後不再做那麼可怕的事情，我可以當這件事情沒有發生過。畢竟，我還是愛你的。

愛你的未幸

李隱和子夜各自把自己的信送入地下室的時候，都已經做好了最壞的心理準備。

其實，公寓不可能安排一條必死無疑的道路。但問題是生路是什麼呢？無論如何，對二人的行為總要有一個評價，無論再中肯，總要有一些指責的話。

無論如何，現在只有賭賭看了。

李隱進入公寓以來，也不是沒有賭過。甚至可以說，他在血字指示中經常會做出賭上一切的行動來。

而如今這一次的賭博，卻是讓他感覺最膽戰心驚的一次。

接下來的結果卻是出乎意料的順利。

鬼沒有被觸怒，日冕館和月影館都給出了回信。

而這兩封回信，讓李隱和子夜都陷入了崩潰邊緣。

里昂的回信是：

朱幸：

很感謝你能理解我，你的諒解讓我非常高興。但是，我還是要向你繼續坦白。

實際上，我是個很嗜賭的人。

我在東臨市上大學期間，一直出入賭博場所。當時，還偷了家裏面不少錢到賭場去，但是，總是輸多贏少。

你還記得吧？有一段時間我一直向你借錢，說是去報名學習電腦，但是實際上我是拿去賭博了。

結果，我欠下的債務越來越多。到最後，已經累積到了一個極為巨大的數目。

我再三請求延緩還錢的期限，但是，追債的人越來越多。最後，他們到我在東臨市的大學宿舍來找我，還對我說，如果不能夠及時還錢的話，就要把我廢了。

我那個時候，真的很需要錢。如果沒有錢的話，我真的擔心他們會傷害我。

於是我去找一個人借錢，那個人……你也是認識的。

那個人對我說，借錢給我也可以，但要我答應一個條件。那就是，要得到你的身體。要我選一個日子，把你帶出去，然後藉故先離開，然後那個人出面，來將你……

我知道，這樣做很卑鄙。你因為這個原因，而被那個人……

請你一定要原諒我，我是真的沒有辦法。

愛你的里昂

而未幸的回信則是：

里昂：

你能夠原諒我，我真的非常高興，可是，我隱瞞你的事情，不光只有這一件。

事實上我還做了一件更對不起你的事情。

其實，我以前有一段時間經常出入賭場。最初，我只是在裏面做一個荷官打工。但是，後來感覺到賭博非常刺激，自己也開始賭了起來。

最後，贏了不少錢，我拿那些錢繼續賭，最後獲得了不少的收入。於是，那時候的賭場老闆邀請我成為地下賭場的幕後莊家，開盤設賭局。

但是，那段時間你也來賭博，卻是我沒有料到的。因為這個原因，讓你輸了很多錢，還有不少人向你去追債吧？

我現在已經離開賭場了，請你相信我。希望你能夠原諒我。

愛你的未幸

這兩封回信幾乎是同時送出的。

當李隱和子夜看完信後，臉上的表情自然是非常精彩。

居然是這麼一回事？為了還賭債不惜把自己的女人送給別的男人？開設賭局做幕後莊家？

而且，誰知道後面還有沒有更可怕的隱私暴露出來。再這樣下去的話，回信如果再原諒對方，怎麼都說不過去了。

不知道生路的話，肯定會陷入死路！

這到底算是怎麼一回事！

這猶如噩夢一般的恐怖後果，讓李隱已經開始難以承受下去了。

隨後，他們繼續進行回信的偽造。沒辦法，只能夠繼續原諒、原諒、原諒。除此之外，還能夠說什麼呢？

李隱和子夜都心力交瘁了。

寫著連自己都感覺說不過去的原諒的話語，甚至感覺寫出這種文字的人根本就是頭腦不正常了，卻也沒有別的辦法。送真的回信過去，後果是無比可怕的。

但又必須要寄回信。

難道說，當原諒到達一個極限的時候，就會引起懷疑嗎？但回信本身也會適當指責對方。如果通篇都指責對方，這根本就是死路一條啊！

夢魘籠罩著日冕館和月影館。

修改了無數次才寫完的回信，讓李隱和子夜已經感覺到渾身無力了。就算明知道是陷阱，卻還是必須要將這些回信送進地下室，交給那隻手。

接下來，就是膽戰心驚的等待。

而之後的回信，暴露出來的內容也越來越可怕。裏面的內容，讓李隱和子夜的心理承受力一次又一次受到劇烈衝擊。一輪又一輪地偽造回信，每一次原諒，就會換來一封內容更加可怕的回信。

最後，兩個人甚至不得不在回信中寫道：

「我知道你很誠實，但請不要繼續寫隱私了。還有，暫時也不要再回信給我了。」

可是沒有用。最多一個半小時，就會出現新的回信。

到最後，李隱和子夜幾乎都麻木了。而封煜顯、白羽等人，也逐漸墜入絕望的深淵。

到了下午三點。

「完了。」月影館內，白羽臉色慘白地坐在二樓那個房間的地板上，他已經幾乎要放棄了。

「接下來我們一定會死的，這種回信不斷送出來，我們真的會死的！」白羽痛哭起來，「嬴小姐，你還寫？寫什麼寫啊！下一封回信，就是曝光出殺人我都不會感覺奇怪了。我們該怎麼辦啊？我們一定會死的……」

子夜此時也感覺到很沉重。

難道，真的沒有希望了嗎？

而且明明知道，還是寫著這一封封的回信，等於是用自己的筆，來殺死自己！

「我還是原諒你，里昂。」

寫完信後，子夜就將信拿起來，剛要走出去，忽然白羽抓住子夜的手說：「嬴小姐，別去，別去了！剛才那封信的內容，是個人都不可能原諒對方的！這麼乾脆地原諒對方肯定會被懷疑的！求你別送進去了！」

「不送的話，我們會被自己的影子殺掉。」子夜說，「送進去，還有一線希望。」

「希望？」白羽卻笑了起來，他的精神已經接近崩潰了：「哪裏有希望！我們已經死定了！嬴小姐，認清現實吧！你和李樓長把頭都快想破了，不也推理不出生路嗎？我們根本沒有希望的！」

沒辦法寫原諒，也沒辦法寫不原諒。

白羽很清楚，他們的死期就要到來了。

而這時，月影館地下室內。上官眠死死盯著眼前的鐵門。

很明顯，鬼走出來，只是時間問題了。每一次都在回信中原諒對方，這個鬼再不懷疑，顯然是不現實的了。

此刻，她的雙眼，毫不保留地釋放出一股可怕的殺意。

所有的武器都已經準備好了。一旦鐵門打開，她就會立即行動。

她是「睡美人」，所以，她會殺死所有被自己盯上的獵物！

即使那獵物是一個鬼魂！

日冕館內。

「有趣，有趣，太有趣了。」慕容蜃看著那一封封回信，說道：「這就是人類的『美』啊，隱藏在陰暗背後的真實。樓長，太有趣了，這種鬼隨時都會出現的恐怖，我高興得簡直想殺人啊！」

李隱根本不去理會這個變態。他只是繼續機械化地寫著原諒內容的回信。

此時，他雖然還不願意放棄，拚命考慮著生路，但是，內心也感覺到一種前所未有的恐懼和焦慮。

封煜顯此時還在地下室。

「螢……」他看著那扇鐵門，已經知道自己在不久之後將面對的是什麼。

終究還是要以這種方式，去見螢嗎？算了，也好。反正他本來就打算那麼做的。

沒能夠治好妻子心病的痛苦，時刻折磨著封煜顯。他時刻想著能夠和妻子再度相會。本來他以為靠公寓可以在陽間找到能和螢相會的方法。但現在看來，只有死後才能去見她了。

明明，明明是那麼想的……

可是，為什麼眼淚不斷流下？為什麼身體不斷顫抖？

本來，他應該已經完全放棄了的。

可是封煜顯還是雙手抱緊身體，那不斷壓抑的恐懼感終於在心頭噴湧而出！

不想死……我還不想死……就算可以見到螢，我也不想死……

子夜懷揣著那封信，走進了地下室。

上官眠此刻正站在鐵門前，面容肅殺，可以說，這是她處於殺意巔峰狀態的樣子，當初和「死神」一戰，她就是以這種狀態應戰的！

子夜走過她身邊的時候，都能感覺到，她猶如是走過一頭野獸身邊！

上官眠……她是什麼人？

子夜走到鐵門前，將信拿到窗戶前，然後抬起手，準備要敲門。

忽然，白羽跑了進來，看到子夜已經要敲門了，頓時面色慘白，說：「那封信……」

「嗖」的一聲，白羽只看見一道寒光閃過，還沒反應過來，就看見，子夜的右手手掌上，被插入了一根長長的鐵針！

子夜的手在即將碰到門的瞬間停下，鑽心劇痛襲來，隨即她的身體不斷倒退，倒在了台階上，頓時感覺身體猶如被撕裂一般疼痛，一口鮮血就噴了出來！

這針上的劇毒，一旦進入血液循環，就能夠迅速置人於死地！

上官眠飛快來到她面前，手上不知道何時多了一個針管。針管裏裝著一管血清，這是這種毒素的血清，唯有注射這種血清才能夠獲救。

她抓起嬴子夜的手，開始注射血清。

子夜此時已經暈死過去，血清注射後，她原本蒼白的臉上終於恢復了血色。如果再慢一點注射，她就必死無疑了！

而這整個過程只有五六秒的時間，把白羽都看傻了。

他連忙跑過來，把聲音壓低，說：「那根針是什麼？你……」

「你待在這兒看著，我把她帶上去。」

上官眠背起子夜，把她帶到了一樓，隨後將她的身體放在地面上。那封信她依舊拿在手上。

上官眠把信拿下來，拆開看了看。

剛才，白羽的樣子明顯是說信有問題，因此她毫不猶豫地將毒針射向子夜。應當說慕容蜃運氣實在很好，假如他和上官眠在一個館內，他此刻已經去陰曹地府了。上官眠絕對不會給這個變態注射血清的。

最後，她發現了信的問題所在。

信的最後寫道：

「我還是原諒你，里昂。」

這是送給未幸的信啊！犯下這種錯誤，根本就是自掘墳墓！以子夜的冷靜和謹慎，居然也會犯下這樣的低級錯誤，可見她的精神受到的衝擊也是非常大的。

上官眠將信揉成了一團。隨即，她上到二樓去，重新拿了一張信紙下來，用左手拿筆，把原來的信抄寫一遍，只是在最後，將「里昂」修改成了「未幸」。

信寫完後，子夜醒了過來。她看著抄寫好信的上官眠說：「上官小姐，你……」

忽然，一把森冷的匕首抵住了子夜的咽喉。

上官眠那恐怖的噬人眼神，令她不寒而慄。

「剛才我刺入你身體的毒針的血清只有三管。我一般是不會用在我以外的人身上的，只是因為你的智力高超，我才優待你一次。」她冷冷地說，「但，這是第一次，也是最後一次。你下次再犯下這種低級錯誤，我一定會殺了你！」

「剛才的信……」子夜仔細回憶了一下，也猛然想起自己犯下的錯誤。

頓時，她身體一陣冰涼。剛才，險些就送出了會觸發死路的信！

「等一下，剛才的針……有毒？」子夜驚愕地看著上官眠，「是你自己調配的毒素？你剛才說血清？是蛇毒嗎？」但就算是蛇毒，見效也太快了一些。

「少問問題的人會活得長。」

上官眠的這句話，讓子夜瞬間明白過來。眼前的少女絕對是個不簡單的人物！子夜做夢都不會想到，她眼前的少女，竟然是歐洲黑暗世界名震一時的女性殺手「睡美人」。

子夜立即點了點頭，說：「知道了，我不會多問的。」

上官眠收起了匕首。她知道這個公寓的人都只顧著如何活下去，不會節外生枝。

否則，她早把見過她出針的子夜和白羽都殺了。殺死這兩個人，對她來說跟捏死兩隻螞蟻沒什麼區別。

接下來，日冕館和月影館都送去了回信。

晚上八點半，最可怕的回信出現了。

而這一次的回信，終於把所有人都推到了懸崖邊緣。再也沒有可以逃遁的地方了。

里昂的信是：

未幸：

接下來我要說的這件事情，你一定會很震驚的，但我一定要告訴你。

其實……

我已經死了。

你一定會感覺很震驚，難以置信吧？但這是真的。

我在很久很久以前就自殺了。因為一直收不到你的信，我擔心你是不是沒有能夠堅持下去而妥協了，所以我就用送飯時帶來的餐刀殺了自己。

但是，就算死了，我還是思念著你，還是希望和你在一起。能夠在信中知道你還愛著我，真是太好了。

因此，未幸，我想和你結婚。

你既然愛我，不可能因為我死了，就拒絕我吧？如果你拒絕的話，我就會強行到月影館來，就算把你帶到那個世界去，我也不要和你分開！

你，一定會願意的吧？

我靜候你的回覆。

愛你的里昂

而未幸的信，竟然和里昂的如出一轍：

里昂：

其實，我已經死了。

一直瞞著你，真是對不起。

那時候，收不到你的回信，我就用吃飯時送來的餐刀自殺了。

我死了以後，就無法像活人一樣生活了。但即便如此，我還是希望和你在一起，希望能夠和你相聚。

所以，請你答應我，和我結婚好嗎？

就算我們陰陽相隔，我還是希望能夠和你成為夫妻。

你一定會願意的吧？里昂？不會因為我是死人而嫌棄我吧？如果你因此而不愛我，我就算是化為厲鬼，也要到日冕館來，永遠纏著你！

愛你的未幸

重磅炸彈。

絕對的重磅炸彈！

和這兩封信比，之前的信不過是絕望之宴的開胃菜罷了。

李隱和子夜此刻在二樓窗戶，互相凝望著彼此。

該怎麼辦？願意？不願意？

選哪一邊都是死路。

但是如果仔細想一想的話，這個選擇，對於住戶而言，可能就是從死到生的一個躍遷。

其實再認真想一想，兩者都有可能是死路，也都有可能是生路。

同意結婚，也許兩個鬼會因此心滿意足。就算出來舉行婚禮，也可能不會傷害住戶。

不同意，鬼有可能會直接到另外一個館的地下室，將那個鬼一起帶入陰曹地府。然後兩個鬼雙雙消失，或者至少纏著對方，就不會再寫信了。當然，前提是鬼直接移動到另一個地下室而不會在這個過程中殺死住戶。

公寓給住戶出了一道恐怖的選擇題。

選哪一個？哪一個是生路？哪一個是死路？

而且兩邊都要選對。有一邊選對，還有一邊選錯，那也沒用。

一陣寒風凜冽地吹來，李隱看著對面的子夜，子夜也注視著對面的李隱。

封煜顯、白羽等人都已經自暴自棄了，把一切決定權交給了李隱和嬴子夜。而封煜顯則是牢牢看著慕容蜃，不讓這個變態隨便送一封回信進去。

李隱拿著手機，對對面的子夜說：「子夜，也許，今天晚上是我們最後的相守了。」

子夜說道：「李隱，你選哪一個？」

「不知道呢。選哪一個，都有可能是生路，也都有可能是死路。我想，這封信送完，我們也就可以解脫了，無論用哪種形式解脫。」

兩封信送出來的時間都是八點半。也就是說，最晚必須在十一點半送去回信。

離李隱可以回歸公寓還有半個小時的時間，足夠他們被鬼殺死了。

「子夜，」李隱突然說道，「還記得你在臨出發前問我的問題吧？問我為什麼那個時候愛上了你？剛和你見面，就突然那麼深深地愛上了你？那個時候，我沒有回答你吧？」

「嗯。是的，李隱。你突然提起這個……」

「我想，至少現在告訴你答案。因為，我第一眼看見你的時候，就認定你了，認定你是我的靈魂伴侶。雖然只是瞬間的注視，但是，我那時候就在心裏想，對，就是她了。好像是前生就和你認識了一般，那一刻我就愛上你了。『一見鍾情』這個說法很老套吧？但那就是我對你的愛。不過，子夜，仔細想想，既然有鬼魂存在，那麼就算有輪迴轉世存在，也不是什麼稀奇的事情。『那個世界』，也很可能是存在的。只是，對我們而言，那個世界太遙遠了，太渺茫了，所以我們才要拚盡努力活下去。」

「李隱……」子夜的眼角，已經有些濕潤了。

「我們，或許在前生是一對很相愛的戀人吧，所以我才能在今生，第一眼就認出了你來。如果，還有來生的話，無論是過去十年，二十年，還是一百年，只要我可以再度和你相遇，我也一定還能夠認出你來，然後，還會愛上你。如果你能夠和我相遇，也請你一定要認出我來，子夜。」

子夜用手捂住了臉，她很清楚，李隱也已經近乎絕望了。

這幾個小時，二人已經將所有的信，逐字逐句全部都分析了一遍，作出無數假設，但到現在都沒有發現任何和生路有關的跡象。甚至也給銀夜、銀羽打去了電話，但他們也是毫無頭緒。

這很可能是已經超出李隱和子夜智力的恐怖血字了。

「其實我也是一樣的。」子夜忽然對李隱說，「李隱，你也是我的靈魂伴侶。我也感覺在見到你的一瞬間，你就進入了我的靈魂一般。但當時因為剛進入這個公寓，滿腦子只想著如何活下去。當我從那個鬼屋活著回來的時候，你問我，是否可以做你的女朋友，實際上我真的很高興。但是，那時候的我，感覺和你沒有未來，所以沒有立即答應你。但在銀月島回來以後，我就決定了。無論在這個公寓，迎接我們的是什麼，我都不會放開你的手，即使死，我也希望能夠在愛著你的心情下死去。」

因為那一瞬間的凝視，靈魂被交纏在一起的這對男女，如今，終於到了最後的關頭。這一直害怕到來，卻始終要到來的一刻。

此刻，內心的恐懼卻平息了下去。

真是奇怪啊，最恐懼的時刻到來的時候，卻感覺輕鬆了。

「李隱……」子夜忽然對著手機說，「我愛你，我愛你，我愛你……」

一連說了無數個「我愛你」，她眼中的淚水終於奪眶而出。

李隱也一樣，他的淚水止不住地流下。

「我愛你，」李隱也在電話裏說道，「我愛你，我愛你，我愛你，我愛你，我愛你……」

他彷彿是要把一生的「我愛你」在這個晚上全部說出來。

然後，二人做出了決定。

他們在十一點二十九分的時候，將真的信送了進去。反正無論選哪一邊都可能是死路，那麼，不如還是送真的信吧。這樣，生機還要大一些。

晚上十一點四十五分，回信來了。兩封回信幾乎同時送了出來。

里昂的回信是：

未幸：

沒想到，你和我一樣，也已經死了，而且你居然和我想的完全一樣！

真的讓我太高興了。

好，我期待著和你的婚禮！

愛你的里昂

未幸的回信是：

里昂：

事實上，我和你一樣，也已經死了。所以我相信你的確也是死了。我真的很心痛，但是，只要我們能夠在一起，我就什麼都不怕。

我答應你，我願意和你結婚，和你成為夫妻。

事實上，我早就想和你結婚了，我曾經去訂製了禮服。

另外，在外面送信的傭人，能夠麻煩你們一件事情嗎？我知道你肯定有偷看我的信，不過我不計較。在地下室最上面的一段樓梯，第四級台階那兒，把台階上的板掀開，裏面有一個很大的空間。那裏面是我放進去的新郎禮服和新娘禮服。能否把我的禮服拿進來，把里昂的禮服，給里昂送過去？請務必幫我這個忙，我想給里昂一個驚喜。

五分鐘內一定要送進來啊，如果不幫忙的話，我就是變成厲鬼也不放過你們！

愛你的未幸

未幸的信中這麼一提，子夜就來到第一層樓梯的第四級台階前，果然那個台階上的板很鬆動。掀開後，裏面放著兩個長方形盒子。

取出盒子來，一盒裏面放的是新郎穿的西裝，一盒則是新娘穿的婚紗。

「送進去吧。」子夜皺緊了眉頭，「我們沒有別的選擇了。」

新郎禮服，自然用那個伸縮鐵夾送去了日冕館。李隱接過新郎禮服的時候，內心也是一顫。

難道還要由自己親手給他們送禮服？

子夜捧著婚紗和回信，走到了地下室鐵門前，敲了敲門。

隨即，那隻乾瘦的手伸了出來，將婚紗和回信拿了進去。

接著，子夜回過頭，對眼前的白羽和上官眠說：「走吧，到上面去。」

接下來，必須要找個地方躲起來！

李隱也捧著新郎禮服，拿著回信，走到鐵門前，他剛要敲門。

忽然，李隱的身體猛然一個戰慄。

等等……為什麼要多此一舉送禮服？

已經心力交瘁的李隱，開始沒有想那麼多。因為他認為在回信寄出的時候，是生路還是死路就已經決定了。

但是，事實上不是的。

生路，還是死路，根本還沒有被決定。

決定生路還是死路的，是現在。

難道……難道說……

李隱發現自己忽略了一個恐怖的事實。

公寓並不是隱藏了情報，而是將一個情報進行誤導，交給了他們！

李隱立即衝到了一樓，撥打了子夜的手機。

「接啊，接啊，子夜！」

他一邊拿著手機，一邊跑到一樓窗戶旁喊道：「子夜！不要把婚紗送……」

這時候，電話通了。

「子夜嗎？」李隱立即問道，「婚紗你沒送進去吧？」

「剛剛。」子夜回答，「剛剛我拿著婚紗和回信一起送了進去。」

李隱頓時大腦一片空白！

就差一點，就差一點點！

「怎麼了？李隱？」子夜感覺到不妙，「發生什麼事情了？」

「子夜……我們，都沒看過曾未幸和任里昂的照片吧？」

「嗯，對，對啊……」

「你不覺得奇怪嗎，為什麼任里昂和曾未幸的手，前者是白皙的，後者是乾瘦的？」

子夜先是一愣，隨即她的身體開始劇烈地顫抖！

「我有一個大膽的設想。實際上……曾未幸才是男人！任里昂才是女人！我們都被名字給欺騙了！新聞裏根本沒有提及那兩個人誰是男人，誰是女人！是我們先入為主，認為曾未幸是女人，任里昂是男人！」

子夜的手抖得越來越厲害，手機幾乎都要掉在地上。

她回憶起來，當初看到的那幾條新聞，的確只是說發現了一男一女的屍體，是曾家和任家的兒女，分別叫曾未幸和任里昂。但通篇從未提及誰是男人，誰是女人！但是，他們從名字上來判斷，就先入為主地那麼認定了！

兩個鬼的通信中，也絲毫沒有提及自己的性別，因為沒有用到第三人稱，也根本看不出來。提到未幸和「那個人」發生關係的時候，也一次都沒有用第三人稱稱呼「那個人」。也就是說，引誘未幸的實際上是個女人，極有可能是里悅！而且仔細想想，一個女人在賭場當荷官和幕後莊家不是很古怪嗎，但要是個男人就很自然了！而且信中也只是提及「結婚」，根本沒有「嫁」，「娶」這類字眼！也沒有「我想做你妻子」，「我想做你丈夫」這種話出現！

但是，婚紗，現在把女性的結婚禮服交給一個男鬼，也就是說明了他們是外來侵入者，而不是送信的傭人！那麼鬼自然就會殺掉他們！

之前那些暴露隱私的回信，以及最後噩夢般的回信，都只是用來讓他們的神經不斷地衰弱，最後逐步喪失判斷能力而走入陷阱的前奏罷了！

子夜立即向地下室衝過去，也許現在去換禮服還來得及！去說「對不起，我送錯了，等會兒我送正確的來」！

當子夜跑到下面一看，樓梯盡頭，那扇鐵門……此刻大大地敞開著！裏面的房間，空無一人……

這個血字指示，最危險的地方就在於最後的那封信。

生路提示，其實只有一個。那就是那兩個鬼的手。

然而，先入為主造成的心理暗示，令人對此完全不加以注意和重視。大家都以為，生路的提示肯定是在信裏面，或者是日冕館、月影館內部，卻對擺在眼前最明顯的提示視而不見。

所以，最後送禮服的時候，出現了問題。

鬼一直以為送信的人是家中的傭人，而送信者被暴露是外來侵入者，鬼自然就會離開地下室！這種幾乎要觸及天堂，卻又墮入地獄的痛苦，讓李隱陷入更深的絕望中！

他抓著那件西服，對手機另外一頭的子夜大喊：「子夜，你是說鬼出來了？」

「對。」子夜此刻來到了一樓，她沿著長廊跑進了一個開闊的房間。而白羽和上官眠也分散在這個館的其他地方。

「我把西服拿來給你！」李隱喊道，「把禮服送過去的話，也許還有生機！」

「我知道了，李隱。我現在就上樓去……」

「讓我來做。」忽然上官眠走進這個房間，說：「我去二樓拿西服。你們先躲好。我是最適合這個任務的人。」

說完，她就跑了出去。

子夜連忙對電話另外一頭說：「李隱，上官眠上二樓去了！你快點把西服給她！」

此時，白羽則是在另外一條走廊上不斷奔跑，結果還跌了一跤！

鬼已經上來了。目前的他們，可以說隨時都會死！

現在是十一點五十分。距離可以離開這裏還有十分鐘。即使時間到了，可以離開這個館，逃回公寓的過程中也會一直遭到追殺！

「不，不要啊……」白羽現在走路都不斷朝後面看，他已經嚇得哭出來了。

他雙手捂住臉，淚水不斷流下。他真的快要崩潰了！

為什麼我要遭受這種事情？就因為那天散步的時候無意中走進了那條巷子，才進入了這個該死的公寓！

這一切如果是噩夢的話該有多好？可是，為什麼這個噩夢還不醒來？還不醒來？

哭了很長時間，他重新睜開眼睛，卻從指縫間，看到了一張正狠狠瞪著他的蒼白的男人面孔！

上官眠猶如獵豹一般，已經衝到了樓梯前。

她爆發出她最快的速度，猛然一躍，就跳了整整十級台階！隨後抬頭看了看二樓，又是猛地一躍，已經跳到了二樓地板上！

就在這時候，一聲淒厲的慘嚎響徹整個月影館！

這是白羽的慘叫！

上官眠這時候已經來到二樓，距離那個房間只有不到十五米的距離。在全力爆發速度的情況下，她幾乎馬上就可以到達。

然而，就在這個時候，眼前那個房間的門被打開，然後……一個看不清楚的模糊黑影走了出來！

上官眠卻根本沒有停住腳步，而是瞬間射出超過二十根毒針！那些毒針幾乎是在那個黑影出現的瞬間就射出去的！

隨即上官眠取出了一個小型塑膠炸彈。這種小炸彈的威力不大，主要是用來破壞金庫的，是她在殺死多名暗殺者後繳獲的武器之一。

她將身體微微側下，隨即將那個小型塑膠炸彈猛然拋射過去，狠狠貼在了那個房間的牆壁上。

李隱這時候在二樓窗戶前，忽然聽到了對面月影館傳來了一聲爆炸！

聽到了爆炸聲，他頓時一陣愕然：不會吧？這個鬼居然有爆炸的能力？子夜危險了！

轉瞬間，上官眠已經從爆破的缺口衝入了那個房間！

接下來，才是決定生死的時刻。

17 以命換命，隱藏規則

那件西裝禮服被夾在鐵夾上，已經被李隱架到了窗戶前。

從房門口到窗戶，有八米以上的距離，這段距離對上官眠而言轉瞬即可到達。八米。上官眠的速度瞬間爆發，可是，她的速度此刻沒有了意義。

忽然，一道黑影掠過她的眼前，上官眠只感覺身體一輕，隨即感覺整個人一百八十度地倒懸起來，又被摔在地上，再爬起來一看，她居然還是在一樓！

而那個黑影，此刻站在走廊另外一頭。而在上官眠的身旁，則是白羽！

白羽此刻面目扭曲，滿臉陰白地倒在地上，很明顯已經死了。

而走廊對面的黑影，此刻正逐漸向她走近！

上官眠忽然抓起白羽的屍體，猛地朝著那個黑影扔了過去！

隨即，她的身體朝旁邊的房間跳去，在地上滾了幾圈後，捂住了耳朵。

一聲更加劇烈的爆炸聲響起！

月影館的一樓頓時被巨大的火球覆蓋了！牆壁和窗戶玻璃被震得徹底粉碎，房間立即被炸得稀巴爛，天花板也被炸飛了一大塊。

剛才，上官眠將手榴彈放在了白羽的屍體上，然後扔了出去。

這個手榴彈扔出後，一樓多數房間都被破壞，上官眠雖然臥倒在地上，但還是受到很大衝擊，先是衝擊力將她砸到牆壁上，隨即倒下的磚塊和碎玻璃橫飛，她的身上受了很重的傷。

不過，她還是站了起來。隨即，她朝牆壁炸開的缺口衝了出去，向樓梯奔去！

李隱、封煜顯和慕容蜃看到對面月影館的大爆炸，都驚呆了。

「不是吧？」封煜顯簡直不敢相信自己的眼睛，「這個鬼魂還能夠爆炸？太誇張了吧？」

「子夜……」李隱看著那不斷冒出濃煙的一樓，大聲喊道：「子夜！」

她不會有事吧？

而距離午夜零點，還有三分多鐘的時間！

上官眠再一次衝上二樓，然而，她剛跑到二樓，突然，從背後伸過來一雙手，將她死死抱住！

上官眠的身體被拖下了樓梯，距離那個房間越來越遠了！

拿著鐵夾的李隱手都酸了，然而對面還沒有人接！

「子夜……子夜不會死吧？」李隱此刻滿臉都是恐慌之色。

就在這時候，突然，他看到對面的鐵夾上的西服一動，自動捲進了窗戶裏！

「這是……這是怎麼回事？」

被一雙手死死抓緊的上官眠，她右手的食指和大拇指上，還緊緊拉著一根線！

她在第一次進入二樓的時候，就將線的一頭綁上了一把匕首飛了出去，飛到那窗戶外的西服上！

此時她一拉，那西服順著走廊一頭，慢慢拉了過來！

雖然絲線非常細，但是堅韌程度毋庸置疑，這可是黑色禁地組織為她特意製造的殺人兇器！

「剛才的婚紗送錯了，現在我馬上把西服給你！」上官眠大喊，「給我立即放手！」

時間一分一秒地流逝，距離午夜零點越來越近了。

李隱此刻已經衝到一樓大門，只等時間一到就出去，到對面月影館內，將子夜帶回公寓去！打開回歸公寓的通道這一能力，只有他自己願意才可以發動。

子夜，她現在很有可能受了重傷！

「不要死……」李隱不斷祈禱著，「求你不要死，子夜……不要死！」

而這時候，那件西服終於收到了上官眠的手中！

「拿去！」上官眠抓緊西服說，「拿好你的禮服！」

那雙手終於抓住了禮服，然後，壓住她的身體消失了。

終於，午夜零點到了。

李隱瞬間衝了出去，從月影館一樓被炸出的大缺口衝了過去。

「子夜，子夜……你不要死啊！子夜！」

子夜的手機是調成振動的，就算打電話也聽不到鈴聲。李隱在一個個被炸得稀巴爛的房間裏不斷翻找。

這時候，忽然李隱聽到子夜的喊聲：「李隱，我在這裏！」

李隱立即循聲看去，子夜從對面的走廊走了過來。她的右手滿是鮮血，應該是爆炸時受的傷，看起來右手已經完全廢了。

「子夜！」李隱立即撲了上去，然而就在他即將接近子夜的時候，一個穿著一身黑色西裝、面目蒼白的男鬼出現在他的視線內！

竟然……就擋在了他和子夜之間！

是月影館地下室的男鬼！

李隱如果現在立即想著回歸公寓，就可以衝上去抓住這個鬼，將其也一起帶入公寓，像銀羽當初做的那樣，殺掉這個鬼！

但是，如果貿然衝上去，恐怕還沒抓住這個鬼，自己就已經死了！

不過，李隱咬緊牙關，還是準備直接衝過去！

然而，就在這時候，一把匕首飛了過來，穿過那個男鬼的脖子，將其頭顱迅速砍斷！頭顱在脖子上轉了一下，就倒了下來！

李隱利用這一瞬間的機會繞過這個鬼，跑到子夜面前，右手伸過去抓起她的左手，腦海中立即想著：回公寓去！

然而，他的右手手肘部分，猛然被一道黑影瞬間掠過，隨即，手肘被完全切斷！手肘切斷的同時，李隱的身體就消失得無影無蹤了。

而子夜則還待在原地，李隱被切斷的半隻右手，無力地倒在了地上。

被砍斷頭的鬼，就這樣站在子夜面前！

這時候，忽然一隻手拉住子夜，隨即子夜的身體一下退到了二十米開外！

是上官眠抓住了她的手，拉開了和這個鬼的距離，剛才的匕首也是她飛出去的。

這個鬼的頭被砍下後，身體卻依舊不動。反而向上官眠和子夜走了過來！

上官眠取出了兩支沙漠之鷹，隨即朝眼前的鬼不斷掃射！

無數子彈瞬間傾瀉到鬼的身體上！然而，不論射進去多少子彈，鬼都沒有流出一滴血來，身體也沒有倒下。

最後，子彈全部射完了，而鬼也距離上官眠越來越近。

她忽然身體橫空飛起，一腳朝眼前的鬼踢去！

然而，腳踢出的瞬間，她的眼前忽然變得一片黑暗，還來不及反應，下一腳一腳踩空，她發現自己和子夜居然在地下室的樓梯上！

她迅速站定，拉住子夜，自己背後就是那扇地下室的鐵門。

而樓梯拐角處，那個鬼，出現了！

然後，鬼一步一步地，朝著上官眠和子夜走來！

同一時間，公寓底樓大廳。皇甫壑、華連城、張紅娜、裘青衣、蘇小沫等住戶都等在門口，忽然，他們看見一個身影在大廳中央浮現出來。

那個身影正是李隱！

「不……不！」李隱看著自己斷開的右手，絕望地跪倒在地：「不要，子夜……不要啊！」

那隻斷開的手，不斷長出新的骨骼、肌肉和血管，很快就恢復如常了。但李隱卻絲毫沒有完成第七次血字指示的喜悅。

子夜……子夜她還能活著回到公寓來嗎？如果她死了，自己還有意志，面對未來的血字指示嗎？

「我，我要去救子夜，我要去救她！」

李隱立即就朝公寓大門衝去，然而他馬上被華連城死死拉住，連城對他說：「李隱，別這樣！你現在過去要花費多長時間？等你到了，人早就死了！算了吧，李隱，你救不了她的！」

「不！不要，不可以！」李隱咆哮著，掙扎著要向大門衝去，滿臉是淚地說：「就差一點點啊，就差一點點，我已經抓住她的手了，我本來可以帶她活著回來的……為什麼，為什麼會這樣！」

這時候在空明山上，封煜顯和慕容蜃正拚命地逃跑。本來他們想要搭上李隱的順風車回公寓的，但是剛跑進月影館，就在一堵斷牆後面看到李隱的手被砍斷，接著身體消失了。同時又看到了那個鬼，嚇得立即逃了出來。

沒辦法，兩個人現在只有選擇就這樣逃回公寓去了。都是因為李隱動作實在太快，讓他們根本來不及反應。

封煜顯不時回頭看著那兩個館，腳步不斷加速。而慕容蜃雖然在跑，內心卻越來越興奮。

月影館地下室。

上官眠跑進了那個地下室房間內，一腳將鐵門重重關上！

她對子夜說：「你站在我後面吧，不要妨礙我就行！」

子夜已經完全明白了，上官眠絕對是個不簡單的人物！但是，她根本沒時間去思考這些了。

鬼就要進來了！

上官眠來到房間的牆壁前，用力敲打了一下。牆壁是實心的，而且不是磚瓦，裏面是鋼筋水泥，根本沒辦法突破出去！

她身上雖然還有手榴彈，但是在如此狹小的空間爆炸的話，她們兩個也會立即送命。

毒針只剩下幾根了，不過子彈還有備用的。她立即取出槍，迅速重新裝填子彈。就算子彈沒用，但應該還能夠對鬼進行一定程度的牽制。

而這個時候，那扇鐵門，被推開了……

此時，深雨完成了她最新的一幅畫。

她捧起那幅畫，臉上流露出了一絲笑意。

「結果出來了呢。」她說道，「李隱逃出生天了，但……嬴子夜死了。」

天空被陰雲籠罩著。

在空明山上，月影館地下室內。

「嬴子夜，你聽好。」上官眠對身後的子夜用非常冰冷的口吻說，「我救你是因為你也許可以想到新的生路。要是你對我沒有價值，我會馬上殺掉你這個累贅。明白嗎？」

話剛說完，那扇鐵門完全打開了。然而，門外卻一個人也沒有。

子夜已經很確定，上官眠的實力絕對堪比一般的特種兵，就是在特種兵裏都是佼佼者！

但是，再強的人類，在鬼魂面前，都根本不值一提！

她剛才可以砍掉鬼的頭，也應該是公寓還沒有完全削弱對鬼的限制的緣故。

上官眠微微抬動腳步，此刻她的臉上毫無表情，一如往常。雖然她正式成為殺手的時間不足六年，但從幼年開始，幾乎每分每秒都生活在生死邊緣，從出生開始就是作為殺手而活，對她而言，唯有殺死對方才是自己活著的方式。

她的腦海裏只想著如何將對方殺死，所以，她只有殺戮的意志，完全不存在恐懼感。她是黑色禁地組織培養出來的最優秀的「兵器」。

她首先抖出了一把軍用匕首，另外一隻手則還拿著一把沙漠之鷹。

她判斷下來，刀刃可能對鬼造成的傷害更大，畢竟她砍下過鬼的頭。

實際上這根本是天大的謬誤，人類是無法對鬼造成實質的物理性傷害的。即使被公寓施加了最大限制的鬼，也是不死不滅的存在。唯有公寓提供的生路可以克制。

雖然她現在和子夜的距離拉開到了五米以上，但這點距離對她來說根本不算什麼。

不過，爆炸時受到的傷害令她的行動受到了很大影響。她的身上已經超過五處骨折，內臟也受到非常大的創傷。她之所以可以繼續支撐，是因為已經給自己打了禁藥的緣故。

禁藥是上官眠最後的殺手鐧，不到萬不得已她是不會用的。但是現在已經不得不如此了。

這個狹小的房間內，氣氛變得森冷陰寒。

鬼依舊沒有出現的跡象。

就在這時，上官眠突然感覺到什麼，身體一動，隨即一隻滿是血的手臂掉落在地上！而那隻手，正拿著一把沙漠之鷹！

上官眠猛然朝自己左手看去，卻見自己的左手消失得無影無蹤！

直到此刻，劇痛才傳入了她的腦神經，鮮血才開始大量飆射出來！

還來不及反應，她就感覺一抹黑影從眼前掠過，她連忙要扔出匕首，卻感覺不到右手的存在！

隨即，她看見另外一隻手也出現在地面上！

上官眠的雙手，居然完全斷了！

曾經將「死神」和「金眼惡魔」殺死的「睡美人」，此刻在這個還是被公寓施加了限制的鬼面前，猶如嬰兒一般被玩弄！

上官眠如果不是打了禁藥，導致神經被不斷刺激而減輕了痛楚，早就暈死過去了。

「嬴子夜！」她大喊道，「還沒有想出生路嗎？」

事實上這短短的一瞬間，子夜的腦海裏已經考慮了數十種對生路的假設。

她之前也對李隱提出過多重生路的假設。也就是說，也許還有其他生路存在。事實上，多重生路對於始終處於劣勢的住戶而言，也是平衡血字難度的一個好方法。

這時候，一線靈光閃過。

子夜考慮出了一個對生路的想法！

「上官眠！」子夜對她喊道，「你還有炸彈嗎？」

唯有搏一搏了！

上官眠點點頭，說：「有，不過，這個空間用炸彈的話……」

「威力小一些的炸彈呢？」

「不多了。小型塑膠炸彈還有一些。」

「全部拿出來！」子夜說道，「要炸開這裏的牆壁！」

同一時間，在公寓裏。

「喂，喂，子夜？」李隱不斷撥打子夜的電話，可是都打不通。事實上，子夜的手機在月影館一樓爆炸的時候，就被完全震壞了。而上官眠的手機也一樣在爆炸中壞了。

李隱只有給封煜顯打電話了。

這時候，封煜顯和慕容蜃已經距離那兩別座館有兩公里距離了，而兩個人都已經是跑得上氣不接下氣。

封煜顯看沒有鬼追來，停住腳步，扶住一棵樹，說：「慕容……我們，休息一下吧，我真，跑不動了……」

這時候，他胸口的手機振動了起來。

封煜顯立即取出手機一看，是李隱打來的。

他立即接通電話，說：「李……李隱！你回公寓了？我們……」

「子夜呢？」李隱大喊，「子夜她怎麼樣了！」

「嬴小姐？」封煜顯看了看後方，說：「當時我就看到你的手被切斷，然後她被上官小姐帶離那個鬼的身邊，接下來我們就逃出來了，所以……」

上官眠？

李隱至今還以為那爆炸是鬼造成的，根本沒往上官眠身上想，他對上官眠的印象也僅僅停留在當初她出手解決那個小毛賊的事情上，根本沒想到她是如此厲害的人物。

「樓長，」封煜顯直言不諱地說，「你如果要我回去救她，那還是免談了。嬴小姐的命重要，我們的命也一樣重要啊！我現在自顧不暇，要立刻逃回來，所以……」

「慕容蜃呢？」

「嗯，在我後面……」

「把電話給他！」李隱咬了咬牙，決定賭上一賭。

封煜顯有些奇怪，但立即把手機給了慕容蜃。

變態法醫接過手機，接著就聽到李隱說：「慕容蜃！你不是最喜歡刺激的驚險嗎？你不是最喜歡鬼嗎？怎麼鬼出來了，你反而要逃？你現在回去吧，我有一個對生路的設想！」

「哦？是嗎？有趣。」慕容蜃聽完李隱所說的生路設想，說道：「好！我回去！你的生路是不是真的，驗證一下也不錯。而且還能夠和鬼魂接觸，真是刺激啊……」

然後他掛了電話，把手機扔還給封煜顯。

「喂喂，」封煜顯幾乎不敢相信地問，「你真要回去？」

「那是當然。你就走吧，凡夫俗子如何理解我所看到的世界？」慕容蜃陰笑著說完，就回了頭，向雙館方向跑去。

封煜顯呆呆地站在那兒，顯然這個變態帶給他的世界觀衝擊也是相當大的。

而此時在地下室，子夜從上官眠的身上，取出了那些小型塑膠炸彈。

剛取出炸彈，子夜忽然感覺到一股陰森的寒氣襲來。

她立即將炸彈安置在牆壁上，隨後跑到遠處，按動了計時器。

接著，劇烈的爆炸迅速將眼前的牆壁炸得粉碎，並且將牆壁後面的土石也轟出了一個大洞！

這個大洞有足夠空間讓兩個人一起待著！

「這就是……第二條生路吧……」子夜立即對上官眠說，「我們進去就可以得救了！快啊！」

然後，她就加速腳步跑向那個被炸出的大洞！

可是，就在這時候，一陣邪惡的呢喃聲開始在她的耳畔響起！

「你……不……是……月……影……館……的……人……」

那聲音低沉壓抑，隨即，子夜的目光斜睨到……

那顆被砍斷的鬼頭，此刻就漂浮著，貼在她的臉頰上！

鬼頭很蒼白，一雙猶如覆蓋了無數灰塵的瞳孔，嘴巴忽然大大裂開，一下出現一個巨大空間，隨後，含住了子夜的頭，隨即……把子夜的整個身體，完全吞了進去！

而這個時候，上官眠的身體，已經接近了那個大洞。在子夜被吞入鬼頭的瞬間，她就衝入了那個大洞！

那個鬼頭在她即將接近大洞的時候，停下了。

「這就是生路？」

上官眠明白了過來。生路就是，離開月影館的範圍。這個大洞已經脫離了月影館範圍，不再屬於侵入者了，鬼也就不會發動襲擊了。

所以，這就是第二生路。

但可惜的是，子夜自己卻無法用這條生路來自救了。

這個時候，深雨醒了。

躺在床上的她，揉了揉眼睛，坐起身來。

「嬴子夜死了吧？」

她剛才，已經畫出了嬴子夜被那個鬼頭吞噬的畫面。

嬴子夜死了。無論如何，總算是解決掉了一個不安定因素啊。

忽然，她產生了一個新的想法。

「呵呵，好像也蠻有趣的。失敗了好像對我也沒影響。好，那麼，試試看吧。」

於是，她拿起那個改裝過的手機，打了一個電話。

這時候，在公寓底樓已經痛苦到極點的李隱忽然接到了一通電話。電話顯示是「未知來電」。

「喂，是誰？」李隱有氣無力地問。

「李隱先生嗎？我就是你一直想找的那個神秘人。那個能夠預知的人。」

李隱猛然站起來，問：「你說什麼？」

「嬴子夜，她已經死了。」

「你……你說什麼？」李隱不敢置信地說，「你說她……」

「哈哈，別那麼激動嘛。」深雨撩了一下頭髮說，「不過你要救她還是可以的。她現在被一個鬼吞入了體內，勉強來說，還有一口氣在，但隨時都會被徹底吞噬掉。要救她，只有一個辦法。」

李隱立即站起身，朝電梯走去，打開電梯走了進去，說：「告訴我，是什麼辦法！只要你能救她，什麼條件我都……」

「談不上條件。這個公寓其實還有一個隱藏規則。一旦住戶在執行血字的時候遭遇生命危險，瀕臨死亡之際，如果別一個住戶肯付出一個代價，就可以取消瀕死的那名住戶正在執行的血字。」

「直接取消？」

「對。方法是……你到你在公寓的房間裏去，然後割破手指，畫上一個倒十字。接著，就會浮現出一行血字來。血字會提示你，是否終止某名住戶正執行的血字。一旦同意終止的話，那你就要付出一個代價。」

「代價？什麼代價？」

「將你曾經執行血字指示的記錄消除掉一次。比如你目前完成了七次血字，消除一次，也就是說，第七次血字完成的記錄被取消掉。這樣嬴子夜正執行的血字指示，就可以被取消掉。」

「取消掉……一次血字指示的執行記錄？」李隱一陣愕然，這也可以？

「對。」深雨繼續說道，「換句話說，你以後還要執行四次血字指示才能離開。順便提醒你一句，即使取消了這一次要執行的血字指示，但因為她還待在鬼所在的區域，所以一樣還是會被鬼襲擊。」

「那，那取消不取消不都一樣？你說她現在被吞進了鬼的肚子……」

「對。所以你還可以選擇讓她直接傳送回公寓，還可以進行治療。如果她是執行血字超過五次（不含五次）的住戶，那麼你可以再取消一次血字指示的記錄，讓她被傳送回來。但她還是第五次執行血字，也就是說，你必須取消掉兩次血字指示的記錄。換句話說，你合計要取消掉三次執行血字指示的記錄，才可以救活嬴子夜。」

「三次？」李隱的身體也開始戰慄。

三次血字指示被取消！也就是說，他還要執行六次血字指示才能離開公寓！

「如何啊？取消掉三次血字指示的執行記錄，也就等同於只完成了四次血字指示。今後的你，還要繼續執行六次血字。這個條件如何？呵呵，反正對我是沒有任何好處的。」

深雨當然不是大發慈悲才告訴李隱這件事情的。

只不過，她很想看看，李隱會為了嬴子夜犧牲到何種程度？

她絕對不相信，有住戶會不惜消除掉自己執行血字指示的記錄來換取另外一名住戶的生命。

夏小美當初口口聲聲說愛柯銀夜，結果她是怎麼做的？

人性就是如此。

這時候，李隱來到了四樓，衝入了四〇四室。

此刻的他，臉上帶著笑意。

他走入廚房，拿出一把水果刀，立即割破了手指。

「你……」深雨雖然看不見，但她聽到了李隱拿刀子割破手指的聲音。

「你不會……」

李隱迅速來到牆壁前，畫上了一個倒十字。

接著，血字漸漸被滲透，融入牆壁內。隨後，牆壁上浮現出了一行新血字。隨即，心臟灼燒的感覺又再度產生了出來。

「四〇四室住戶，是否要將血字指示的執行記錄消除一次，以換取消除另外一名住戶被發佈正在執行的血字？被消除掉的血字指示記錄無法補回。如果要將該住戶傳送回公寓，若該住戶執行血字超過五次（不含五次），需要再消除一次血字指示記錄；若該住戶執行血字在五次以下（含五次），需要再消除兩次血字指示記錄。如果同意，將該住戶的房間號碼用你自己的血寫在下方括弧中，如果要傳送回公寓，就畫一個長方形的框把括弧中寫上的房間號碼框住。特別提示，被救住戶的血字因為是被強行取消，即使活著回歸公寓，也不算成功執行了血字指示，不計入血字指示的執行記錄中。」

李隱，伸出了手指。

「子夜，」他笑了起來，「我來救你了！」

深雨對著電話大喊起來：「喂，你……你難道真的願意放棄三次血字指示執行記錄？你知道這意味著什麼嗎？取消掉的執行記錄是不會回來的！就為了救自己以外的人……」

血字指示最後有一段文字。

「取消（ ）室的住戶正在執行的血字。」

李隱的手指蘸著血，在括弧內，填寫了「四〇三」這個數字。然後，在數字外畫了一個長方形的框。

「這樣就可以了。」李隱的身體向後倒了一下，但隨即他感覺到猶如被拖入了一個更深的黑暗漩渦中。

「子夜，她可以得救吧？會被傳送回公寓底樓大廳嗎？」李隱對著電話大喊道，「是不是？」

然而電話已經掛斷了。

深雨不願意相信這個事實。

怎麼可能？任何人經歷過血字指示的恐怖，都不可能會希望再多面對一次，更何況是多面對三次血字指示啊！

李隱已經完成七次血字指示，本來只需要再執行三次血字指示就可以離開公寓了。十次血字指示就可以獲得自由，這是公寓絕對的規則。只要能夠活過第十次，一定可以離開公寓的。

這一點，完全沒有必要懷疑。

深雨已經見過太多太多為了自己的存活而捨棄他人生命的住戶了，每個人都為了能夠完成十次血字，不擇手段，拚盡一切，自己以外的生命都被視為螻蟻草芥。

這才該是人類應有的姿態，這才是深雨可以活下去的世界！

只有在扭曲的世界中，才有她這個「惡魔之子」存活的價值！

可是為什麼……為什麼這個男人，他居然願意放棄掉三次，是三次啊，三次血字指示的執行記錄！

他不是慕容蜃那種變態，他是很珍惜生命的人。他不可能會不怕死，也不可能會不知道這麼做的後果。

可他還是那麼做了，而且幾乎沒有猶豫。

愛情？能夠解釋這一切的只有愛情了嗎？

對一個認識到現在還不超過一年的女人的愛情？這樣的愛情，就能夠讓他做出這種決定嗎？

深雨的雙目圓睜，她彷彿再一次看到了當初孤兒院內無數人嘲笑她，欺辱她的場景，還有敏對她的憎恨。

以及，惡魔留給她的這被詛咒的血脈。

「如果這個世界上，真的有可以不被惡魔引誘的人存在……」深雨的雙眼不斷湧出淚水，「那麼我殺死了那麼多人，操縱這個實驗的意義是什麼？」

「不可以……不可以存在！」

深雨的雙眼幾乎要噴出血來，她此刻面目扭曲痙攣，血全部沖到了頭部。

這時候，公寓底樓大廳。

忽然裴青衣對著地板上喊道：「你們看！」

模糊的身影開始漸漸浮現出來，隨後……嬴子夜的身體出現在了地板上！

她此刻還在昏迷當中，但是公寓的自癒能力馬上開始運作了，不久，她就睜開了雙眼。爆炸中受傷的手完全復原了，身體此刻也沒有什麼不適。當注意到這裏是在公寓以後，她的臉上也露出了難以置信的神色。

為什麼她可以回到公寓來？自己不是已經死了嗎？

電梯門開了，隨後，李隱走了出來。當他看到子夜出現的時候，臉上頓時露出狂喜的神色！

她還活著！

她被救回來了！

他猛然衝了過去，一把抱起了地上的子夜，將她緊緊擁入懷中。

此刻，無聲勝有聲。

同時，在月影館地下室。

上官眠雙臂盡斷，導致大量失血。此刻的她只是靠禁藥保持著清醒，她很清楚，以自己的傷勢，除非儘快回公寓去治療，否則必死無疑。

她用絲線綁著匕首，將那兩隻斷臂，也一起拉入了洞內，隨後一隻斷臂用嘴咬住，另外一隻用雙腳夾住。

她繼續將身體朝洞的深處靠了靠，然而，她忽然感覺身後的土石非常鬆動。

她回過頭，用腳猛地一踢，那只是一堵幾塊磚瓦堆砌而成的牆，而裏面則又是一個很大的房間。

她鑽了進去。

這是一個很大的房間，房間內擺了一個書架和幾張桌子，還有幾個箱子。

她緩緩走到了那個書架前，抬起頭看著上面擺著的一排排古舊書籍。並且看到那個箱子裏，放著一幅幅油畫。

破舊的桌子上，放著一本日記。

她將兩隻斷臂放到了桌子上，伸出腳，抖掉鞋子，將絲襪用牙齒咬下，接著用腳趾開始翻動日記的書頁。

上面寫著：

一九九一年二月六日

我大致明白我為什麼擁有這個能力了。

這是我的第十七本日記，雖然我記日記每次都沒什麼恒心，堅持不了多久，但還是希望這本日記可以記下去。

我的能力是惡魔賦予的。而既然如此，也就代表著，我屬於惡魔。

既然如此，我就要為惡魔而活著。

說實話我並不喜歡這個能力，對我而言可能沒什麼價值，但是，我很喜歡記錄下人們死亡的瞬間。

所以我決定為了惡魔而活。

第二頁則是：

一九九一年二月十三日

在日晃館和月影館之間的這個地下室生活，實在很不錯。雖然我看得出，曾未幸和任里昂都不喜歡我。但是，敏似乎和他們很投緣。

今天，我對曾先生問起，是否相信，有神和惡魔存在呢？

雖然曾未原和曾未幸兩兄弟很不屑一顧，但曾先生看起來有些興趣的樣子。

他對我說，他年輕的時候，曾經也很信鬼神，到過許多地方去見識，認為這世界的確存在超乎常人想像的神秘存在。

然後我就告訴他……

我就是惡魔的代言人。

一九九一年二月十六日

任先生也相信了我的能力。

因為我完美地預言了一切。他發現，他的女兒真的虐殺了月影館的貓。雖然難以置信，但眼見為實，他無法不接受我的話了。

因為我的預言一一實現，接下來的預言，他們也不得不接受了。

曾未幸和任里昂將會成為鬼魂。

繼續讓他們相愛的話，他們遲早會變成鬼魂。

當我將這個預言告知他們的時候，雙方父母都毫不猶豫地反對起二人的婚事來了。

最近我發現敏看我的眼神越來越陰鬱了。

一九九一年二月二十日

我很高興呢，敏懷上了鬼胎。

很明顯這是神在詛咒我，但那有什麼關係，作為惡魔的代言人，這點小小的詛咒又如何能打擊得了我。

我告訴敏，這個孩子，她一定要生下來，否則我一定會殺了她。

而且，孩子生下後，無論男女，都要給他（她）起名為深雨。

蒲深雨。我蒲靡靈的孫女。

深淵之中，永遠無法停止的暴雨。

這就是我賦予這個孩子的詛咒。她將會和我一樣，化身為惡魔而活。

一九九一年二月廿五日

曾未幸和任里昂都被關進了地下室呢。

雖然我不知道接下來會發生什麼，不過實際上變成鬼魂後，他們就會一直存在於地下室。或許，我該告訴他們的父母？

算了，現在，重要的是深雨。

那孩子將是我向惡魔奉上的最美好的祭品。

我可能不久就要帶她回瀚海市了。雖然我的故居是在天南市，不過暫時不打算回天南市去。因為，現在還不是接觸那個公寓的最佳時機。

一九九一年三月二日

曾未幸和任里昂居然還沒有放棄啊。

不過已經與我無關了。

我即將帶著敏離開。不久以後，深雨就會出生了。

這本日記不如留在這裏吧？雖然不知道會過多久，但是那個公寓應該會發佈到這裏度過一段時間的血字指示吧。看到我寫的內容的住戶，或許會比較幸運吧？

呵呵，也差不多了，就此停筆吧。

另外，如果，這本日記有幸被公寓住戶看到的話，那麼，我就提醒你們一下吧。那就是……

後面寫下的內容，上官眠在看完後，牢牢記在了腦海中。

接著，日記就結束了。

上官眠看完這段內容後，合上了日記本，然後用腳拿起日記，勾到自己的胸口，塞進了口袋裏。

禁藥的效果如果減弱的話，她會立即因為大量失血而昏迷的。她利用這一時間，尋找這個房間的出口。

隨機，她的腳踢到了一塊牆，隨後牆壁翻轉了過來。接著，她進入了日冕館地下室的牆外。距離她左側下方還有三級台階的地方，就是一扇鐵門，裏面封鎖著女鬼任里昂。

她爆發出最後的速度，迅即衝到台階上面！

慕容蜃終於來到別館附近的時候，忽然他看到，從日冕館大門猛然衝出來的上官眠！

然而這時候，禁藥終於無法繼續維持她的身體機能，她倒在了地上。

「哎呀哎呀，真是可惜啊，都走到這一步了。」慕容蜃來到她的面前，一把將她拉起來，說：「失血量很大啊。這樣下去的話，活不了多久了啊。」

慕容蜃將他的背包打開，開始幫她止血。隨後，從包裏取出了幾袋血。

「你運氣不錯，我準備的都是O型血呢。所以不管你是什麼血型，都可以幫你輸血。」然後慕容蜃就開始幫她進行輸血。不輸血的話，她根本撐不到回公寓去。

這些O型血血袋，是慕容蜃為了防止意外，將自己血型的血袋準備了很多。

而沒有人知道，上官眠在那個地下室中，獲取了一個名叫蒲靡靈的魔性男子的日記。

這個時候，星辰在電腦前和父親通話。顯然父親連時差都忘記了，雖然美國那邊現在是白天，可是在國內還是淩晨時分。

「查出來了？蒲靡靈？」星辰愕然地問，「結果如何？」

「對，星辰。」父親說，「這個男人，已經被查出來，是一名據說擁有畫出預知畫能力的畫家。而他的女兒據說受到詛咒，懷了鬼胎，國內分公司的經理已經查明一切情況，報告給了我。他以前的確是住在你們這棟別墅裏的人。」

星辰屏住了呼吸，預知畫？身懷鬼胎而生下孩子，這意味著什麼？

「不過，預知什麼的根本就不可能。」父親搖了搖頭說，「但是那麼一個男人曾經住過的地方，想想我都感覺不寒而慄啊。」

「他很富有嗎？這棟別墅那麼豪華……」

「事實上，這棟別墅原本是他的祖屋。但後來不知道為什麼他賣了這棟別墅，得來的錢也不知道揮霍到什麼地方去了，他後來愈發潦倒。」

那麼好的房子居然賣了？他把錢都花到什麼地方去了？

「總之，我正在繼續調查這個人。」父親說道，「不過，從目前的報告來看，他後來不知所蹤，很可能已經死了……」

蒲靡靈……已經死了？

「他的女兒是不是叫蒲敏，那個鬼胎生下的孩子……」星辰大喊道，「是不是叫蒲深雨？告訴我，爸爸！」

「對，你……你怎麼知道？」

果然如此！已經確定無疑了。

蒲靡靈，的確就是深雨的祖父！他能畫出預知畫的能力，通過敏遺傳給了這個鬼胎！

但若說是遺傳，也僅僅是深雨獲取了這一能力。而敏，並沒有獲得這個能力。

難道這當中，包含著什麼詛咒嗎？如果是的話……

星辰忽然抬起頭，看著天花板。

這個房子裏……是不是也留下了，那個惡魔的詛咒？

在公寓四〇四室裏，李隱十分溫柔地抱著子夜，她嬌柔的體香充盈著李隱的鼻腔，這一刻，李隱長期緊繃的心弦驀然放鬆了下來。

「子夜，今晚，我想……要你！」度過了最艱險的一次血字，幾乎失去最愛的人，李隱終於不可遏制地說出了內心期待已久的話，如果這個世界上還有他唯一的精神寄託，唯一的慰藉，那就是子夜的存在。

自從進入地獄公寓之後，快樂就已經與他們絕緣，而這一刻，死神也無法阻擋他們尋求快樂的決心。「嗯……」子夜發出嬌哼，正要發話，李隱的嘴唇已經迫不及待地將她覆蓋。

火熱的氣息撲面而來，要將她灼燒，子夜用舌頭笨拙地回應著李隱。李隱突然一發力，攔腰抱起贏子夜，輕輕地放到床上，隨即自己也壓了上去。

衣服一件件地剝落，子夜完美無瑕的軀體在月光下顯得格外光潔。當李隱的嘴唇吻遍子夜身體的每一寸肌膚時，子夜感覺自己渾身都像燃燒一般，她扭動著軀體，發出了陣陣嬌吟。

當李隱雄壯的火熱深入子夜體內之時，她瘋狂地大喊一聲，眼角流下幸福的淚水。她雙手死死地抱著李隱的後背，指甲抓破李隱的皮膚，留下了十道血痕。

兩個人忘我地在床上抵死纏綿，生命在這一刻不斷地昇華，他們忘卻了公寓的恐怖，忘卻了明天的黑暗，甚至，在最高潮的一刻，他們的心中已經沒有了彼此。

良久，激情開始消退下去，兩個人都沒有說話，他們的臉上還有狂熱之後殘留的紅暈。子夜閉著眼，安靜地躺在李隱的懷裏，回味著她人生第一次幸福的滋味，李隱輕柔地撫摸著嬴子夜的秀髮，幫她蓋好了被子。

李隱並不打算把失去三次血字指示的事告訴子夜。如果子夜知道了，心裏只會承受更多的痛苦。現在這樣，反而會好一些。那個神秘人，無論如何都要查出他的身分來。

「是你嗎？蒲深雨小姐？那個操縱一切的幕後人物，真的就是你嗎？」

如果真是這樣的話，那麼，她的祖父，也就很可能是信中提及的所謂惡魔了。

李隱感覺到，如果真的是深雨的話，她很可能是處於一種居高臨下的姿態來玩弄他們。最讓他在意的，就是得知自己真的要去救子夜的時候，她的那種非常難以置信的態度。既然那麼堅信自己不會救子夜，為什麼還要打電話告訴自己這個隱藏規則的存在？

她顯然是希望證明什麼，絕對不會是無所事事才那麼做。而這麼做的目的，很有可能，是想要試探李隱。這樣做的目的，李隱大致也猜到了。

「我會讓你知道的。執掌棋局的人，不是你。」李隱的雙目露出了一絲厲色，「將一切洞察並掌握在手中的，將會是我。無論是誰，都將會成為我的棋子，無一例外！」

18 兩本日記

公寓依然不斷地增添新住戶，現在住戶人數已經達到了八十人以上！就是每週執行一次血字，人數也不會減少太快，因為現在隨時都有人遞補進來！公寓每一層都有人住，原本顯得很空蕩蕩的公寓，現在聚集了許多人。

公寓選擇的住戶，目前還沒有年齡超過四十歲、低於十歲的。而被選中的住戶，除了一些不相信公寓的詛咒而被咒殺的人之外，留存下來的都是一些心理素質較高的人。而且，集中了各行各業的精英，比如醫生就有四人，ＩＴ精英十多人，體育運動員三人，公務員五人，甚至還有一名檢察官和一名員警。而外國人，則有四個，一個是韓國人，一個是日本人，還有兩個是美國人。

當然，這些人當中，最為厲害的，自然還是身為歐洲地下世界頂級殺手的上官眠了。

公寓七〇九室。上官眠被慕容蜃輸血後，才得以維持生命回到公寓，重新長出了雙手來。這讓她清楚地知道鬼魂的可怕遠在她想像之上。她把蒲靡靈的日記翻到最後一頁，看著那段蒲靡靈的忠告。

另外，如果，這本日記有幸被公寓住戶看到的話，那麼，我就提醒你們一下吧。那就是絕對不要去執行魔王級血字指示！就連我，也沒有辦法畫出對魔王級血字指示的預知，但是，我曾經親眼看見過，執行魔王級血字指示的人的下場。

那是在我很小的時候，我見到了幾個來執行魔王級血字指示的住戶。他們當時，是拚盡了一切，打算靠這個血字指示來離開公寓。而我獲得這個預知能力，也正是在那之後的事情。所以我可以斷定，我當時因為被捲入其中，而被賦予了這個惡魔的能力。而給予我這一能力的，就是那個公寓本身！

日記到這裏就完全結束了。

寫到最後一個字的時候，蒲靡靈顯然非常激動，紙都被筆給戳破了。

上官眠又仔細讀了一遍，她確定自己已經完全把日記中的內容一字不漏地記住了，然後她取出一個打火機，點燃了日記。

公寓裏的任何傢俱受到破壞都可以復原，因此將燃燒的日記丟在木質地板上，上官眠也完全可以放心。

日記終於被火苗完全吞噬，只剩下一堆紙灰……

公寓四〇四室裏，李隱開始整理目前獲取的線索。隱藏規則的事情，他不打算告訴任何人。

當時，他寫上子夜的房間號後，過了一段時間，下面出現了新的血字。內容是：「四〇三室住戶正執行的血字指示被取消並傳送回公寓。最後提示，消除自身血字執行記錄來救其他住戶，有三個限制條件，缺一不可。第一，取消血字對同一個住戶只能用一次，傳送回公寓是取消血字的前提下才能夠實現的，因此也只能用一次。第二，不允許取消第十次血字指示和魔王級血字指示。第三，必須是執行了六次血字以上（含六次）的住戶，才能夠通過這個隱藏規則來救他人。」

也就是說，按這個規則的限制，目前在公寓裏，只有柯銀羽執行了六次血字指示，李隱目前則是變為只執行了四次血字指示。

另外，這件事不能告訴其他住戶，否則他無法解釋從何得知有這麼一條隱藏規則存在。而且，獲悉這一點後，住戶之間只怕會引發更可怕的混亂。

而李隱對於那個神秘人，已經有了一些想法。他認為打電話給他的人，很有可能就是蒲深雨。從自己選擇了救子夜的時候，她在電話裏表現出的驚惶口吻來看，深雨那麼做，很可能是因為自己的身世遭受世人歧視和排擠，才會利用公寓住戶來進行人性實驗。

這一次血字指示，只死了白羽一個人，其他五個人都活著回到了公寓。上官眠被那個變態法醫救回公寓後，重新長出了手，傷口也都復原了。這個神秘女子，具有超強的武功並攜帶那麼多可怕的武器，令人忌憚。她的威脅甚至超過了那個變態法醫。一旦在血字指示中，需要犧牲其他住戶的性命，在武力上沒有人可以和她抗衡！至於那個變態法醫，殺是一定要殺的，但是，他對上官眠有救命之恩，難保上官眠不會因為感激他的恩情，而阻止他們殺他。這件事還需要從長計議。

不過追查神秘人的事情卻是宜早不宜遲！

「你是問……深雨和敏的父親？」星齊孤兒院院長驚愕地看著眼前來訪的李隱和子夜，「李先生，柯先生也來過這裏。」

「銀夜？」李隱怔怔地看著孤兒院院長，他此刻和子夜坐在孤兒院院長辦公室裏，希望可以查出有關深雨父親的線索。

那兩個鬼信中提及的「惡魔」，很有可能就是深雨的父親。而如果這個能力是那個人帶給深雨的話，調查那個人，應該可以查出一些事情來。不過，時間隔得太過久遠，甚至連那個人的姓名也查不出來，只能從敏和深雨的姓氏，得知那個人姓蒲。而居然銀夜也來這裏調查過？

「他什麼時候來的？」

「嗯，我記得是在四月七日，又好像是八日……」

那麼就是尋找六顆人頭的血字結束後不久的事情。果然是在那次血字指示中，銀夜獲取了什麼李隱不知道的情報嗎？而夏小美的死，也很可能和這一點有關係。

「我收留敏和深雨，」院長忽然說，「實際上是受到了一位舊友的委託。因為她的關係，我才收留了那兩個人。」

「具體說說吧，」李隱急切地說，「我們很想知道。這和敏的死，肯定有很大的關係。」

院長說：「她的名字叫蒲緋靈。是敏的姑姑，也就是……她父親的妹妹。她似乎比任何人都憎恨著她的哥哥，也因此長期不和她哥哥往來。當敏的父親失蹤後，剛剛生下深雨的敏，可以說是走投無路。她希望我能夠照顧那兩個人，出於多年的交情，我答應了。而敏連自己有這麼一個姑姑都不知道。」

「真的？」李隱頓時感覺抓住了一絲希望，忙問道：「那她現在在哪裏？」

「應該是在天南市住著吧。事實上，天南市才是敏父親的故鄉，但是他以前一度賣掉了祖屋，然後前往瀚海市定居。他似乎就是和妹妹從小在祖屋生活長大的，聽緋靈說，後來她的哥哥不知道中了什麼邪，賣掉了祖屋，然後帶著她離開了天南市，到瀚海市生活。但是，緋靈似乎對哥哥的憎惡越來越深。後來她回到了天南市，只有在敏出生後，才去看過哥哥一次。不知道是什麼原因，敏的父母也從來不在她面前提起有這個姑姑存在。」

子夜問：「那……你能把她的地址告訴我們嗎？」

「嗯……」院長似乎有些猶豫。

李隱忽然問：「你和柯先生也說了同樣的話嗎？」

「嗯，說了，當時我也把地址給他了。但我開始覺得有些古怪了，你們真的是敏的朋友嗎？該不會別有用心吧？」

銀夜他已經知道了敏姑姑的地址！他搬出去住，是出於這個目的嗎？銀夜到底在盤算什麼？

李隱很清楚，柯銀夜是對他最有威脅的住戶。如果將來必須要和他為敵，必定是一場惡戰。

「請告訴我們吧，」李隱壓抑著內心的不安，「無論如何，這對我們很重要。敏的死，和她的父親，恐怕有很大的關係。而且……」

「我聽新聞說她是被謀殺的。」院長又說，「警方來調查的時候，我還和他們提起你們來過孤兒院，說她想自殺。員警沒去找你們嗎？」

當然不可能來找。公寓住戶的死活，司法機構是不可能會去認真處理的，公寓的影響力會讓他們對任何明顯的線索選擇性失明。這和個人的意志無關，是一種近似詛咒的現象。

不過，院長的這句話，似乎暗示了他懷疑敏的死和他們有關。

李隱在他們如何與敏相識這一點上，當然是撒謊的。而銀夜對院長說了什麼，李隱無從知道，他自然也不能多說，否則就可能露出馬腳。就在他思忖著如何說服院長把聯繫地址給他的時候，院長卻說：「算了，也沒什麼，就給你們吧。唉，緋靈不會怪我吧。」

李隱忽然感覺這個院長很虛偽。他如果真的認為他們可疑，為什麼當初要把地址給銀夜，現在卻一副警惕的樣子？想來，他是希望表示自己已經有了「警惕」，將來如果出了事也好推脫，估計他和銀夜也這麼虛與委蛇過。不過李隱懶得理會他的想法，只要能得到地址就行了。

他對於信中提及的「不祥」非常在意。那兩個鬼所說的話，應該是真實的，因為信件中從來沒有指明對方的性別，從這一點判斷，公寓保持了公允。而如果信的內容是真實的話，惡魔的預知也就是真實的。而那個打給他的電話，更證明了這一能力甚至可以洞悉公寓隱藏的規則。

另外，目前得知的情況是敏的父親失蹤了。但是，李隱對於這一點卻非常懷疑。那個人真的是死了嗎？還是說，雖然死了，卻以另外一種形式存在於這個世界上？

這時，天南市白林區的某座普通的房屋前。

「我已經說過了。」一個面容憔悴、但模樣端莊、看上去大概五六十歲的婦女站在房屋門口，對眼前的一對青年男女說：「我和我哥哥早就斷絕來往了，要我說多少次你們才明白？」這對青年正是銀夜和銀羽。

「我想問的是關於蒲深雨的事……」銀夜繼續追問，「蒲女士，她現在失蹤了，你一點也不擔心嗎？」

「那和我沒有關係。」眼前的婦女，雖然上了年紀，但並不怎麼顯老，年輕的時候應該非常漂亮。而她此刻是滿臉怒容，但銀夜注意到，她的手一直在輕微地顫抖。

「預知畫……」銀夜再一次提到這個詞，「你真的不知道嗎？深雨的能力……」

「別胡說了！」她的臉再度不自然地抽搐了一下，隨即轉身把門死死關上。

「果然如此。」銀夜轉頭對銀羽說，「她知道預知畫的事。看來敏的死很可能和深雨有關係。」

當初，神秘人聯繫銀羽，要銀羽殺死銀夜的時候，這兄妹倆就對敏的死有一個大致的想法了。那個神秘人，很明顯是要進行人性實驗，通過一種極端環境，來激發出人性的至惡。這個動機暴露得太明顯了，由此可知神秘人的智商並不是很高。而這一點對銀夜而言是很有利的。他立刻就聯想到了深雨，這個少女有太多可疑的地方了。敏的死，很可能是她要對其進行復仇。深入調查後不難發現，敏在進入公寓以前，曾經對深雨造成很大傷害。而敏曾經將深雨贈送她的油畫帶回公寓，之後卻不翼而飛這一點，也可以判斷出那幅畫很可能就是預知畫，那張A4紙就是敏寫的。

而如今，深雨失蹤了，接著敏就死了。所以，很可能是深雨教唆某個住戶殺死了敏，然後許諾將預知畫交給那名住戶。接下來她應該會對他們繼續下手。必須要找到深雨！

所以，銀夜和銀羽找到了孤兒院院長，隨後找到了這個當初和深雨父親關係最密切的人——蒲緋靈。蒲緋靈聽到銀夜的來意後，表現得極為激動，聲稱她和自己的哥哥早已沒有了聯繫。但是，當銀夜第一次在她面前提及「預知畫」的時候，她明顯有了動搖。這讓銀夜更進一步確定，深雨就是那個打電話教唆銀羽殺死自己的人。他甚至懷疑，蒲家這個家族，是否和公寓有什麼關係？比如說……這個家族的人，是不是曾經也是公寓的住戶？

李隱和子夜，此刻正坐在一輛計程車上，趕往蒲緋靈的住址。

「很麻煩啊。」李隱揉著太陽穴，「讓銀夜和銀羽搶先了一步。也正因為這樣，不能先打電話過去，讓他們有所防備。」

「沒辦法。」子夜沒有太大反應，「現在，還不知道能夠得到多少情報。」

蒲深雨……蒲緋靈……必須要想辦法找到她們。

曾未幸和任里昂的家人，現在已經音訊全無了。二十年過去，誰也不知道他們去了哪裏。

「李隱，」子夜忽然轉過頭來，「其實……我很在意這個地址。最初我認為是巧合，可是仔細想想，又感覺未必是巧合。」

「什麼意思？」李隱忙問，「這個地址怎麼了？」

「蒲緋靈住的這個地方，」她指著紙條上院長寫下的位址，「距離我母親娘家的房子很近，只隔著一條街。」

「你說什麼？」

「十年前，我外公和外婆都過世了，嬴家的房子也就一直空著了。十年來，我一直都忙著繼續父母留下的學術研究工作，也沒有回去看過。外公和外婆去世後，我在這世上就沒有親人了。」

「你父親……」李隱試探著問，「你父親那邊的親人呢？」

「我父親是孤兒。」子夜的臉上浮現出一絲落寞，「父母結婚的時候，可以說是一貧如洗。婚宴也只有不到十個人出席，非常寒酸。後來，兩個人都在鷹真大學擔任教授後，生活才開始改善。我的父母都是對學問非常執著的人，他們做學問很嚴謹。」

「你很為你的父母自豪啊。」

「的確，我很為他們自豪。」

車子開進了暮月街。再過去一點，就到蒲緋靈的家了。

「李隱，你看，就是這幢房子。」子夜指著左邊街道上的一幢房屋，「嗯？那個人……」

房子前面，站著一個穿著一身黑西裝的人，他手捧著一束花，低著頭，默默地站著。那個人的背影，李隱覺得很熟悉。

李隱立即讓計程車停下來，他走下了車。那個人回過頭來，李隱看清楚了他的容貌。

那個男人也朝李隱看了過來，他先是一愣，隨即走上來，問道：「你怎麼在這兒？小隱？」

「爸爸……你，為什麼在這裏？」李隱非常意外地看著眼前的父親。

李雍剛想說什麼，這時子夜也走了過來，站在李隱的身邊。李雍看見子夜的時候，立刻呆住了。子夜的面容，他感覺如此熟悉。

「怎麼會……那麼像？」李雍驚訝地低聲說，「她……她是誰？小隱？」

「啊，爸爸，」李隱連忙拉著子夜的手，走過去：「我給你介紹。她叫嬴子夜，是我的女朋友。子夜，這是我爸爸。」

「你好，伯父。」子夜微微低了低頭，「你，來這裏找人嗎？」

「嬴子夜？」李雍更是震撼，立即追問：「是不是秦始皇嬴政的嬴？」

李隱覺得父親的態度非常奇怪，回答道：「是的，這個姓的確少見。」

「嬴……子夜……」李雍咀嚼著這個名字。

子夜也注意到了李雍的異樣反應。李雍的眼睛始終死死盯著她，終於，他開口了。

「你，你的母親，是不是嬴青璃？」

子夜面色大變。「對，沒有錯。」子夜立即追問道，「伯父，你怎麼會知道我母親的名字？你和我母親認識嗎？」

「是，是的。」

那個昔日的倩影，清晰地浮現在李雍的心頭，他時刻未曾忘懷，也正因為如此，他才會帶著花來到這裏。這是她昔日生活過的地方，同時，也是她死去的地方。

「你和你母親一樣漂亮。而且，說話的口吻和語氣也很像她。」李雍深深吸了一口氣，「我……問一句，你們是真心相愛的吧？不是隨便玩玩的吧？」

「當然不是。」李隱立刻表明心跡，「我和子夜已經定下終生，我們絕對不會分開的。」

「這樣啊……你們兩個，今天晚上到家裏來吧。李隱，你一直說在外面租了公寓住，卻不告訴我地址，你們在同居嗎？」

「也不算是同居啦……」李隱苦笑著。父親哪裏會知道，他這兩年來過的是何等生不如死的日子。

今晚回去？他還要繼續追查和深雨有關的線索啊，如果有重大發現，未必有時間。「今天不一定有時間呢，爸爸。」李隱連忙說道，「我們有事要辦……」

「你到底在搞些什麼？我聽外科部長說，你總是送一些重傷病人來治療，你在外面別做出讓我丟臉的事來。今天晚上務必給我過來。就這樣。」李雍轉過身，離開了。

李隱等父親走遠了，抓緊子夜的手說：「真是不可思議。我父親和你母親居然認識？竟然會有那麼巧的事情？這又不是言情劇。」

「的確太巧了。」子夜也感覺奇怪，「我們是在公寓裏才認識的，這之前沒有任何交集啊。」

而且，子夜注意到，李雍提起嬴青璃這個名字的時，臉上的表情極不自然，那絕對不是對普通朋友流露的表情。

李隱本來沒有打算回家的，因為要去找蒲緋靈，但是，她家裏沒人。而銀夜那邊，他也去過了。銀夜倒是完全沒有隱瞞，把一切都告訴了李隱，蒲緋靈沒有說任何事。李隱一時也不知道他說的是真是假。但是，就算是假的，他也無法證實。現在銀夜離開了公寓，平時只是回來公寓一下就馬上離開。這讓李隱越來越警惕銀夜了。他究竟在計畫什麼事情？

「李隱，這個女孩子很漂亮，也很有禮貌。」在家裏，李隱的母親楊景蕙看著子夜，越看越喜歡：「你們兩個什麼時候認識的？」

「去年七月。」李隱回答道。

「哦？」楊景蕙恍然大悟：「難怪年初我打電話給你，你不來相親呢，原來有女朋友了，怎麼不早說呢。」

李隱和子夜坐在飯桌旁，面對著父母。本來過年的時候，李隱就打算帶子夜回來見父母的，如今卻這樣戲劇性地回來了。

因為聽說是李隱的女友，楊景蕙親自下廚做了一桌子好菜。身為正天醫院的董事長，她也算是個女強人，但對烹飪也不是完全生疏的。

而李雍則一直注視著子夜。他的眼神，李隱自然也注意到了，但他沒有開口問，如果父親想說，他自然會說的。

楊景蕙說：「大家快吃吧，菜涼了就不好吃了。嬴小姐，嘗嘗這個獅子頭，是我的得意之作。」

「謝謝伯母。」子夜接過獅子頭，而她的眼神也一直注意著李雍。她心裏在猜測，究竟李隱的父親和自己的母親是什麼關係？

「嬴小姐，」李雍忽然問，「你和小隱是怎麼認識的？」

「對啊，」楊景蕙也來了興趣，「你們的關係進展到什麼地步了？」

李隱答道：「我們是住在同一棟公寓的房客，她是去年七月才搬進我現在住的公寓的。確立戀愛關係是在今年年初的時候。」他基本沒有撒謊，子夜也的確是在年初的時候，對李隱的求愛做了回應。

李雍雖然此時默默無言，但內心卻在不斷翻騰。「李隱。」他面目肅然地說，「既然你選擇了子夜，說你們定下了終身，那就絕對不要辜負她，一定要好好待她。知道了嗎？」

「我會的……爸爸。」李隱感覺越來越奇怪了，到底父親和子夜的母親，以前是什麼關係？

吃完飯後，李雍回到了他的書房，鎖上了門。楊景蕙則還在門外和子夜興高采烈地說話。

李雍緩緩來到窗前。天空烏雲密佈，只有些微月光透入室內。「你的女兒……真的很漂亮，青璃。」

李雍是個非常精於算計的人，能夠把正天醫院管理好，他的權術比起他的醫術來要高明得多，但無論他獲得了多少，都難以彌補嬴青璃這個女人在他心中留下的傷痛和遺憾。

住戶數量不斷地增加，也給公寓的管理增添了不少麻煩。不過目前，李隱基本將公寓住戶的管理都交給了裴青衣來負責。裴青衣在新進入的住戶中，算是心理素質非常強的一個，是個非常有能力的人，目前，已經等同於公寓的副樓長。

而在公寓中，還有不少比較突出的新住戶。比如有一名日本女住戶，二十一歲的神谷小夜子，她住在原先吳曉川所住的六〇八室，是個美貌的偵探。

美國人羅蘭·安特森，住在二〇〇一室，是個外表俊美的金髮青年，他也是進入公寓的住戶中非常冷靜的一人，是一個對靈異現象極為有研究的人物。

風烈海，住在一七〇三室，是一個擁有可以在瞬間記憶眼前所看到景象的人，只要是被他看過的景象，無論過去多久也不會忘記。

安雪麗，住在二二〇五室，是個具有超凡易容能力的化妝師，可以輕易地製造出以假亂真的人臉面具，能夠隨意地變成另外一個人，堪比《名偵探柯南》中的怪盜吉德的易容能力。

凡雨琪，一五〇二室的住戶，她是一個即使在黑暗中，也擁有著極好視力的人，只要存在一點光，她就能將周圍看得清清楚楚，這一能力在住戶中受到很大重視。

黎焚，一二〇二室的住戶，是一個情報販子，擁有非常強大的情報搜集能力，他以前一直從事這個行當，用他本人的話來說，只要有足夠的錢，沒有他查不出來的情報。

這些人，都是有很特殊才能的人物。裴青衣瞭解到這些人的才能後，將資料整理後提交給了李隱。

四〇四室裏，李隱翻看著裴青衣的詳細記錄。

「真是很詳細啊，」李隱讚歎道，「裴小姐，你調查得很仔細啊。」

裴青衣是個姿色中等，身材非常好的年輕女性，有著完美的管理者的氣質。她對李隱的讚賞回應道：「大家進入這樣一個公寓，自然應該互相扶持。目前住戶都還是各懷心思，對血字指示的恐懼依舊佔據上風。我建議在公寓底樓大廳召集住戶，講解血字規律和生路分析的要點，讓住戶們提高求生信心。」

「你安排吧，我信得過你。」李隱注意到情報販子黎焚這個人，立即說道：「這個人，可以考慮……」

「我明白了，我會安排的。」裴青衣繼續說道，「另外，神谷小夜子這個人，我建議多加培養，她似乎的確是個有能力的偵探，在日本國內的時候，獨立破獲並且成功起訴的案例，有五十多起，其中多數是殺人案件。」

「也就是說，她的推理能力非常強？」

「對。在公寓要存活下來，推理能力是首當其衝的。這一次也是因為到國內來解決了一起案件以後，進入了公寓。」

李隱對這個叫神谷小夜子的日本女偵探，開始產生了興趣。對於公寓住戶而言，高智商住戶自然是越多越好。而且，如果這個女偵探真的有能力，他希望和她結成同盟的關係，和銀夜、銀羽對抗。他對那兄妹倆越來越捉摸不透，尤其是柯銀夜，他對這個男人極為忌憚。

李隱並沒有可以穩勝他的信心。

今天，他打算下午再和子夜到蒲緋靈家中去一次。同時，他也很注意銀夜的動向。來到六〇八室，他和裴青衣敲了門之後，出來開門的卻是子夜。

「李隱？」子夜看著門口的二人，問：「是來找神谷小姐的嗎？」

「嗯，是的。」李隱走了進去，看到神谷小夜子正站在客廳裏，她留著一頭棕色的長髮，化了一點淡妝，是個相當漂亮的女子。

她的目光看了過來，忙站起身說：「嗯，各位好，請多關照，我是神谷小夜子。李先生、裴小姐，又見面了呢。」

她的中文說得很流利，而且發音很標準！

「神谷小姐會六國語言呢，」子夜說道，「我也只是會英語、日語而已。」

「其實我也很早就想去和李樓長見一面呢，不過這幾天很忙。」她看起來不卑不亢的，臉色有些蒼白地說：「說實話，我實在是無法想像這世界上竟然存在著這麼一個公寓，我原本是個堅定的無神論者啊。進入這裏，簡直是噩夢啊。」

「我理解你的心情，神谷小姐。」李隱這時候看到客廳桌子上的電腦打開著，上面是關於斷頭魔案件的報導。

「你還在查這個？」李隱問，「斷頭魔案件？」

「嗯，我看過最新更新的血字指示分析表了。」神谷小夜子取出一張疊得很整齊的紙，展開後說：「斷頭魔案件是靈異現象我也知道了，實際上是一個無頭鬼的傑作。而讓我比較在意的，就是在那次案件中死去的原公寓住戶夏小美。」

「是啊，這一點我也很費解。」李隱被她說中了心事，「夏小美的死，我還是很難理解。」

然後，四個人坐了下來，開始慢慢討論。

「首先，」神谷小夜子指著那張血字分析表說：「裏面關於夏小美為何要刺殺一四〇四室住戶柯銀夜，沒有給出解答。而我分析了當時這個血字的進程，發現根本看不出她殺人的動機何在。我仔細詢問過當時和她一起執行血字的一一〇四室住戶皇甫壑，而從他告訴我的情況來看，夏小美也並沒有掌握什麼關鍵線索。為了進一步調查，我有一個想法。」

「什麼想法？」李隱追問道。

「去夏小美的房間看一看，也許可以調查出什麼來。」

「嗯，這倒是個好辦法。」李隱一拍腦袋，說：「對，可以去查一查！」

他一直認為，夏小美殺銀夜是因為當時撞見銀夜和神秘人的結盟而被滅口，根本不認為她是要殺銀夜。但是現在想來，是自己太主觀了，應該進一步調查才行。

夏小美的房間是三〇一室。

李隱和子夜走到三〇一室門前的時候，子夜忽然有些感慨地說：「我記得，她就只比我早到公寓一個月左右，一直都是非常活潑樂觀的。」

「嗯，對，我記得。」李隱看了看對門的三〇三室，說：「那裏本來是她的同學進入公寓要住的房間呢，結果在第一次血字，她的四個同學就都死了。夏小美因為這件事情一直非常自責和痛苦。」

真的無法理解，她為什麼要刺殺銀夜？

李隱取出夏小美房間的備用鑰匙，將門打開。

最後走進來的裴青衣把門關上，說：「樓長，我們分頭找吧，看看是否有留下重要線索。」

「好。子夜，你去那個房間；神谷小姐，你去……」

四個人很快將幾個房間裏裏外外都翻了一遍。

幾乎所有住戶的房間都顯得有些凌亂，因為住在這麼一個公寓裏，幾乎沒人有心思好好整理房間。

神谷小夜子此刻在書房裏，將一張寫字台的抽屜打開。

從裏面，她找出了一本日記來。

那本日記翻開一看，是從二〇一〇年六月開始寫的。

她開始翻看起日記來。雖然說翻別人的日記有些不道德，但是進入這麼一個公寓，誰還會介意這些。

日記記錄著夏小美在公寓裏的心路歷程。她最初雖然恐懼，但始終在日記中鼓勵著自己，抱著活下去的憧憬。

不過到後來，記日記的週期開始延長了很多。

但是……在今年一月，夏小美接到了自己的血字指示時，日記的內容開始頻繁起來，有時候一天甚至會寫上好幾篇。

她的內心狀態開始不穩定了。

「是血字分析表上的……一月十五日，去乘坐末班車的血字指示。」神谷小夜子對照著血字表，自言自語道：「嗯，那一次就只有她和柯銀夜活了下來。」

一月十三日

後天，後天就要去執行血字指示了！

好可怕，真的太可怕了！雖然我一直對自己說要堅強，要堅強，但是……這是相當於第四次血字指示難度的血字啊！怎麼會這個樣子？而且，剛執行完血字指示逃回來的梁冰先生，為什麼又被發佈了血字指示？

我能活下來嗎？我去找了李隱樓長還有柯銀夜先生，反覆詢問執行血字的經驗，他們都說，不要放過任何微小的不自然，通過觀察來洞悉血字的生路。可是哪有那麼簡單啊……

一月十四日

就是明天了。我，我能活過明天嗎？

我真的能夠活過明天嗎？

說什麼七個乘客裏面，有一個是厲鬼，這，這也太可怕了。而地獄契約碎片就在某個厲鬼手上……這怎麼能搶得過來啊！

那一天，李隱樓長也要和嬴姐姐去執行血字指示，這是公寓第一次發佈同一時間段的血字指示啊，連續發佈兩張地獄契約碎片下落……這到底是怎麼一回事啊？

總感覺，魔王級血字指示發佈後，公寓就不斷地改變原有的規律，住戶們也開始發生變化了。

我……到底該怎麼活下去？

一月十五日，沒有記日記。

下一頁，就是一月十六日的日記。

我……居然活下來了！

那個時候，我真的已經徹底絕望，對生存不抱任何信心了。可是，銀夜居然找到了生路，找到了那個裝有人偶娃娃的盒子！

那個時候，真是多虧有他在……否則我也會像梁冰、吳曉川還有林翎一樣，被那個厲鬼殺掉！

「嗯，對，這個我印象很深，」神谷小夜子繼續自言自語著：「是使用我們日本的人偶，作為替身被鬼抓去的。接下來的內容是……」

一月十八日

今天又去和銀夜見面了。

總是感覺，和他在一起，時間就會過得很快。

好想能夠時刻和他在一起，如果下一次血字，也是和銀夜一起執行就好了……

我在想什麼呢？現在，應該是考慮如何活下去才是啊……

「很警惕啊，」神谷小夜子繼續翻動日記，「完全沒有提及，地獄契約碎片掌握在誰的手上。看起來不笨啊。」

然後，當日記記錄到了二月三日的時候，她看到了一段非常重要的文字。

二月三日

我想，我是愛上銀夜了。

對，我很確定……我愛上他了。

在這個恐怖的公寓內談愛是不是太不實際了？因為連未來有沒有都不知道。

可是，愛就是愛，沒有辦法控制這樣的感情。

真的，真的好愛他……

接下來的日記，不斷敘述著夏小美內心對銀夜滿滿的愛意，從內容上來看，完全是一個沉浸在熱戀中的少女。

「樓長！」神谷小夜子大步流星地走了出來，說：「你們來看一下。這本日記，記錄了非常關鍵的內容！」

日記一直記到執行六顆人頭血字前夕，內容依舊是提及對銀夜的傾慕和愛戀，而且越發不可收拾。

如果，日記的內容是真的……

那麼，夏小美就更沒有動機要殺死銀夜了！

如果真是這樣的話……那麼，她的死，究竟是怎麼一回事？

19 魔性之男

四〇四室的客廳內。四個人都仔細地看了夏小美的日記。

日記中一直記錄著她對銀夜的深切愛意，內容非常情真意切，完全不像是假的。如果，她真的如此深愛銀夜，怎麼會去刺殺他？根本沒有道理啊！

「看起來柯銀夜說的，夏小美刺傷他的話，非常有問題。」裴青衣指著日記的最後一頁說，「日記記錄的最後一天就是在執行尋找六顆人頭的血字時，直到那時候，她還是非常喜歡銀夜，也因此非常嫉恨銀羽。」

「等一下，」忽然嬴子夜說道，「說到這裏，我倒是發現了一個有些不尋常的地方。你們沒注意到嗎？銀羽對銀夜的稱呼，在尋找六顆人頭的血字後發生了變化，最初她的稱呼是『哥哥』，可是現在卻變成了『銀夜』。而且這兩個人在那一次血字後，關係也變得不像兄妹，而更像是戀人了。」

「戀人？」神谷小夜子臉上現出愕然之色，「他們不是兄妹嗎？怎麼會……」

「不，」李隱解釋道，「那兩個人，不是親兄妹。」

「是嗎？」神谷小夜子一愣，「那倒還可以理解。那兩個人是在這次血字後發展為戀人的？」

李隱把銀夜和銀羽的情況，大致向神谷小夜子說明了一下。聽完之後，她陷入了一陣沉思。接著，她繼續說道：「我覺得很蹊蹺。夏小美的死，必定有內幕，而且不知道和敏的死是否有關。」

關於那個神秘人的事情，李隱不會告訴子夜以外的任何人。敏的死，他推斷應該和深雨有關係，是某個住戶受到深雨的誘惑而去殺了她的。

「看來今後要多加注意了。」神谷小夜子說，「柯銀夜和柯銀羽這兩個人，必須非常警惕。他們也許在密謀些什麼。」

蒲緋靈的家中。

蒲緋靈穿著一身深黑色的衣服，坐在沙發上，眼睛裏一片陰鬱。而此時，門鈴聲不斷傳來。門口站著的，是李隱和子夜。

「還是不在嗎？」李隱又敲了敲門，可是依舊沒有人開門。

「有些奇怪。」子夜蹲下身子，指著門縫處說：「昨天，我貼在下面黏住門和地面的膠帶被撕開了。而且，昨晚信箱內的報紙也沒有了。也就是說，的確是有人回來過這個家。現在卻又不在了？」

「的確是很奇怪。」李隱說道，「雖然說今天是四月二十日，星期三，她在外面上班也不奇怪，但現在都七點多了，還不下班嗎？」

子夜站起身，看著那扇門，說道：「還有一個可能。她有意在躲著我們。事實上，我對於這件事情有些在意，她的地址距離我母親的家太近了。而且，昨天還看到你父親……這中間有沒有可能會有聯繫？」

的確，太巧合了。突然間三條無關的平行線聯繫到了一起。

子夜看向李隱，問道：「你沒有問你父親，是如何認識我母親的嗎？」

「我問過了，但父親說你母親只是他的一位故人罷了。但回憶起來，昨天晚上他看你的眼神很不對勁，似乎是想從你的身上看出你母親的影子來一樣。」

在夏小美那裏找到的日記，證明了夏小美對銀夜有著相當強烈的戀慕情感。當然，李隱認為這種感情，也許更近似於在公寓的絕境中，對解救了自己的柯銀夜產生的一種依賴心態，並不一定是愛情，但至少，懷有這種感情的夏小美，就很難想像有殺死銀夜的動機了。

但僅靠這一點無法推翻銀夜的說法。

不過這讓李隱對銀夜的忌憚更深了一層。這個男人也許在策劃什麼非常危險的事情，但為什麼他也來找蒲緋靈呢？

現在已經是晚上七點了，一般情況下，也該下班了。但他們等了那麼久，還是沒有人回來。

蒲緋靈在屋裏，依舊安靜地坐著。

她的腦海裏，無時無刻不掠過那些恐怖的記憶。

那個男人，那個可怕的男人……

「我想找到『魔王』的所在。」記憶中，哥哥是這麼說的：「我想和『魔王』見面。為了實現這個目的，要做什麼我都無所謂。」

彷彿是真的被惡魔迷惑住了一般，哥哥就這樣瘋狂地做著可怕的事情。到底他在賣掉祖屋，離開天南市後做了什麼，她完全不知道。但可以肯定的是，絕對不是身為人類應該瞭解的事情。

也正因為如此，她很清楚，哥哥一定動了什麼手腳，才讓親生女兒敏懷了鬼胎，肯定也是在佈置和設計著什麼。她完全不相信他真的已經死了。

安排好敏和深雨的生活後，她甚至不敢去和她們見面。

院長居然還是把自己的地址告訴了那些人，果然，哥哥肯定做了一些什麼。他為了接觸到「魔王」，已經不擇手段了。

如果繼續介入和他有關的事情，自己有多少條命，都不夠賠進去的！

他從一開始，就是故意要讓深雨這個孩子出生的。

深雨，恐怕也只是他利用的棋子而已。

但是，他不是希望可以接觸「魔王」嗎？死了以後，不就什麼都沒有了嗎？

蒲緋靈至今還不願意去相信和接受蒲靡靈所告訴她的世界觀。

「蒲女士！」忽然門外傳來了一個男人的喊聲。

「不知道你是否在裏面，冒昧來訪，非常抱歉。因為電話打不通，上門你也不在……如果你在裏面的話，請聽我說一句。」

「我們很需要你的幫助，是關於你的外甥女蒲敏、蒲深雨的。蒲敏小姐，她在這個月已經死了，你應該知道吧？」

怎麼會不知道？

蒲緋靈在看新聞的時候，就知道敏的死訊了。但這也令她更加害怕，畢竟誰也不知道，這到底是怎麼一回事。

而在那之前，院長打電話告訴了她，深雨失蹤了。

將那兩個孩子安排到天南市的星齊孤兒院，她就是希望可以方便對那兩個孩子進行監視。尤其是深雨，她是自己重點監視的對象。哥哥失蹤的時候，她就知道，他一定做了什麼，才能安心走的，他不是那麼容易就會斷絕自己性命的人。

她始終不相信，哥哥真的已經死了。

那個男人，會不會在死去的同時，安排了某種手段讓自己復活呢？

她不止一次看見過，無法用科學解釋的靈異現象。他的畫，完美預言了那些事情的發生。她因此也漸漸肯定了一點……

哥哥是被「魔王」選中的孩子。

他是真正的「惡魔之子」。

所以，當孤兒院院長告訴自己，深雨從小就開始畫許多恐怖血腥的油畫時，她感覺到了恐懼。深雨繼承了哥哥的血脈和能力，同時成為了新的「惡魔之子」。未來遲早有一天，深雨也許可以成為哥哥復活的關鍵。

這十幾年來，她都一直懷著這樣的恐懼而活著。她不是沒有想過逃離天南市，然而，她也很清楚，如果哥哥真的做了什麼，她是有義務去阻止的。深雨出生的十九年來，她始終對深雨進行著觀察，但是，深雨除了畫出那些油畫之外，沒有發生什麼新的變化。

但是，深雨失蹤後沒多久，敏就死了。

然後……就是這些人來找她。

這時候，忽然她聽見了一個女人的聲音在門外響起：「蒲女士……我們來找你，是希望和你談一談『公寓』的事情。你知不知道，天南市存在著一個對人施加詛咒，強迫人去有鬼魂存在的地方的公寓？」

子夜說出這句話，也是決定賭一賭。她也不知道，蒲緋靈究竟是否知道公寓的存在。

這時候，門開了。

蒲緋靈看著門外的李隱和子夜，她的臉上透著一絲緊張和震撼，說：「那個『公寓』，你們知道？」

李隱見她終於有了反應，立即說道：「這麼說來，你果然是知道那個『公寓』的存在？」

蒲緋靈最初不希望和他們有什麼交集，因為這些人都是普通人，但現在看來，似乎他們根本是無法置身事外的。

「果然，果然真的有那個『公寓』存在。」

她把門完全打開了。

「進來吧，如果你們說的是實話，那麼，你們果然就是那個公寓的住戶嗎？」

蒲緋靈的房間收拾得很整齊。這座房子本來就並不大，傢俱較為樸素，有很多是很多年前的老款式，可見蒲緋靈的生活似乎過得有些拮据。

蒲緋靈看起來大約有五十歲左右，但是她依舊很有韻味，看得出，年輕時肯定是個美女。

客廳佈置得比較簡單，也有些狹小。李隱和子夜坐下後，她倒了兩杯茶過來，問：「你們兩位……怎麼稱呼？」

「我叫李隱，她是我的女友，叫嬴子夜。我們，正如你所說，都是那個公寓的住戶。你對那個公寓的瞭解有多少？」

「我先問一句。」她將茶杯端放在茶几上後，坐在二人對面的沙發上，說：「之前來的那一男一女，叫柯銀夜柯銀羽的，你們認識嗎？」

「他們果然來過啊，」李隱點了點頭，說：「認識的，他們兩個……也是公寓的住戶。」

「這樣啊……」

蒲緋靈將頭抬起，仰望著天花板，雙手則緊緊抓著褲腿。

「你的哥哥，是敏的父親吧？」子夜不失時機地問出了這個最關鍵的問題。

「嗯。」蒲緋靈忽然想起了什麼，連忙問：「敏……她的死，你們知道些什麼嗎？難道也和那個公寓有關？」

李隱考慮了一下，還是說了實話：「對。她，也是那個公寓的住戶。關於公寓，你瞭解多少？」

「我瞭解得不是很多。不過你們能夠調查到這一步也真是不容易啊。我最初一直以為，詛咒、公寓什麼的，這是恐怖小說裏才有的事情，是不可能存在的。但是，沒想到居然真的會有。」

「把那個公寓的事情告訴我吧，我想知道……」

「畫。」李隱忽然從胸口的衣袋中取出了幾張紙，遞給了蒲緋靈，說：「你能否看一下這個？」

這些信紙都是當初在月影館、日冕館抄下來的，曾未幸和任里昂之間的通信，其中提及了一些和畫有關的事情。

將這些信看完後，蒲緋靈也瞪大了眼睛。

「這些信的通信雙方，是一對戀人，他們因為父母反對婚事，而在東臨市的空明山自殺，兩個人分別名叫曾未幸和任里昂，是在一九九一年自殺的。」

「東臨市？」蒲緋靈抬起頭看了看兩個人，說：「但是哥哥賣掉祖屋後，是搬到了瀚海市去住的，雖然偶爾他會回來一次。我對他的情況，一直都不太瞭解。」

「你哥哥……是不是畫家呢？」

「畫家……可以算是吧。他確實從小就有很強的繪畫才能，他似乎是在六七歲的時候，就開始有了很強的繪畫天賦。」

「六七歲？」

李隱對這點有些在意。曾未幸和任里昂的信裏提及，惡魔的年齡是三十七歲，那麼他七歲的時候，自然就是……

一九六一年！

也就是，五十年前，公寓發佈魔王級血字指示的時候！

李隱剛要開口，子夜已經說話了：「你還記得具體是哪一年嗎?蒲女士?」

「怎麼可能記得，那都是五十多年前的事情了。我當時也就三四歲而已。」

然後，是一陣沉默。

「公寓，是他在小時候畫畫的時候，我看到的。他畫了一幅公寓的畫。然後他對我說，這個公寓，會通過對人的影子進行詛咒，強迫人住進去，執行公寓發佈的指示，去面對許多恐怖鬼魂。當然，那時候我認為這只是他的幻想而已。」

這讓李隱和子夜都感到非常震驚。

「但是我後來開始意識到，那一切都是真的。他對我說，他獲得這一能力，是因為他看到了『魔王』。這個能力，是『魔王』賦予他的。」

聽到「魔王」這個詞，李隱再也無法保持冷靜，立即站起身來問道：「請詳細告訴我！關於那個『魔王』的事情！」

「我其實也不清楚，他雖然嘴上那麼說，但我也不知道為什麼他會提到什麼『魔王』的。」

「是嗎？」李隱的眼中掠過失望的神色，只得坐了下來，繼續問道：「那……他畫的畫……」

「他畫了很多鬼怪的畫。最初我以為他是沉溺於這種作品，小時候被那些畫都嚇得不輕。他幾乎不會畫除此以外的畫，這讓我一度認為他會不會是心理陰暗。長大以後，我開始認真地看他的畫，接著我就發現……畫中的人物，的確存在於現實中！」

這句話，雖然李隱和子夜有所預料，但真的聽到了，還是非常愕然。

魔王賜予的能力，能夠畫出真實的靈異現象……

「你哥哥，你哥哥的名字……」李隱忽然急促地問，「你哥哥叫什麼名字？」

「蒲靡靈。他的名字叫做，蒲靡靈。」

「蒲靡靈……」李隱咀嚼著這個名字，然後問：「你還有沒有他的畫？比如他畫的公寓的畫？」

「公寓的畫，應該沒有保存下來。但是，他成年後畫的一些，應該留在我們家的祖屋。」

「祖屋？」

「嗯，對的，哥哥三十歲那年，在父親去世後，立即變賣了祖屋。然後獨自一人去了瀚海市。當時，父親將房屋產權完全過戶給了他，所以我無法反對。那之後，就只有他結婚後，敏出生了，我去見過他一次。」

「祖屋嗎？」李隱立即拿出一本筆記本來，翻開後，取出鋼筆，問道：「那個祖屋在哪裏？」

「嗯，你們想知道嗎？」

「我們是被那個公寓詛咒的人。」子夜說道，「為了擺脫詛咒，我們不惜一切代價，任何線索都要進行調查。」

「我知道了……」她歎了口氣，說：「我們的祖屋地址是在……」

同一時間，在卞家的別墅中。

卞星辰和哥哥卞星炎，正在一間起居室裏下著西洋棋。

「你的棋路很亂啊。」手上拿著黑子的卞星炎說，「星辰，雖然下西洋棋你一向不是我的對手，不過，你今天似乎心特別亂。白子國王的城池已經快被我徹底攻陷了啊。」

星辰重重歎了一口氣，說：「算了，哥哥，我心情不是很好。」

自從殺了敏之後，他沒有睡過一天安穩覺，始終遭受著巨大痛苦的折磨。同時，蒲靡靈這個人的線索，又讓他心亂如麻。

為什麼那麼巧？這裏就是深雨和敏的父親的祖屋？

這盤棋下完後，星炎將棋盤上的棋子收好，忽然正色對星辰說道：「星辰，你看起來心事重重啊。和蒲靡靈那個人有關係？到底你說他和媽媽的精神狀況有關，是指什麼？」

「哥，別問了。」星辰用手捂住臉，說道：「我最近心很煩，很亂。」

「既然如此，你不如回美國去吧？」星炎提議道，「回美國的話，你可以進爸爸的公司工作，有了工作，你就不會有那麼多煩心事了。你現在也沒有一份穩定的工作吧？或者，你也可以去美國繼續深造啊，多讀點書沒有壞處的。」

星辰此時則將頭埋在了棋盤上。

失明的右眼，那黑暗猶如夢魘一般，啃噬著他的靈魂。

「哥哥，」星辰終於說了出來，「我不該來國內的。當初，我厭倦美國的環境，想到國內來求學，不……現在想來，是因為你要來國內的關係吧。我希望能夠和你競爭，我不想活在你的陰影下。你明明在經商方面很有才能，卻選擇在大學執教。我本來就不該想著要跟你爭什麼，而應該乖乖待在美國的……」

起居室的大門上，開始浮現出一個黑影。

星炎站起身說：「你又來了，別想那麼多了，我去幫你倒杯茶吧。」

他來到起居室的大門，將門打開。而就在星炎身旁的起居室大門的門縫下面，可以隱約地看到一雙赤著的腳！

這時候，李隱和子夜，來到了這棟別墅的門口。

「真是非常豪華的別墅啊。」子夜抬頭仰望著這座兩層樓的獨棟別墅，說：「而且地段是在市中心，房價絕對是非常高昂的啊。」

「得了吧，」李隱說道，「自從進入那個公寓以後，我看到豪華的房子就有一種破壞的衝動。所以……」

「說到這兒，我倒是想到了一件事情。」子夜忽然說道，「你應該注意到了吧，公寓很明顯是屬於極為現代化的公寓，而且內部的許多傢俱品牌，都是非常流行的。那些傢俱有很多是不可能出現在五十年以前的。但是，從那些傢俱無法被破壞來看，並不是住戶自己帶進去的。」

李隱也考慮過這個問題。

「蒲靡靈在很小的時候就已經瞭解到了這個公寓的存在。既然如此，那是為什麼呢？而且這個公寓的歷史有多漫長呢？會不會，在公寓這種建築物還不存在的時代，就已經有了呢？」

如果真是如此的話，也就是說，公寓本身也隨著人類時代潮流的變化而變化。

有一點很明顯。五十年前，電腦根本無法普及到家用。現在公寓裏的，都是現代品牌電腦，都安裝了非常完善的系統和軟體。李隱以前實驗過，公寓內的電腦也是被破壞後就能夠復原的。

所以，這些電腦，明顯是由於時代的發展，公寓增添進去的傢俱。不過這也不奇怪，公寓的冰箱、櫥櫃、衣櫃都可以自動變出無數日用品來，這也不是奇怪的事情。

但李隱卻感覺到，這似乎更證明了，公寓的歷史也許更悠久。

如果是在久遠的古代就存在了的話，那時候公寓也許不是公寓，而是樓閣、客棧之類的建築吧。

那時候的人們，也一樣被詛咒而不得不去執行血字指示吧。

那個公寓，是永遠不會被毀滅的。這世界上似乎也不存在可以克制公寓的東西，也許只有當世界毀滅的那一刻，公寓才會消失吧……

「接下來你打算怎麼做？」子夜看了看那棟別墅，對李隱說：「我們和屋主不認識，怎麼進去呢？蒲靡靈賣掉這座房子已經那麼久了，根本不可能再讓我們進去了。」

「是啊，但也要想辦法。需要找到蒲靡靈留在這房子內的畫，也許可以找到線索。我目前已經有百分之八十以上的把握，確定那個神秘人就是深雨。」

接著，他跨出一步，按了門口的電子門鈴。不久後，傳來一個聲音：「喂，請問找誰？」

「你好，我……」李隱剛開口，忽然感覺這個聲音非常耳熟，試探著問道：「你，你是星辰？」

這時候，星辰在起居室內拿起話筒，也聽出了李隱的聲音。

為什麼李隱會找到這裏來？他不記得自己曾經告訴過李隱他的住址啊！

他的手一抖，桌子上的西洋棋棋盤差一點摔下來。

星辰鎮定了一下心神，問道：「你是，李隱吧？你怎麼找到我家來的？」

「這……不會吧，那麼巧？」

李隱已經被弄糊塗了。怎麼短短兩天裏，巧合的事情不斷發生！

先是子夜的母親住在敏的姑姑家附近，又發現父親居然認識子夜的母親，而現在查到蒲靡靈的祖屋，竟然是星辰的家！

李隱記得，星辰對自己說過，他和他哥哥住在市中心，但沒有想到就是這裏。

「原來這裏就是卞星炎教授的家啊。」子夜在一旁說道，「以前在鷹真大學教書的時候，我和他見過幾次。」

上一次尋找六顆人頭的血字指示，聽星辰提及星炎接到吳真真的電話，子夜才知道，原來星辰就是卞教授的弟弟。

「我們來這裏，是有些事情。」李隱立即說道，「能不能讓我們先進去？」

「事情？和……公寓有關係嗎？」

聽星辰那麼說，李隱沉吟片刻，回答道：「對，沒錯。」

撒謊也沒有意義，反正遲早會被知道。既然是和公寓有關的事情，卞星辰想必也會配合。畢竟，誰都希望可以多瞭解和公寓有關的事情。

「我明白了。不過，我哥哥在家。不然我出來，和你們回公寓去談……」

「不是的。你誤會了。事實上我們來，並不是找你，而是和你現在住的這棟別墅有關。先讓我們進去再說吧。」

這時候，星炎端著一杯水向起居室走去。然後，他聽到了星辰的聲音。

「我哥哥不知道公寓的事情，所以你們進來以後，和我單獨談吧。」

星炎停住了腳步，他站在起居室門外，仔細聽著星辰的話。

「說起來，我們家和公寓有什麼關係？難道說，公寓發佈了新的血字指示，和我們家有關係？」

「公寓？血字指示？」星炎低聲咀嚼著這兩個詞。

「好，你們先進來吧。」

星辰按了開門鍵，隨後掛上聽筒，有些煩悶地自言自語著：「李隱怎麼會找到這裏來的？」

他回過頭，看向起居室的大門，卻看見哥哥走了進來。

「哥哥……啊，剛才，我一個朋友來了，我讓他進來了。」

「朋友？」星炎將杯子放在桌子上，問道：「是你說的在那個俱樂部認識的人吧？」

「對，他叫李隱。」

「好，那快去大門迎接人家吧。我跟你一起去吧，有客人來，總得招呼一下。而且我也想看看你的朋友。」

進入大門，看著面積寬闊、富麗堂皇的大客廳，李隱和子夜主動換上了門口的鞋套。而他們來到客廳沒有多久，從一邊的樓梯上，星炎和星辰走了下來。

「啊？嬴子夜也來了？」星辰一看到子夜，也是一驚：「倆人都來了，是什麼事情？」

「兩個人啊。」星炎看向李隱和子夜，當他看到子夜的時候，忽然說道：「那……那不是嬴老師嗎？」

子夜也注意到了星炎，立即走上前去，說：「又見面了呢，卞教授。你還記得我吧？」

「當然還記得啊，」星炎微笑著說，「你去年辭職後，不少同事都很遺憾呢，你的學生經常問你什麼時候會回來復職。」

「你好，卞教授，」李隱走了過去，說：「我和你弟弟星辰是好朋友，見到你很高興。」

「還真巧啊。」星炎連忙招呼二人坐下，又去廚房準備飲料。

三個人坐下後，利用這個星炎不在的機會，星辰立即問道：「到底是怎麼回事？你說不是血字指示，那是什麼？為什麼找到這裏來？」

該怎麼說呢？如果要說的話，就必須提到深雨和預知畫的事情。如果有可能，李隱根本不希望將這個秘密和任何人共用，除了子夜以外，他根本不相信公寓的其他住戶。只是李隱根本不知道，卞星辰比他更早知道了預知畫的存在。

這個房子那麼大，蒲靡靈的畫是否還留存著也是一個問題，要找到什麼時候？不說出來意，不太現實。

如果真的如此，李隱希望可以弄出一個讓星辰無法背叛自己的佈局。畢竟，這個秘密一旦外泄，公寓會進入更大的混亂狀態。如果有人找到了深雨，很有可能會私藏她，讓她畫出預知畫來幫助自己，而深雨又沒有理由幫助住戶。

「你們說啊！」星辰急了起來，「到底是什麼事情？」

他此刻很擔心，難道自己殺死敏的事情被李隱洞悉了嗎？如果是這樣的話，就等於知道了第三張地獄契約碎片在他的身上。或者是因為查出了和深雨有關的什麼事情？

這一切都讓星辰心亂如麻。

他對於李隱，是非常崇拜的，這個男人是公寓中唯一一個執行了七次血字指示（實際上現在變為四次）的住戶，只要再通過三次，他就可以離開公寓，恢復自由！這個男人的智謀、洞察力、分析推理能力，在住戶中無人能及。

但也正因為如此，他很忌憚李隱。畢竟，第三張地獄契約碎片在他的手上，他也是知道深雨秘密的人。當初得知夏小美刺殺銀夜不成反而被殺的時候，他就猜到可能和深雨有關係。而李隱莫非是靠這個順藤摸瓜查出了什麼？

此刻的氣氛非常僵。李隱還在考慮怎麼說才好，而星辰則在猜測李隱的來意，氣氛變得很微妙。

這時候，星炎端著幾杯咖啡走了過來，說：「讓你們久等了，這都是美國帶來的咖啡，李先生，你和嬴老師是怎麼認識星辰的？」

「這個……」李隱剛要回答，忽然看見星辰在向他眨眼。

「你們，是不是住在同一座公寓裏？」

忽然星炎問出這句話來，這讓星辰臉色大變。而李隱倒沒什麼反應，他以為這是星辰欺騙星炎的假話。

「嗯，對啊。」李隱接過咖啡，說：「我們的確住在同一座公寓裏。」

「這樣啊……」星炎將咖啡拿到星辰面前，說：「星辰，李先生是你在俱樂部認識的人吧？」

李隱聽到「俱樂部」一詞，立即反應過來，應該是星辰撒的某個謊。問題是，也不知道他是怎麼說的，所以也無法開口幫他圓謊。

「哥，哥哥……」他連忙擺擺手，示意哥哥別再說下去了。

但他的緊張神色已經被李隱完全察覺了。

難道卞星炎知道些什麼嗎？如果真是如此，他倒是一個不錯的突破口。

「卞教授，不如大家一起坐下來聊聊吧。」李隱不失時機地說，「以前經常聽星辰提起你，今天能夠見到你，非常高興。」

李隱對星炎的印象倒是很不錯，他看起來非常溫和儒雅，學者的氣質表露無遺。

星辰瞪大了眼睛看著李隱，他不理解李隱這麼做的用意何在。既然要談的是公寓的事情，讓哥哥也摻和進來算是什麼意思？哥哥和公寓完全沒有關係啊！

他根本不知道李隱想做些什麼，立即說道：「李隱……我們要談的事情，哥哥又不知道，就我們三個人談吧……」

「無妨。」星炎說道，「我這個人雜七雜八的事情都喜歡聽聽，你們談吧，我不插嘴。我也想知道，我弟弟平時都和人聊些什麼。」

星辰頓時暗暗叫苦，而此時，李隱已經開口了。

「卞教授，你是學理科的，可能會對我的話不屑一顧……不過，你是否相信，這個世界上存在著一些科學完全無法解釋的現象？」

聽到這句話，星辰心臟猛跳起來，立即打斷李隱的話：「你胡說什麼啊，李隱！別說了！」

星炎聽到這句話，笑了笑說：「當然會有。科學本身也只是人類對已知現象的局部解析罷了。我這個人很提倡實踐出真知，脫離實踐的理論都是空談。所以用死板的科學理論框定這個世界，是人類很自大的看法。」

這個時候，子夜說話了。

「卞教授，那你是否相信，這個世界上有鬼呢？」

這句話一出口，星辰已經無法忍受了，他立即大喊道：「你們胡說什麼！哪裏，哪裏有鬼！」

當然，這話星辰自己說著也感覺彆扭，但他不希望把哥哥牽扯進來。

星辰忽然發現，以前一直嫉妒憎恨哥哥的自己，不知道何時開始，心態有所改變了，他似乎開始真正地關心哥哥了。

「如果有鬼存在的證據，那我也是會相信的。」星炎回答道，「當然，目前的科學理論是不認同有鬼存在的，畢竟從生物學的角度而言……」

李隱一直觀察著星炎的眼神，還有星辰的態度。然後，他基本確定……卞星炎不知道公寓的存在。

「算了，不說這個了。」李隱站起身說，「卞教授……可能的話，是否能夠讓我們參觀一下你家呢？看起來你們家房子很大啊。」

「可以啊。」卞星炎也站起來說，「你們跟我來吧。」

這時候，別墅的二樓。星炎的書房的門耷拉著，被風一陣一陣吹過，前後擺動著。周圍一片寂寥，什麼聲音也沒有……

同一時間，在正天醫院。

「簡單地說，根據李院長的新提案，正天醫院將在東臨市建立分院，擴大我院的影響力。這一決策，董事會的意見如何？」

頂樓會議室內，楊景蕙坐在董事長的座位上，看著下面的董事。

而院長李雍坐在座位上，則完全是心不在焉。

見到青璃的女兒，這讓他的內心受到很強烈的衝擊。子夜和青璃非常相似的容顏，讓當初的回憶變得歷歷在目。昔日和青璃度過的日子，他始終無法忘懷。

那一天，他帶著花去到那條街，是因為想要好好地告慰青璃。

「李院長，」楊景蕙看向丈夫，問道：「你能否提一下你的看法？」

然而，李雍卻茫然無知，毫無反應的樣子。他看起來，似乎依舊沉浸在回憶之中。

「李，李院長！」

楊景蕙又叫了一聲，李雍才有了反應，他立即看向妻子，明白過來，說：「嗯，我知道了……關於這次分院的……」

會議結束後，會議室裏，當其他董事都離開後，楊景蕙叫住了李雍。

「你到底是怎麼了？一直心不在焉的？」她走了過來，說：「你好像從昨天開始就這樣了，一直都魂不守舍的樣子。發生什麼事情了？」

結婚近二十五年，楊景蕙發現她有時候依舊很難瞭解丈夫。丈夫經營醫院的手段，她談不上欣賞，但也並不反對，因為她很清楚，楊家能夠成為一方富豪，也並非用的都是正大光明的手段。

「是不是和小隱有關？」

楊景蕙直覺感到，這和兒子有關係。難道是兒子帶來的那位小姐？

嬴子夜……嬴……

忽然，楊景蕙想到了什麼，脫口而出：「難道，你想到了她？是不是？」

楊景蕙清晰回憶起了二十年前，那起發生在正天醫院的殺人案。

「你別胡說了。」李雍搖了搖頭，說：「和那個沒關係。」

「嬴子夜，是秦始皇嬴政那個嬴吧？那麼，不就是那個女人嗎？她不是也姓嬴嗎？」楊景蕙此刻目光中充滿了質疑，她這時非常緊張。

「夠了。」李雍站起身說，「我要回去工作了。明天我要親自佈置幾個大手術的事情，會工作到很晚，今晚就不回家了。」

然後他也不管楊景蕙的反應，就直接走出了門去。然後迅速走向電梯方向。

那件事情，她還沒有完全忘記啊。

二十年前，李雍已經就任正天醫院院長，當時他們醫院發生了一起非常震動的殺人案件。

也就是因為那起案件，他才會和青璃認識。

「二十年了啊……」

走入電梯內，他按下了到樓下的按鈕。然後，把身體靠在電梯間牆上，抬起頭看著電梯頂部。雙手無意義地擺動著，不時將雙拳攥緊。

隨著電梯下降，他開始回憶起當初和青璃的初次見面，就是在這個醫院裏。

「青璃，我不會忘記的。你放心吧，我，絕對會……」

卞家別墅內。

卞星炎帶著李隱和子夜走到二樓。這座別墅非常大，走廊交錯，有很多房間。坦白地說，讓兩個人住，實在太奢侈了。

「這別墅真是很大啊。」李隱感歎道，「卞教授，你平時住在這裏，不會感覺太空曠了嗎？」

「習慣了。」星炎笑著說，「這座房子也有一定的歷史了。後來房地產商重新進行了擴建和改造，變成現在這樣的。」

「你們搬進來多久了？」

「嗯，已經住了七年多了，當初，我很想到國內來，因為我想回自己的祖國來看看，始終還是對這片土地比較有歸屬感的。不過母親怕我住不慣，所以給我買下了這座大房子。其實我也無所謂，後來和星辰一起進入新的學校，參加高考，進入鷹真大學……」

「那，」李隱旁敲側擊地問，「這座房子原先也有人住過？」

「嗯，對啊。」

問到這裏了，接下來才是關鍵。

轉入一條走廊，星炎介紹道：「這個房間平時是用來休息的起居室，還有那間是書房，藏書很多，你們要不要進去看看？裏面的書，有不少還是以前的屋主留下的。」

聽到這裏，李隱頓時心裏一顫。

「那，進書房去看看吧。」李隱立即應道：「我也想看看，都有哪些藏書。」

「嗯？」星辰注意到，書房的門，沒有關上，而是不斷前後搖動著。他明明記得，之前是關上門的啊。

難道自己記錯了？還是哥哥又把門打開了？

星炎慢慢朝著那扇門走去，把門完全打開。李隱緊隨在他後面，走了進去。

書房非常大，兩旁是一排排的書架。在書桌附近的書架，都是理科書籍為主。而兩旁的書架，則是一些政治、歷史和經濟方面的書籍，還有不少國外的原版書籍。

「請問……」李隱說道，「哪些是原先屋主留下的書籍？」

星辰越來越感到奇怪，李隱似乎對這一點很在意。他到底想得到什麼？以前的屋主……

星辰頓時一個激靈！

難道……難道和蒲靡靈有關係嗎？李隱查出了什麼線索？

星炎左顧右盼了一番後，說：「我也不記得了。藏書量太大了，我後來也購置了相當數量的書籍，坦白說，這裏的書，超過四分之三我都沒能讀完。」

李隱倒不奇怪，能讀完才是怪事。書架上不少書都涉及方方面面的知識，乍一看，也讓李隱有些頭暈。子夜也迅速掃視著各個書架上的書。

「藏書真的太豐富了。」李隱不禁讚歎道。

這也歸功於卞家的財力，星炎這個人，求知欲很強，而且他的學習天賦高，記憶力很好，所以購買了大批的書籍。

李隱還在書架上，看到不少如今已經絕版的書，很是開眼。

看著看著，忽然他聽到背後傳來了一聲響動。

李隱回過頭去一看，只見星辰忽然臉色發青，右手死死捂住胸口，看起來極為痛苦！

李隱和子夜頓時都明白過來……他的心臟產生了灼燒感！血字指示發佈的前兆！

新的血字指示發佈了！

說起來，公寓發佈血字的間隔已經越來越短了，而且加上這次有不少新住戶加入，恐怕以後間隔會更短。

李隱當機立斷，他要立即回公寓去，親眼確認卞星辰的血字指示！血字指示不被住戶看到，是不會消失的。而這下他就能確定，血字指示中，是否發佈了第四張地獄契約碎片下落！

如果真的發佈了的話，那麼就一定要想辦法拿到那張碎片！

而且，自己和子夜都沒有接到血字指示，也就意味著，這次他們無法去血字指示地點，取得契約碎片了！

「你怎麼了？星辰？」星炎立即走上去，而這時候星辰心臟的灼燒感已經消失了。

星辰的臉色好了很多，他看著哥哥，說：「沒，沒什麼。哥哥，我突然想到了一件很重要的事情，我先走了。改天我再回來。」

子夜上前一步，對星炎說：「卞教授，我能留在這裏看一下書嗎？裏面有不少我想看的書。」

「可以啊。」星炎非常慷慨地說，「你儘管看吧，如果有中意的，借回去也沒問題。」

李隱也馬上告辭：「卞教授，我也有些事情，要先離開了。」

「好的，你們先走吧。」

離開書房後，星辰瞪著李隱，說：「我先聲明……你們，不要把哥哥也牽扯進和公寓有關的事情。」

「我知道。」李隱剛說出這句話，忽然，他的腳步頓時停住了！

剛才那一瞬間……李隱感覺到，似乎有一個人，從他的身旁走了過去！

他立即回過頭去看！

可是，身後一個人都沒有。再看向前方，也是只有星辰在。

李隱不禁懷疑自己是否有些疑神疑鬼了，現在不是在執行血字指示，怎麼可能有鬼？莫非是因為，長期執行血字指示，導致自己變得那麼敏感？

但，如果剛才真有一個「人」從自己身旁走過的話，那麼……目標自然就是後面的書房了！

子夜，她在裏面！

這個地方，是那個蒲靡靈住過的地方啊！誰知道裏面發生過什麼事情。

在公寓以外的任何地方，都不能保證是絕對沒有鬼的。李隱想到這裏，實在是不放心，於是又走了回去。

畢竟，他絕對不能容忍子夜出事！

而這會兒功夫，星辰已經走下樓去了。

李隱走近書房大門，然後推開門進去，星炎和子夜正在裏面。看到子夜還平安無事，李隱鬆了一口氣。

「子夜，」李隱走上前去，說：「我們回去吧。別打擾人家了。」

「走？」子夜不解地問，「回哪裏去？」

李隱湊近她的耳朵，低聲說：「這裏有一點邪門兒。」

星炎見二人交頭接耳，問了一句：「發生什麼事情了？你們要走了嗎？」

「嗯。」李隱認為剛才的感覺雖然也很可能是錯覺，但萬事還是小心為上，他說道：「我們先走了。」

就在二人準備離開的時候，星炎忽然問了一句：「現在星辰不在，我想問你們一個問題。『血字指示』，是什麼東西？是你們俱樂部的遊戲嗎？但我感覺星辰似乎很嚴肅的樣子，所以想問一下。」

「你知道血字指示？」李隱立即回過頭去，問道：「星辰……都告訴你了？」

「嗯，血字指示到底是什麼？和你們住的公寓又有什麼關係？我感覺星辰的情況很不對勁，所以我想問一下。」

「這個，我……」李隱剛想說什麼，忽然就聽到他口袋裏的手機鈴聲響起。

「果然是你啊。」

星炎從身後取出了一部手機，說：「星辰要託付的人就是你？」

他剛才撥打了李隱的手機。

「你……」李隱看著自己的手機，這時通話結束了。

「我之前看到過你的名字，在星辰給我的紙條上。」星炎走過來，說：「到底你們在做些什麼？我現在都不明白，你們這個俱樂部是不是在做些危險的事情，他在右眼失明後，雖然一直都很痛苦消沉，但也不會像現在這樣，眼中毫無生氣……」

然後，他非常激動地說：「請告訴我！到底發生了什麼事情！即使你不說，我也會想方設法查出來的！」

李隱聽到「紙條」的時候，臉色立即大變。

「什麼紙條？」

當初，受到深雨指使而殺了敏的星辰，將李隱等人的名字和手機號碼寫在紙條上交給了星炎，另外給了他一封信，上面提及了深雨的事情。

「血字指示又是什麼？」星炎進一步追問，「星辰他，是不是捲入了相當危險的事情？我希望你們如實告訴我！」

如實告訴？怎麼如實告訴？

李隱很清楚，任何一個正常人，都不可能相信公寓的存在。即使是一些對靈異現象有一定程度相信的人，也很難接受那樣一個公寓的存在。

畢竟，那個公寓過於超出常識了，也完全超越了一般人對靈異現象的理解。

對於卞星炎這樣一個研究理科的人來說，更是無法相信的事情。

何況，就算他知道了又怎樣？沒有任何辦法可以對抗公寓，唯有完成十次血字指示。

但是，李隱對那張紙條非常在意。究竟是怎麼回事？難道卞星辰知道了什麼，把一些事情隱瞞了起來？

「嬴老師，」星炎忽然看向嬴子夜，說：「星辰的紙條上也有你的名字。你的姓並不多見，我想不是巧合，不需要打電話驗證了吧？」

而這時候，公寓內還有五名住戶接到了血字指示。

這一次的血字指示是：「在二〇一一年五月一日之前，去到天南市飛雲區的第六號林區，並在五月一日到二日期間待在林區內。第四張地獄契約碎片，就埋在林區內的宛天河上某座橋一端附近的地裏。」

這一段血字指示，讓住戶們再次沸騰起來！

第四張地獄契約碎片的下落終於發佈了！

請續看《地獄公寓》卷三　血脈的反戈

地獄公寓 卷2 鬼魂的情書

作者：黑色火種
發行人：陳曉林
出版所：風雲時代出版股份有限公司
地址：105台北市民生東路五段178號7樓之3
風雲書網：http://www.eastbooks.com.tw
官方部落格：http://eastbooks.pixnet.net/blog
Facebook：http://www.facebook.com/h7560949
信箱：h7560949@ms15.hinet.net
郵撥帳號：12043291
服務專線：(02)27560949
傳真專線：(02)27653799
執行主編：劉宇青
美術編輯：MOMOCO

法律顧問：永然法律事務所 李永然律師
北辰著作權事務所 蕭雄淋律師

版權授權：蔡雷平
初版日期：2016年9月
初版二刷：2016年9月20日
ISBN：978-986-352-328-4

總經銷：成信文化事業股份有限公司
地　址：新北市新店區中正路四維巷二弄2號4樓
電　話：(02)2219-2080

行政院新聞局局版台業字第3595號 營利事業統一編號22759935

定價：350元 特價：299元

國家圖書館出版品預行編目資料

地獄公寓／黑色火種 著. --初版-- 臺北市：風雲時代，
2016.04 -- 冊；公分

ISBN 978-986-352-328-4（第2冊；平裝）

857.7　　105003553